A RECEITA DA ESPOSA PERFEITA

Também de Karma Brown
Vem comigo

KARMA BROWN

A RECEITA DA ESPOSA PERFEITA

Tradução
Ana Rodrigues

1ª edição
Rio de Janeiro-RJ / São Paulo-SP, 2024

VERUS
EDITORA

Título original
Recipe for a Perfect Wife

ISBN: 978-65-5924-240-5

Copyright © Karma Brown, 2020
Edição publicada mediante acordo com
The Foreign Office e Transatlantic Literary Agency Inc.
Todos os direitos reservados.

Tradução © Verus Editora, 2024
Direitos reservados em língua portuguesa, no Brasil, por Verus Editora. Nenhuma parte desta obra pode ser reproduzida ou transmitida por qualquer forma e/ou quaisquer meios (eletrônico ou mecânico, incluindo fotocópia e gravação) ou arquivada em qualquer sistema ou banco de dados sem permissão escrita da editora.

Verus Editora Ltda.
Rua Argentina, 171, São Cristóvão, Rio de Janeiro/RJ, 20921-380
www.veruseditora.com.br

**CIP-BRASIL. CATALOGAÇÃO NA FONTE
SINDICATO NACIONAL DOS EDITORES DE LIVROS, RJ**

B897r

Brown, Karma
 A receita da esposa perfeita / Karma Brown ; tradução Ana Rodrigues. - 1. ed. - Rio de Janeiro : Verus, 2024.

 Tradução de: Recipe for a Perfect Wife
 ISBN 978-65-5924-240-5

 1. Romance canadense. I. Rodrigues, Ana. II. Título.

24-89231   CDD: 819.13
              CDU: 82-31(71)

Meri Gleice Rodrigues de Souza - Bibliotecária - CRB-7/6439

Revisado conforme o novo acordo ortográfico.

Seja um leitor preferencial Record.
Cadastre-se no site www.record.com.br e receba informações sobre nossos lançamentos e nossas promoções.

Atendimento e venda direta ao leitor:
sac@record.com.br

Para a minha avó Miriam Ruth Christie, que era feminista apesar das restrições da sua geração. Uma cozinheira que usava o que "vinha em lata", Miriam não era conhecida pelos talentos culinários, mas fazia um frango à la king delicioso. Sinto saudade desse prato, embora não tanto quanto sinto saudade dela.

E para todas as mulheres que vieram antes de mim — agradeço por iluminarem o caminho. Às que estão chegando agora — especialmente você, Addison Mae —, sinto muito que o trabalho ainda não esteja finalizado. Espero que possamos deixar vocês com o bastante para que o terminem.

A arte é uma amante exigente,
e não há arte tão exigente quanto ser uma esposa.

— BLANCHE EBBUTT, *Don'ts for Wives** (1913)

---

* Em tradução livre: "O que uma esposa não deve fazer". (N. da T.)

1

Você parece se esquecer de que sou casado,
e que um dos encantos do casamento é que ele torna
uma vida de enganos absolutamente necessária
para ambas as partes.

— OSCAR WILDE, *O retrato de Dorian Gray* (1890)

Já estava tarde para plantar — tanto no dia quanto na estação —, mas ela não tinha escolha. O marido não havia compreendido a urgência, já que nunca cuidara de um jardim. Como ele também não apreciava as dádivas do jardim, acabara ficando ligeiramente irritado com ela naquela manhã. Queria que a esposa se concentrasse em *tarefas mais importantes*, e eram muitas, já que eles tinham se mudado fazia apenas uma semana. Era verdade que a maior parte do que precisava ser feito no jardim poderia esperar — não acontecera muita coisa naqueles últimos meses, pois os bulbos permaneciam dormentes, esperando pela chuva e pelo calor da primavera. Mas aquela planta em particular, com as flores fartas em formato de campainha, não seria tão paciente. Além do mais, tinha sido um presente, e viera com instruções específicas. Sendo assim, não havia alternativa que não plantá-la. Naquele dia.

Ela se sentia mais dona de si quando estava mexendo na terra, cantando e sussurrando palavras de estímulo para os botões e para as folhas. Aquela havia sido a principal razão por que se apaixonara pela casa assim que a vira. Os canteiros do jardim já estavam preparados, embora fossem esparsos, e ela conseguira visualizar como poderiam ser transformados em algo magnífico. A casa em si era grande e impessoal — especialmente seus muitos quartos, levando em consideração que seriam apenas duas pessoas morando ali. No entanto, eles ainda eram recém-casados. Tinham tempo de sobra para transformar a casa em um lar, para enchê-la de filhos e de calor.

Enquanto cantarolava baixinho sua música favorita, ela calçou as luvas de jardinagem, se agachou e, usando a pá, cavou um círculo grande na terra. Então, colocou a planta no buraco, segurando-a cuidadosamente com os dedos enluvados, atenta para não esmagar os botões cor de ametista. Sentiu-se reconfortada enquanto dava palmadinhas no solo ao redor das raízes, o caule se erguendo belo e reto, as flores já trazendo mais vida ao jardim. Ainda havia muito trabalho a ser feito, mas ela ficou deitada na grama macia, as mãos sob a cabeça, observando as nuvens dançarem no céu. Ela estava empolgada e pronta para tudo o que estava por vir.

2

> Homens gostam de uma casa limpa, mas ficar arrumando tudo o tempo todo, perturbando a casa para mantê-la limpa, acabará tirando o homem de casa e fazendo com que vá para outro lugar.
>
> — WILLIAM J. ROBINSON, *Married Life and Happiness** (1922)

Alice
5 de maio de 2018

Quando Alice Hale viu a casa pela primeira vez — impressionante em tamanho, embora dilapidada e lúgubre por ter sido negligenciada —, não poderia ter imaginado o que a aguardava ali. Seu primeiro pensamento foi como a casa parecia colossal. Os Hale moravam em um apartamento minúsculo de quarto e sala em Murray Hill, que os obrigava a andar de lado para passar pela cama e que tinha um banheiro tão pequeno que a porta roçava nos joelhos quando a pessoa estava sentada no vaso sanitário. Em comparação, a casa diante dela era um retângulo grande, de tijolinhos simétricos, com persianas dos dois lados de uma porta vermelha, aninhada dentro de um arco de pedra — a pintura da porta estava descascando como a pele de alguém depois de tomar sol em excesso. Alice se viu dominada por uma certa relutância quando

---

* Em tradução livre: "Vida de casada e felicidade". (N. da T.)

se imaginou atravessando a porta de entrada: *Bem-vindos a Greenville, Nate e Alice Hale,* ela quase conseguia ouvir a casa sussurrando em um tom não muito hospitaleiro, através da fenda para correspondência que parecia uma boca. *Este é um lugar onde jovens profissionais da cidade vêm para morrer.*

O distrito era simplesmente adorável, mas não era Manhattan. Greenville era uma cidade que ficava a poucos minutos de distância, de carro, da mais conhecida e mais sofisticada Scarsdale, e a menos de uma hora de trem da cidade de Nova York, mas ainda assim era um mundo totalmente diferente. Gramados amplos, cercas de madeira, muitas delas previsivelmente brancas. Calçadas tão limpas que seria possível comer sobre elas. Nenhum som de trânsito, o que deixava Alice inquieta. Ela sentiu o olho esquerdo se contraindo, provavelmente resultado de mal ter pregado o olho na noite da véspera. Alice passara boa parte da madrugada andando de um lado para o outro no apartamento minúsculo em Murray Hill, no escuro, aflita com a sensação de que aquilo — a casa, Greenville, tudo aquilo — seria um erro terrível. Mas as coisas sempre pareciam horríveis no meio da noite e, pela manhã, a insônia e a preocupação lhe pareceram bobagem. Aquela era a primeira casa que tinham visto, e ninguém nunca compra a *primeira* casa que vê.

Nate pegou a mão dela e a levou pela calçada lateral, para examinarem a casa de lado. Alice apertou os dedos do marido e acompanhou o olhar dele, enquanto caminhavam.

— É bonita, não é? — comentou Nate, e ela sorriu, torcendo para que a contração no olho não fosse óbvia.

Enquanto examinava a fachada da casa — as rachaduras profundas na passagem de cimento, a cerca de madeira já torta e meio acinzentada pelo tempo —, Alice se deu conta de por que a propriedade estava sendo vendida por um preço tão razoável, embora ainda desafiador para o orçamento deles. Especialmente naquele momento em que estavam vivendo com apenas um salário, por pura responsabilidade de Alice, o que ainda fazia seu estômago doer de culpa quando ela pensava no assunto. A casa precisava desesperadamente de reformas. *Muito trabalho.* E eles nem tinham entrado ainda. Alice suspirou e pressionou a ponta dos dedos nas pálpebras.

Está tudo bem, pensou. *Vou ficar bem.*

— É muito dinheiro — falou. — Você tem *certeza* que podemos arcar com as despesas?

Ela havia crescido sem dinheiro extra para nada — às vezes, sem dinheiro até para o básico —, e a ideia de uma hipoteca a aterrorizava.

— Podemos. Juro — respondeu Nate.

Ele era um cara dos números, e era bom com dinheiro, mas Alice continuou a se sentir hesitante.

— A casa tem mesmo uma boa estrutura — acrescentou ele, e Alice olhou de relance para o marido, se perguntando como eles poderiam estar vendo as coisas de forma tão diferente. — É clássica, também. Você não ama como parece sólida?

Sólida. Aquele era o resultado de se casar com um atuário.

— Você acha que a corretora de imóveis nos passou o endereço certo?

Se Alice inclinava a cabeça *só um pouquinho*, tinha a sensação de que a casa pendia para a direita. Talvez eles estivessem no bairro errado e existisse uma prima daquela casa, em muito melhor estado, em outro lugar. *Ah, ela disse Greenwich, não Greenville*, diria Nate quando lesse de novo o e-mail da corretora de imóveis.

Alice franziu o cenho enquanto observava o gramado horroroso da frente, a grama supercrescida e opaca, e se perguntou quanto custaria um cortador de grama. Mas, embora tudo parecesse malcuidado, as flores junto à cerca — de um cor-de-rosa intenso, que pareciam feitas de camadas de um delicado papel de seda — eram lindas e fartas, como se tivessem sido cuidadas naquela manhã mesmo. Alice enfiou os dedos por baixo de uma das flores, inclinou-se e sentiu um perfume inebriante.

— Cento e setenta e três. — Nate levantou os olhos do celular para o número da casa de metal embaçado. — Sim, é esta.

— Um estilo colonial renovado — tinha dito Beverly Dixon, a corretora deles, quando Nate e Alice a escutaram no viva-voz na noite da véspera. — Foi construída nos anos 40, por isso tem alguns probleminhas, mas a casa tem detalhes lindos. Vocês não vão acreditar quando virem o arco de pedra e a estrutura clássica. A casa não vai ficar muito tempo disponível, posso garantir, ainda mais a esse preço.

Nate deu a impressão de ficar cada vez mais empolgado conforme Beverly falava da casa. Alice sabia que ele se sentia sufocado dentro do apartamento no qual moravam; pequeno, com poucas janelas, sem um espaço verde e com um aluguel absurdo, que aumentava cada vez mais.

O marido queria se mudar da cidade grande desde que Alice o conhecera. Nate queria um quintal para treinar arremessos com os filhos, como o pai fizera com ele. Queria acordar toda manhã com o canto dos passarinhos e das cigarras de verão, e não com o barulho dos caminhões de entrega. E uma reforma na qual pudesse colocar a sua marca. Como crescera em um distrito de Connecticut com pais ainda casados — a mãe não trabalhava fora — e duas irmãs tão talentosas quanto ele, a visão de Nate da vida em família era de um otimismo quase inocente.

Alice amava o apartamento aconchegante deles, o senhorio que consertava torneiras pingando, que deu uma renovada nas paredes com tinta fresca e que tinha providenciado uma geladeira nova quando a deles deixara de funcionar na última primavera. Ela queria continuar a morar a dez quadras da casa da melhor amiga, Bronwyn Murphy, que era para onde Alice escapava quando precisava dar um tempo de viver com um homem em um apartamento do tamanho de uma caixa de sapato. Para ser justa, Nate era mais metódico e mais preocupado em manter tudo organizado e em ter um lugar para cada coisa do que Alice, mas ainda tinha alguns defeitinhos. Beber suco direto da caixa. Usar as pinças folheadas a ouro dela, caríssimas, pra tirar pelos do nariz. Acreditar que a vida lhe daria o que ele quisesse simplesmente porque estava pedindo.

Alice lembrou a si mesma que havia prometido a Nate que manteria a mente aberta, e queria ser melhor em cumprir suas promessas. E ainda tinha o fato de que, se eles realmente se mudassem para Greenville, ela não teria outra pessoa a culpar por isso senão a si mesma.

Poucos minutos antes da hora que haviam marcado de se encontrar, um Lexus parou silenciosamente no meio-fio, e Beverly Dixon desceu.

Depois de pegar a bolsa e uma pasta no banco do passageiro, ela fechou a porta com toda delicadeza, de um modo que deixou claro para Alice que o carro era novinho. Beverly apertou duas vezes — duas — o controle remoto no chaveiro para trancar o carro e Alice olhou ao redor, mas não viu ninguém por perto, a não ser uma mulher empurrando um carrinho de bebê do outro lado da rua e um senhor podando um arbusto algumas portas abaixo. Alice se lembrou do comentário que Beverly havia feito no encontro anterior: "Aqui é muito seguro. Se quiserem, vocês vão poder deixar as portas destrancadas".

Beverly se aproximou deles, empoleirada em sapatos de salto de dez centímetros, o corpo em formato de balão dentro de uma saia bege com um blazer da mesma cor. O sorriso era amplo e caloroso, a mão estendida bem antes de chegar até eles, as pulseiras pesadas de ouro chacoalhando. Ao fitar o sorriso da corretora, Alice reparou em uma mancha de batom cor-de-rosa em um dos dentes da frente da mulher.

— Alice. Nate. — Beverly apertou as mãos deles, as pulseiras tilintando como sinos de vento. — Espero que não estejam esperando há muito tempo.

Nate garantiu que não estavam, e Alice sorriu enquanto olhava para o dente de Beverly.

— Uma verdadeira joia. — Beverly estava ofegante, e um breve arquejo acompanhou suas palavras. — Vamos entrar?

— Vamos lá — disse Nate, e voltou a pegar a mão de Alice.

Ela se permitiu ser guiada na direção da casa, embora tudo o que quisesse fazer fosse voltar para Nova York, vestir sua calça de ioga e se esconder dentro do apartamento minúsculo. Talvez pudessem pedir comida em algum lugar, então ririam da insanidade temporária que os fizera considerar a possibilidade de se mudar para uma cidade menor.

Beverly subiu pela entrada da frente e apontou alguns detalhes da fachada ("linda pedra naquele arco... não se faz mais nada como isso... vitral original..."), e Alice percebeu um movimento pelo canto do olho. O movimento de uma cortina na janela de cima à esquerda, como se alguém a estivesse afastando para o lado. Ela protegeu os olhos com a mão que Nate não estava segurando e olhou para a janela, mas fosse o que fosse que tivesse se movimentado agora estava parado. Talvez apenas imaginação. Provavelmente era isto: ela estava mais exausta do que alguém que não estava trabalhando deveria estar.

— Como eu disse ao telefone na noite passada, a casa foi construída nos anos 40. Sim, sei que as coisas estão um pouco bagunçadas aqui fora, mas nada que um bom serviço de jardinagem não possa resolver. Aquelas peônias não são impressionantes? A proprietária anterior tinha uma mão excelente, pelo que eu soube. Nossa, o que eu não faria para ter flores como essas no meu jardim.

Um bom serviço de jardinagem. Santo Deus. Eles se tornariam oficialmente um *daqueles* casais. Do tipo que quer a todo custo um gramado aveludado para seus filhos brincarem e para seus cães fazerem cocô, mas que não consegue tomar conta dele. Quanto mais se aproximavam da entrada, maior se tornava o desconforto que Alice sentia no estômago. Ela não comera nada além de um pouco de cereal e uma xícara de café, mas não era esse o motivo da náusea. Era aquela casa e tudo o que ela significava — e deixar Manhattan era grande parte disso — que a estavam deixando nauseada. A bile subiu por sua garganta enquanto Beverly e Nate conversavam animados sobre a "estrutura" da casa e suas características únicas, incluindo a campainha original, que ainda funcionava. Nate, alheio ao desconforto da esposa, apertou a campainha e riu encantado quando o som de minúsculos sininhos ecoou atrás da porta vermelha.

3

Uma mulher do tipo briguenta com frequência é receptiva ao amor e à racionalidade. Se ela ao menos ouvir em silêncio — um processo que é difícil para ela —, você pode convencê-la, com firmeza, racionalidade e gentileza, de que ela não está sempre certa.

— Walter Gallichan, *Modern Woman and How to Manage Her** (1910)

Alice

Estava escuro e frio dentro da casa, e Alice enfiou as mãos embaixo dos braços enquanto olhava ao redor. Tudo era antiquado e uma camada fina de poeira cobria o papel de parede a que Beverly não parava de se referir como "vintage", como se aquilo fosse alguma espécie de vantagem. Uma escrivaninha antiga estava encostada na janela da frente, e o que parecia ser um sofá estava escondido por baixo de um lençol amarelado no meio da sala de estar.

— Algum de vocês dois toca?

— Como? — perguntou Alice, sem saber direito a que Beverly estava se referindo.

— O piano. — Beverly levantou a tampa de um piano preto no fundo da sala de estar e tocou algumas teclas. — Empoeirado e desafinado, mas fora isso parece estar em grande forma.

---

* Em tradução livre: "Mulher moderna e como lidar com ela". (N. da T.)

— Não tocamos — respondeu Nate. — Mas talvez pudéssemos aprender, não é?

Alice duvidava. Nenhum dos dois tinha uma inclinação em particular para a música e, depois de ouvir o marido cantar no chuveiro pelos últimos dois anos, ela tinha certeza de que ele era profundamente desafinado.

Da sala de estar entraram na cozinha, passando por uma porta em arco. O cômodo, assim como o restante da casa, nitidamente não recebia uma reforma havia décadas: armários cor de pêssego; uma geladeira antiga que por um milagre ainda estava funcionando e roncava como um trem; uma mesa de fórmica oval com pernas cromadas e quatro cadeiras de um azul forte encostadas na parede no outro extremo da cozinha. Ainda havia pratos empilhados nas prateleiras de quina, do tipo que se encontra em brechós e feirinhas de antiguidades: brancos, opacos, estampados de flores e espirais. A casa estava classificada como "de porteira fechada", o que queria dizer que seria vendida com tudo o que tinha dentro. Talvez eles conseguissem algum dinheiro por aqueles pratos. Afinal, eram *vintage*.

— Para que serve isso? — perguntou Alice, apontando para uma pequena estrutura de metal, retangular, ao lado da pia. Ela ergueu a tampa e espiou lá dentro.

— Ah, isso é uma lixeira de pia — explicou Beverly. — Os antigos moradores usavam para descartar cascas de legumes ou as sobras dos pratos. — Ela abriu o armário logo abaixo, onde havia uma panela rasa ligeiramente enferrujada nos cantos. — Depois era só limpar essa panela. Era muito prático, na verdade, e toda boa cozinha costumava ter uma.

— Inteligente — comentou Nate.

Ele abriu mais algumas gavetas e armários e encontrou coisas como um suporte de metal para sustentar um livro de receitas; ganchos para panelas e frigideiras enfileirados na parte de trás de um dos armários; e uma tábua retrátil que Beverly explicou que era usada como área de trabalho para a dona de casa que quisesse se sentar enquanto preparava a comida.

Nate estava tão envolvido, tão obviamente empolgado, que Alice tentou olhar além do estado das coisas e ver o que aquela casa poderia se tornar.

Talvez aquilo fosse exatamente o que precisavam. Os últimos meses tinham sido tensos, e Alice se responsabilizava totalmente por isso. Portanto, era ela que precisava fazer o sacrifício, mesmo que isso significasse se comprometer com uma vida que lhe parecia totalmente alienígena.

Talvez ela pudesse usar a energia incansável que tinha para transformar aquela casa em um lar, como Beverly não parava de dizer. Arrancar o papel de parede "vintage", embora a ideia lhe desse vontade de chorar porque havia papel de parede demais. Derrubar as paredes que separavam os cômodos. Criar um espaço aberto maior para que a luz das janelas da frente alcançassem o fundo da casa. Enquanto Alice tentava imaginar os pontos positivos de morar naquele lugar, Nate comentou baixinho como a janela da frente seria incrível para escrever.

— Imagine uma estante ao lado da escrivaninha para guardar todos os seus livros, depois que você os escrever.

Talvez. Ela poderia fazer dar certo. Aquele sempre fora um de seus grandes talentos e o motivo de Alice normalmente ser designada para lidar com os clientes mais difíceis na empresa em que trabalhara. "Tudo ao mesmo tempo agora" fora o seu mantra.

— Aposto que os arredores são excelentes para correr — comentou Nate, sem dúvida imaginando os quilômetros que eles poderiam correr juntos nos fins de semana.

Tique, tique, tique. Quase dava para Alice ver os itens sendo ticados na cabeça do marido. Talvez ela pudesse levar a corrida a sério de novo e atravessar quilômetros nas ruas tranquilas de três faixas, sem nunca se preocupar em ser atingida por um carro toda vez que descesse da calçada.

Beverly assentiu com gosto.

— Ah, lá vai alguém fazendo isso agora mesmo — mostrou.

Todos olharam pela janela da frente da sala de estar para uma mulher que passava correndo do lado de fora. O momento foi tão oportuno que parecia que a corredora tinha sido contratada por Beverly.

— Você comentou outro dia mesmo que queria voltar a correr — lembrou Nate. — Pelo menos até termos um bebê. — Ele pousou a mão na barriga de Alice e alisou.

— Ah, você está grávida? — perguntou Beverly, deixando escapar um breve arquejo. Nada como um filho a caminho para acrescentar urgência e fazer a casa parecer melhor do que teria parecido em outras circunstâncias. — Este bairro é delicioso para jovens famílias. E ainda não chegamos lá, mas no porão tem uma lavadora e uma secadora grandes. Quando você tiver aquelas montanhas de roupas de bebê para lavar, não vai nem precisar sair de casa.

— Não estamos esperando um bebê — respondeu Alice. Rápido e com firmeza.

Ela não gostou de Nate ter levantado o assunto na frente de uma estranha. O estado do útero dela era um assunto particular e, além do mais, apenas muito recentemente eles haviam concordado em começar a tentar ter um filho.

— Ainda não — acrescentou Nate, corrigindo-a.

Ele alisou mais uma vez a barriga de Alice e deu uma palmadinha antes de afastar a mão. E fez isso tudo bem no lugar em que a camiseta de Alice se colava ao abdome dela de uma forma nada lisonjeira. Até bem pouco tempo era fácil para ela se manter magra, tinha a habilidade de diminuir um tamanho de roupa apenas tomando suco verde e café e não comendo nada além de caldo de carne e melancia por uma semana. Além disso, o trabalho consumia deliciosamente a atenção, sem deixar tempo para ingerir calorias o bastante para arredondá-la. Mas o desemprego mudara aquilo. Nate adorava as novas curvas dela, e até dissera que mulheres magras demais tinham dificuldade em engravidar. Quando Alice perguntara onde ele ouvira aquilo, Nate havia respondido que não conseguia lembrar exatamente. Alice desconfiava de que ele tinha alguns sites sobre gravidez nos favoritos de seu navegador na internet — Nate Hale era um homem que estava sempre bem preparado.

— Você trabalha, Alice? Fora de casa, quero dizer.

Alice se sentiu ofendida com a pergunta de Beverly, como se ela parecesse alguém que não fosse muito ativa. *Tenho vinte e nove anos*, teve vontade de dizer, com orgulho. *Sim, eu trabalho*. Mas aquilo não era verdade, não mais. Alice sentiu o estômago se revirar de novo, agora com um anseio que não conseguiu identificar. Sentia falta do trabalho... do ritmo, dos desafios, do contracheque... até dos saltos altos demais, que agora calçava às vezes, só para andar pelo apartamento, depois que Nate saía para o trabalho, porque aquilo a fazia se sentir mais como ela mesma.

— Eu trabalhava com relações públicas, mas saí do emprego faz pouco tempo. Para me concentrar em outras coisas — respondeu Alice.

— A Ali está escrevendo um livro — disse Nate, e Alice precisou se conter para não mandar o marido calar a boca. Se ele soubesse que na verdade ela não tinha nem começado o romance. Ou se soubesse o que realmente havia acontecido no trabalho.

Beverly ergueu as sobrancelhas à menção de um livro e encarou Alice com a boca muito aberta. Alice imaginou que o sr. Dixon, se houvesse um, provavelmente aproveitava bastante aquela boca.

— Nossa, que fantástico — comentou Beverly. — Eu gostaria de conseguir escrever. Mas meu talento mal dá para escrever listas de compras do mercado e anúncios de imóveis. — Ela abriu um sorriso largo, exibindo o dente manchado de batom cor-de-rosa, e Nate comentou que com ele acontecia exatamente a mesma coisa, que se atinha a números e gráficos.

— E do que se trata? O seu livro? — perguntou Beverly.

— É um romance, hummm, sobre uma jovem que trabalha como relações públicas, no estilo de *O diabo veste Prada*.

— Ah, adorei esse filme! — exclamou Beverly.

— De qualquer modo, estou apenas começando. Vamos ver. — Alice colocou uma mecha de cabelo atrás da orelha, ansiosa por mudar de assunto.

— A Ali não gosta de falar muito a respeito. — Nate pousou a mão nos ombros dela e apertou com carinho. — Escritoras precisam guardar alguns segredos, não é mesmo, meu bem?

— Ah, é claro — falou Beverly, assentindo enfaticamente. — Agora, vamos ver o andar de cima?

— Depois de vocês, damas — disse Nate, e indicou a escada com um gesto.

— Nossa, uma escritora... Que empolgante, Alice. Adoro ler.

As escadas rangeram enquanto Beverly subia o primeiro lance. Ela olhou por cima do ombro, segurando o corrimão com força. A escada era estreita e íngreme e eles precisaram subir em fila única.

— O que você gosta de ler? — perguntou Alice.

— Todo tipo de livros. Qualquer coisa, de verdade. Mas livros com investigações policiais são meus favoritos.

Investigações policiais. Hum. Aquilo foi inesperado. Alice olhou pela janela do primeiro quarto em que entraram, para a porta da casa ao lado, que daquele ângulo ficava parcialmente obscurecida pelos galhos de uma árvore grande. A casa parecia estar bem conservada, ainda mais em comparação com a que estavam considerando comprar.

— O que pode nos dizer sobre os proprietários anteriores? — perguntou Alice.

Eles passaram para o quarto maior, onde duas camas de solteiro estavam arrumadas, embora, ao que parecia, apenas para compor o quarto. Partes do colchão apareciam pelos espaços em que as colchas simples não haviam sido puxadas o bastante para baixo. Alice abriu os armários e viu que estavam vazios, os tampos das mesinhas de cabeceira também, e não havia papel higiênico no banheiro.

— A casa está vazia há mais de um ano — retrucou Beverly.

— Um ano?

Aquilo explicava melhor o estado do gramado, a porta da frente descascando, as camadas de poeira, a sensação de mausoléu dos cômodos com cantos escuros e sombras longilíneas, e o cheiro de mofo que faziam o nariz de Alice coçar. A casa parecia abandonada, como se alguém tivesse saído para comprar leite décadas atrás e simplesmente tivesse decidido não voltar.

— E por que só agora está à venda?

Beverly sacudiu as pulseiras e pigarreou.

— A proprietária faleceu e deixou a casa e os bens dela a cargo do advogado. Parece que ela não tinha família. — Ela franziu o cenho, então se mostrou mais animada. — Por isso o preço está tão bom. A casa foi colocada no mercado no início deste ano, a um preço mais alto, mas não foi vendida. Então, voltou ao mercado no preço que está sendo oferecido a vocês. Que é fantástico!

Até mesmo Alice, com zero conhecimento de reformas de casas, compreendia que aquela casa estava sendo vendida a um preço tão bom porque necessitava de uma grande reforma. Provavelmente novas instalações elétricas, e talvez hidráulicas também, além da remoção do amianto se fizessem alguma reforma significativa, como derrubar paredes. Talvez trocassem as janelas, quando conseguissem dinheiro para isso, para reduzir a conta de luz. E cada centímetro quadrado daquela casa precisava de uma reforma.

— Tem mais alguma coisa que devemos saber? — perguntou Alice.

Nate pulou em uma perna só, e o chão rangeu embaixo dele.

— Os pisos estão bons — disse ele. Alice olhou para o piso de madeira sob os pés dela, enquanto o marido continuava a pular. — São originais?

— Acredito que passaram por uma reforma alguns anos atrás — respondeu Beverly. Ela abriu a pasta que carregava e passou o dedo por uma folha de papel que estava no topo da pilha. — Sim, aqui está. Pisos novos em 1985.

— Ainda são retrô! — comentou Nate.

— Então, mais alguma coisa sobre a casa, Beverly? — perguntou Alice, ignorando por um instante o entusiasmo de Nate. — Eu detestaria ter uma surpresa negativa, ainda mais levando em consideração quanto trabalho obviamente é preciso fazer aqui.

Nate, todo sorrisos, olhou para Beverly com certeza de que não haveria mais nada. Ele tinha adorado a casa, queria a casa.

— Não preciso revelar isso, mas vocês são um amor de casal, e posso ver que estão interessados, e... bom... a proprietária anterior, ela... — Beverly fez uma pausa, enquanto tamborilava com os dedos na pasta, o cenho franzido. — Parece que ela faleceu... na casa. — Beverly torceu mais os lábios deixando claro que desejava voltar a falar sobre o papel de parede vintage, os pisos renovados, a boa estrutura da casa e as opções de pagamento da entrada.

— Ah. Na casa... O que aconteceu? — perguntou Alice.

— Câncer, eu acho. — Beverly parecia arrasada, preocupada com a possibilidade de os Hales serem do tipo que jamais compraria uma casa com aquele tipo de história.

E era esse tipo mesmo que eles eram. Greenville e aquela casa não combinavam com ela ou com Nate. Alice precisava levá-los de volta para Manhattan — mesmo que naquele momento a cidade fizesse com que ela se sentisse um fracasso.

— Entendo. — Alice esfregou as mãos nos braços arrepiados. — Isso é *interessante*. — O tom dela deixava claro que por "interessante" ela queria dizer "preocupante".

— Só para lembrar, isso já aconteceu há algum tempo — reforçou Beverly, vendo a sua comissão sair voando pelo vitral da janela à sua frente.

— Não sei se poderia chamar um ano de "há algum tempo", Beverly. — Alice fez uma careta para a corretora de imóveis, os lábios torcidos como os dela.

— Bom, para ser sincera, é difícil encontrar uma dessas casas antigas que não tenha uma história semelhante.

Alice se virou para Nate, mais uma vez sentindo um estremecimento leve, e baixou a voz.

— Não sei, amor. É meio sinistro.

— Você acha? — perguntou Nate, olhando de Alice para Beverly. — Sinistro, quero dizer? Não somos exatamente supersticiosos. E, como Beverly disse, isso aconteceu há mais de um ano, portanto qualquer fantasma que morasse aqui provavelmente já conseguiu acomodações mais modernas.

Beverly deu uma risadinha, Nate riu abertamente e Alice percebeu que sua janela de oportunidade havia se fechado.

Nate lançou um olhar esperançoso para a esposa, como se fazendo uma pergunta, deixando óbvia a expectativa. Depois que Alice assentiu (brevemente, mas já valeu), ele se virou para Beverly.

— Acho que estamos interessados. Muito interessados.

4

Nellie
19 de julho de 1955

Bolo de carne moída com aveia

½ quilo de carne moída (lagarto, patinho, coxão duro)
1 xícara de aveia em flocos
1 cebola média
1 ½ colher (chá) de sal
⅛ colher (chá) de pimenta
1 xícara de leite ou água
1 ovo ligeiramente batido

Misture todos os ingredientes, coloque em uma forma de pão untada e asse em forno baixo (150 graus) por 45 minutos. Sirva quente ou frio. Uma lata de sopa de tomate concentrada é um bom acréscimo a todo bolo de carne moída.

Nellie Murdoch abotoou a jardineira que ela usava apenas no jardim, já que o marido, Richard, preferia vê-la de saia, pegou o maço branco e vermelho dos cigarros Lucky Strike que estava em cima da mesa e o bateu contra a outra mão. Em seguida, prendeu um cigarro fino na piteira de madrepérola e o acendeu. Por fim se sentou em uma de suas cadeiras novas — azuis como um ovo de tordo, como um céu de verão sem nuvens —, diante da mesa da cozinha, e fumou enquanto folheava a última edição do *Ladie's Home Journal*. Richard continuava a tentar convencê-la a trocar o cigarro por goma de mascar (ele havia herdado um negócio de gomas de mascar do pai, o Richard Murdoch original), ou ao menos a trocar por cigarros com filtro, sugerindo que eram mais saudáveis. Mas Nellie odiava todo aquele movimento constante de lábios quando se estava com gomas de mascar na boca e adorava os cigarros Lucky Strike. Ela gostava de como fumar alterava a sua voz, tornando-a mais rouca e com certeza mais interessante quando cantava. Nellie tinha uma bela voz, embora lamentavelmente só usasse aquele dom na igreja, ou no banho, ou para estimular o crescimento de suas flores. Os filtros dos cigarros prometiam acabar com a irritação da garganta, pelo menos era o que o médico dela e os anúncios de revista diziam, e Nellie não tinha o menor interesse naquilo.

Ela parou na coluna "Este casamento pode ser salvo?" da revista e, enquanto tirava um pedacinho de tabaco grudado na língua, examinou os três pontos de vista: o do marido, o da esposa e o do terapeuta. O marido, Gordon, estava sobrecarregado com as responsabilidades financeiras e irritado porque a esposa não parava de gastar dinheiro com coisas como carnes caras para o jantar, claramente ignorando as preocupações dele. A esposa dele, Doris, se sentia ignorada pelo marido e pelo silêncio dele, então escolhia a carne cara para tentar deixá-lo feliz. Nellie se ajeitou na cadeira, cruzou as pernas e tragou profundamente o cigarro, enquanto imaginava que conselhos daria àquele casal que já levava o casamento em banho-maria havia mais de uma década. Para começar, diria à esposa para parar de cozinhar por uma semana para ver se aquilo ajudava a atenuar o estresse do marido. Depois, sugeriria ao marido que tentasse conversar com a esposa, em vez de esperar que ela adivinhasse os pensamentos dele.

Ela deu uma lida rápida no conselho do terapeuta, que dizia algo como: *Doris deveria saber que os jantares caros só estavam tornando as coisas piores para o pobre e preocupado Gordon e, por consequência, para ela também; não era de esperar que Gordon dissesse a Doris como se sentia... ela simplesmente deveria saber.* Como toda boa esposa.

Nellie — que era sra. Richard Murdoch havia pouco mais de um ano — bufou. Sentia-se solidária ao drama de Doris e Gordon, mas com certeza jamais escreveria um conselho daqueles. Desde o instante em que Richard, onze anos mais velho do que ela, a descobrira em meio a aglomeração de um café-concerto e declarara que ela seria sua esposa, Nellie se sentira sortuda. Ele talvez não fosse o mais atraente dos homens, comparado com o marido das amigas dela, nem o mais atencioso, mas com certeza tinha seu encanto. Richard a tirara do chão naquela noite — literalmente, já que a levantara nos braços quando soubera que era o aniversário de vinte e um anos dela. Ele a enchera de champanhe e de adoração até Nellie estar tonta e encantada. Nos dois anos que haviam se passado desde então, ela descobrira que Richard não era um homem sem defeitos (será que existia uma coisa dessas?), mas era um excelente provedor e seria um pai atencioso. O que mais uma esposa poderia esperar do marido?

Nellie apagou o cigarro e bateu a piteira para tirar a bituca, então se serviu de um copo de limonada. Estava ficando tarde, e ela sabia que logo precisaria começar a preparar o jantar. Richard pedira alguma coisa simples para aquela noite, já que estava com uma de suas dores de estômago. Ele sofrera muito com uma úlcera terrível uns dois anos antes, que continuava a incomodá-lo de vez em quando. Nellie encontrara uma grande promoção de carne moída naquela semana e comprara o bastante para algumas refeições. Richard vivia dizendo que ela não precisava economizar tanto, mas Nellie fora criada para gastar com parcimônia. Para ser econômica sempre que possível. Apesar do dinheiro da família de Richard — que agora era o dinheiro deles, já que a mãe de Richard morrera apenas quatro semanas depois do casamento —, Nellie ainda gostava de uma promoção.

Ela pegou na prateleira a bíblia da mãe, o *Livro de receitas para a dona de casa moderna*, a lombada já amaciada graças aos muitos anos de uso, as páginas cobertas de respingos e manchas de refeições passadas. Enquanto cantava junto o último lançamento de Elvis Presley — "Hound Dog" — e dava goles em um copo de limonada, folheou as páginas do livro de receitas até encontrar o que procurava, em uma página muito usada, com a orelha dobrada. O título era "Bolo de carne moída com aveia", com a anotação *bom para a digestão* escrita na letra caprichada da mãe ao lado da lista de ingredientes.

Nellie deixou o livro de receitas de lado, terminou a limonada e resolveu que era hora de cuidar do jardim, antes que o dia escorresse inteiramente por seus dedos. Estava um calor terrível, e teria sido inteligente usar um chapéu, mas ela gostava do sol batendo em seu rosto. A coleção de sardas que já acumulara naquele verão teria deixado a sogra horrorizada — a mãe de Richard valorizava uma pele imaculada em uma mulher. Mas a impossível de agradar Grace Murdoch já não estava mais por perto para ficar dando opiniões, por isso Nellie foi para o jardim sem chapéu.

Ela adorava aquele jardim, e o jardim a adorava. Nellie era motivo de inveja na vizinhança porque suas flores desabrochavam antes das de todos os vizinhos e permaneciam vivas muito tempo depois que eles eram forçados a cortar suas flores, o que os obrigava a admitir que, não importava o que fizessem, jamais teriam canteiros floridos como os de Nellie Murdoch.

Embora todos ansiassem por conhecer seu segredo, Nellie alegava não ter segredo algum — era apenas uma questão de dedicação para podar e arrancar ervas daninhas, e de saber quais flores gostavam do sol pleno e quais preferiam locais mais úmidos ou sombreados. Não havia nada de extraordinário naquilo, dizia ela. Mas não era inteiramente verdade. Desde muito pequena, Nellie estava acostumada a trabalhar no jardim com a mãe, Elsie Swann, que passava mais tempo entre as plantas do que na companhia de seres humanos.

Durante os meses quentes, a mãe de Nellie era uma mulher alegre, divertida, e sempre presente na vida da filha. Mas, depois que as flores morriam, com o fim da estação ensolarada, se transformando em uma massa de cobertura orgânica cobrindo o solo do jardim, Elsie se recolhia dentro de si mesma, em um lugar que ninguém conseguia alcançá-la. Nellie passara a detestar aqueles meses escuros e frios (ainda detestava), e os olhos vidrados da mãe diante da mesa da cozinha, alheia ao modo como a filha se esforçava para tentar manter a casa em funcionamento. Isso tudo para evitar que o pai, que não prestava para nada, as deixasse, como o avô de Nellie fizera com a mãe dela e a avó anos antes.

Elsie ensinou à filha tudo o que sabia sobre jardinagem e culinária, durante aqueles lampejos de animação entremeados aos humores sombrios que tinha. Por algum tempo, as coisas pareciam bem, já que Elsie sempre voltava ao seu jeito normal de ser depois que a neve derretia e os dias ficavam mais longos. Nellie e a mãe eram uma dupla inseparável, principalmente depois que o pai dela partiu, pois achou que a animação de uma mulher mais jovem e menos complicada atenderia melhor as suas necessidades.

O suor escorria entre os seios de Nellie, bem sustentados pelo sutiã, e empoçava no umbigo e nas dobras atrás dos joelhos. Ela pensou que talvez fosse mais adequado vestir um short e chegou a considerar a possibilidade de subir para trocar a jardineira.

Não importa, pensou. *Esse calor é bom para mim.*

Ela cantarolou baixinho para as plantas, parando para acariciar as pétalas tubulares de cor magenta da monarda que tinha acabado de desabrochar, uma favorita dos beija-flores.

— Nell, minha menina, até mesmo uma planta precisa de um toque gentil, de uma canção gentil — dizia a mãe dela.

Nellie não tinha o dedo tão verde quanto o de Elsie, mas aprendera a amar suas flores tanto quanto a mãe amava as dela.

Depois de arrancar as ervas daninhas e de mimar as plantas, Nell colheu alguns raminhos de ervas, esfregou uma folha de salsinha entre os dedos enluvados e levou-a ao nariz, sentindo o cheiro verde, vivo e delicioso.

De volta à cozinha, Nellie lavou e picou a salsinha e a acrescentou à mistura de carne moída, assim como um punhado do tempero de ervas secas preparado por ela. Nellie cultivava as ervas na horta, deixava secar, e as guardava em um pote para queijo ralado com tampa de furinhos. Foi checando de vez em quando a receita do bolo de carne para garantir que não estava se esquecendo de nada. Apesar de já ter feito aquela receita dezenas de vezes, Nellie gostava de seguir cada passo com precisão — sabia que assim conseguiria um bolo de carne perfeitamente dourado no topo e suculento por dentro, exatamente como Richard gostava.

    Nellie esperava que o estômago do marido tivesse melhorado ao longo do dia, já que ele mal conseguira tomar o café da manhã. Talvez um chá de erva-doce e hortelã ajudasse — gelado, porque Richard não gostava de bebidas quentes. Ela cantarolou junto com o rádio enquanto picava algumas folhas de hortelã, torcendo para que o marido não se atrasasse mais uma vez para o jantar. Ela tinha uma notícia maravilhosa e mal podia esperar que ele chegasse.

5

Ser uma esposa bem-sucedida é uma carreira por si só, que exige, entre outras coisas, as qualidades de um diplomata, de uma mulher de negócios, de uma boa cozinheira, de uma enfermeira profissional, de uma professora, de uma parlamentar e de uma diva.

— Emily Mudd, "Woman's Finest Role",* *Reader's Digest* (1959)

Alice
26 de maio de 2018

A cabeça de Alice doeu com o bipe estridente do caminhão em movimento enquanto ele dava ré na entrada de carros. *A entrada de carros deles.* Longa o bastante para ordenar dois carros, três se os para-choques estivessem colados. Apenas algumas horas antes, ela e Nate haviam feito várias viagens do apartamento deles no oitavo andar até o caminhão de mudança, enchendo-o com seus pertences do dia a dia, que haviam ficado espremidos como blocos de Tetris no apartamento em Murray Hill, mas cabiam facilmente na traseira do caminhão, com espaço de sobra.

Na noite anterior, a última deles em Manhattan, a melhor amiga de Alice, Bronwyn, tinha dado uma festa de despedida para eles. A amiga

---

* Em tradução livre: "O melhor papel da mulher". (N. da T.)

se vestira toda de preto, incluindo um chapéu de funeral com um véu de renda que havia conseguido em um brechó.

— O que foi? Estou de luto — disse Bronwyn, amuada, quando Alice se espantou com o chapéu.

Bronwyn às vezes era melodramática — quando as duas dividiram um apartamento, ela havia ligado para a emergência quando vira um rato saindo de trás do forno —, mas conhecia Alice melhor que ninguém, e Alice entendeu que, embora o chapéu *fosse* um pouco exagerado, o sentimento era sincero. Um ano antes, Alice teria rido da ideia de trocar a cidade pelo "campo", mas as coisas e as pessoas mudam. Ou, como no caso de Alice, as pessoas cometiam um pequeno erro de julgamento, ferravam completamente com a própria vida, então não tinham outra escolha a não ser mudar.

Ela segurou o rosto da amiga entre as mãos e disse:

— Eu não morri. Vou estar ali, em Greenville, certo? Mudar é bom. — Ela engoliu as lágrimas quentes e torceu para que seu sorriso largo escondesse a preocupação que sentia.

Bronwyn, que a conhecia muito bem, repetiu:

— Mudar é bom. E, de todo modo, esta cidade é superestimada.

Então ela sugeriu que ficassem bêbadas, e foi o que aconteceu. Por volta da meia-noite, as duas escaparam da sala de estar lotada de Bronwyn — onde os amigos estavam colados uns nos outros no espaço úmido e apertado — e dividiram o último gole de uma garrafa de tequila na escada de incêndio, até que as palavras de Alice passaram a sair arrastadas e Bronwyn dormiu com a cabeça no colo da melhor amiga.

Sendo assim, depois de o alarme tocar muito cedo, de alguma ânsia de vômito e de menos café do que ela precisava, Alice estava de mau humor, sentindo a língua grossa, e queria que o caminhão parasse de apitar. Ou talvez o que ela realmente quisesse fosse se deitar na entrada de carros cheia de mato e de ervas daninhas e deixar o caminhão atropelá-la, acabando de vez com a ressaca. Alice riu, imaginando como Beverly contaria uma história desse tipo para os próximos compradores em potencial da casa.

— O que é tão engraçado? — perguntou Nate, cutucando Alice.

— Nada. — Ela balançou a cabeça. — Não acredito que estamos aqui.

Nate olhou de relance para ela.

— Tudo bem?

— Tudo. Se não levarmos em consideração que a minha cabeça parece prestes a explodir.

— Coitadinha. — Nate passou um braço ao redor dos ombros dela e deu um beijo em sua têmpora. Então, acariciou o rosto de Alice com a mão livre e apertou os olhos contra o sol forte. Seus óculos escuros estavam no alto da cabeça, mas ele pareceu não se lembrar disso. — Também estou com uma ressaca e tanto.

Felizmente o caminhão parou e o alerta da marcha à ré ficou em silêncio.

Alice ajeitou os óculos de sol no rosto do marido.

— Você acha que a gente pode pagar a eles pra desempacotar tudo, aí a gente pode ir pra cama?

— Acho melhor economizarmos nossos trocados — respondeu Nate, e Alice sentiu uma pontada de culpa, apesar do tom gentil do marido.

Nate ganhava bem — seu salário era muito maior do que o de Alice jamais havia sido, e talvez jamais viesse a ser — e passaria a ganhar significativamente mais depois de fazer o próximo e último exame atuarial, em alguns meses. Além disso, ele era um investidor responsável e era econômico, mas por ora seria apenas o contracheque dele que daria conta de todas as despesas.

— Você está certo — concordou Alice, e ficou na ponta dos pés para beijá-lo. — Eu já mencionei o quanto te amo, mesmo que você tenha se esquecido de escovar os dentes esta manhã?

Nate tapou a boca com a mão, rindo baixinho, e Alice afastou a mão.

— Eu não me importo.

Ela gritou quando ele a curvou para trás e os dois se desequilibraram — Alice procurou alguma coisa em que se agarrar para não cair, mas acabou segurando na haste dos óculos de Nate e arrancando-os do rosto dele. Na ânsia de não deixar os óculos caírem, Nate deixou Alice cair na calçada. Eles acabaram deitados um ao lado do outro, e Alice ria tanto que não conseguia fazer nenhum som.

— Você está bem? — perguntou Nate, e aconchegou a cabeça dela para que não encostasse no cimento. Ele sorriu quando viu que Alice estava se contorcendo de tanto rir, não de dor.

— De um modo geral, sim — murmurou Alice, então sorriu e colocou os óculos de sol de volta no rosto dele.

Nate a levantou, e os dois estavam tirando pedacinhos de cascalho das calças jeans quando o Lexus de Beverly estacionou. Ela saiu do carro, desta vez com pulseiras prateadas tilintando no braço quase nu. A pele sob o braço balançou quando ela acenou, e Alice levou a mão aos próprios braços, checando discretamente quanta pele conseguia apertar. E fez uma anotação mental para fazer algumas flexões mais tarde.

— Ali! Nate! Oi! — Beverly carregava um pacote na outra mão, e o excesso de celofane transparente se projetava em todas as direções, acima da fita amarelo-clara amarrada ao redor. — Hoje é o grande dia. Vocês devem estar muito empolgados!

Beverly sorriu e empurrou a cesta na direção de Alice, que não estava preparada para o peso e quase a deixou cair.

— Ei, cuidado — avisou Beverly, e colocou a mão por baixo da de Alice para apoiar. — Tem uma bela garrafa de vinho aí dentro que você não vai querer desperdiçar nessas flores.

Dentes-de-leão se projetavam das rachaduras no calçamento. Beverly talvez fosse igualmente inútil no jardim, já que chamava aquelas ervas daninhas de "flores".

— Obrigada, Beverly. — Alice segurou o presente com mais força. Uma ponta do celofane arranhou seu queixo e ela ajeitou a cesta na dobra do cotovelo. — Não precisava.

Beverly dispensou o agradecimento com um gesto de desdém.

— Não seja boba. Hoje é um grande dia. — Ela entregou as chaves da porta da frente a Nate. — Acho que vocês vão ser muito felizes aqui. Muito mesmo.

6

Cabe a você *conquistar* o pedido de casamento — promovendo uma campanha digna e sensata com o objetivo de ajudá-lo a descobrir por si mesmo que o matrimônio, e não a vida de solteiro, é a pedra fundamental de uma vida plena e feliz.

— Ellis Michael, "How to Make Him Propose",*
Coronet (1951)

Alice

Alice e Nate estavam na cama do quarto principal ainda pouco familiar, ligeiramente bêbados depois de terminar a garrafa de vinho dada por Beverly. Eles se deitaram embaixo de um edredom, direto no colchão, que por sua vez tinham deixado no chão mesmo, já que estavam cansados demais para montar a cama. A única luz vinha de uma luminária conectada à tomada na parede oposta. O corpo de Alice doía — cada músculo, do couro cabeludo aos pés, implorava por uma massagem ou, no mínimo, por um banho quente. Ela se lembrou da banheira cor de amêndoa com a borda enferrujada e chegou à conclusão de que um banho de chuveiro bastaria para aquela noite, se conseguisse reunir energia para tanto. Ainda não havia cortinas nas janelas e, sem o brilho do tráfego e das centenas de quadrados iluminados das janelas dos

---

* Em tradução livre: "Como fazê-lo pedir você em casamento". (N. da T.)

prédios vizinhos, estava incrivelmente escuro do lado de fora da casa. E silencioso. Muito silencioso.

Alice se lembrou da caixa que tinha deixado na porta do quarto mais cedo e abandonou com relutância o calor da cama para tatear até ela.

— Tenho uma coisa pra você — disse ao marido. — É só uma bobagenzinha, portanto não fique muito animado.

Ela tirou de dentro da caixa grande de papelão um pacote retangular, embrulhado com papel de presente e amarrado com um laço dourado. Então, se acomodou em cima do edredom, com as pernas dobradas por baixo do corpo, de modo que a camisola cobrisse os joelhos para protegê-la do frio, e entregou a caixa a Nate com um sorriso.

— Feliz casa nova, meu amor.

Ele pareceu surpreso e ajeitou o corpo para se sentar ao lado dela, enquanto pegava a caixa.

— Como assim? Eu não comprei nada pra você.

Alice o encarou com uma expressão de incredulidade.

— Você comprou uma casa pra mim.

— *Nós* compramos esta casa.

Nate esfregou o queixo no pescoço de Alice — a barba por fazer parecia uma lixa fina — e deu um beijo delicado. Ela não corrigiu o marido, não o lembrou que haviam sido principalmente as economias dele que garantiram o pagamento.

— Abre — disse Alice.

Nate sacudiu o pacote e alguma coisa pesada fez barulho lá dentro. Ele ergueu as sobrancelhas, abriu o laço e então o papel de embrulho. Depois de levantar a tampa da caixa branca, Nate afastou para o lado o papel de seda que Alice havia colocado em volta do presente e deu uma gargalhada.

— Gostou? — perguntou Alice, sorrindo.

Ele deu um beijo nela, e mais outro.

— Adorei. — Ele segurou o cabo de madeira polida com a mão direita, e fingiu que estava martelando um prego no ar na frente deles. — É perfeito. — Nate passou os dedos pelo cabo do martelo rústico, no qual Alice havia mandado gravar *sr. Hale* na madeira.

— Fico feliz, porque eu meio que tenho uma peça igual. — Ela voltou a enfiar a mão na caixa ao lado da porta e pegou o próprio martelo, idêntico, só que com *sra. Hale* gravado no cabo.

— Você é demais — murmurou Nate, ainda sorrindo. — Obrigado. Agora, vamos torcer para eu não quebrar muitos dedos.

— Digo o mesmo. — Alice riu e fez uma pausa rápida antes de acrescentar: — Talvez isso seja demais pra nós, você sabe.

— Sim, eu sei. Mas pelo menos vamos afundar juntos. — Ele tirou o martelo das mãos de Alice e o colocou no piso, junto ao colchão. — Podemos batizá-los amanhã. — Ele a empurrou para trás, deitando-a, enquanto levantava a camisola dela até suas mãos encontrarem a pele nua. Alice estremeceu por causa do frio do quarto e das cócegas provocadas pelo polegar de Nate que passeava preguiçosamente ao redor do seu umbigo.

— A gente vai construir uma vida aqui, meu amor — murmurou Nate. — Eu vou cuidar de nós dois.

Nate Hale e Alice Livingston se conheceram no Central Park, no meio da pista de corrida ao redor do reservatório. Ele vinha correndo na direção dela, mas Alice não o viu, já que estava tentando freneticamente limpar cocô de cachorro da sola do tênis. Nate era um corredor "de verdade" — ele tinha um relógio com GPS, uma camiseta antitranspirante com faixas de fita refletora nas costuras, um daqueles cintos de lycra com lugar para garrafas d'água e o andar saltitante de alguém que achava que correr não era esforço algum. Alice estava em sua segunda tentativa. Embora mais tarde ela viesse a gostar, naquele dia, em particular, Alice odiava tudo o que se relacionava a correr.

Quando Nate reparou em Alice, ela estava pulando em um pé só, segurando entre os dedos o tênis sujo pendurado pelos cadarços, o braço estendido.

— Tá tudo bem?

Nate diminuiu o ritmo e se aproximou dela. Ele era bonito, com cabelos cheios que prometiam permanecer daquele jeito por pelo menos mais algumas décadas. Cílios longos e escuros. Corpo esguio e, para arrematar, um abdome definido, que foi difícil não notar — primeiro quando ele levantou a camisa para enxugar o suor dos olhos, e mais tarde naquele dia, bem de perto, já no quarto de Alice.

— Eu pisei numa coisa. — Ela conteve a ânsia de vômito.

— Me dá aqui. — Nate estendeu a mão e Alice lhe passou o tênis com prazer. Ele caminhou alguns metros até uma faixa verde de grama, embaixo de uma árvore. — A propósito, sou Nate — apresentou-se por cima do ombro enquanto ela o seguia mancando, apoiando apenas os dedos do pé descalço. — E eu apertaria a sua mão, mas, bem... — Ele sorriu e Alice reparou nos belos dentes.

— Alice — se apresentou ela. — E obrigada. Você me salvou de colocar o meu café da manhã para fora.

Nate agachou e ficou deslizando a sola do sapato dela para a frente e para trás na grama, os gestos firmes, como se soubesse o que estava fazendo. Alice ficou por perto, esperando, já decidida a voltar para casa apenas com um pé calçado, porque obviamente o tênis que estava nas mãos de Nate iria para a lata de lixo mais próxima. Depois de inspecionar o solado, Nate o esfregou mais um pouco na grama e pegou uma das garrafas em miniatura no cinto para jogar água onde ainda havia uma sujeira. Quando a água suja começou a escorrer da sola de borracha, Alice se virou para o lado e vomitou na grama. Para seu profundo embaraço, não tinha conseguido manter no estômago os poucos goles de Gatorade que havia tomado e a meia banana que tinha comido antes de sair de casa.

Quinze minutos depois, os dois estavam sentados em um banco próximo, Alice com os dois pés calçados (Nate tinha feito um excelente trabalho de limpeza), tomando um picolé que ele havia comprado em um carrinho, com o intuito de colocar algo de volta no estômago dela.

— Então, me conta, Alice, quais são as três coisas que eu deveria saber sobre você?

— Hummm... Além de saber que cocô de cachorro me faz vomitar?

Nate riu e Alice ficou envergonhada.

— Aliás, desculpa por aquilo.

— Tudo bem — disse Nate, e deu uma lambida no picolé, que derretia rapidamente, já que o dia ficava mais quente. — Você fez a corrida de hoje ficar muito mais interessante.

Ele sorriu, e Alice, embora constrangida por causa do estômago fraco, gostou do flerte brincalhão.

— Então, três coisas? — perguntou ele.

— Primeira, eu trabalho com relações públicas, e trabalho muito, mas adoro. Segunda, eu não sou realmente uma corredora, por mais que possa parecer. — Ela indicou com um gesto os tênis e o short de corrida. — Na verdade, esta é só a minha segunda corrida.

— E o que está achando? Você quer ser uma corredora, Alice... qual é o seu sobrenome?

— Livingston. E ainda não decidi. — Ela riu. — Eu não contaria a corrida de hoje como um grande sucesso.

— E a terceira coisa?

Nate já havia terminado o picolé. Ele se recostou no banco, ainda com o palito de madeira entre os dentes, e a observou com atenção. Com muita atenção.

Alice enrubesceu diante daquele olhar, sentindo um calor percorrer seu corpo que não tinha nada a ver com a umidade do clima ou com seu esforço anterior.

— Três... Eu não costumo tomar picolés com homens desconhecidos no Central Park.

Nate sorriu, e foi lindo de ver.

— Preciso dizer que esta foi a primeira vez que comprei um picolé para uma mulher que vomitou aos meus pés, então acho que estamos em um território desconhecido.

— Engraçadinho — murmurou Alice, rindo.

Ela tentou tomar o sorvete antes que ele derretesse, mas fracassou e a viscosidade açucarada se espalhou por suas mãos. Nate pegou mais uma de suas garrafas de água e disse:

— Estende as mãos.

Alice obedeceu, ele esguichou a água e depois levantou a camiseta para secar as mãos dela. O toque se demorou um instante a mais, então ele sorriu, desviou o olhar e se ocupou em guardar a garrafa de volta no cinto de corrida.

— Não sei se você quer dar outra chance a esse negócio de correr... entendo que o incidente com o tênis pode ser um impedimento — comentou Nate, com uma expressão tão séria que fez Alice rir e logo se encolher e levar a mão ao estômago dolorido. — Mas estou sempre por aqui, pelo menos algumas vezes por semana, e teria o maior prazer, você sabe, em dar algumas dicas se você estiver disposta a se arriscar.

— Você está me convidando para correr, Nate... Espera, qual é o seu sobrenome?

Ele estendeu a mão para apertar a dela.

— Nate Hale. Corredor; analista atuarial, que é uma forma elegante de dizer que trabalho com números; e, de modo geral, um cara legal com um fraco por resgatar-donzelas-em-perigo.

Meia hora depois, os dois estavam nus, colados um ao outro embaixo do chuveiro de Alice, os tênis de corrida largados ao acaso na porta da frente e uma trilha de shorts, camisetas, um top esportivo e uma calcinha levando ao banheiro. Alice não costumava convidar caras que acabara de conhecer para ir ao apartamento dela, mas Nate era diferente. Ela soube disso assim que o conheceu.

Não demorou muito para que Alice passasse a maior parte das noites na casa de Nate, de tal forma que Bronwyn perguntou para a amiga se deveria encontrar outra pessoa com quem dividir o apartamento. A pergunta foi feita com certo mau humor, já que, até conhecer Nate, Alice sempre dizia que *não era* do tipo que se envolvia em relacionamentos sérios e, como se sentia da mesma forma, Bronwyn as imaginava morando juntas por muitos anos.

Alice tinha conhecido Bronwyn Murphy alguns anos antes. As duas haviam sido contratadas como profissionais juniores de relações públicas com apenas uma semana de diferença, e tinham se unido por causa do medo e da idolatria pela chefe delas, Georgia Wittington. Embora Alice se achasse "ambiciosa", Bronwyn era absurdamente ambiciosa. Para ela, Georgia e a empresa eram apenas degraus, e ela tinha um cronograma totalmente traçado para avançar no Grupo Wittington, ou partiria sem olhar para trás. Quando a promoção prometida por Georgia não aconteceu, Bronwyn pediu demissão. Ela implorou a Alice — com quem já dividia um apartamento — para fazer o mesmo, mas Alice não queria desistir do cargo, agora sênior, e esperava ser recompensada em breve pelo trabalho árduo e pela lealdade. Pouco tempo depois Bronwyn estava ganhando o dobro do salário máximo que Alice conseguira receber e tinha o cobiçado título de "diretora de divulgação" de uma empresa concorrente.

— Vai ser difícil encontrar alguém que entenda as minhas necessidades — dissera Bronwyn, seguindo Alice, que havia dado uma passada no apartamento para pegar algumas coisas que queria levar para a casa de Nate. — Outra pessoa pode querer usar o forno para, tipo, assar um frango.

Alice abraçou a amiga. Bronwyn usava o forno para guardar o excesso de sapatos.

— Você tá toda *acomodada*. — Bronwyn se sentou com tudo na cama de Alice e ficou olhando enquanto a amiga guardava alguns conjuntos de lingerie na mochila de viagem. — Estou com saudades da Alice divertida! Ela sempre fazia eu me sentir melhor em relação às minhas escolhas.

— Essa Alice ainda está aqui! Você está exagerando, Bron. Sim, estou namorando. Mas ainda sou a sua melhor amiga e nunca vou abandonar você. Não se preocupe.

— Tudo bem — resmungou Bronwyn, enquanto ajudava Alice a dobrar algumas camisetas. — Mas se você começar a agir comigo como as mulheres daquele filme *Mulheres perfeitas*...

Poucos meses depois, Alice foi morar oficialmente com Nate e, seis meses depois, durante uma corrida matinal pelo parque, Nate a pediu em casamento. Ao lado do mesmo banco onde haviam tomado picolé juntos, ele tirou o anel de diamante do minúsculo bolso interno com zíper do short de corrida e se ajoelhou, fazendo com que os transeuntes aplaudissem e, aos gritos, dessem parabéns aos dois.

Alice amava Nate. Profundamente. A princípio, o sentimento era assustador porque a pegara desprevenida e sua experiência anterior não a havia preparado para aquilo. Seu último relacionamento sério tinha sido com um colega, Bradley Joseph, que era charmoso, bem-sucedido e gostava muito dela, mas que também, no final das contas, era um cretino controlador. No começo eram coisas pequenas: ele reclamava do comprimento do vestido (muito curto), da cor do batom (muito forte) ou ficava chateado com a única noite por semana em que Alice saía para beber com os amigos do trabalho, sugerindo que ele estava levando o relacionamento deles mais a sério do que ela. Além disso, Bradley nunca perguntava sobre o trabalho dela, preferia falar sobre os próprios sucessos profissionais.

Em um primeiro momento, Alice não deu muita atenção àquilo, e preferiu atribuir o comportamento ao fato de Bradley ser um cara confiante, com o ego um pouco inflado, e que, portanto, não havia nada com que se preocupar. Até ele abrir um buraco na parede do apartamento de Alice, com um soco, a poucos centímetros da cabeça dela, depois que ela disse que não poderia ir ao casamento do irmão dele porque estava com 40 graus de febre. Alice terminou com ele na hora, mas Bradley a desanimou em relação ao sexo oposto de tal forma que ela não saiu com ninguém por mais de um ano. Até conhecer Nate.

— O que me fez aceitar o pedido de casamento de Nate? É simples, na verdade. A vida com Nate é melhor do que a vida sem ele — disse Alice na recepção do casamento, segurando uma taça de champanhe gelada em uma das mãos e a mão de Nate na outra.

Ele a beijou, os lábios úmidos de champanhe, enquanto os convidados aplaudiam com lágrimas nos olhos, e Alice pensou: *Nunca vai haver um momento mais perfeito do que este.*

7

Nellie
15 de setembro de 1955

Cookies com gotas de chocolate

1 xícara de manteiga ou margarina amolecida
¾ xícara de açúcar mascavo
¼ xícara de açúcar
2 ovos
1 colher (sopa) de leite
1 ½ xícara de farinha de trigo
½ colher (chá) de bicarbonato de sódio
½ colher (chá) de cravo moído
¼ colher (chá) de sal
1 xícara de chocolate meio amargo picado
¼ xícara de coco ralado

Bata a manteiga, adicionando os dois tipos de açúcar aos poucos até incorporar. Bata os ovos com o leite e acrescente à mistura de manteiga. Em um recipiente à parte, junte a farinha, o bicarbonato de sódio, o cravo e o sal e também acrescente à mistura de manteiga. Pique o chocolate em pedaços pequenos e junte à massa com o coco. Com uma colher de chá, pegue um pouco da massa e passe para um tabuleiro untado, deixando cerca de cinco centímetros de distância entre uma colherada e outra. Asse em forno médio (180 graus) por 12 a 15 minutos.

Nellie colocou a fornada de cookies no banco de trás do Studebaker amarelo de duas portas — o carro tinha sido escolhido por Richard, mas ele deixara Nellie escolher a cor, que a fazia se lembrar das rosas amarelas híbridas do jardim da mãe — e entrou no carro. Ela passou as mãos pelo vestido preto para alisar os vincos, ajustou as luvas e ficou sentada ali, irritada, enquanto esperava por Richard. Os dois haviam discutido a manhã toda, ele exigindo que ela ficasse em casa ("mulheres grávidas jamais deveriam comparecer a funerais") e Nellie retrucando que não faria uma coisa daquelas. Estava absolutamente saudável e não perderia o funeral de Harry Stewart por causa de uma das superstições bobas da falecida sogra.

— O que as pessoas pensariam? — perguntou Nellie, porque Richard era do tipo que se preocupava com a opinião alheia. E saiu pisando firme em direção ao carro, os cookies na mão, deixando-o sem escolha a não ser segui-la.

Quando Richard parou na frente da igreja, Nellie examinou o grande grupo de pessoas vestidas de preto reunidas para o funeral. Harry Stewart era um dos melhores vendedores de Richard e tinha morrido no trem, a caminho do trabalho, na manhã da sexta-feira anterior. Ele estava sentado, embora caído para o lado e encostado na parede interna do trem como se estivesse dormindo profundamente. Foi só quando o trem freou com força — jogando Harry no colo de outro passageiro — que alguém se deu conta de que havia algo de errado. Harry tinha trinta e seis anos, um ano mais velho que Richard, e era pai de quatro filhas pequenas.

— Ataque cardíaco — disse Richard, mais abalado do que Nellie jamais o vira.

Provavelmente o marido estava se imaginando no lugar de Harry, sua morte passando despercebida por algum tempo enquanto outros passageiros liam jornais, fumavam cigarros e conversavam sobre banalidades.

O medo nublou os olhos de Richard durante toda a semana enquanto ele lidava com os funcionários chocados e ajudava a viúva de Harry a organizar o funeral, que ele fez questão de pagar do próprio bolso. Nellie tentou imaginar como teria sido se a vítima de um ataque cardíaco fulminante naquele trem *fosse* Richard. Ela estaria de pé nos degraus da igreja, como a esposa de Harry, Maude, estava agora? Estaria pressionando um lenço bordado, comprado no bazar de igreja, contra os olhos inchados e desolados? Mas Nellie não conseguiu se colocar naquele lugar. Não porque ela não pudesse imaginar a dor, mas porque ela e Maude Stewart tinham pouco em comum.

As quatro filhas de Maude estavam enfileiradas ao lado da mãe como bonecas russas, da mais velha e mais alta à mais nova, uma garotinha de quatro ou cinco anos, ao que parecia. Maude fora sábia ao escolher o marido. Harry tinha sido um homem gentil, que amava as filhas, a esposa e Deus, nessa ordem. Nellie o encontrara apenas algumas vezes, mas percebera a ternura em seus olhos na mesma hora em que foram apresentados; além do fato de ele nunca andar na frente da esposa, mas sempre ao lado dela. Nellie olhou de relance para Richard ao seu lado, no carro, observando sua expressão severa, e sentiu um mal-estar contorcer suas entranhas, como um verme. Ele enfiou a mão dentro do paletó, no lado esquerdo do peito, e sua expressão se tornou mais carregada.

— Você está bem? — perguntou Nellie.

Richard a ignorou, saiu do carro e abriu a porta para ela. Nellie deu o braço a ele e os dois caminharam lado a lado em direção à viúva Stewart e suas filhas tristes, alinhadas como bonecas russas, nos degraus da igreja.

Nellie cravou as unhas brilhantes na palma das mãos durante o funeral, mas sua respiração se estabilizou assim que eles saíram pelas portas pesadas da igreja. Detestava funerais. Mal conseguia suportar como aqueles que ficaram para trás faziam o luto parecer banal e previsível. Rostos sombrios, murmúrios baixos de consolo e lágrimas silenciosas escorrendo pelo rosto vermelho e lenços de linho cerrados nos punhos para secá-las. Durante toda a cerimônia, Nellie achou que ouviria um lamento torturado explodindo de uma das primeiras fileiras, provando a importância da vida do morto. De vez em quando, se ouvia um suspiro ou soluço irregular, talvez uma vertigem ocasional, e Nellie ficara feliz com isso. Apreciaria uma demonstração tão evidente se fosse ela naquele caixão na frente da igreja. Mas os funerais não eram para os mortos e sim para os vivos.

Após o enterro, eles se dirigiram até a casa dos Stewart. Nellie olhou para a bandeja no banco de trás, os cookies meticulosamente dispostos em fileiras perfeitas. Richard havia questionado a contribuição deles para a ocasião, sugerindo que os cookies não eram substanciais (ou impressionantes) o bastante.

— Você cozinha tão bem, Nellie — dissera ele, mas ela sabia o que o marido realmente queria dizer. Ele não achava que os cookies passavam a mensagem certa em relação aos Murdoch.

Mas Richard não sabia nada sobre alimentar quem estava triste — aquilo era trabalho das mulheres —, nem como um simples cookie de chocolate era capaz de melhorar o humor de uma pessoa. Além disso, Nellie já havia levado uma travessa com um frango gratinado para Maude deixar na geladeira, quando fora ao velório na noite anterior, sem Richard, que estava mais uma vez com dores de estômago. A quarta vez naquela semana. Ele prometera a Nellie que se consultaria com o dr. Johnson em breve, mas, quando ela voltara a pressioná-lo, o marido retrucara que não era da conta dela. Não era da conta dela! Ela era esposa dele, seria da conta de quem, então?

Ainda no carro, Nellie imaginou quantas travessas de pratos salgados, bandejas de frios e gelatinas salgadas enfeitariam a mesa de jantar de Maude e teve certeza de que os cookies seriam bem-vindos. "Todo mundo se sente melhor depois de comer chocolate", era o que a mãe dela sempre dizia.

Já na casa dos Stewart, que estava lotada com as pessoas que haviam comparecido ao funeral, Richard se manteve ao lado de Nellie, a mão firme em suas costas. Eles encontraram Maude descansando em uma poltrona na sala de estar, com uma grande foto da família Stewart na mesa ao lado dela, os sorrisos incrivelmente idênticos.

— Ah, Dick. Nellie. Obrigada por virem — disse Maude, a pele do rosto pálida e flácida. — E obrigada mais uma vez pelo frango, Nellie. Sentimos muito a sua falta, Dick. Está se sentindo melhor?

Richard ficou tenso ao lado de Nellie, os dedos beliscando a pele da cintura dela através do vestido. Ela sabia que era melhor não se afastar da mão dele.

— Estou ótimo — respondeu Richard, a voz mais alta que o necessário, como se para provar o que dizia. E sorriu calorosamente para Maude. — Harry era um grande homem. É uma pena o que aconteceu, uma pena mesmo. Por favor, aceite as nossas mais profundas condolências, você e suas meninas. E Maude... se precisar de alguma coisa, não hesite em pedir. Harry era uma parte importante da família Murdoch.

Eles trocaram amabilidades por mais um minuto, como se faz nessas ocasiões, antes de seguirem para a sala de jantar sob o pretexto de preparar um prato de comida.

— Você não deveria ter comentado com Maude Stewart sobre o meu mal-estar — sussurrou Richard, irritado, no ouvido da esposa.

Nellie manteve o sorriso no rosto enquanto caminhava em direção à mesa, notando com grande satisfação que restava apenas metade dos seus cookies. Mas aquela bolha de satisfação estourou assim que eles encontraram um canto tranquilo, onde se sentaram com os pratos de comida que mal tocaram, e Richard começou a atacá-la novamente.

— Era para você ter falado que eu tive uma emergência na fábrica.

Uma emergência na fábrica. O negócio de Richard era produzir gomas de mascar... que emergência poderia ter acontecido? Além disso o velório estava cheio de funcionários dele, que sabiam tão bem quanto ela que nenhuma emergência havia acontecido.

— Me desculpe. Esqueci.

— Esqueceu?

Richard pressionou a borda do prato com força contra o peito dela. Doeu, e Nellie se afastou por instinto, mas acabou batendo com o cotovelo no encosto da cadeira. Seu prato se inclinou e uma porção de gelatina salgada caiu no tapete.

— Santo Deus — disse Nellie.

Ela pousou o prato e se agachou para limpar a sujeira.

— Deixe a filha deles fazer isso, Nellie. —Richard quase murmurou, mas não havia como não reconhecer aquele tom de voz.

Ela sentiu o coração disparar ao se levantar e apoiar o guardanapo sujo no prato intocado.

— Está na hora de ir embora.

— Não podemos ir embora agora, Richard — retrucou Nellie baixinho. — Acabamos de chegar.

— Diga que não está se sentindo bem. Isso é esperado no seu estado.

— Muito bem. — Ela começou a se encaminhar na direção de Maude, mas parou quando percebeu que o marido não a seguia. — Você não vem?

— Vou pegar o carro.

Ele cerrou os lábios com força, como fazia quando estava com raiva. Uma expressão que Nellie passara a conhecer muito bem nos últimos meses, quando o Richard que havia conhecido no café-concerto havia desaparecido, deixando no lugar um homem mal-humorado e inconstante. Ela estava prestes a se desculpar novamente por revelar o mal-estar dele a Maude, mas um dos gerentes da fábrica colocou a mão no ombro de Richard, que se virou para cumprimentar o homem com um sorriso pronto e um aperto de mão confiante. A facilidade com que ele mudava de humor ainda a surpreendia.

Nellie aproveitou a oportunidade para ir até Maude e se desculpar.

— Acho que fiquei tempo demais de pé e está me dando um pouco de tontura, então Richard está insistindo para que eu vá me deitar.

Maude mostrou-se gentilmente preocupada, sugeriu uma caneca de leite quente com noz-moscada e usar um travesseiro para elevar os pés.

— Parece perfeito. — Nellie deu um sorriso caloroso. — Por favor, me chame se precisar de alguma coisa, Maude. Estou a uma curta distância de carro daqui.

— Você é muito gentil, Nellie. — Maude segurou as mãos dela e olhou ao redor. — Onde está Dick?

— Ele foi pegar o carro.

— Ele é um bom homem — declarou Maude, deixando a inveja e a melancolia tingirem suas palavras. Ela enxugou algumas lágrimas. — Você tem muita sorte por... — Sua voz falhou e Nellie apertou com carinho as mãos entrelaçadas da mulher à sua frente. — Não deixe ele escapar, está ouvindo?

Nellie garantiu a Maude que cuidaria disso e foi embora, aproveitando para respirar fundo assim que saiu da casa dos Stewart. Mas seus pulmões se encheram com menos facilidade quando Richard estacionou na calçada. O marido amoroso, o bom homem que ela teve a sorte de ter. *Não deixe ele escapar, está ouvindo?*

Richard fez uma cena para ajudar Nellie a entrar no carro, e ela entrou no jogo, como sabia que ele esperava que fizesse. Apoiou-se nele para provar quanto estava tonta, enquanto o marido a conduzia gentilmente até o carro, o braço passado com preocupação ao redor de seus ombros. Aquele cuidado amoroso certamente foi notado por alguns olhos curiosos de dentro de casa. Aquele era o Richard que Nellie havia conhecido, o homem de quem sentia falta, e ela se permitiu desfrutar do apoio dele, mesmo que apenas por um momento.

Depois que acomodou Nellie no carro e partiram, o humor de Richard voltou a ficar sombrio. Nellie percebeu a mudança, como uma brisa fresca que sabemos que está chegando, mas mesmo assim nos faz estremecer quando atinge a pele. Richard não falou nada, nem olhou na direção dela, então Nellie soube que ele passaria a noite emburrado, que a repreenderia de novo e que, depois de um ou dois uísques, resolveria perdoá-la e voltaria a agir como o bom marido que acreditava ser. Ela desejou poder voltar no tempo, para o início daquela manhã, quando acordara com Richard beijando sua testa com suavidade, e acariciando com a palma da mão a pequena elevação de seu ventre. Um homem com duas faces, o Richard dela.

Nellie estava olhando pela janela, pensando no jantar e se conseguiria descongelar as costeletas de porco a tempo, quando Richard esticou o braço e cravou os dedos em sua coxa.

— Ai! — Ela ficou chocada com o aperto repentino e doloroso. — Richard. Por favor. Você está me machucando.

Ele não olhou para ela, os dedos ainda firmes ao redor da perna fina da esposa.

— Meus funcionários não podem pensar que estou doente, Nellie.

— Eu já pedi desculpa. Não tive a intenção de causar problemas. Agora, por favor, solte minha perna.

Mas ele cravou os dedos mais fundo, apertando como se tentasse fazer os ossos saltarem da pele. Nellie sabia que ficaria com um hematoma ali no dia seguinte, embora bem disfarçado sob a saia e a jardineira, para que ninguém mais visse. Richard nunca batera nela abertamente, mas aquele não era o primeiro hematoma que deixava em sua pele desde que se casaram. Desde que soubera que ela estava grávida, o marido não a tocara com raiva, e Nellie acreditara de um jeito ingênuo que as explosões raivosas anteriores e os dedos brutos tinham sido por causa da frustração que ele sentia por ainda não terem filhos. Richard queria um filho mais que qualquer outra coisa, e a incapacidade de Nellie de conceber durante o primeiro ano de casamento havia sido uma grande fonte de tensão.

— Eu mal posso suportar olhar para você. Talvez seja melhor você sair do carro e ir para casa a pé. O que acha disso, Eleanor?

Os sapatos de Nellie já estavam machucando os pés inchados por causa da gravidez.

— Me desculpe, Richard. Por favor, não me faça voltar andando.

O pai de Nellie certa vez havia parado o carro a sete quilômetros de casa e exigira que a mãe e ela, então com cinco anos, saíssem do carro. Ele estava agressivo, pois havia bebido muito no jantar, e momentos antes Nellie tinha chutado as costas do assento dele com suas perninhas entediadas e inquietas. Nellie e a mãe se viram forçadas a caminhar de volta para casa no escuro, e o salto do único par de sapatos bons de Elsie já estavam quebrados quando ela pegara a filha semiadormecida no colo e a carregara pelo último quilômetro. O pai de Nellie fora um homem cruel, mas ela não conseguia acreditar que Richard, não importava o que ela tivesse feito, fosse deixá-la na rua, ainda mais na condição em que estava.

Apesar da ameaça, Richard não diminuiu a velocidade do carro, mas também não soltou a coxa dela, por mais que Ellie se desculpasse. De repente, ela sentiu uma dor aguda rasgar seu ventre e soltou um arquejo. Então, dobrou o corpo ao meio e gritou.

— O que foi?

Richard tirou rapidamente a mão da sua coxa e Nellie sentiu a perna formigar quando o sangue voltou a pulsar nos capilares não mais sob tensão.

— Estou... Não sei direito. — Ela não conseguiu mais conter as lágrimas. A dor era terrível.

— Vou levar você para o hospital agora. — Richard fez menção de manobrar o carro.

— Não! Por favor, não precisamos ir para o hospital. — O único lugar para onde Nellie queria ir era para casa. — Está melhorando. Foi só uma cólica. Eu exagerei ontem no jardim e não dormi muito bem na noite passada.

Richard olhou da esposa para a rua, o pé pairando entre o freio e o acelerador.

— Tem certeza? Você está muito pálida.

Nellie assentiu e beliscou as bochechas, endireitando o corpo o melhor que pôde. Ela manteve as mãos contra o ventre, pois as cólicas continuavam, mas se forçou a relaxar o rosto e não deixar transparecer.

— Já melhorou.

O carro deu uma guinada para a frente quando Richard pisou no acelerador.

— Bem, vamos levar você para casa e colocá-la cama.

— Obrigada, Richard — conseguiu dizer Nellie.

Ele não merecia nenhum agradecimento da parte dela, mas esperava por aquilo. Mesmo com dor, Nellie tinha plena noção de seu papel — o da esposa que se curvava diante do marido, que se desculpava por coisas que não podia controlar, que tornava a vida do homem mais fácil, mesmo que para isso tornasse a dela ainda mais difícil. A esposa perfeita.

8

Nada destrói mais a vida de casados do que uma esposa preguiçosa e desmazelada.

— Sra. Dobbin Crawford, *Bath Chronicle* (1930)

Alice
27 de maio de 2018

No domingo, Nate saiu para fazer algumas compras e Alice ficou vagando pela casa, tentando se entender melhor com o lugar. Em Nova York, eles compravam muito do que precisavam no mercado que ficava a apenas vinte passos do prédio em que moravam. Ali em Greenville, comprar leite, pão e outras necessidades exigia um planejamento e um carro, o que deixava Alice nervosa. Ela não era a motorista mais confiante (não dirigia havia uma década, desde que se mudara para Nova York), mas ali ficaria presa em casa se não usasse um carro. A única coisa a vinte passos da casa era a esquina da rua.

Alice parou no meio da sala de estar e estufou as bochechas, as mãos na cintura. Ela soltou o ar em um longo silvo e sacudiu os ombros. Uma tentativa de relaxar. A sala escura e cavernosa a oprimia, e as tábuas do piso rangiam sob os pés enquanto ela caminhava, aquele som agitava seus nervos. Então mandou uma mensagem de texto para Nate, para saber quanto tempo mais ele demoraria. *Estou apavorada por estar sozinha em casa*, era o que queria escrever, mas em vez disso digitou: *Não se esqueça do alvejante*.

Deveria ter ido com Nate, como ele sugerira.

— Para mapear o terreno — dissera Nate, enquanto batia com o chaveiro do carro na lista de compras que estava na palma de sua mão. — Na segunda-feira, você que vai fazer tudo isso. Não quer saber como chegar aos lugares?

Aquilo era parte do acordo — Nate cuidaria das despesas, indo para o trabalho todos os dias, e Alice cuidaria das coisas em casa. A divisão parecia simples, mesmo que Alice não entendesse totalmente o que significava "cuidar das coisas em casa".

Em sua mente, ela continuava sendo a mulher de antes: alarme ajustado para tocar às cinco da manhã; estar pronta para trabalhar, cheia de cafeína, às sete. Então, gerenciar clientes e apagar incêndios, depois comprar alguma comida e encontrar Nate em casa à noite. Sem jamais se preocupar se a geladeira estava cheia, o banheiro limpo ou a cama feita.

Alice entrou na cozinha, que em comparação com o restante da casa era clara e alegre, e se sentiu melhor na mesma hora. Ela calçou um par de luvas de borracha e começou a limpar. Seus esforços foram interrompidos pela descoberta de dois ratos mortos atrás da geladeira barulhenta, decompostos até quase só os esqueletos. Ela estremeceu de horror, recolheu os restos frágeis com uma toalha de papel e pesquisou no Google se, em Greenville, os ratos mortos deveriam ir para a compostagem ou para o lixo comum.

Depois de se livrar das carcaças, Alice começou a trabalhar nas superfícies da cozinha, limpando mais de um ano de sujeira. E tinha conseguido apenas esfregar as bancadas e dentro de algumas das gavetas — que estavam tortas e rangeram quando ela as abriu — quando Nate voltou.

Ele deixou os sacos de papel do mercado em cima da mesa e deu um beijo no alto da cabeça de Alice — a única parte do corpo que ela achava que não estava coberta pela sujeira da cozinha —, então abriu a porta da geladeira e olhou para ela por cima do ombro.

— Você ainda não chegou aqui, não é?

A geladeira precisava de uma boa limpeza, com água e sabão (ele havia esquecido a água sanitária), mas aquilo não aconteceria antes que os alimentos perecíveis que ele tinha comprado precisassem ser guardados.

— Encontrei uns ratos mortos — respondeu Alice, dando de ombros de um jeito tranquilo, embora tivesse ficado desanimada com o comentário dele.

As bancadas estavam imaculadas e a cozinha tinha um cheiro fresco e limpo, de óleos de limão-siciliano e lavanda, mascarando o ar antes tão viciado. Era óbvio que ela deveria ter atacado a geladeira primeiro, já que sabia que Nate chegaria com alimentos perecíveis. Ela suspirou, frustrada consigo mesma. Em sua vida profissional, os resultados eram fáceis de identificar e medir. O que se ganhava por esfregar a cozinha, além de uma bancada (temporariamente) reluzente?

— Não se preocupe. A gente faz isso mais tarde. — Nate fechou a porta da geladeira e enfiou a mão em uma das sacolas. — Agora, por mais que não possa se comparar aos martelos, também tenho uma espécie de presente pela inauguração da casa nova pra você... pra nós, na verdade. Feche os olhos.

Alice obedeceu, animada com a promessa de um presente inesperado e com o barulho de papel sendo amassado enquanto Nate procurava em um dos sacos.

— Estenda as mãos — disse ele e, mais uma vez, Alice obedeceu.

Nate colocou alguma coisa nas mãos dela, um objeto retangular não muito pesado. Ela abriu os olhos e viu uma caixa rosa e branca, estampada com um bebê sorridente espreitando debaixo de uma manta branca, cercado pelos dizeres *Identifique seus dois dias mais férteis! Chega de adivinhações!*

— Ah... obrigada. — Alice colocou a caixa de lado e começou a desempacotar um dos sacos de papel.

— Só isso? "Ah, obrigada"? — Nate cruzou os braços e franziu o cenho enquanto a observava indo e vindo da bancada até a geladeira, guardando tudo rapidamente. — O que houve?

Alice guardou a manteiga e o leite em uma prateleira estreita (o espaço das geladeiras antigas era incrivelmente limitado) e fechou a porta com o quadril.

— Nada. Tá tudo bem.

— Ora, não parece que tá tudo bem. — Ele franziu mais o cenho. — Qual é o problema?

O problema era que Alice estava desapontada. Um kit de testes de ovulação como presente de comemoração pela casa nova? Ela dobrou os sacos de papel e os guardou em uma lixeira embaixo da pia antes de responder.

— É só que... não era o que eu esperava. Um kit de ovulação parece um negócio meio pretensioso.

— Pretensioso? — questionou Nate, e deu uma risadinha para disfarçar o espanto.

Como analista de risco, ele estava programado para tentar prever o futuro. Para ele, dispor de um teste de ovulação parecia perfeitamente lógico — *por que uma pessoa não gostaria de saber seus dias mais férteis se está tentando engravidar?*

Alice se sentou diante da mesa e puxou a caixa em sua direção.

— Você não acha que isso acaba com a diversão? Por que não podemos fazer da maneira antiga?

Nate franziu os lábios.

— Ali, concordamos que começaríamos a tentar assim que nos mudássemos. Você *me disse* que estava pronta. — Seu tom era levemente acusatório, e Alice tinha que admitir que havia dito exatamente aquilo.

E ela *realmente* achava que estava pronta. Faria trinta anos no fim do ano, e, agora que eles tinham a casa, com os quartos extras e a lavanderia completa, parecia que era hora de começar a tentar. Mas continuava sendo uma ideia nova à qual Alice ainda estava se ajustando. Seis meses antes, se o assunto de ter filhos viesse à tona, ela teria respondido: "Fale comigo em cinco anos". Não que não quisesse filhos; simplesmente queria outras coisas primeiro — como um cargo de diretora de relações públicas. Pelo menos até ela mesma estragar tudo. Alice não tinha mais certeza do que queria.

— Eu disse que estava quase pronta — retrucou ela, e acrescentou rapidamente: — E estou! Mas a gente tem tanta coisa pra fazer... Por conta da casa. — Ela prendeu as mechas de cabelo soltas no elástico do rabo de cavalo. — Não quero também ter que me preocupar com a minha ovulação.

— Tudo bem, Alice. Tudo bem — resmungou Nate.

Ele ficou andando pela cozinha, fazendo coisas desnecessárias como mudar o pão de uma ponta da bancada para a outra, abrindo e fechando as portas do armário sem pegar nada.

— Onde estão os copos de água? — falou.

— No alto, à direita, acima da pia.

Ela *poderia* ter sido mais receptiva ao presente, mesmo se preferisse uma boa garrafa de vinho ou uma pilha de cardápios de restaurantes que entregavam em casa, para mais tarde escolher o jantar daquela noite. Alice se afastou da mesa e se colocou atrás do marido, que estava diante da torneira aberta, esperando a água esfriar.

— *Estou* pronta.

Nate encheu o copo antes de se virar. Alice sorriu com carinho e entrelaçou os dedos aos do marido quando ele colocou o copo em cima da bancada.

— Mas talvez primeiro a gente possa se livrar do papel de parede horrível, contratar um eletricista e descobrir como aquecer um pouco este lugar, que tal? Faz tanto frio aqui. — Ela estremeceu para garantir um efeito dramático, e Nate, cedendo, a puxou para um abraço e esfregou as mãos nas costas dela.

— Tem certeza? — perguntou ele. — Certeza de verdade? Enfim, achei que esse fosse o plano, mas não quero...

— Tenho certeza. — Ela deu um passo para trás para alcançar o kit de ovulação que estava em cima da mesa. — Quantos testes têm aqui?

— Vinte. — Ele apontou para o canto superior. — Parece que dá para um mês.

Alice reparou que o lacre já tinha sido rompido.

— Está aberto.

— Fui eu. Queria ler as instruções.

— Eu deveria ter imaginado. — Alice riu. — Tá certo. Vou começar a fazer xixi nisso amanhã.

Nate balançou a cabeça.

— Cedo demais. Você está apenas no sétimo dia do ciclo. Nosso objetivo é o décimo segundo dia.

— Como você sabe que é o sétimo dia?

Ele deu de ombros.

— Eu presto atenção.

— Nossa.

Se Alice ficou surpresa por que o marido estava monitorando seu ciclo menstrual com mais precisão do que ela, não deveria. Nate era um planejador e um bom parceiro — naturalmente adotaria uma abordagem de esforço de equipe.

— Flores provavelmente teriam sido uma escolha melhor, não é?

— Não, temos muitas flores no jardim — respondeu Alice. — Estou ansiosa para fazer um bom uso disso em cinco dias.

— O que significa... que temos alguns dias para ensaiar, certo?

— Ahã. Hummm. Estou gostando de aonde você quer chegar com isso.

Alice deixou que Nate a levasse até a sala de estar. Ela se sentia suja e gostaria de tomar um banho primeiro, mas estava arrependida da reação pouco entusiasmada ao kit. Com toda a agitação na vida dela nos últimos meses, Nate tinha sido seu porto seguro. Não podia permitir que a ansiedade que sentia se colocasse entre eles.

Alice olhou de relance para o sofá floral, que era um dos móveis da casa e estava em condições surpreendentemente boas.

— Parece um lugar tão bom quanto qualquer outro.

Nate assentiu, sem tirar os olhos dela. Um instante depois, Alice estava deitada no sofá só de sutiã e calça jeans, e Nate estava em cima dela, com o peso apoiado nos cotovelos. Embaixo dele, ela se sentiu satisfeita pela primeira vez no dia.

— Isso certamente se qualifica como o jeito antiquado.

Nate estendeu a mão entre eles para desabotoar a calça jeans de Alice e ela pressionou o corpo contra as almofadas firmes para dar mais acesso a ele. Nate, então, passou o dedo pela lateral do rosto dela, descendo pelo maxilar e pelo pescoço, até se acomodar entre os seios.

— Eu te amo, sra. Hale — murmurou ele enquanto se inclinava para seguir o rastro do dedo com os lábios.

Alice encostou a cabeça no braço acolchoado do sofá.

— Eu te amo mais, sr. Hale.

Na segunda-feira, Alice acordou antes das sete por causa do sol entrando pelas janelas sem cortinas. Ela tentou voltar a dormir, mas ficou ruminando a lista de coisas a fazer: *Precisamos de cortinas. Talvez de uma máquina de ruído branco porque aqui é silencioso demais. E esse papel de parede feio tem que ir embora. Junto com a geladeira minúscula e barulhenta, a banheira enferrujada e as correntes de ar. Mas eu não me importo com o sofá. Mesmo tendo aquela estampa vistosa de flores. O sofá pode ficar.*

Nate suspirou ao lado dela.

Ao ouvir o suspiro do marido, Alice se virou e descobriu que estava sozinha na cama. Então lembrou que Nate provavelmente já tinha saído para o escritório, agora que o trajeto era muito mais longo. Alice olhou para o teto, para uma longa rachadura na qual ainda não tinha reparado, e pensou que talvez a casa tivesse suspirado pela fenda, aborrecida por seus novos proprietários não saberem muito bem como cuidar dela e por eles não apreciarem seus muitos encantos.

Um grande estrondo quebrou o silêncio, e Alice se sentou rapidamente na cama, segurando o edredom contra o peito, o coração batendo forte enquanto olhava para a porta do quarto, que havia batido sozinha. Ela não teve muito tempo para pensar em uma explicação racional (uma brisa forte vinda da janela aberta?) antes de ouvir o segundo estrondo. A pesada maçaneta de latão da porta do quarto caiu e bateu no piso de madeira, rolando ruidosamente até ser contida pelo rodapé.

Com um gemido, Alice afundou de volta no travesseiro e cruzou os braços sobre o rosto, enquanto acrescentava mais um item à sua crescente lista de tarefas pendentes.

9

Procure ter pensamentos agradáveis enquanto trabalha.
Isso tornará todas as tarefas mais leves e aprazíveis.

— *Betty Crocker's Picture Cook Book, revised and enlarged** (1956)

Alice
2 de junho de 2018

— Eu tinha esquecido como faz frio no leste. — A mãe de Alice se enrolou mais no suéter, tão grande que poderia ser usado como um tapete, e enfiou o queixo bem fundo na gola alta. — Você não está com frio? — Ela olhou para a roupa da filha com uma expressão de dúvida: calça jeans, uma camiseta fina de mangas compridas, os pés descalços.

— Mãe, está vinte e seis graus.

Mas aquela era a temperatura do lado de fora. Dentro de casa parecia mais frio, como se o ar-condicionado estivesse ligado no máximo, embora a velha casa não tivesse ar-condicionado.

— Não admira que eu esteja com frio. Estava trinta graus quando partimos.

Alice deu um gole no café e murmurou:

— Sim, o clima da Califórnia é diferente do de Nova York.

---

* Em tradução livre: "Livro de culinária ilustrada de Betty Crocker, revisto e ampliado". (N. da T.)

A mãe dela, Jaclyn, e o padrasto, Steve, tinham chegado para ficar uns dias com eles havia exatamente dezoito horas, nove das quais passaram dormindo, e Alice já estava contando os dias até a data que eles voltariam para San Diego. Ela havia tentado dissuadi-los da ideia da visita ("uma mulher casada de quase trinta anos não precisa da ajuda dos pais para se mudar"), mas a mãe tinha insistido e Alice acabara desistindo depois de receber o e-mail da mãe com os detalhes do voo que pegariam.

A mãe pousou a caneca de chá fumegante — a terceira do matcha que levara com ela, mesmo depois de Alice garantir que poderia conseguir o chá em Nova York — na mesa de cabeceira e afundou na cama do quarto de hóspedes, as pernas e braços parecendo eixos que se inclinavam e se endireitavam com surpreendente facilidade, apesar do enorme suéter.

— Então, como foi sua primeira semana de férias? — perguntou a mãe, enquanto fazia uma sequência de alongamentos no tapete de ioga que havia desenrolado no chão.

— Não estou de férias, mãe. Eu pedi demissão, lembra?

Alice franziu a testa, lembrando-se do trabalho. Sentindo uma saudade desesperada. Desejando ter tido o bom senso de manter a boca fechada naquela noite com Bronwyn, em vez de torpedear a própria carreira.

— Ah, você sabe o que eu quis dizer, meu bem. — A mãe passou para a postura do cachorro olhando para baixo. — Quando eu tinha a sua idade, teria dado qualquer coisa para largar o emprego e ficar martelando coisas em uma casa grande e bonita o dia todo, consertando, arrumando e tudo o mais.

Algumas amigas de Alice haviam feito basicamente o mesmo comentário — Alice tinha sorte de ter Nate e o salário dele —, embora, se pressionadas, não conseguissem dizer o que se faz com cinquenta horas extras de tempo livre por semana. Todo mundo que Alice conhecia trabalhava, *precisava* trabalhar.

— Você sempre pode experimentar alguns hobbies enquanto não descobre o que fazer — comentou Jaclyn. — Como pintura ou jardinagem. Ou talvez culinária?

— Humm. Pode ser...

— Você já ouviu falar em "sous vide"?

A mãe passou a descrever um bife de costela muito tenro que ela havia preparado algumas semanas antes usando a técnica.

— Sim, já ouvi falar. — Alice puxou um fio solto da bainha da camiseta e suspirou.

— Confie em mim, meu bem, aproveite esse tempo antes que os filhos cheguem.

Jaclyn fez o comentário em um tom brusco, como se estivesse dando conselhos a uma amiga e não à filha, e Alice sabia que era inútil se ofender. A mãe não via as coisas da perspectiva dela.

— E dê um tempo a si mesma. Mudar é difícil.

Jaclyn ficou de ponta-cabeça, forçando Alice a olhar para ela de cabeça para baixo.

— Você está tomando as suas vitaminas?

A mãe gostava de lembrá-la de que, quando criança, ela sempre ficava com a garganta inflamada e tinha problemas no estômago com a mudança das estações ou quando começava algo novo, como o início do ensino fundamental.

— Vitaminas são para crianças, mãe. — Alice não estava com humor para ser tratada de forma maternal, especialmente por Jaclyn.

Jaclyn respirou profundamente enquanto se alongava. Alice fechou os olhos e contou até dez, acompanhando a respiração forte da mãe soltando o ar pela narina.

— Isso não é verdade, meu bem. A vitamina D é essencial nesse clima carente de sol.

A resposta de Alice para perguntas do tipo "Você é próxima da sua mãe?" sempre era: "É complicado". As duas eram tão diferentes fisicamente que, se Alice não tivesse visto as fotos da mãe com ela no colo, momentos após seu nascimento, talvez não acreditasse no DNA que compartilhavam. A mãe era loira; Alice era morena. Alice era pequena, mas tendia a ficar corpulenta se não estivesse em um estado de privação de calorias, e a mãe era longilínea, angulosa e magra. Quando tomava sol, Alice ficava vermelha como uma lagosta, enquanto a mãe ficava bronzeada.

As pessoas perguntavam com frequência se Alice era parecida com o pai. Ela era, fisicamente, mas o pai era ausente havia tanto tempo que Alice não sabia dizer se eles compartilhavam alguma outra característica.

Durante os dez anos em que os pais de Alice estiveram juntos, o pai passara por inúmeros empregos — mecânico, agricultor, vendedor de seguros, instrutor de ioga. Certo dia, quando Alice tinha nove anos e o pai trabalhava como jardineiro, ele saiu para o trabalho e nunca mais voltou: não foi para casa jantar, e também ainda estava fora quando Alice foi colocada na cama, na hora de dormir. Horas depois, a pequena Alice se levantou da cama, desceu a escada escondida e se sentou na cadeira perto da janela da sala, onde esperou até adormecer. Então o sol nasceu e o pai ainda não tinha voltado para casa. A mãe preparou ovos mexidos para o café da manhã delas, que serviu com um suco de laranja já meio fermentado, comprado em promoção.

— Quando o papai vai voltar pra casa? — perguntou Alice.

— Não tenho ideia — respondeu Jaclyn com naturalidade, ocupada em colocar os ovos nos pratos. — Quando ele estiver pronto, imagino.

Alice começou a chorar, confusa e aborrecida com a declaração impassível e o tom indiferente da mãe. Apesar da natureza inconstante do pai, Alice o amava. Ainda era inocente o bastante para ver só o que havia de bom nele: a forma como movia as pontas do bigode em formato de guidão, uma de cada vez, como um personagem de desenho animado, para fazê-la rir; o hábito de deixar que ela ficasse com um donut inteiro em vez de dividi-lo; as aulas de natação na piscina comunitária perto do apartamento onde moravam, com pausa debaixo da água para o chá, brincadeira que Alice sempre pedia.

— Pare de chorar. — Jaclyn deslizou o prato de ovos mexidos na direção de Alice. — E tome seu café da manhã. Você vai se atrasar para a escola.

Alice engoliu a tristeza junto com os ovos mexidos, e Jaclyn não disse mais nada para confortar a filha. Na lembrança de Alice, aquela foi a primeira vez que ela se decepcionou de fato com a mãe.

Um ano depois que o pai de Alice tinha ido embora, a mãe dela conheceu Steve Daikan em uma convenção sobre esporte e bem-estar. Jaclyn trabalhava como instrutora de aeróbica havia anos e Steve dirigia uma rede de academias de ginástica na Califórnia. Seis meses depois, ela embalou tudo o que tinham e se mudou com Alice para o outro lado do país, para a ampla casa em estilo rancho de Steve em San Diego. Alice achou a Califórnia quente demais e previsível demais sem a mudança das estações. Quando completou dezessete anos, embarcou em um avião e voltou para Nova York, onde cursaria a universidade. Alice amava a mãe, mas desejava um relacionamento mais direto, como o que Nate tinha com os pais. Ela sabia que não era fácil ser mãe solo, mas também não era fácil ser criada por alguém que fazia malabarismos com tantas prioridades.

— Jaclyn, onde está o carregador? — Steve enfiou a cabeça para dentro do quarto.

— Na minha mala de mão. No bolso lateral.

— Entendido. — Steve se virou para Alice. — Bom dia, menina. Dormiu bem?

Como a mãe dela, Steve estava em forma, especialmente para os sessenta anos que tinha, com os bíceps bronzeados se destacando na camiseta.

— Muito bem, obrigada — respondeu Alice, e se levantou para dar um abraço nele. — E você?

— Tive um sono fantástico — disse ele. — Estou procurando luvas de trabalho. Nate disse que você teria um par para mim.

— Certo. Vou pegar.

Nate e Steve estavam trabalhando no caminho de pedra da entrada, ajustando-o, e preparando a entrada de carros para a reforma. Alice e Nate já estavam morando na casa havia uma semana, e a lista do que precisava ser feito ali crescia diariamente, e em um ritmo alarmante.

— Aqui.

Alice entregou a Steve as luvas que pegara na sacola da loja de ferragens, que estava no canto do quarto, e das quais tirara a etiqueta de preço antes de estendê-las ao padrasto.

— Obrigado, menina.

— De nada. Mãe... vou pegar o plástico para proteger a mobília. Volto logo.

A mãe cantarolava baixinho, ainda se exercitando, e assentiu com os olhos fechados. Steve estendeu o braço e deu uma palmadinha de leve no traseiro dela com as luvas, fazendo-a abrir os olhos.

— Steve!

Ele riu e a beijou com ardor, enquanto Alice deixava os dois a sós.

Pouco depois de Nate pedi-la em casamento, Alice tinha ido passar um fim de semana prolongado em San Diego e perguntara à mãe — as duas bêbadas do vinho branco gelado que tinha sido o motivo pelo qual Alice se abrira com a mãe — qual era o segredo do relacionamento ainda feliz com Steve.

— Sexo duas vezes por semana, no mínimo — havia respondido a mãe, sem hesitar, o que fez Alice desejar nunca ter perguntado, seguido por: — E escolher a pessoa certa.

Alice assentira, sentindo-se confiante e meio presunçosa por, ao contrário da mãe, ter acertado aquela parte já na primeira vez.

— Nate, onde você colocou o plástico para cobrir os móveis? — Alice se inclinou para fora da porta da frente e sentiu o calor do dia, que era um contraste bem-vindo ao frio de dentro de casa.

— No porão. No canto esquerdo, perto das bicicletas — respondeu ele, e passou o braço pela testa, já brilhante de suor. Ele estava com uma pá na mão e Steve segurava um grande quadrado de pedra sobre a grama como se não pesasse quase nada. — Quer que eu pegue?

Sim, por favor, pensou Alice, mas então balançou a cabeça, dispensando a ajuda. Embora o porão escuro e úmido a apavorasse, ela teria que descer mais cedo ou mais tarde — o cesto de roupa suja estava cheio demais.

— Vocês precisam de alguma coisa? Mais café? Água?

— Estamos bem — disse Nate, apontando para o pequeno cooler à esquerda dos degraus. Os dois voltaram ao trabalho antes mesmo de Alice encostar a porta.

Ela acendeu a luz do porão e olhou para baixo, para as escadas frágeis, com apreensão. A única lâmpada lançava luz suficiente apenas para ela ver para onde estava indo. Alice respirou fundo, sentindo o cheiro rançoso de mofo encher seu nariz enquanto descia com cautela, os degraus de madeira rangendo, muito velhos. Quando seus pés atingiram o chão de concreto áspero, o feixe de luz da lanterna do celular iluminou alguma coisa que se moveu rapidamente e Alice gritou. Uma traça enorme passou deslizando por ela, buscando a segurança das sombras, e encontrou abrigo embaixo da máquina de lavar.

— Que nojo — murmurou Alice, sentindo um arrepio percorrer seu corpo.

O plástico para cobrir os móveis estava empilhado em um canto, como prometido. Alice pegou o pacote e o enfiou debaixo do braço, ansiosa para deixar o frio úmido, a traça e tudo o mais que estivesse escondido no porão daquela casa velha. Na pressa de subir, com o coração batendo acelerado e as axilas úmidas de medo, ela não viu uma plataforma de madeira no chão e tropeçou.

Sem conseguir respirar, Alice se engasgou e engoliu em seco, caída no chão. A não ser pelo susto, estava bem, embora com certeza fosse ter um hematoma impressionante na canela na manhã seguinte. Ela ficou sentada no chão até recuperar o fôlego, apontando a lanterna para o que a fizera cair. Havia três caixas empilhadas em forma de pirâmide em cima da pequena plataforma de madeira. Pela aparência das caixas — as laterais afrouxadas, os cantos arredondados e já sem forma — Alice percebeu que elas já estavam lá havia algum tempo. Ela se ajoelhou e leu o que estava escrito na tampa da primeira. *Cozinha*, alguém escrevera com caneta preta, em uma letra grossa e fluida.

Aquelas caixas provavelmente haviam pertencido à proprietária anterior. Alice pensou em deixá-las ali e avisar a Beverly caso alguém algum dia procurasse pelas caixas e pelo conteúdo delas. Mas a curiosidade falou mais alto, e Alice prendeu o celular embaixo do queixo e abriu a tampa com cuidado.

Ela iluminou a caixa aberta e correu os olhos pelas lombadas de uma série de revistas, talvez duas dúzias — todas edições da revista *Ladies' Home Journal*, com datas variando de 1954 a 1957. Alice pegou uma, se sentou na beira da plataforma de madeira e folheou algumas páginas, esquecendo por um momento seus temores em relação ao porão.

A revista exibia anúncios de cigarros, de meias finas, de geladeiras, de cerveja ("Não se preocupe, querida, pelo menos você não queimou a cerveja!"). Todas as cores eram suaves, opacas, ao contrário das revistas lustrosas que Alice conhecia. Ela se encolheu de nojo quando chegou a um anúncio do queijo Velveeta, que exibia a foto de panelinhas quadradas em que sanduíches de queijo em pão de forma cortados pela metade flutuavam sobre uma espécie de creme cor de laranja, como icebergs.

— Isso é nojento — murmurou e virou mais algumas páginas.

Alice deixou a revista de lado e voltou a olhar dentro da caixa. Havia um livro achatado em uma das pontas, meio escondido pela pilha de revistas. Ela puxou o livro e o virou para ver a capa.

LIVRO DE RECEITAS PARA
A DONA DE CASA MODERNA

A capa era vermelha, com uma estampa sutil de linhas cruzadas no fundo e o título em preto — tudo desbotado pelo tempo. Dicas do que poderia ser encontrado dentro do livro ilustravam a capa. Alice inclinou a cabeça para ler o texto que rodeava as bordas da capa: *Pães. Tortas. Refeições leves. Drinques. Doces. Geleias. Aves. Sopas. Conservas. 725 receitas testadas.*

Alice apoiou a lombada do livro de receitas pesado, mas frágil, sobre os joelhos dobrados, e abriu a capa com cuidado. Havia uma inscrição no verso: *Elsie Swann, 1940.* Enquanto percorria as primeiras páginas amareladas pelo tempo, Alice examinou as tabelas do que constituía uma dieta equilibrada naquela época: laticínios, frutas cítricas, vegetais verdes e amarelos, pães e cereais, carne e ovos, a adição de óleo de fígado de peixe, principalmente para crianças. Em seguida, uma página com dicas para a dona de casa, ensinando como evitar se sentir sobrecarregada, além de conselhos para organizar jantares de sucesso. Alice foi até uma página mais perto do fim e encontrou outra tabela, intitulada *Principais cortes de carne bovina à venda*, ilustrada com a imagem de uma vaca dividida por tipo de corte, e minidesenhos de tudo, desde um corte Porterhouse a algo com o nome repugnante de "pescoço enrolado".

Ao longo do livro havia receitas como torta de porco, aspic de língua, bolo de carne moída com aveia e de um negócio chamado almôndegas porco-espinho — bolinhos de carne moída e arroz cozidos por uma hora em sopa de tomate — que com certeza era algo que Alice jamais iria querer experimentar, além de muitas anotações escritas em uma letra desbotada ao lado de algumas receitas. Comentários como "Fiz no aniversário de treze anos da Eleanor — delicioso!", "Ótimo para a digestão" e "Adicionar mais manteiga". Quem quer que fosse Elsie Swann, nitidamente usava o livro de receitas com frequência. As páginas estavam manchadas de respingos marrons, prova de que ele não havia ficado esquecido em uma prateleira, como os livros de receitas na cozinha de Alice.

— Alice. — A mãe dela estava na porta do porão. — Você achou o plástico para os móveis?

— Sim. Já estou subindo — gritou de volta.

Ela guardou as revistas dentro da caixa e pegou o plástico. Já estava se virando para subir, mas parou e resolveu levar com ela o livro de receitas. Talvez pudesse dar uma chance à culinária, como a mãe havia sugerido. Alice enfiou o livro debaixo do braço, subiu com cuidado os degraus instáveis e sentiu um alívio profundo quando saiu da escuridão do porão. Ela colocou o livro de receitas em cima da mesa da cozinha e deu uma última olhada na capa, curiosa para saber se Elsie Swann também era a mulher a quem deveria agradecer pelas muitas camadas de papel de parede que passaria os próximos dias removendo.

10

Nellie
14 de outubro de 1955

Frango à la king

6 colheres (sopa) de manteiga
½ xícara de pimentão-verde picado
1 xícara de cogumelos em cubos
2 colheres (sopa) de farinha de trigo
½ colher (chá) de sal
1 colher (chá) de páprica
1 ½ xícara de leite integral, fervido
1 xícara de caldo de galinha
3 xícaras de frango cozido cortado em cubos
1 xícara de ervilhas cozidas
1 colher (chá) de sumo de cebola
¼ xícara de pimentão-vermelho em pedaços
2 colheres (sopa) de xerez
Pão tostado para servir

Derreta a manteiga e cozinhe o pimentão-verde e os cogumelos até ficarem macios. Misture a farinha, o sal e a páprica em fogo baixo até a mistura estar uniforme e borbulhante. Acrescente aos poucos o leite e o caldo de galinha, mexendo constantemente em fogo baixo, até o molho engrossar. Junte com delicadeza o frango cozido, as ervilhas e o sumo de cebola. Pouco antes de servir, acrescente o pimentão-vermelho e o xerez. Sirva com torradas com manteiga.

— Acho melhor remarcar.

Richard estava sentado diante da mesa da cozinha com um copo de albumina à sua frente, para acalmar o estômago. Ele estava mais uma vez sentindo o estômago "fora de combate", mas não era esse o motivo pelo qual desejava cancelar o jantar. Nellie levantou a tampa da panela com o frango que estava cozinhando na água com limão-siciliano e salsinha e ficou satisfeita ao ver que estava quase pronto.

— Você ainda não está bem para isso, Nellie.

— Eu já disse que o médico falou que estou bem para voltar a fazer o que for necessário.

Ela amarrou o avental com mais força ao redor da cintura estreita e circulou pela cozinha, organizando tigelas e travessas, e conferindo os itens de sua lista de coisas a fazer, enquanto cantarolava acompanhando o rádio. Canapés folheados. Coquetel de camarão. Uma entrada com presunto chamada hollywood dunk. Salada de alface com molho de queijo roquefort. Frango à la king. Baked alaska de sobremesa. Cancelar não era uma opção: eles estavam esperando três casais, e o jantar tinha sido planejado havia mais de um mês. Antes de Harry Stewart morrer, antes do incidente no carro em que os dedos furiosos de Richard deixaram um hematoma mais escuro do que Nellie esperava. Antes de Nellie perder o bebê.

Aconteceu enquanto Richard estava em um jantar no centro da cidade com alguns figurões que se gabavam de que conseguiriam colocar as gomas de mascar Murdoch para vender em todas as lanchonetes de Nova Jersey a Califórnia. Tinha sido no dia posterior ao funeral e, embora Richard tivesse hesitado em deixá-la, acabara cedendo quando ela lhe garantira que estava bem. O jantar tinha se estendido até bem tarde, e Richard acabara passando a noite no hotel, por isso não estava em casa quando Nellie perdeu o bebê.

Quando Richard chegou em casa na manhã seguinte e soube do aborto, ficou furioso com Nellie. Por ter ido ao funeral, quando ele havia pedido explicitamente para não ir, por não ter chamado alguém para levá-la ao hospital, por seu descuido geral. Até ele ver de relance as toalhas ensanguentadas enroladas dentro da banheira. O sangramento tinha sido intenso, e tão repentino e doloroso que Nellie havia se enrolado nas toalhas, dentro da banheira, e chorado até que o sono a dominasse. Ela acordara perto do amanhecer ainda na banheira, tremendo e arrasada, e tivera a intenção de limpar as toalhas antes de Richard voltar para casa.

— Meu Deus, Nellie.

Richard empalideceu ao ver a cena, levou uma das mãos ao peito, e apoiou a outra no batente da porta do banheiro. Estaria se lembrando do que tinha acontecido no carro e talvez se culpando, pensando no aperto forte, na cólica que a fizera se dobrar ao meio? Nellie esperava que sim; aquilo garantia algum consolo para a sua tristeza.

Mais tarde, Nellie alvejou as toalhas brancas manchadas de sangue, exceto por uma que embrulhou com uma fita acetinada e enterrou no jardim, sob seus miosótis azul-claros.

— Amor eterno e verdadeiro, Nell, minha menina. Os miosótis são a flor da lembrança — havia dito Elsie num fim de tarde, enquanto mãe e filha trabalhavam juntas no jardim, cantando hinos religiosos em harmonia (Elsie em contralto, Nellie em soprano).

Ela tinha afastado algumas folhas pesadas para mostrar à filha as partes mais escuras e úmidas do jardim, a parte de que as flores delicadas mais gostavam.

— Elas vicejam sob a sombra dessas belas flores — dissera Elsie, tocando as alegres tulipas que se erguiam acima. Em seguida, passara a mão pelo tapete de flores em miniatura em um tom de azul-celeste por baixo. — Os miosótis podem ser pequenos, mas são poderosos.

Era verdade que o médico havia dito que Nellie estava bem para voltar a fazer o que fosse necessário. O dr. Johnson estava de férias, por isso ela acabara se consultando com um colega dele, o dr. Wood, já idoso, que usava uma peruca com topete e não conseguia lembrar o nome dela. Nellie havia marcado a consulta dois dias após o aborto e, embora Richard tivesse insistido em acompanhá-la, Nellie, que desejava ficar sozinha, tinha sugerido que os funcionários da empresa precisavam mais dele do que ela.

— Estou bem — garantira Nellie. — E prometo lhe contar cada palavra que o médico disser.

Então, enquanto Richard pegava o trem para o Brooklyn, certo de que a esposa estava sendo examinada em relação ao aborto, Nellie consultava o dr. Wood sobre uma erupção cutânea na mão que mal a incomodava. Depois de examinar a erupção leve, o médico sugeriu que ela comprasse um pouco de Mexsana em pó na farmácia.

— Essa vermelhidão e coceira devem desaparecer em alguns dias, sra. Murray — disse Wood, os olhos fixos no bloco de receita.

— Murdoch — corrigira Nellie. — Sra. Murdoch.

O médico ergueu os olhos, a peruca ligeiramente torta.

— Não foi o que eu disse?

— Ah, devo ter ouvido mal.

— Ah, ora, tudo bem.

O médico terminou de escrever o nome do pó medicinal, a caneta oscilando em sua mão trêmula.

— A Mexsana também é ótima para assaduras.

— Vou manter isso em mente.

O médico franziu as sobrancelhas grossas e grisalhas enquanto lhe entregava a receita, então perguntou:

— Qual é a sua idade, sra. Murray?

Ela não se incomodou em corrigi-lo daquela vez, guardando na bolsa a receita que planejava jogar fora mais tarde. O médico sabia exatamente qual era a idade dela, já que todas as informações pertinentes a ela estavam na ficha em suas mãos. Mas Nellie entendia a curiosidade dele ao ver que, naquela idade e depois de dois anos de casamento, ela não tinha filhos — ela era um enigma em seu clube de costura, nos grupos da igreja e nas reuniões da Tupperware cheias de mulheres em vários estágios de gravidez e com crianças pequenas penduradas nas saias.

— Vinte e três — respondeu e esperou pelo comentário inevitável; o conselho para que não esperasse muito para começar uma família.

Mas o dr. Wood não comentou a respeito, apenas assentiu antes de dizer:

— Quase vinte e quatro, pelo que vejo aqui. Vou deixar uma anotação para o dr. Johnson. Imagino que essa erupção desapareça em alguns dias.

O jantar foi um sucesso, como sempre acontecia na casa dos Murdoch. Nellie adorava organizar festas, especialmente temáticas, embora o marido não compartilhasse daquele gosto. No início do ano, ela havia preparado um buffet havaiano, os convidados elogiaram seus esforços, mas Richard achara de mau gosto.

— O que há de errado com um simples assado? — perguntou, carrancudo, enquanto examinava as samambaias, abacaxis e bananas com que Nellie havia decorado a mesa para torná-la mais festiva.

Richard colocara com relutância o colar havaiano de flores de papel crepom que ela havia feito com todo cuidado para cada convidado, e mesmo assim só depois que todos os outros já os tinham em volta do pescoço.

Para aquela noite, Nellie tinha se esmerado: uma travessa de legumes para começar, com rosas de rabanete, azeitonas espetadas em palitos e tomates frescos da horta dela; canapés, coquetel de camarão, linguiças vienenses e ovos cozidos; depois, o frango à la king e, quando todos já estavam quase satisfeitos demais para comer outra coisa, baked alaska de sobremesa. A conversa tinha sido agradável, os homens discutindo a próxima eleição e o novo despertador "revolucionário" da General Electric-Telechron, e as mulheres encantadas com Elvis Presley e comentando as fofocas do casamento recente de Marilyn Monroe e Arthur Miller, que todas concordaram se tratar de um casal estranho.

O aborto não foi mencionado, nem mesmo quando as mulheres estavam sozinhas, amontoadas na cozinha para checar o baked alaska no forno. Nellie sentiu-se ao mesmo tempo grata e triste por aquilo. Sentia uma saudade desesperada de estar grávida: a barriga arredondada, a sensação de plenitude dentro do corpo, a emoção em relação ao que ainda estava por vir. Durante a noite, nenhuma de suas amigas fez um comentário mais específico do que "Você está bem, Nellie?", porque nenhum convidado educado comprometeria a alegria de uma ocasião festiva comentando sobre algo tão desagradável.

Após a refeição, Nellie passara às mulheres o passo a passo do baked alaska, enquanto tomavam seus coquetéis de gim e limão-siciliano — "Mas como é possível o sorvete ir ao forno?" —, enquanto Richard enchia os homens com drinques à base de conhaque e conversava sobre política e negócios na sala de estar. Os convidados tinham saído saciados com a boa comida e corados graças ao álcool que fluía, e a reputação de Nellie como a anfitriã que todas as esposas queriam imitar permaneceu intacta.

Ela ficou satisfeita porque todos pareciam ter se divertido, e até mesmo Richard havia deixado de lado o mau humor — a alegria do grupo e os coquetéis haviam trazido à tona seu famoso charme. E, pela primeira vez em semanas, o estômago pareceu não incomodá-lo depois do jantar: ele até repetiu a sobremesa, e não precisou tomar remédio depois.

— Muito bem, Nell, benzinho — murmurou Richard. — Ele chegou por trás da esposa e passou os braços em volta da cintura dela, beijando-a suavemente entre o pescoço e o ombro. — Estou orgulhoso de você.

— Santo Deus, por quê? — perguntou Nellie, girando lentamente o corpo para encará-lo, sentindo-se aquecida pelo gim.

— Por tudo isso, depois do que você passou — disse ele, apontando para a mesa, ainda entulhada de pratos de sobremesa, copos de vinho pela metade e guardanapos amassados. Ele aproximou mais o corpo do dela, acariciando delicadamente seu rosto com os dedos. — Você me surpreende, Nellie.

Ela sorriu e, desarmada pelo elogio sincero, se inclinou e beijou o marido. Nellie normalmente não tomava a iniciativa nos momentos de intimidade deles, e logo sentiu o corpo de Richard reagir junto ao dela.

— O médico disse que não tinha problema de, bom... você está bem para, ahn, voltar a fazer tudo? — perguntou ele.

Era de se imaginar que Richard Murdoch não teria problemas em pedir o que queria. Na verdade, ele geralmente não pedia. E Nellie achou estranhamente excitante a hesitação do marido, sua incerteza naquele momento, como havia sido no início do namoro. Naquela época, estar com Richard era inebriante. Ele a tratava como uma rosa premiada, com toda delicadeza, cuidando das pétalas delicadas, exibindo-a com orgulho nas roupas elegantes e joias caras que esbanjava com ela.

Nenhum homem, incluindo o pai de Nellie (talvez especialmente o pai dela), jamais havia bajulado Nellie como Richard tinha feito naqueles primeiros dias. Ela era jovem e ingênua, mas também queria desesperadamente acreditar que era digna de tanto carinho.

Nellie assentiu discreta e Richard deu um sorriso malicioso.

— Muito bom, muito bom. Vamos subir?

Ele se afastou para afrouxar a gravata, mas não tirou os olhos dela. Nellie olhou de relance para a mesa, reparando na bagunça.

— Escuta, deixe os pratos para a faxineira.

A moça que trabalhava para eles, Helen (embora Richard nunca se referisse a ela pelo nome), já estava agendada para o dia seguinte. Nos dias de faxina, Nellie normalmente arrancava ervas daninhas do jardim; ou visitava a vizinha, Miriam; ou fazia compras na cidade, porque se sentia desconfortável de permanecer em casa enquanto Helen estava trabalhando. Além disso, ter alguém por perto o dia todo era um trabalho extra de uma maneira diferente — Nellie tinha coisas a esconder.

— Vou deixar — respondeu ela. — Mas gostaria de fazer algumas anotações primeiro.

— Agora? — Ele pareceu perturbado.

Nellie não se preocupou; o marido ficaria bem assim que ela despisse o vestido e o deixasse desenrolar as meias dela pelas pernas longas e finas.

— Não dá para esperar até amanhã?

— Eu prometi passar a receita da sobremesa para a Gertrude e prefiro anotar agora, enquanto ainda está fresca na minha cabeça.

Richard fitou-a com olhos embriagados, a boca ligeiramente aberta.

— Não me faça esperar muito tempo, benzinho — disse, a voz arrastada.

— Não vou fazer.

Nellie não tinha relações íntimas com Richard desde antes do aborto — a perda do bebê havia provocado estragos no corpo e na alma dela —, mas não era uma daquelas esposas frígidas sobre as quais lia nas revistas. Ela se entregaria ao marido naquela noite, e o calor do gim somado ao prazer de uma festa de sucesso talvez a fizessem até aproveitar o momento. Além disso, Nellie queria um filho tanto quanto Richard, e quanto mais cedo melhor.

Depois que o marido subiu, Nellie se serviu de mais uma pequena dose de gim, que bebeu na mesa da cozinha, com a caneta na mão. Ela anotaria a receita do baked alaska para Gertrude, como prometido, mas só no dia seguinte. Nellie tinha outra coisa para redigir naquela noite. Ela deu outro gole na bebida, passou a mão sobre o papel e começou a escrever.

11

Sua mente pode resolver coisas enquanto suas mãos estão ocupadas. Faça o trabalho mental enquanto tira o pó, varre, lava os pratos, descasca batatas etc. Planeje o lazer da família, a jardinagem e o que mais precisar.

— Betty Crocker's Picture Cook Book, revised and enlarged* (1956)

Alice
8 de junho de 2018

Alice se sentou no sofá floral, balançando as pernas enquanto tentava decidir o que fazer.

O telefonema tinha sido um choque. Mas ainda bem que aconteceu quando Nate já estava no trem a caminho do trabalho e a mãe dela e Steve em um avião, provavelmente sobrevoando algum lugar no Kansas. Cada vez mais próximos do calor da Califórnia que a mãe não parara de mencionar durante toda a semana.

Por fim sozinha, Alice tinha planejado sair para correr (mesmo que as ruas de Greenville fossem menos inspiradoras que o Central Park) e em seguida escrever um pouco. Estava cansada de se sentir inquieta, por isso, naquela manhã, depois que todos foram embora, teve consigo mesma uma conversa muito necessária.

---

* Em tradução livre: "Livro de culinária ilustrada de Betty Crocker, revisto e ampliado". (N. da T.)

— Agora você mora *aqui*, portanto lide com isso. Você consegue reformar a casa e escrever o best-seller dos seus sonhos... e ainda fazer com que tudo pareça fácil. Essa não é nem de longe a coisa mais desafiadora que já teve que fazer, Alice Hale. Coloque seus abençoados tênis de corrida e pare de agir como se não soubesse fazer as coisas acontecerem.

Ela estava calçando as meias quando o celular tocou, e na hora sentiu a garganta seca ao ver o nome na tela. Os instintos de Alice lhe disseram para ignorar (não tinha nada a dizer àquela pessoa), mas ainda assim, de repente, o celular estava colado ao seu ouvido.

— Alô?

— É a Georgia.

Alice se levantou rapidamente, a boca entreaberta, mas sem conseguir emitir nenhum som.

— Georgia Wittington — continuou ela.

Como se Alice não reconhecesse aquela voz.

Alice conseguia imaginar a antiga chefe naquele exato momento: no escritório do Grupo Wittington, sentada em sua sala de canto, o cabelo com o corte chanel anguloso balançando, os óculos de leitura (armações roxas, de grife) no alto da cabeça enquanto ela olhava através das janelas que iam do chão ao teto. As mesmas janelas das quais ela reclamava sem parar ("luz demais", "não consigo ver a minha tela", "faz muito calor no verão"), mas gostava do status que lhe garantiam — só pessoas muito importantes tinham janelas tão grandes.

— Sim, eu sei.

Por que a Georgia estava ligando? Por um momento, Alice pensou que talvez ela fosse se desculpar pelo modo como as coisas haviam corrido. Talvez fosse admitir que os projetos estavam desmoronando sem Alice e perguntar se ela consideraria a possibilidade de voltar. Aquela ideia a agradou, embora ela jamais fosse dar a Georgia essa satisfação.

— Escuta. Estamos com um problema.

Alice quis lembrar a Georgia que *elas* haviam parado de ter alguma coisa juntas no momento em que ela fora demitida.

— Como posso te ajudar? — Alice manteve o tom leve, como se o que havia acontecido não a tivesse destruído.

— É James Dorian. Ele está abrindo um processo.

— Ah, nossa. Entendo que isso seja um problema. — Alice pigarreou, ainda andando em círculos pela sala de estar. — Para *você*.

Foi bom falar daquele jeito com Georgia. Como se a ex-chefe não fosse melhor que uma irritante vendedora de produtos por telemarketing. Alice passara anos tentando imitar aquela mulher, sentindo-se muito sortuda porque a grande Georgia Wittington havia escolhido ser mentora dela.

Georgia deixou escapar um som irritado, de quem estava ocupada e tinha coisas melhores para fazer. Alice conhecia todos os tons de desaprovação de Georgia, depois de ter ouvido cada um deles muitas vezes ao longo dos cinco anos em que trabalharam juntas, e reagiu com um reflexo condicionado automático: o suor começou a gotejar de suas axilas e no lábio superior.

— Obviamente, eu não ligaria para você se não fosse preciso. Se você não fizesse parte disso.

Alice parou de andar.

— Parte do quê?

— Você foi citada no processo, Alice.

— O quê? Por quê? — balbuciou Alice.

Mas ela sabia exatamente *o quê* e *por quê*, e se sentou com tudo no sofá enquanto o medo lhe apertava o peito: pelo jeito James Dorian não estava bêbado o bastante como ela imaginara para não se lembrar da conversa que tiveram naquela noite.

— Ele está processando o Grupo Wittington, mas você foi citada no processo.

— Georgia, eu não trabalho mais para o Grupo Wittington.

A ex-chefe deixou escapar um resmungo.

— Eu tenho que atender outra ligação, mas preciso que você venha até o escritório para uma reunião com os nossos advogados.

— Tudo bem — murmurou Alice, se perguntando como explicaria aquilo para Nate. Principalmente caso a situação se transformasse em algo maior do que uma reunião desagradável e inoportuna com Georgia e sua equipe jurídica. — Quando?

— Segunda-feira. Às onze da manhã.

— Georgia, essa não é exatamente...

— Perfeito. Vejo você segunda-feira.

Depois que Georgia desligou, Alice respirou fundo, tentando conter a preocupação crescente. Um ar gelado entrou através das frestas da casa quando uma rajada de vento atingiu a fachada, fazendo Alice estremecer, apesar do cardigã pesado que usava por cima da camiseta. Precisava de alguma coisa que a distraísse e, para seu estranhamento, pela primeira vez em anos, ansiou por um cigarro. Para ela, a sensação da nicotina atingindo a corrente sanguínea era um bálsamo para os nervos em frangalhos. Alice tinha fumado na faculdade e esporadicamente até conhecer Nate, e não fumava desde então.

Ela vasculhou o armário do corredor da frente, um pequeno retângulo que continha apenas uma fileira de sapatos e exatamente três casacos. Depois de tirar o suéter, se agachou, pegou os tênis e os calçou rapidamente. Em seguida, pegou uma nota de dez dólares da carteira e guardou no bolso com zíper da calça. Sem se preocupar em trancar a porta, Alice correu pela calçada, sabendo que havia uma loja de conveniência a poucos quarteirões dali.

Como estava fora de forma, a loja de conveniência pareceu estar a uma dúzia de quarteirões de distância. Alice logo sentiu uma pontada na lateral do corpo e optou por caminhar em vez de correr de volta para casa. O maço de cigarros fazia volume dentro do elástico da calça de corrida e as pontas afiadas dos cantos espetavam sua pele. Ela não tinha a intenção de fumar, mas saber que havia a opção a fez relaxar. Voltou a falar consigo mesma, embora agora o fizesse aos sussurros, enquanto caminhava pelas calçadas arborizadas.

— James Dorian teve o que mereceu. Você não deve nada à Georgia. Nate não precisa saber disso. James Dorian teve o que mereceu...

Alice estava menos agitada quando chegou em casa, até que tentou abrir a porta da frente e ela não se mexeu. Ela tentou com mais força, agarrou a maçaneta e torceu para a direita. E para a esquerda. *Que porra...?* Ela recuou, colocou as mãos na cintura e fez uma careta. Havia deixado a porta destrancada de propósito, para não ter que carregar as chaves. Tinha certeza.

Grunhindo de frustração, Alice fez mais uma tentativa de girar a maçaneta, para a esquerda e para a direita, e jogou o ombro contra a porta. Nada.

— Casa velha idiota — murmurou, enquanto dava a volta pela lateral, pisando firme em direção ao quintal dos fundos, a grama alta fazendo cócegas em seus tornozelos nus.

Pelo menos o dia estava agradável. Quente sem estar abafado, o ar fresco e o som de pássaros cantando ao redor, um contraste com a casa fria e sombria. *É realmente tranquilo aqui.*

O quintal dos fundos era de bom tamanho, os canteiros cuidadosamente projetados para que a pessoa que ficasse exatamente onde Alice estava — no trecho pavimentado com pedras, de costas para a casa — enchesse os olhos com as flores e folhagens abundantes. Havia roseiras junto à cerca à esquerda, o cor-de-rosa e o amarelo se misturando em um padrão tão preciso que era quase como se as flores entendessem a ordem em que deveriam desabrochar. Um galpão de madeira perto da casa abrigava o equipamento de jardinagem: tesouras, pás e aparadores, pilhas de sacos de papel.

Alice tirou o maço de cigarros do bolso da calça e se sentou em uma das cadeiras de plástico do jardim. Enquanto jogava o maço de uma das mãos para a outra, ela reparou com tristeza que as ervas daninhas já estavam abrindo caminho de novo no solo, apesar dos esforços que a mãe dispendera ali durante a semana. Alice desejou que o jardim fosse responsabilidade de outra pessoa — eram plantas demais.

— Eu deveria simplesmente arrancar isso tudo... — murmurou Alice, fechando os olhos e inclinando a cabeça para trás.

— Oi!

Assustada, Alice largou o pacote de cigarros. Quando se virou rapidamente para a esquerda, de onde tinha vindo a voz, ela viu a vizinha do lado, com uma pá coberta de terra nas mãos e um tufo de cachos brancos saindo de debaixo de um chapéu de palha de aba larga.

— Não fomos oficialmente apresentadas — disse a senhora, enquanto descalçava a luva de jardinagem e estendia a mão por cima da cerca. — Sou Sally Claussen.

Alice se levantou rapidamente e foi até a cerca de arame que separava os quintais.

— Muito prazer, sra. Claussen. — As duas trocaram um aperto de mãos. — Sou Alice. Alice Hale.

— Por favor, me chame de Sally. Sra. Claussen era o nome da minha mãe. — A teia de rugas em seu rosto se aprofundou de uma forma agradável quando ela sorriu. — Seja bem-vinda ao bairro, Alice. De onde você vem?

— De Manhattan. Mais especificamente, de Murray Hill.

— Ah, uma moça da cidade grande — disse Sally. — As coisas são um pouco diferentes aqui, não é mesmo?

— Com certeza. Não tenho ideia do que fazer com tudo disso. — Alice apontou para o jardim. — Minha habilidade para cuidar de plantas só chegou a uma samambaia chamada Esther que de alguma forma mantive viva durante a faculdade.

— Vai ser um prazer lhe dar algumas dicas, se você quiser. Mas saiba que essas rosas resistiram ao meu trabalho árduo e dedicação até bem pouco tempo. Eu não achei que fossem florescer! — As rosas serpenteavam para dentro e para fora da cerca entre elas, como um mar de pontinhos rosados e amarelados se vistos bem de longe. — Meus jardins não vão ganhar nenhum prêmio, mas felizmente só quem se importa com eles somos eu e as abelhas.

Ela piscou e Alice concluiu que gostava de Sally Claussen.

— Talvez eu aceite a sua oferta. Há quanto tempo mora aqui?

— Já faz algum tempo, entre idas e vindas.

Alice esperou que ela explicasse melhor, mas isso não aconteceu. Sally colocou a mão em pala na testa para proteger os olhos, a aba curva de seu chapéu de sol balançando ligeiramente com a brisa. Então, apontou para um canto do jardim de Alice.

— Ah, antes que eu me esqueça, lembre-se de usar luvas se for tocar naquelas ali.

Alice olhou na direção para onde Sally apontava.

— Quais?

— As dedaleiras — disse Sally. — Aquela flor roxa linda, ali ao lado das hostas. É tóxica para nós, mas é ótima para impedir a aproximação dos cervos. Eles não tocam naquilo.

— Têm cervos por aqui?

— Sim, mas são criaturas discretas. Talvez você os veja ao amanhecer, ou no finzinho da tarde. Eles amam especialmente as hostas.

Alice achou que a planta supostamente tóxica parecia inofensiva. As flores se assemelhavam a sapatinhos em forma de sino agrupadas em belos cachos pendurados no caule principal em perfeito equilíbrio.

— Essa aqui? Na verdade, ela é muito bonita.

— Não é?

— A proprietária anterior devia adorar essa planta. Tem por toda parte.

Alice reparou que, além do canteiro à sua frente, a mesma planta crescia em dois outros pontos do quintal.

— Parece que sim — comentou Sally. — Essa planta também tem outro nome; talvez você já tenha ouvido falar: *Digitalis purpurea*.

— Não me soa familiar.

— A dedaleira é usada para fazer *digitalis*, um remédio para o coração. — Sally voltou a calçar a luva. — Mas tocar qualquer parte da planta com as mãos nuas... as folhas, flores, o caule... pode causar uma série de problemas. Uma vez, atendi uma criança que fez uma salada com as folhas. Ela comeu uma única folhinha antes que a mãe a impedisse, mas ficou hospitalizada por uma semana.

— Acho que as coisas eram mais seguras em Manhattan.

Sally riu.

— Você talvez esteja certa.

— Então você é médica? — perguntou Alice.

— Cardiologista. Era um trabalho maravilhoso.

Alice imaginou que os pacientes de Sally provavelmente a adoravam.

— Agora sou jardineira em tempo integral e padeira em meio período. Embora não seja tão boa quanto era na medicina em nenhuma das duas atividades. — Ela olhou para a cadeira de jardim de Alice e intencionalmente fixou o olhar no maço de cigarros. — Você vai ter que desculpar minha ousadia... na minha idade, a gente simplesmente diz o que está pensando... mas está tentando parar de fumar, Alice?

— Ah, não, eu não fumo. Quer dizer, já fumei. Um tempo atrás. — Alice deu de ombros ao ver o misto de bondade e pena no rosto de Sally. — Aquilo é apenas para o caso de uma emergência.

Sally ergueu as sobrancelhas.

— Entendo. E qual é a emergência de hoje?

— Um problema de trabalho. — O rosto de James Dorian surgiu em sua mente. — Vai tudo ficar bem.

— Eu tive muitos fumantes como pacientes, como você pode imaginar. E os únicos que conseguiram largar o vício foram os que encontraram algo de que gostavam mais. Algo que os distraísse até superarem a ânsia do hábito.

— Bom conselho. — Alice aceitou que passara a ser uma fumante aos olhos de Sally. Era mais fácil do que tentar explicar o que a levara a estar ali com um maço de cigarros nas mãos. — Quanto eu lhe devo?

— Que tal você parar de fumar essas coisas? Daí ficamos quites? — Sally levou a mão ao quadril estreito, a calça de algodão bege franzida na cintura fina. — Acho que preciso voltar ao que estava fazendo. Essas roseiras não vão se podar sozinhas. Mas vou adorar continuar a conversar.

Alice sorriu e ficou observando enquanto Sally cortava os caules espinhosos das flores.

— Acho que você não falou... há quanto tempo mora aqui?

— Morei nesta casa toda a minha infância, mas, quando fui para a faculdade de medicina, a minha mãe ficou aqui. — Ela podou mais alguns caules, juntando-os na mão antes de jogá-los no saco de lixo de papel que estava próximo. — Voltei a morar aqui cerca de trinta anos atrás, depois que ela morreu. Só pretendia ficar o tempo necessário para vender o lugar. Mas, bem.... — Ela sorriu. — Aqui estou.

Alice queria perguntar se Sally tinha sido casada ou se tinha filhos. Se ela morava sozinha.

— Você conhecia os donos da nossa casa?

— Não muito bem. Eles se mudaram depois que eu fui embora para a faculdade. Mas a minha mãe era muito amiga da esposa, Eleanor Murdoch, embora gostasse de ser chamada de Nellie. — Sally continuou podando, curvando-se para chegar à parte inferior do arbusto. — Ela era muito reservada. Durante anos, deu aulas de piano e de canto para crianças, na sala de estar. Quando eu vinha para casa, no verão, sempre a ouvia cantando com os alunos. Tinha uma bela voz. — Aquilo explicava o piano, que não estava mais coberto de poeira graças à limpeza que Alice fizera nele, mas continuava desafinado. — Era uma mulher deslumbrante, e a minha mãe sempre comentava sobre o dedo verde dela. Aquelas rosas na frente da sua casa sem dúvida são uma prova disso.

— Minha mãe disse que o jardim está em ótimo estado, considerando a situação do restante da casa. E que obviamente tinha sido cuidado por alguém que sabia o que estava fazendo.

— Nellie cuidava do jardim de manhã cedo, quase todos os dias, mas, depois que adoeceu, contratou um jardineiro para fazer o trabalho. O serviço continuou a ser feito mesmo depois que ela morreu, e é por isso que o jardim ainda é tão lindo. — Sally colocou as rosas cortadas em uma pilha organizada na grama. — Depois que eu voltei para cá, moramos anos uma ao lado da outra, mas raramente nos falávamos, a não ser para uma conversa rápida. Comentários sobre a chuva ou sobre uma onda de frio que se aproximava. Certa vez, ela me ensinou como cuidar das peônias para me livrar das formigas. Aquela foi a conversa mais longa que tivemos.

Alice se lembrou da anotação no livro de receitas. *Fiz no aniversário de treze anos da Eleanor — delicioso!*

— Encontrei algumas revistas antigas e um livro de receitas que acho que pertenciam a ela. Ou a alguém que ela conhecia. Você já ouviu falar de Elsie Swann?

— Parece familiar, embora eu não saiba ao certo por quê. Minha mente não é mais tão confiável como antes. — Sally se endireitou e arqueou o corpo de leve, esfregando a parte inferior das costas distraidamente.

— Não tem problema. É que eu pensei em tentar devolver o livro de receitas.

— Desconfio de que, se alguém deixou para trás, foi porque não precisava mais.

— Talvez — murmurou Alice. — Bom, foi um prazer ser oficialmente apresentada a você, Sally. Eu também preciso voltar ao trabalho.

— E também resolver aquela emergência.

— Sim. Isso também. — Alice se virou para olhar para a casa, então, quando lembrou que ela não estava conseguindo entrar, suspirou. — Mas parece que eu me tranquei do lado de fora, então acho que vou investir no meu bronzeado até o meu marido chegar.

— Dá uma olhada embaixo daquela pedra rosada perto dos degraus de trás. Não posso garantir que ainda está lá, mas lembro que era onde Nellie deixava uma chave reserva.

Alice ergueu a pedra de granito e percebeu que era falsa, uma peça leve e oca.

— Estou feliz por ter te encontrado, Sally.

— E eu fico feliz em ajudar — disse Sally. — E foi um prazer conhecê-la, srta. Alice.

As duas mulheres se despediram e Alice pegou o maço de cigarros, garantindo a Sally que iria direto para o lixo — ela não queria decepcionar a nova vizinha. De volta à frente da casa, Alice enfiou a chave na fechadura e, antes de girá-la, a porta se abriu, como se desde sempre não estivesse trancada. Ela soltou a chave — ainda presa na fechadura — enquanto a porta se abria.

— Mas como...?

Alice entrou com cuidado em casa, dando uma rápida olhada à esquerda e à direita para se certificar de que estava vazia. Satisfeita por se ver sozinha, ela abriu e fechou a porta algumas vezes para ver se estava travando. Não estava. Alice mexeu na fechadura, imaginando que talvez a tivesse trancado por dentro quando saiu. Depois de algumas tentativas, como o mistério da porta trancada permanecia sem solução, ela guardou o maço de cigarros no fundo da gaveta de cima da escrivaninha (jogaria fora mais tarde, pouco antes do dia da coleta do lixo) e se aconchegou ao suéter para combater o frio intenso da sala — *como pode estar tão agradável do lado de fora e tão frio aqui dentro?* O notebook estava a poucos passos de distância, mas Alice não se sentia inspirada e preferiu se acomodar no sofá com o antigo livro de receitas.

O livro se abriu em uma receita que provavelmente havia sido uma das favoritas, a julgar pelo número de manchas na página. Pudim de pão e queijo. Alice examinou a lista de ingredientes enquanto se aconchegava ainda mais ao suéter. Farinha de rosca, queijo, leite e ovos. Uma pitada de páprica, que com certeza não havia em casa. Ela viu uma anotação ao lado da receita: *Perfeito para depois da igreja.* E.S. E embaixo, em caneta azul, *Polvilhe com 1 colher (sopa) de mistura de ervas Swann.*

Alice pousou o livro de receitas na bancada da cozinha, então pegou a manteiga, o leite, os ovos e o queijo na geladeira. Depois de confirmar que não tinha páprica, ela adicionou pimenta-do-reino no lugar e uma pitada de manjericão seco para substituir a mistura de ervas para a qual não conseguiu encontrar uma lista de ingredientes. Como cozinhar para si mesma não era uma habilidade necessária para a vida na cidade grande (e por ter sido criada por uma mãe que mal sabia fazer ovos comíveis), Alice era uma nulidade na cozinha. Mas queria melhorar, então era hora de aprender algumas coisas. Uma dessas coisas era como preparar uma refeição decente. Ela tinha sido responsável por alguns dos clientes mais importantes do Grupo Wittington e certamente não lhe faltava capacidade para se organizar e ter alguma coisa pronta quando Nate chegasse para jantar. Alice concluiu a massa do pudim com facilidade. Sentindo-se realizada, apesar da simplicidade do prato, deu parabéns a si mesma e colocou a travessa no forno, curiosa para saber qual seria o resultado de uma receita de mais de sessenta anos.

12

Nellie
11 de junho de 1956

Bolo para dias atarefados

½ xícara de manteiga
⅓ colher (chá) de extrato de limão-siciliano ou de baunilha
1 ¾ xícara de açúcar
2 ½ xícaras de farinha de trigo peneirada
¼ colher (chá) de sal
2 colheres (chá) de fermento
1 xícara de leite
4 claras de ovos sem bater

Bata a manteiga até estar macia e cremosa, acrescentando o extrato enquanto estiver batendo. Junte o açúcar. Peneire a farinha, o sal e o fermento e incorpore à mistura de manteiga, seguido imediatamente pelo leite e as claras de ovo. Bata tudo rapidamente, mas com gentileza, até estar bem incorporado. Espalhe com cuidado em uma forma para bolo de 18 x 30 centímetros bem untada e asse em forno médio (180 graus) por 60 a 65 minutos. Deixe o bolo descansar por 20 a 25 minutos depois de assado, antes de retirá-lo do tabuleiro. Deixe esfriar e cubra com a cobertura que desejar.

Nellie segurou com força a alça do porta-bolos com uma das mãos e fechou a porta da frente com a outra. Era quase meio-dia, mas Katherine "Kitty" Goldman, a anfitriã da reunião da Tupperware daquele dia, que começaria ao meio-dia "em ponto", morava a apenas um quarteirão de distância, por isso Nellie sabia que tinha tempo de sobra para fazer a curta caminhada.

Estava um belo dia, com uma brisa morna deliciosa. A saia do vestido verde-menta balançava enquanto ela caminhava, os pés satisfeitos graças à decisão de usar sapatilhas. Todos as outras estariam de salto, mas Nellie não fazia muita questão de se encaixar no grupo. Além disso, os sapatos de salto gatinho estariam de volta aos pés dela naquela noite, assim que Richard voltasse do trabalho, portanto aproveitaria o conforto enquanto podia.

Ela desceu lentamente pela entrada da casa para que sua mão livre pudesse acariciar as abundantes flores cor-de-rosa das peônias que emolduravam o jardim da frente dos Murdoch, enquanto sussurrava doces canções de ninar para elas, tratando as flores como faria com um filho se tivesse a sorte de ter um. Quando chegou à calçada, Alice viu que as rosas — amarelas, deslumbrantes e que eram seu orgulho e sua alegria — estavam a plena vista da vizinhança. Logo ela teria que cortar as flores para permitir um segundo ciclo de floração. As rosas davam muito trabalho, mas retribuíam em grande estilo.

Nellie passou pela última roseira, aninhada atrás da cerca branca que delimitava o quintal dos Murdoch, e reparou que sua vizinha, Miriam Claussen, estava cuidando do próprio jardim, na frente da casa. Miriam estava curvada sobre um grande ramo de peônias, de costas para Nellie, cortando as flores bem no base do caule e empilhando-as ordenadamente na grama ao lado dela, como soldados abatidos.

— Oi, Miriam — chamou Nellie. — Suas peônias estão lindas este ano.

— Ah, oi, querida — disse Miriam, a voz forte, ligeiramente musical. Embora Miriam Claussen tivesse quase sessenta anos, sua mente e sua atitude eram as de uma mulher muito mais jovem. Mas a idade não tinha sido tão gentil com seu corpo. Ela se ergueu com certa dificuldade, as tesouras de jardinagem nas mãos maltratadas pela artrite. Seus nós dos dedos eram tão inchados que tinham o tamanho dos puxadores da cômoda de Nellie. — Vindo de você, isso é um grande elogio. Esse clima esplêndido que estamos tendo sem dúvida está fazendo bem a elas.

Miriam inclinou o chapéu de sol para ver melhor e então franziu a testa, reparando no casaco de lã de Nellie, abotoado até o topo e pesado demais para a temperatura prevista para o dia.

— Você está bem, querida?

— A garganta está incomodando um pouco. — Nellie pigarreou e puxou uma das mangas do suéter, torcendo para que estivesse cobrindo o que precisava ser coberto. — Mas vou ficar bem.

— Fico feliz de ouvir isso, querida.

Miriam sempre ficava feliz de ver Nellie, e o prazer era mútuo. Miriam costumava levar bolos, biscoitos e, às vezes, uma travessa com um gratinado para a vizinha, repreendendo Nellie de brincadeira por estar tão magra. O sr. Claussen havia morrido alguns anos antes, e a única filha deles, Sally, estava na faculdade de medicina. Com isso, Miriam não tinha mais ninguém em casa para desfrutar da sua comida. Nellie nunca havia conhecido uma mulher tão ambiciosa a ponto de se tornar médica e desejou que ela e Richard tivessem se mudado para aquela casa antes de Sally sair para estudar em outra cidade. Adoraria perguntar a ela como era fazer exatamente o que desejava.

— Eu nunca consegui impedir aquela criança de fazer algo — comentou Miriam, certa vez, sobre a filha. — O que é uma boa coisa também. Porque Deus sabe que é isso que devemos fazer com as nossas meninas.

Nellie às vezes divagava, sonhando com uma vida diferente da que tinha, uma vida menos repressora, na qual ela poderia ser mais do que a sra. Richard Murdoch sem filhos. Se tivesse se casado com Georgie Britton, o rapaz doce com quem havia namorado firme até o pai dele conseguir um emprego no Missouri e se mudar com a família, talvez agora tivesse filhos e experimentasse a reverência que a maternidade garantia. Ou talvez, se nunca tivesse conhecido Richard, estivesse morando em um apartamentinho pitoresco na cidade grande, com apenas uma pequena mesa de cozinha e uma cadeira. Uma chapa elétrica para cozinhar, nada de forno. Como sua amiga da escola secundária, Dorothy, que queria ser arquiteta e nunca havia dado muita atenção aos homens. Talvez Nellie pudesse ter cantado jingles para anúncios no rádio... ela teria gostado de um trabalho assim. Ou talvez tivesse estudado para se tornar professora de música. Se não estivesse tão ansiosa para se casar, acreditando com toda honestidade que aquilo seria a porta de entrada para uma vida agradável e abundante, Nellie poderia ter descoberto o segredo da felicidade.

Miriam foi até onde ela estava, perto da cerca, tirando as luvas de jardinagem no caminho e revelando as mãos de aparência feia: vermelhas e inflamadas, os dedos tortos. As mãos de Nellie, por sua vez, eram lisas, com dedos longos coroados por unhas arredondadas e pintadas com uma boa camada de esmalte cintilante.

— Como estão suas mãos hoje? — perguntou Nellie, embora estivesse claro que estavam tudo, menos boas.

— Bem, bem. — Miriam afastou a preocupação com um gesto. — Nada que um pouco de vinagre de sidra não resolva.

Nellie sabia que Miriam banhava as mãos quase todas as noites em uma tigela de vinagre de sidra de maçã quente, alegando que aliviava a dor, embora a filha sempre a repreendesse por usar aquele remédio caseiro. Mas Miriam não gostava de comprimidos, nem de médicos, mesmo que a própria filha logo fosse se tornar uma. Bert Claussen tinha feito tudo certo, fora ao médico quando adoeceu, sem que Miriam precisasse insistir muito para isso. Mas acabaram descobrindo o câncer só quando já era tarde demais para o pobre Bert.

— Estou indo a uma reunião da Tupperware na casa de Kitty Goldman, mas que tal eu dar uma passada aqui mais tarde, para ajudar você a terminar o trabalho no jardim?

— É muita gentileza sua, Nellie, mas tenho certeza de que vou ficar bem — disse Miriam, enquanto batia com as luvas contra uma cerca próxima para limpar a terra. — É melhor você ir. Você está carregada de coisas.

— É a receita do bolo para dias atarefados da minha mãe — disse Nellie, levantando ligeiramente o suporte. — Com cobertura de limão--siciliano e algumas violetas do jardim que eu cristalizei.

A mãe dela costumava fazer o bolo para reuniões sociais; ela sempre dizia a Nellie que não havia quem não gostasse de um bolo simples.

— Só temos problemas quando tentamos sofisticar — gostava de dizer Elsie, enquanto deixava Nellie lamber a cobertura de creme de manteiga dos batedores.

Algumas pessoas talvez considerassem flores cristalizadas uma sofisticação, mas não Elsie Swann — todo bolo que ela fazia era decorado com alguma bela flor ou alguma erva da horta, fossem pétalas de rosa cristalizadas ou amores-perfeitos, hortelã fresca ou açúcar de lavanda. Elsie, que acreditava piamente na linguagem das flores, passava muito tempo combinando cuidadosamente as dádivas de suas flores e ervas para presentear as pessoas que as recebiam. Gardênia revelava um amor secreto; jacinto-branco era uma boa escolha para quem precisava de orações; peônia celebrava um casamento e um lar felizes; a camomila garantia paciência; e um ramo vibrante de manjericão fresco levava consigo bons votos. No caso, violetas demonstravam admiração — algo que Nellie não sentia pela cansativa Kitty Goldman, mas certamente sentia pela delícia simples do bolo para dias atarefados da mãe.

— Ah, que lindo, Nellie. — O tom de Miriam era melancólico e Nellie compreendeu a solidão em sua voz. Ela se sentia da mesma forma, por razões diferentes. — Simplesmente adorável.

— Vou guardar um pedaço para você. E trarei mais tarde, junto com as minhas luvas de jardinagem. Pode ser?

Miriam pareceu satisfeita.

— Mandarei você de volta para casa com uma travessa para o jantar. Fiz um pouco mais do que precisava hoje.

Nellie se perguntou quanto tempo demoraria para se acostumar a cozinhar para apenas uma pessoa. Ela desconfiava de que, depois de passar tantos anos com alguém, como fora o caso de Miriam e Bert, quem ficava sempre faria o bastante para dois, porque o contrário era mais difícil.

— Ah, e antes de você ir, me diga uma coisa. Qual é o seu segredo para se livrar das formigas? — perguntou Miriam. — Adoro manter um vaso de peônias na mesa da minha cozinha, mas aquelas malditas formigas aparecem em toda parte. Encontrei algumas até dentro da minha manteiga na semana passada!

— Dê um banho nelas — disse Nellie.

Miriam inclinou a cabeça.

— Um banho? Nas formigas?

Nellie riu, mas com carinho.

— Encha uma pia com água morna, pingue algumas gotas de detergente e dê um banho nas flores. Elas vão se recuperar e não haverá formigas.

— Você é muito sabida, Nellie Murdoch. — Miriam voltou a calçar as luvas. — Talvez devesse dar uma aula na igreja para todas nós que não temos o seu dedo verde. Aposto que você encheria o salão.

— Gosto de guardar alguns segredos para mim. E para a minha vizinha favorita — respondeu Nellie com uma piscadela. — Vejo você mais tarde?

— Vou esperar ansiosa — disse Miriam. — Aproveite a reunião. Ouvi dizer que Kitty tem uma cozinha nova e chique. — Ela se inclinou mais perto, com uma das mãos cobrindo a boca como se estivesse compartilhando um grande segredo com Nellie. — Não que ela precise. Aquela mulher não seria capaz de ferver água nem se a vida dela dependesse disso.

Nellie deu uma risadinha. Kitty era uma tonta, conhecida por sua falta de habilidade na cozinha (provavelmente seriam servidos sanduíches frios naquele dia, talvez uma gelatina salgada de algum tipo) e pela língua ferina, e aquilo a tornava alguém que não interessava muito a Nellie.

— Trarei um relatório completo.

Nellie estava ansiosa para visitar Miriam mais tarde, muito mais do que por aquela maldita reunião da Tupperware. Todas aquelas mulheres fofoqueiras babando por tigelas de plástico cor-de-rosa, pêssego e amarelas, aquela conversa de como uma travessa mudaria a vida delas. Nellie se despediu de Miriam com um aceno e seguiu seu caminho, as axilas pingando de suor, e desejou não estar usando o cardigã. Mas, por mais quente que estivesse o dia, ou por mais que tivesse que explicar várias vezes que talvez estivesse pegando uma gripe, tirar o suéter não era uma opção.

A primeira vez que Nellie mentiu descaradamente para o marido sobre algo importante coincidiu com a primeira vez que ela descobriu uma mancha de batom no colarinho da camisa dele — em um tom berrante de vermelho, do tipo que nunca roçaria os lábios delicados de Nellie.

Foi algumas semanas antes da reunião da Tupperware e o jardim de Nellie tinha finalmente acordado, com os dias mais longos e quentes. As peônias estavam prestes a desabrochar; o arbusto de lilases de Miriam explodiu com flores em tons de lavanda, exalando um perfume inebriante que se estendia a meio quarteirão de distância; e os lírios, altos, se esticando em direção ao sol, desabrocharam em um laranja forte. Nellie estava ansiosa para ir ao jardim naquela manhã e, por isso, adiou a lavagem das roupas de Richard — a tarefa doméstica de que menos gostava. Mas na manhã seguinte, quando o marido percebeu que a sua camisa da "sorte" (idêntica a todas as outras, até onde Nellie conseguia ver) não estava passada para que ele usasse na reunião importante daquele dia, agarrou Nellie com força. O hematoma que ele deixou — pontos roxos profundos em uma linha ao longo do braço dela, no formato das pontas dos dedos do marido — demorou mais do que os outros para clarear, razão pela qual Nellie se viu forçada a vestir um agasalho no dia da reunião da Tupperware na casa de Kitty Goldman.

Quando Richard finalmente soltara o braço dela naquela manhã fatídica, ele havia jogado a camisa aos pés de Nellie e exigido que ela fizesse o "maldito trabalho" dela. Nellie caíra de joelhos, segurando o braço, enquanto Richard olhava para ela com desdém. Ela esperou no chão do quarto até a porta da frente fechar antes de pegar a camisa descartada do marido, e foi então que percebeu a mancha. Nellie ficara olhando para o tecido por um bom tempo, o coração acelerando conforme se dava conta do que aquilo significava.

Mais tarde naquele dia, ela ligou para Richard no trabalho, ainda segurando a camisa suja e delatora nas mãos.

— Deu positivo — disse Nellie no momento em que a secretária de Richard, Jane, transferiu a ligação. — Deu positivo, Richard.

— O quê? Você quer dizer...?

— Eu desconfiei — continuou ela, tentando infundir o máximo de alegria possível na voz. — Mas não queria dizer nada até a minha consulta desta manhã, e ah, Richard... Espero que você esteja satisfeito...

— Satisfeito? Como eu poderia não estar? — Sua voz era de pura alegria, então ele baixou rapidamente o tom. — E, Nellie, sinto muito por, bem, por mais cedo. Às vezes você me deixa tão... Bom, não importa. Você me fez um homem feliz hoje. Um homem muito feliz.

E ele parecia feliz mesmo. Nelli podia imaginar o marido todo emproado, ficando na ponta dos pés para se fazer parecer maior do que realmente era. Provavelmente abriria uma garrafa de alguma coisa para celebrar, já acenando para Jane, com seus lábios pintados de vermelho, para que ela encontrasse um colega que gostasse de beber, com quem ele pudesse compartilhar a notícia.

— Fico feliz — sussurrou Nellie, agarrando a camisa dele com mais força e desejando poder rasgá-la em pedaços. — Você tem sido tão paciente, Richard.

Não havia nada que Richard quisesse mais do que filhos, especificamente um filho para cuidar dos negócios da família (como se Nellie tivesse algum controle sobre o gênero da criança), e a pulseira de diamantes que ele lhe deu mais tarde naquela noite foi sua maneira de provar aquilo. Assim como os modos mais carinhosos e gentis, que ele parecia ser capaz de ligar e desligar com uma facilidade perturbadora.

Naquela noite, depois de prender a pulseira no pulso delicado da esposa, Richard a fez colocar os pés no sofá e preparou ovos para o jantar, embora estivessem borrachudos porque ele os deixou na panela por tempo demais. Depois de pegar o prato dela, sem perceber que Nellie mal havia tocado nos ovos, Richard colocou outro travesseiro sob os pés dela e fitou-a muito sério.

— Espero que você se cuide melhor desta vez!

— Ah, eu vou me cuidar — garantiu Nellie. — Pode ter certeza.

13

Não espere que a vida seja sempre de dias ensolarados. Além do mais, se não houver nuvens, você perderá a oportunidade de mostrar a seu marido como é capaz de ser uma boa companheira.

— BLANCHE EBBUTT, *Don'ts for Wives** (1913)

Alice
11 de junho de 2018

Alice acordou com o celular zumbindo na mesinha de cabeceira. Era uma mensagem de Nate, que já estava no trem, indo para o trabalho.

Não se esqueça de procurar alguém para aparar a grama. Boa sorte com o seu almoço!

Ela apertou os olhos turvos para enxergar melhor a tela do celular: eram 8h07. A ansiedade por causa de Georgia, a raiva de James Dorian e a culpa por mentir para Nate destruíram toda chance de ela voltar a dormir, e Alice ficou olhando para a rachadura do teto, esgotada, desejando poder continuar na cama. Alegar que estava doente, correndo risco de vida.

Em vez de contar que se encontraria com Georgia, e tudo o que levara àquilo, Alice havia dito a Nate que estava indo a Nova York para

---

* Em tradução livre: "O que uma esposa não deve fazer". (N. da T.)

encontrar uma amiga editora para pegar algumas dicas sobre escrever romances.

— É uma ótima ideia — disse Nate.

Ele perguntou então como estava indo o livro, e ela deu uma resposta vaga:

— Está indo bem.

A verdade é que Alice ainda não tinha escrito nada.

Mas não era apenas a produção do livro que estava parada. Apesar dos esforços empenhados e dos dólares gastos tentando embelezá-la, a casa permanecia descontente com os Hale. Meia dúzia de coisas já haviam dado errado: primeiro, havia as luzes piscando, o que tinha levado a um orçamento muito caro para os consertos elétricos (eles decidiram conviver com as oscilações de luz); então, o pilar de apoio da escada tinha se soltado, seguido por dois degraus, o que exigia atenção extra ao subir e descer, para não caírem; depois, um pássaro bateu em uma das janelas do quarto e quebrou o vidro — de painel duplo, antigo, caro para substituir; as rajadas e correntes de ar continuaram e eles decidiram que novas janelas poderiam ser a solução para o problema, mas não havia dinheiro para aquilo. E, por fim, na véspera, a torneira do banheiro tinha saído nas mãos de Alice, inundando o chão e exigindo os serviços absurdamente caros de um encanador na tarde de domingo. Até Nate, o otimista eterno, começou a concordar que as coisas poderiam estar indo melhor com a casa.

Enquanto em Murray Hill o início de uma nova semana traria os sons de moradores da cidade apressados indo e vindo nas ruas abarrotadas, em Greenville as coisas permaneceram quietas. Sem buzinas. Nenhum som do movimento de pedestres descendo a rua. Apenas o canto dos pássaros se misturando ao som de um caminhão barulhento a distância...

Alice se sentou na cama. *O lixo.*

Ela não estava acostumada ao ritmo da vida suburbana. Em vez de uma lixeira onde jogavam os sacos de lixo, eles tinham dois recipientes grandes na garagem, um para o lixo e outro para os recicláveis, que Alice deveria se lembrar de colocar do lado de fora de casa nas manhãs de segunda-feira. Ela havia se esquecido completamente na semana anterior, tinha voltado para a cama assim que Nate saíra e estava dormindo quando os caminhões passaram lentamente pela rua.

Por causa do tempo que passara fechado, combinado com uma semana de calor, o lixo estava empesteando a garagem inteira, e Alice tinha prometido que não se esqueceria dele naquela segunda-feira.

Ela vestiu a calça jeans que tinha largado no chão na noite anterior o mais rápido que pode, fechou o zíper e enfiou um suéter pela cabeça antes de descer correndo as escadas, quase caindo nos degraus sinuosos e xingando pelo caminho. Ainda calçando os chinelos, Alice abriu a porta da frente e viu as latas de lixo enfileiradas perto da calçada. Seu celular vibrou no bolso de trás da calça.

Coloquei o lixo pra fora. Não esquece que vou chegar tarde em casa — reunião de estudo.

Alice mandou uma resposta rápida.

Vou procurar alguém para aparar a grama. E espero por você. Bjs.

Ela passou a mão pelos cabelos bagunçados, puxando os dedos até as pontas para juntar as mechas soltas. Alguns fios ficaram presos na aliança, e ela os puxou enquanto examinava o gramado. A grama estava alta e os dentes-de-leão e outras ervas daninhas se destacavam no verde aqui e ali.

— Bom dia, Alice. — Sally Claussen estava na varanda da frente. — O lixo costuma ser recolhido por volta das oito e quinze, mas às vezes é mais perto das oito e meia — disse ela, enquanto abria a própria garagem. — Gosto de esperar até o último minuto por causa dos esquilos e guaxinins. — Ela desapareceu dentro da garagem e voltou um instante depois arrastando uma grande lixeira. — Eles conseguem fazer uma bagunça terrível. Criaturinhas espertas, esses guaxinins. Eu já os vi abrindo até as tampas com trancas.

— É mesmo? — disse Alice. — Espera, deixa eu pegar isso pra você. — Ela pegou as alças da lixeira da mão de Sally. — É só esta?

— Sim. Obrigada.

Sally estava usando uma calça bege com cinto azul-marinho e uma blusa azul-clara de mangas três quartos, o cabelo branco penteado para trás com cuidado e preso em um coque baixo. Ela havia amarrado um lenço de seda fino ao redor do pescoço — de bolinhas azuis e verdes — e a combinação de tudo era elegante e de muito bom gosto. Alice, em comparação, estava toda desgrenhada, de calça jeans, a blusa de algodão amassada.

Alice levou a lixeira até a calçada de Sally, o volume batendo em suas coxas a cada passo. Sally caminhou ao lado dela.

— Aliás, eu ia mesmo perguntar, você tem alguém que apara a grama?

— Tem um rapazinho que mora a algumas quadras daqui que faz o serviço no verão. Ele estuda na cidade, mas passa as férias na casa dos pais. Vou te dar o número dele. O preço é satisfatório, e ele faz um bom trabalho.

— O jardim e o gramado dão tanto trabalho que cuidar dos dois parece um emprego de período integral. — Alice soltou a lixeira e limpou as mãos na calça. — Então, sim, agradeço muito se puder me passar o número dele.

— Vou pegar para você agora mesmo. Tem tempo para um café?

Alice se lembrou de Georgia, James e dos advogados que teria que enfrentar em poucas horas.

— Eu adoraria, mas tenho um compromisso. Talvez amanhã?

— Amanhã está ótimo.

Alice ficou olhando para o próprio gramado com uma expressão melancólica.

— Seria tão mais fácil se eu gostasse de fazer essas coisas.

Sally assentiu.

— Talvez você se surpreenda. Devo dizer que a jardinagem acabou me conquistando ao longo dos anos.

O caminhão de lixo entrou na rua delas, e o barulho dos freios interrompeu a conversa. Sally acenou para o homem que pulou da caçamba do caminhão e ele acenou de volta.

— Bom dia, sra. Claussen — disse o homem, tirando um dos fones do ouvido e enfiando-o rapidamente sob a aba do boné. Ele sorriu, revelando uma covinha no rosto com a barba bem aparada, o que o fazia parecer mais jovem do que de fato era.

— Oi, Joel. Como estão as meninas?

— Bem. A Eva aprendeu a amarrar os sapatos, e o time em que a Maddie joga futebol venceu a partida de ontem.

— Que fantástico! — Sally bateu palmas, encantada, como se as meninas fossem netas dela. — Joel, essa é Alice Hale. Ela e o marido se mudaram recentemente para cá.

— Muito prazer, Alice — disse Joel. — Seja bem-vinda ao bairro. — Ele esvaziou rapidamente as latas de lixo e segurou uma em cada mão. — Querem que eu guarde isso de volta para vocês, senhoras?

— Obrigada, mas pode deixar que eu faço isso — respondeu Alice. Então, depois que Joel voltou para o caminhão e acenou em despedida, acrescentou: — Ele parece ser um cara legal.

— Ah, ele é mesmo — concordou Sally, brincando com as pontas do lenço. — E é bonito também. Eu sempre gosto do dia que recolhem o lixo.

Alice riu. Cada vez gostava mais de Sally.

O trajeto até a estação de trem de Scarsdale levou menos de cinco minutos, foi só atravessar o rio Bronx. Alice estava se sentindo mais à vontade para dirigir — o trânsito de pouco movimento garantia uma experiência tranquila para quem se sentia ansioso ao volante, graças às ruas largas e ao ritmo lânguido de um modo geral. Enquanto ela estacionava em uma vaga perto da estação, voltou a se encantar com a singularidade de Scarsdale. Lojinhas fofas com fachadas de tijolo e pedra, com toldos coloridos e bandeiras penduradas em postes de luz de aparência antiga. Árvores perfeitamente localizadas e espaços verdes bem cuidados. Cafés com varandas ao ar livre com guarda-sóis brancos para proteger os clientes do sol forte. Aquilo deixou Alice com inveja... ver como aquela cidade era organizada — tão diferente da vida dela naquele momento.

A viagem de trem foi rápida demais para o gosto de Alice, e uma hora depois ela estava diante do prédio do Grupo Wittington na Broadway, de terninho e salto, tentando reunir coragem para entrar. Alice respirou fundo, o que não serviu em nada para acalmar a acidez que incomodava seu estômago — tanto por causa do café grande demais que tomara quanto da verdade que vinha escondendo havia meses. Então, endireitou os ombros e entrou no prédio pisando firme.

— Ah, oi, Alice — disse Sloan McKenzie, a recepcionista, quando Alice empurrou as pesadas portas de vidro para entrar no escritório do Grupo Wittington. A mulher tinha um sorriso meloso no rosto que Alice sabia por experiência própria não ser sincero. — Vou avisar a Georgia que você chegou.

Sloan se concentrou em ligar para Georgia, e Alice esperou ao lado da mesa, encantada com o cabelo muito liso de Sloan, sem nenhuma onda ou fio rebelde à vista. Alice se lembrou das escovas regulares no cabeleireiro e das depilações frequentes com uma breve onda de saudade, então puxou constrangida as pontas do cabelo, que haviam se eriçado com a umidade. Fazia apenas alguns meses desde que ela deixara de frequentar aquele escritório diariamente, mas já se sentia deslocada e desconfortável em seu traje profissional.

— Ela vai demorar um pouquinho. Você pode se sentar se quiser — disse Sloan.

— Estou bem de pé. Obrigada.

Os sapatos estavam apertando os dedos dos pés dela, uma bolha desagradável começava a se formar no calcanhar esquerdo e ela precisava muito ir ao banheiro. O café tinha encontrado o caminho direto até a bexiga dela, e a barriga inchada se apertava no cós implacável da saia, cujo zíper estava naquele momento a uma respiração profunda de arrebentar. Sentar só tornaria tudo pior.

— Fique à vontade. — Sloan encolheu os ombros e voltou a digitar no que estava trabalhando quando Alice chegou. Provavelmente alguma postagem nas redes sociais, ou talvez uma mensagem para os colegas:

Adivinha quem está parada bem na minha frente agora?? Alice Hale!!!! Preciso dizer que ela está um bagaço!!

Alice começou a escrever uma mensagem para Bronwyn — que estava em Chicago por alguns dias, em uma viagem de negócios —, para parecer tão ocupada quanto Sloan, mas não conseguiu terminar, pois Georgia apareceu.

— Obrigada por vir — disse Georgia, com um toque de desaprovação na voz. Já haviam se passado quase cinco meses desde a última vez que tinham se visto e a animosidade mútua permanecia palpável. — Por favor, segure as minhas ligações — orientou, voltando-se à secretária.

Sloan confirmou a ordem e dirigiu um sorriso simpático a Alice que, mais uma vez, pareceu falso.

Mancando, com o calcanhar cheio de bolhas, Alice tentou acompanhar o passo de Georgia, mas acabou andando atrás da antiga chefe — que usava saltos tão altos, talvez mais altos que os dela. Logo as duas estavam na grande sala de reuniões não muito longe da antiga sala de Alice. Já havia duas pessoas de terno escuro lá dentro, um homem e uma mulher — os advogados, presumiu Alice —, e um pratinho de doces de aparência ressecada em cima da mesa.

Georgia não se deu o trabalho de apresentá-la às pessoas que estavam na sala, então Alice resolveu chamá-las mentalmente de Tweedledee (a mulher) e Tweedledum (o homem).

— Antes de começar, gostaria de te lembrar que conto com sua discrição. Por favor, tente manter só entre nós o que conversarmos nesta sala. Espero que consiga fazer isso... pelo menos desta vez. — Ela olhou para Alice, que se sentiu encolher enquanto se sentava e colocava o celular em cima da mesa, com a tela virada para baixo.

A advogada, Tweedledee, foi a primeira a falar.

— Muito bem, acredito que a Georgia já tenha mencionado, o sr. Dorian a citou no processo, sra. Hale, e ele alega...

— Pode me chamar de Alice — disse ela, interrompendo a outra mulher.

A advogada assentiu e continuou.

— Ele alega que estava tendo uma conversa privada, em um quarto de hotel pago pela empresa que ele contratou. A mesma empresa que assinou um termo de sigilo.

Alice pigarreou, tentando acalmar o coração disparado.

— Estou há alguns meses fora de cena, mas uma conversa informal, de alguém bêbado, com a pessoa responsável pela sua divulgação realmente conta como confidencial?

Os advogados ignoraram a pergunta e Georgia murmurou alguma coisa baixinho. Alice conhecia os termos do contrato tão bem quanto todos os outros na sala.

— No que diz respeito ao álcool — disse Tweedledum, enquanto folheava alguns papéis na pasta à sua frente —, James Dorian diz que pediu água. Várias vezes. E que a sra. Hale, Alice, continuou a lhe servir vodca, alegando que aquilo o deixaria mais relaxado para o discurso que ele precisava fazer.

— Isso é mentira! — Alice se inclinou para a frente e bateu com a palma das mãos na mesa de mogno brilhante que parecia uma prancha de surfe. Ela havia passado muitas horas debruçada sobre aquela mesa e, apesar de a reunião de que participava no momento ser tão desagradável, não conseguiu conter uma onda de nostalgia.

— Alice, fica calma. — Georgia suspirou e olhou para o advogado como se dissesse: *Está vendo com o que eu tive que lidar?*

— O sr. Dorian afirma que você colocou palavras na boca dele. Ele mencionou um aluno, hum... — O homem fez uma pausa enquanto procurava o nome. — Robert Jantzen, que foi contratado para ajudá-lo com o livro, checando fatos e fazendo algumas poucas pesquisas, e você interpretou mal o papel dessa pessoa. Ele também mencionou que você bebia em excesso.

— Isso também é mentira. — Alice foi virando a cabeça para encarar os advogados e Georgia, um a um. — Georgia, você sabe como é o James. O cara é um bêbado. E tentei manter o homem o mais sóbrio que consegui. — Ela pressionou os dedos sobre os olhos fechados e contou até três enquanto inspirava tão profundamente quanto a saia permitia, o que não foi o suficiente para conter a tontura. E ficou frustrada ao ver como sua voz soava dócil quando continuou: — Além disso, você me disse para "cuidar dele" e fazer o que fosse necessário para que ficasse feliz.

Tweedledee ergueu os olhos dos papéis, o cenho franzido.

— O que você quis dizer com isso, Georgia?

Georgia fez um gesto de desdém com a mão.

— Nada. A Alice tem a tendência de ser excessivamente dramática em situações de crise.

O advogado voltou a falar antes que Alice retrucasse.

— Alice? — Ele a encarou. — Importa-se de falar um pouco mais sobre essa última parte?

— O que acontece é que James Dorian gosta de beber, e me disseram para garantir que tivéssemos vodca e bourbon sempre à mão... os favoritos dele.

— Quem disse?

— A Georgia — respondeu Alice. — Mas que era preciso equilibrar a bebedeira dele, porque o James vira um polvo se bebe demais, entende?

Tweedledum ergueu uma sobrancelha e olhou para Tweedledee, que se inclinou para a frente, o olhar firme em Alice.

— Um "polvo"? — A advogada estreitou os olhos.

Alice olhou para ela, confusa por outra mulher não entender o que ela estava dizendo.

— Você sabe, um pouco abusado. Quanto mais bêbado ele fica, maior a probabilidade de as mãos dele se multiplicarem e acabarem no joelho da gente ou em outro lugar.

— Alice, James Dorian fez algum avanço indesejado sem o seu consentimento explícito?

Alice deu uma risada.

— Essa pergunta é a sério?

As mãos bobas de James Dorian não eram segredo na empresa, ou mais amplamente, no mundo editorial de Nova York.

— Se houve algum tipo de conduta sexual imprópria, bom, isso poderia mudar as coisas — disse Tweedledum à colega, que assentiu enquanto fazia algumas anotações.

Alice sentiu a mudança na atmosfera da sala, a repentina agitação de Georgia enquanto mexia na tampa da garrafa de água. Ela girava a tampa repetidamente enquanto olhava para Alice com uma expressão difícil de interpretar.

— Posso garantir que nada sinistro aconteceu — afirmou Georgia. — Eu nunca colocaria uma funcionária nesse tipo de situação. James Dorian é um idiota pomposo que gosta de beber, mas má conduta sexual? Nunca.

Alice encarou a antiga chefe.

— Georgia, por favor. Nós duas sabemos que isso não é verdade.

Houve um longo momento de silêncio, até que a advogada perguntou:

— Perdemos alguma coisa aqui?

Georgia suspirou, tirou a tampa da garrafa de água e deu um gole pelo canudo que saltou para fora. Alice era uma profissional da comunicação, e sabia que Georgia estava tentando se recompor antes de falar.

— Georgia? — falou a advogada.

Alice viu a ex-chefe tomar a água pelo canudo e, enquanto esperava a resposta dela, percebeu uma expressão de alarme atípica no rosto de Georgia. Era sutil, e não tinha como ser percebida por quem não a conhecia bem. Sentindo uma onda de satisfação, ao ver a instabilidade da sempre tão imperturbável Georgia Wittington, Alice se deu conta de como havia se sentido impotente nos últimos meses... e de como queria mudar aquilo.

14

Seja uma boa ouvinte. Deixe que ele lhe conte os problemas que tem, e os seus, em comparação, vão parecer banais.

— EDWARD PODOLSKY, *Sex Today in Wedded Life** (1947)

Alice
9 de janeiro de 2018

Aconteceu no início do ano, em um evento em que um dos melhores clientes do Grupo Wittington, o autor de megabest-sellers James Dorian, estava concorrendo a mais um prêmio. E, como sempre, Alice tinha a tarefa de garantir que James estivesse lá e conseguisse chegar ao palco quando seu nome fosse chamado.

O Grupo Wittington tinha reservado um quarto para James ocupar no hotel onde aconteceria o evento de entrega dos prêmios literários para que ele pudesse relaxar, mas também para se certificarem de que ele não se atrasaria. James já tinha chegado bêbado e com um interesse concentrado nas pernas macias e firmes de Alice sob a saia. James Dorian era casado havia vinte e cinco anos, mas aquilo não fazia diferença. Ele adorava o poder que acreditava ter com sua posição de escritor mais vendido, o que às vezes significava um aval valioso para impulsionar a

---

* Em tradução livre: "Sexo hoje na vida de casada". (N. da T.)

carreira de um novo e promissor escritor, e em outras ocasiões significava que as mãos dele acabariam aterrissando em lugares inadequados.

— Não saia do lado dele — gritara Georgia pouco antes de deixar o escritório para ir ao cabeleireiro. — Dê ao James o que ele quiser.

Alice tinha quase certeza de que Georgia não estava falando *literalmente*, mas a verdade era que sabia que a chefe seria capaz de qualquer coisa — ela era implacável quando se tratava de negócios.

Embora Alice não se importasse muito com Dorian, com o ego dele ou com suas mãos bobas, ela se importava com a promoção que Georgia vinha lhe prometendo nos últimos meses. *Diretora de divulgação*. O cargo significava que James Dorian não seria mais problema dela — ele seria relegado a um gerente de divulgação inferior a ela —, e Alice teria um razoável aumento de salário, duas coisas que cobiçava. Mas, naquela noite, faria o trabalho que lhe fora pedido e tomaria conta de Dorian até a hora de despachá-lo para a cerimônia de premiação.

— Por que você não se senta aqui? — disse James, e deu uma palmadinha no assento ao lado dele, no sofá do quarto do hotel. — Pegue uma bebida.

Alice serviu água no copo de cristal e se sentou ao lado dele. Ele se inclinou na direção dela com o hálito cheirando a bourbon e uma das mãos apoiada no joelho nu de Alice. Infelizmente não era a primeira vez e ela tentava não deixar que aquilo a incomodasse.

— Temos que descer em cinco minutos, James — disse Alice, tomando um gole de água. — Talvez devêssemos parar com os drinques por enquanto?

Ela olhou para o copo que ele segurava, inclinado em um ângulo precário, o líquido de um âmbar escuro ameaçadoramente perto da borda.

— Ah, por favor, Alice — falou, com a voz arrastada. — Eu sei que a Georgia quer que você me deixe feliz. — Ele esvaziou o copo e estalou os lábios finos. — E ainda não terminei.

James estendeu o copo e, com relutância, Alice se levantou para enchê-lo.

Assim que ela entregou o copo, o homem deu mais uma palmadinha no sofá. Alice se sentou com um suspiro contido, e James colocou a palma da mão em sua coxa, deixando um dedo sorrateiro se enfiar por baixo da bainha da saia.

— Isso é bom, não é? — murmurou.

— Precisa de mais alguma coisa antes de irmos? — perguntou Alice, o tom decidido, dizendo as palavras com firmeza. Os dedos de Dorian continuaram a desenhar círculos preguiçosos na parte superior da coxa dela. — James?

— A Georgia deveria tomar cuidado com você. — Ele afastou a mão da coxa de Alice para balançar um dedo, erguendo as sobrancelhas espessas com fios grisalhos. — Você é uma relações públicas duas vezes mais talentosa que ela, e desconfio de que vai acabar derrubando a Georgia do maldito pedestal em que ela se coloca. — Ele fez um movimento amplo com a mão e derramou a bebida no colo de Alice. Ela se levantou de um pulo, com o líquido escorrendo da saia.

— Merda. — Ela abriu uma garrafa de água com gás e usou um guardanapo de linho para enxugar a roupa.

Dorian pareceu não se dar conta do que tinha feito e continuou a falar e a balançar o copo.

— E você escreve bem. É uma grande promessa. Talvez seja melhor eu tomar cuidado também. — Ele deu uma gargalhada com a boca dentro do copo, achando graça de si mesmo.

— Ahã — murmurou Alice, mal prestando atenção.

Ela já aprendera que James costumava ser generoso nos elogios quando estava bêbado, mas aquilo normalmente não levava a nada.

— Eu gosto de você, Alice. Sei lá, você é diferente. Daria um ótimo personagem. É suave e doce por fora... — Ele esticou a mão para tocá-la, mas ela estava longe o bastante para evitar. Então James se levantou, cambaleando, e cutucou o esterno dela com força, a ponto de machucá-la. — Mas não por dentro. Não. Por dentro você é durona. Calculista. Você guarda segredos, todos muito bem trancados. Consigo ver.

Alice recuou para que o dedo dele não fizesse mais contato com seu corpo.

— É mesmo?

Estava cansada de James Dorian. Mal podia esperar pelo novo cargo de diretora; estava fazendo muito para merecê-lo!

— Me conte um dos seus segredos, Alice.

O celular dela zumbiu dentro da bolsa clutch, o som reverberando pela mesa de centro de vidro. Provavelmente era Georgia.

— Não tenho nenhum segredo.

— Todo mundo tem segredos! — James riu, encantado com a resistência dela. Se fartando. — Se você me contar um segredo seu, eu conto um segredo meu.

Normalmente era daquela forma que aconteciam as interações entre eles. James nunca estava interessado em fazer o que era exigido dele, e tentava mudar o jogo um pouco. Eles haviam tido uma conversa semelhante algumas semanas antes, em um jantar com Georgia e o agente de James, no qual discutiram o plano para a próxima aventura dele — um roteiro que James havia prometido escrever um ano antes, e que ainda não acontecera. No pequeno intervalo em que Georgia tinha ido ao banheiro feminino retocar a maquiagem enquanto o agente atendia a uma ligação, James pedira a Alice que contasse algo que a assustava, e prometera fazer o mesmo. Ela inventara alguma bobagem e disse que tinha medo de um acidente de avião — na verdade Alice tinha medos, mas aquele não era um deles — e James confessara que o dele era se tornar irrelevante. Alice sentira vontade de dizer a ele o quanto ele era previsível.

— Precisamos descer agora. Podemos conversar sobre segredos mais tarde.

Ele ficou emburrado e cruzou os braços diante do peito.

— Muito trabalho e nenhuma diversão fazem de James um bobão.

James se serviu de mais bourbon e encheu outro copo, que entregou a Alice. Ele costumava beber somente vodca até um pouco mais tarde, por isso a opção por começar com o bourbon tão cedo significava que as coisas iam ficar complicadas.

— Se eu te contar um segredo, você promete descer comigo? — perguntou Alice.

James deu um gole no bourbon e assentiu.

— Muito bem. — Alice deu um gole na bebida. O bourbon desceu queimando pela garganta, mas ela gostava do sabor. — Atropelei o gato do vizinho quando tinha dezesseis anos e disse a todo mundo que tinha sido o motorista da FedEx. — Ela virou novamente o copo e terminou a bebida tão rapidamente que seus olhos lacrimejaram. — Eu sou alérgica a gatos. Pode não ter sido um acidente.

James olhou para ela, com um sorrisinho curvando seus lábios.

— É mesmo?

— Sério — confirmou Alice.

Não era totalmente verdade. Uma amiga dela do colégio que atropelara o gato (por acidente, quando saía da garagem rápido demais, um dia depois de tirar a carteira de motorista) e depois culpara o vizinho idoso. Mas, quando o pai da amiga lembrou à filha que eles tinham câmeras de segurança apontadas para a garagem, ela teve que confessar a verdade.

— Está vendo? — disse James, apontando com o copo para Alice. — Você é dura por dentro. E *eu* estou ficando duro só de pensar nisso.

Ele disse a última parte baixinho, como se não tivesse intenção alguma de que Alice ouvisse. Mas ela ouviu e precisou de todo o seu autocontrole para não sair correndo porta afora.

— Muito bem, termine o drinque e vamos.

O telefone de Alice continuava a tocar e a bipar. Eles estavam atrasados e James Dorian não iria impedi-la de conseguir aquela promoção.

— Você não quer saber o meu segredo? — perguntou ele, fechando os olhos enquanto esvaziava o copo. *Droga*. Ela teria que diluir os próximos drinques dele com água, se quisesse ter alguma esperança de sobreviverem à cerimônia. — É um bom segredo.

— Claro que eu quero — respondeu Alice, enquanto pegava a bolsa para checar o celular. *Georgia*. — Me conte o seu segredo.

Ela digitou uma resposta rápida, avisando a Georgia que estavam a caminho. Como já esperava se decepcionar com o que quer que Dorian contasse, mal prestou atenção no que ele dizia. James Dorian era um daqueles homens que acreditavam que tudo o que fazia era fascinante. Ele era um escritor brilhante, Alice tinha que admitir, mas todo o restante dele precisava de um upgrade.

— Senta aqui, senta — murmurou ele.

Alice pensou em dizer que não tinham tempo para se sentar, que precisavam ir. Mas a curiosidade foi mais forte e ela se sentou. James descansou a mão na coxa dela, fazendo cócegas na pele através do tecido da saia.

— James — falou Alice, com um tom de advertência na voz. Seu celular vibrou de novo. — Então, que segredo é esse? — Alice estava impaciente, irritada com os dedos dele e com as mensagens constantes de Georgia.

— Ah, é um bom segredo. — A mão dele subiu mais um pouco na perna de Alice.

— Para com isso — advertiu, o maxilar tenso, cerrando os dentes para evitar cuspir na cara do homem ou dizer exatamente o que pensava dele.

Houve um momento de tensão entre os dois, antes de James encolher os ombros, e afastar a mão.

— Caramba. Vai com calma, Alice.

Ele se levantou do sofá, o corpo oscilando como uma bandeira sob uma brisa forte, e foi até o espelho de corpo inteiro.

— Então, o meu livro, o *Widen the Fall* — disse James, tentando endireitar a gravata-borboleta enquanto se olhava no espelho, mas só conseguindo deixá-la mais torta.

Widen the Fall era o romance mais famoso de James Dorian, publicado oito anos antes — o livro que o transformara de um romancista muito elogiado, mas de vendas modestas, no autor mundialmente famoso e premiado que era no momento.

— O que tem o livro?

Alice tentou controlar a impaciência. Georgia estava ficando mais irritada a cada mensagem que chegava. Ela precisava acelerar as coisas ali, então se postou ao lado de James para endireitar a gravata dele. Mas ele se virou e se inclinou mais para perto dela, pousando as mãos em seus ombros (deixando que chegassem perto demais dos seios dela) e a usou para amparar o próprio peso. Alice se encolheu, mas retesou os músculos para sustentá-lo. Ela ergueu as sobrancelhas. E esperou.

— Não fui eu que escrevi o livro. — Ele a soltou de repente, desequilibrando-a. Então, bateu palmas e falou: — Muito bem, vamos lá.

— Espera. O que você quer dizer com você não escreveu o livro? — perguntou Alice, enquanto recuperava o equilíbrio. Mas James estava vasculhando os bolsos, murmurando baixinho consigo mesmo. Completamente alheio, agora que tinha toda a atenção dela. — James, o que você quer dizer com você não escreveu o livro?

— Que eu não escrevi. A ideia foi minha, e obviamente eu tinha um esboço da história.

Claro que tinha, pensou Alice.

— Mas paguei a um aluno meu, Robbie Jantzen, que era um bajulador e estava desesperado para receber uma boa nota, coisa que eu nunca daria a ele de outra forma. Mas o garoto era talentoso. Logo vi que era talentoso. E eu sabia — ele começou a levantar um dedo —, eu sabia que ele conseguiria escrever o livro. Era um talento bruto. Discernimento péssimo, mas excelente escritor.

— A Georgia sabe dessa história?

— Agora, vamos, Alice. Não me faça achar que eu a julguei mal.

Ele a encarou com uma expressão irônica. Sim, Georgia sabia. Ela não aceitava clientes cujas narrativas não conseguiria controlar e, para fazer isso bem, precisava conhecer os segredos da pessoa.

Alice ficou imóvel, absorvendo o que James dissera. Que o trabalho mais famoso dele — o mesmo que o *New York Times* tinha avaliado como "tão brilhante e sagaz que com certeza se tornará um clássico americano" — na verdade tinha sido escrito por um estudante universitário de vinte e poucos anos com uma dívida a pagar e uma volúpia pela nota dez elusiva que James Dorian nunca dava.

James colocou o dedo nos lábios e soltou um longo *Shhhhhh*.

— Mas não conte a ninguém, doce Alice. Talvez um dia você e eu possamos trabalhar juntos em alguma coisa. Você quer escrever um romance, não é mesmo? — Alice não conseguia se lembrar de já ter comentado sobre aquilo com ele. — Ah, não fique tão surpresa. Todas vocês, garotas, querem escrever um maldito romance. Isso é tão transparente quanto as saias curtas que usam e a ambição desesperada que têm.

Ela cerrou os lábios, ansiando por dizer ao asqueroso James Dorian onde ele deveria enfiar suas suposições. Mas ele não estava errado, ao menos não quanto à ambição em relação a escrever — Alice de vez em quando imaginava seu nome impresso na capa de um livro, e vinha brincando com uma ideia vaga ambientada no mundo das relações públicas.

— Enfim, aposto que poderíamos lançar alguma coisa fantástica. — Ele cambaleou de novo, mexendo na braguilha. Alice desviou o olhar.
— Tenho que mijar. Volto logo.

James recebeu o prêmio, e Georgia lançou um olhar significativo para Alice assim que enfiaram o escritor semiconsciente na limusine alugada.

— Esse foi seu tíquete de entrada, minha cara — disse, sorrindo.

Alice irrompeu no quarto ao chegar em casa, acordou Nate e contou a ele que tinha conseguido a promoção. Nate ficou muito orgulhoso.

— Ninguém merece mais do que você — disse ele.

Alice concordou e, sentindo-se poderosa e realizada, pagou um boquete para Nate sem precisar de nenhum incentivo adicional.

Mas então Alice cometeu um grave erro. Foi tão estúpido, na verdade, que ela ainda estava tentando descobrir como tinha deixado acontecer.

Ela e Bronwyn saíram para fazer compras na noite seguinte ao evento de premiação e estavam experimentando vestidos para o casamento de uma amiga em provadores um ao lado do outro, pouco antes de a loja fechar. Alice já havia contado à melhor amiga a última história de James Dorian e, como achou que ela e Bronwyn estavam sozinhas na loja, contou o segredo do ghostwriting de *Widen the Fall*. Ela até mencionou que não tinha certeza se o que ele dissera era verdade — já que James estava bêbado e geralmente não era confiável naquele estado — mas *e se fosse*? Seria a queda do todo-poderoso. As duas riram com certa crueldade e, quando saíram para mostrar os vestidos uma à outra, ficaram chocadas ao ver outra pessoa na área dos provadores. Uma mulher mais ou menos da idade delas, que lançou um olhar rápido para as duas antes de se afastar. Naquela hora, Alice ofegou, se virou para Bronwyn e segurou as mãos da amiga.

— Ai, meu Deus. Você acha que ela ouviu? Eu cheguei a mencionar o nome dele? Merda. Eu disse o nome dele?

Bronwyn garantiu que não, ou que pelo menos achava que não, e, mesmo se ela tivesse dito, quem se importava? As duas fizeram as compras, foram jantar e, na manhã seguinte, Alice já tinha esquecido tudo.

Em sua avaliação de desempenho no dia posterior ao evento, Georgia deu a ela uma espécie de promoção — um aumento de salário de alguns milhares de dólares, uma sala com janela e a promessa de que ela logo deixaria de ser babá de James Dorian, mas havia acrescentado:

— Por enquanto, preciso que você continue fazendo o que está fazendo, Alice. Ele gosta de você. E tudo o que queremos é James feliz.

Primeiro, Alice ficou chocada, depois furiosa. Ela perguntou sobre o cargo de diretora.

— Como eu disse, continue fazendo o que você está fazendo e em um ano o cargo será seu — declarou Georgia, antes de despachar Alice da sala para atender a uma ligação.

Um ano? Não. Ela não ia aguentar. Alice voltou à sala de Georgia e esperou que a chefe terminasse a ligação, como se tivesse todo o direito de entrar intempestivamente e interromper.

— James Dorian não escreveu *Widen the Fall* — informou Alice calmamente, e cruzou as mãos no colo para que Georgia não as visse tremer. — Mas desconfio de que você já sabia disso.

— Do que você está falando?

— James pagou para um dos alunos dele escrever. Um tal de Robbie Jantzen. Ao que parece, um grande escritor — disse Alice. — James deixou escapar na noite do prêmio. Bêbado e com a língua solta, como sempre. — Por mais que tremesse toda por dentro, já que nunca tinha falado com Georgia daquele jeito, Alice se manteve firme por fora.

— Você não vai comentar nada a respeito — falou Georgia, a voz sem a arrogância habitual. Ela colocou os ombros para trás e endureceu a expressão. — Você não se arriscaria.

— Pois saiba que na verdade eu me arriscaria, sim. Mas só depende de você. — Alice se inclinou para a frente, sustentando o olhar de Georgia.

— O que você quer, Alice?

Alice apoiou os antebraços na mesa, a palma das mãos suada grudando nos papéis empilhados ali.

— Quero a promoção que você me prometeu. Diretora.

— Não.

— Não? — Alice ficou confusa, estava certa de que a estratégia funcionaria.

— Não, Alice, não vou permitir que você me chantageie, ou que chantageie nosso maior cliente. Você sabe por que eu não te dei a promoção? — Alice encarou a chefe, o coração disparado. — Porque você não é boa o bastante para assumir o cargo. Ao menos ainda não. Você tem que merecer a promoção. Sempre deixei isso bem claro, Alice.

Sem dizer mais nem uma palavra, Alice saiu do escritório de Georgia e foi para o banheiro, sem saber se iria vomitar ou explodir em lágrimas. Tremendo, ela jogou água no rosto, então, já recomposta, disse a Sloan que estava se sentindo mal e voltou para casa. Ela não parecia bem, estava com o rosto pálido e olhos vermelhos, portanto não foi difícil convencer a recepcionista. Algumas horas depois, enfiada embaixo do edredom, ela tentou ignorar o celular, que não parava de tocar. Depois da quarta tentativa, acabou atendendo a contragosto e ouviu Georgia gritando:

— O que você fez, Alice?

Confusa, Alice pulou da cama.

— Do que você está falando?

No fim, por um terrível azar, a mulher nos provadores naquela noite com Alice e Bronwyn era uma repórter do *New York Post* e ela, de fato, tinha ouvido tudo. *Quais eram as chances de uma merda daquelas acon-*

tecer, pensou Alice enquanto Georgia continuava a gritar com ela. A editora daquela repórter era uma conhecida de Georgia e, como cortesia profissional, ligou para ela antes de publicar a reportagem. A repórter conseguira provar o que dizia graças a Robbie Jantzen, que ficou feliz por finalmente receber o crédito que lhe era devido — ainda mais porque o romance de estreia dele tinha sido publicado recentemente (com pouca divulgação), e Robert acreditava que qualquer coisa era boa publicidade.

Georgia desligou na cara de Alice, depois de apenas três minutos, e suas palavras de despedida foram:

— Está demitida, Alice. Vou mandar suas coisas para você.

Atordoada com a rapidez com que tudo tinha desmoronado, Alice ficou sentada com o telefone colado ao ouvido por mais algum tempo, em estado de choque. A carreira dela estava arruinada — Georgia, que era muito bem relacionada no mundo das relações públicas de Manhattan, garantiria isso. E, assim que a história do *Post* fosse publicada, todos saberiam o que Alice havia feito — ela estava chateada, mas também profundamente humilhada. As repercussões daquele único erro idiota permaneceriam grudadas nela como pelos de gato em calças pretas — à vista de todos, incluindo o marido, que, até ali, a considerava uma mulher esperta e talentosa, e certamente não alguém que colocaria a própria carreira em risco fofocando em um provador de roupas. Naquele momento, com uma súbita clareza, Alice compreendeu que precisava tomar as rédeas daquela história. Rapidamente. E, como havia sido treinada para fazer, ela preparou sua interpretação dos fatos, começando por Nate.

Bem cedo na manhã seguinte, ela saiu do quarto minúsculo enquanto Nate dormia e comeu uma grande tigela de cereal. Então, enfiou o dedo na garganta e deixou a porta do banheiro aberta, para que Nate pudesse ouvi-la vomitar. Quando ele foi ver como ela estava, Alice disse que precisava pedir demissão, porque Georgia era verbalmente abusiva e havia lhe negado a promoção prometida, apesar de tudo o que Alice tinha feito por ela (e por James Dorian), e que não conseguia mais aguentar. Alice estava farta da negatividade constante do escritório, sentia-se nauseada de estresse.

Nate ficou preocupado, como ela imaginara, e a encorajou a registrar uma reclamação no departamento de recursos humanos. Alice resistiu, disse que queria mudar de ares, que não aguentava mais a desonestidade da área de relações públicas. Ao ouvir aquilo, Nate fez questão de dizer — como o bom marido que era — que ela era talentosa demais para ser tão pouco reconhecida.

— Minha garota esperta — murmurou ele, enquanto umedecia uma toalha com água fria e pressionava na nuca de Alice, que continuava debruçada sobre o vaso sanitário. — É melhor assim, meu bem. Agora você vai poder escrever aquele livro do qual sempre falou. E quem sabe... talvez seja uma boa hora para começarmos a nos dedicar àquela ideia de ter um bebê?

Nate parecia satisfeito... a vida era tão simples da perspectiva dele. Como se acreditasse que Alice poderia simplesmente parar de trabalhar de repente, ou mudar de direção sem diminuir o passo. Ela sentiu um peso enervante no peito ao se dar conta de que talvez tivesse ido longe demais com o plano, então vomitou novamente — sem precisar fazer esforço algum.

Quando a notícia foi publicada, Alice recebeu uma enxurrada de mensagens. Ela sabia que James Dorian era um trapaceiro, já que havia trabalhado tão intimamente com ele por anos? Como ele escapara impune? E havia recebido uma mensagem incisiva de Bronwyn depois de não atender a seis ligações da amiga, que dizia: *Foi aquela mulher no provador??* Alice acabou contando a Bronwyn, mas a fez jurar não contar nada — *para ninguém* — até que as coisas estivessem encaminhadas, porque já havia mentido para Nate e não queria piorar a situação.

James Dorian passou rapidamente de queridinho literário a pária. Não apenas exigiram que ele devolvesse os prêmios que ganhara, como seu livro mais recente desapareceu da programação da editora, e Robbie Jantzen o processou por perdas e danos. Alice se agarrou à versão de que pedira demissão e, como não havia sido mencionada na reportagem do jornal (um pequeno milagre), permaneceu como uma fonte anônima na ruína de James Dorian.

— Nossa, o momento não poderia ter sido melhor para você pedir demissão — declarou Nate ao ler a reportagem, sem nunca suspeitar do papel de Alice em tudo aquilo. — Que bom que você saiu de lá bem a tempo.

Em retrospecto, a mentira tinha sido leve e basicamente inofensiva — mais uma omissão do que uma mentira, na realidade. Teria sido fácil dizer a verdade a Nate porque ela cometera um erro honesto, um erro de discernimento que tinha acabado se transformando em um desastre. E ela poderia ter confessado — deixando o orgulho de lado — se o que acontecera não tivesse despertado algo nela, um sentimento de controle curioso, mas inebriante, que abriria o caminho para mentiras mais significativas, com consequências mais perigosas. Alice era boa em guardar segredos, desde que fosse interessante para ela.

15

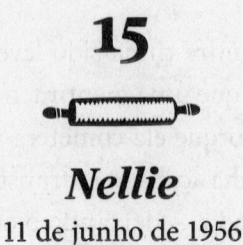

Nellie
11 de junho de 1956

Pudim de pão e queijo

2 xícaras de miolo de pão macio em migalhas
4 xícaras de leite
1 colher (sopa) de manteiga
¼ colher (chá) de bicarbonato de sódio
1 pitada de páprica
2 xícaras de queijo ralado
5 ovos
1 colher (chá) de sal
½ colher (chá) de pimenta

Ferva as migalhas de pão com leite e acrescente a manteiga, o bicarbonato de sódio, o sal, a pimenta e a páprica. Então, junte o queijo e os ovos ligeiramente batidos. Derrame a mistura em uma forma untada e coloque-a dentro de uma assadeira maior cheia até um terço com água fervendo. Asse lentamente, por 1 hora, em forno a 180 graus.

Richard estava atrasado e o jantar iria esfriar. Mas não importava: Nellie na verdade gostava do pudim de queijo frio, direto da geladeira. Além disso, ela estava feliz por ter alguns momentos sozinha. Tinha comido um pedaço do bolo para dias atarefados com Miriam poucas horas antes e ainda não estava com apetite para o jantar. Mas sabia que Richard voltaria para casa esperando uma refeição quente na mesa. Por isso, cobriu a assadeira com uma folha de papel-alumínio, vedando bem as bordas para conservar o calor.

O jantar daquela noite era um dos pratos que a mãe dela preparava com frequência, muitas vezes servido no almoço de domingo, depois que voltavam da igreja. Era muito fácil e usava vários ingredientes simples que uma dona de casa bem preparada costumava ter à mão. Nellie gostava de dar alguns toques especiais, acrescentando uma colher de chá de alecrim ou de sálvia moída, ou ainda algumas ervas frescas da horta. Ela abriu o pote para queijo ralado, de tampa com furinhos, que usava para guardar a mistura de ervas caseiras, uma receita da família Swann. Estava abaixo da metade e, enquanto colocava o frasco na mesa, Nellie fez uma anotação mental para secar mais ervas no dia seguinte e produzir outro lote.

Quando ouviu o carro estacionando, ela cortou um pedaço do bolo para a sobremesa de Rich, arrumando com cuidado as violetas cristalizadas, embora ele com certeza não fosse notar ou apreciar o esforço quando entrasse em casa.

— Nellie? — chamou Richard.

A porta da frente bateu. Nellie fez uma pausa, as mãos esticadas acima do bolo. Ela tentou determinar o humor do marido pelo tom da voz dele. Às vezes era difícil saber.

— Benzinho?

Pronto, aquela era a melhor pista. A expressão carinhosa preferida dele. Richard estava de bom humor naquela noite, e Nellie adivinhou o motivo com base apenas no horário tardio em que ele estava chegando. *Jane*. Ou, mais provavelmente, o suéter justo de Jane e as ligas que prendiam a meia-calça, e que ela gostava de exibir com saias curtas.

— Na cozinha — respondeu Nellie.

Ela removeu o papel-alumínio da travessa e cortou uma porção do pudim de queijo, adicionando um raminho de salsa para dar cor. Depois serviu o prato no lugar que Richard sempre ocupava à mesa, com o bolo ao lado, virando o prato para que as violetas ficassem no canto superior esquerdo. Quando Richard entrou na cozinha, Nellie estava preparando uma bebida para ele, um drinque à moda antiga, e ofereceu o rosto ao marido para um beijo. Quando Richard se inclinou para beijá-la, ela sentiu um perfume desconhecido.

— Parece gostoso, Nellie — comentou ele, e abaixou o prendedor de gravata para evitar que o tecido encostasse no pudim de queijo.

Richard jogou um pouco da mistura de ervas em cima do pudim e comeu duas porções grandes, seguidas por um gole da bebida antes de reparar que o prato diante de Alice estava vazio. Ele fez um gesto com o garfo.

— Você não está comendo? — perguntou.

— Estou um pouco enjoada — disse Nellie.

Richard franziu o cenho.

— Talvez o dr. Johnson possa lhe dar alguma coisa, não? Dan Graves comentou que a Martha sentia muito enjoo e que o médico receitou um comprimido que resolveu o problema na hora.

Martha Graves estava na reunião na casa de Kitty naquela tarde e havia comentado sobre o tal comprimido quando Nellie usou a náusea como desculpa para não comer muito.

— Bem, pelo menos você vai continuar magra — disse Martha, olhando com inveja para o corpo muito esguio de Nellie enquanto passava as mãos sobre a própria barriga dilatada. — O médico me receitou um remédio chamado talidomida, que fez maravilhas! — Martha riu, embora constrangida. — Funcionou até demais, *alguns* talvez digam.

Nellie sabia que com "alguns" Martha estava se referindo ao marido, Dan, e precisou se conter para não dizer a ela exatamente o que pensava de um homem que criticava a esposa grávida. Mas Nellie preferiu dizer a Martha que ela estava linda e com uma aparência saudável, e Martha enrubesceu de alegria.

— Não acho que o remédio seja necessário — respondeu Nellie ao marido. — Comi bolo e tomei um café com Miriam não faz muito tempo. Vou jantar um pouco mais tarde.

Ela ansiava por um cigarro, mas Richard não gostava que se fumasse à mesa, por isso Nellie preferiu se servir de um copo de limonada e bebeu lentamente.

— Como foi o seu dia? — perguntou Nellie, como fazia sempre durante o jantar.

— Bom. Normal. Fiquei preso em uma reunião no fim do dia.

Richard trabalhava longas horas na fábrica de gomas de mascar, participava de todas as áreas do negócio. Mas parecia achar que a esposa acreditava em suas mentiras — *minha doce e ingênua Nellie*. Uma esposa sempre consegue sentir o cheiro de outra mulher no marido. Será que Richard a acharia inteligente (ou tola) por perceber que aquelas "reuniões" não tinham nada a ver com goma de mascar?

— Espero que o pudim de queijo esteja quente o bastante. — Nellie observou o marido colocar outra grande porção na boca. — Eu cobri com papel-alumínio, mas já está pronto faz algum tempo.

Richard parou de comer, a expressão impassível, e Nellie prendeu a respiração. Mas, um instante depois, ele relaxou, obviamente optando por não responder à cutucada velada da esposa quanto ao seu atraso.

— Eu gosto do que você colocou aqui em cima. Esse negócio vermelho. É muito gostoso.

— É páprica — disse Nellie. — Fico feliz por você ter gostado.

— Então, como foi seu dia, ursinha? — perguntou Richard, a boca meio cheia de pudim. — O que você fez?

— Um pouco de jardinagem, e assei um bolo para a reunião da Tupperware na casa de Kitty Goldman que mencionei ontem à noite. Guardei um pedaço para você. — Nellie apontou para a fatia de bolo, mas ele mal olhou.

— Ah, você esteve na casa dos Goldman hoje? Como ficou a nova cozinha deles?

Para alguém que não o conhecesse, o tom de Richard pareceria educadamente curioso. Mas Nellie sabia que não era o caso — o marido nunca gostara de Charles Goldman, o marido de Kitty. "Ele é um vigarista", murmurava Richard sempre que o nome do outro homem surgia, referindo-se à próspera loja de ferragens de Charles como "café pequeno", embora fosse tudo menos isso, e preferia dirigir por mais alguns minutos até Scarsdale, para evitar fazer compras lá. Nellie não tinha ideia do motivo por que Richard não gostava de Charles Goldman, embora desconfiasse de que fosse por inveja.

Richard era um homem muito bem-sucedido, mas Charles era *mais*: um camarada bonito que administrava um negócio próspero e era bastante afetuoso com a esposa — estava sempre de mãos dadas com ela e elogiava sua beleza a cada vez que entrava na sala. Kitty não merecia um marido como Charles — era uma mulher fofoqueira e rasa que podia ser muito mesquinha. Como acontecera naquela tarde: depois que a pobre Martha havia lamentado o peso que estava ganhando na gravidez, Kitty se ofereceu para preparar seu prato, para que ela pudesse descansar os tornozelos inchados. Quando chegou com o prato, Kitty sussurrou, alto o bastante para que todas na sala ouvissem:

— Deixei de fora os ovos recheados, porque sei que você está cuidando do peso.

Os ovos tinham sido a contribuição de Martha para a reunião e eram uma de suas comidas favoritas. Ela balbuciou um agradecimento quando pegou o prato de legumes e a gelatina salgada, dando a impressão de que desejava que o chão a engolisse.

Nellie avaliou com cuidado a resposta que daria a Richard, por medo de que ele resolvesse que também deveriam começar uma reforma na cozinha em breve. Ela amava a cozinha do jeito que estava, e não tinha nenhum desejo de virar a própria vida de cabeça para baixo, fazendo uma enorme bagunça no único cômodo da casa que era realmente dela e só dela.

— Para ser honesta, ficou horrível — começou Nellie, enquanto se levantava para servir mais uma porção de pudim a Richard. — O projeto, as cores. Tudo com uma aparência barata.

Na verdade, a cozinha dos Goldman ficara um encanto. Estar na casa deles é que havia sido horrível. Mas Nellie tinha ido à reunião porquê... o que mais ela faria o dia todo? O jardim lhe tomava algum tempo, assim como as tarefas domésticas e compras necessárias para manter a casa funcionando bem, mas na maior parte do tempo Nellie se sentia entediada. Inquieta. Pelo menos aquelas reuniões lhe davam motivo para fazer um bolo ou preparar alguma outra coisa, o que sempre a animava.

— Espero que você tenha descansado hoje. Coloque os pés para cima. — Richard franziu o cenho. — Sabe, você deveria combinar com a Helen para que ela viesse com mais frequência. Não gosto de ver você se esforçando tanto no seu estado.

Nellie deu um sorriso paciente. Mas não queria Helen colada nela o dia todo, nem gostava de pagar por algo que poderia facilmente fazer sozinha. Além disso, cozinhar e cuidar do jardim eram tarefas agradáveis, o que Richard não entenderia.

— Falando nisso, eu não sabia que já íamos anunciar a novidade. — Nellie foi até o outro lado da cozinha, abriu a janela e pegou os Lucky Strike e a piteira na gaveta da cozinha. — Queria contar pessoalmente para Martha e Kitty.

O que ela realmente queria dizer é que não queria contar nada a elas — a mentira que estava criando era destinada apenas a Richard. Nellie pegou um cinzeiro no armário, colocou em cima da pia e deu uma longa tragada no cigarro.

— Richard, por favor, não fique carrancudo assim. — Ela deu outra tragada e soprou a fumaça. — O dr. Johnson me disse que fumar é bom, que é relaxante para as pacientes grávidas.

Richard ergueu as mãos e se recostou na cadeira.

— Se o dr. Johnson diz que está tudo bem, então por mim tudo bem. E eu sei que conversamos sobre guardar segredo por enquanto, e sinto muito, ursinha, mas Dan Graves perguntou por você quando pegamos o trem juntos, e eu não me contive. — Richard se afastou da mesa, foi até onde estava Nellie, e a ergueu, colocando-a sentada em cima da bancada. — Não deixe que isso a abale, meu bem. É uma boa notícia, então por que não deveríamos compartilhá-la?

— Você tem razão. Com certeza deveríamos — murmurou ela, fazendo um esforço para suavizar a expressão em seu rosto. — Não estou brava. Juro.

Richard afastou os joelhos da esposa, para encaixar o quadril entre eles. Ela não resistiu (de que adiantaria?), mas então o sentiu ficar tenso e recuar um pouco, hesitante, não querendo arriscar nada daquela vez. As mãos dele permaneceram nas curvas do traseiro dela, acariciando suavemente o tecido da saia.

— Não tem problema, não é?

— Eu não vou quebrar, Richard.

Era mais fácil ceder, por isso Nellie deixou a piteira no cinzeiro que estava em cima da pia e pousou as mãos na bancada da cozinha, firmando o corpo para não cair para trás. Aquilo aproximou mais o corpo dos dois, e o corpo excitado dele, quente e exigente, pressionou o dela.

— Você sempre sabe como me excitar, benzinho.

Ele colou a pélvis à dela e se inclinou para beijar seu pescoço com a boca quente e frouxa. O cheiro do perfume da outra mulher ficava cada vez mais forte, nauseante. Nellie estava pensando em fingir que estava prestes a vomitar para conseguir se afastar quando Richard gemeu, mas não de prazer, e recuou em seguida, deixando Nellie esparramada na bancada, com uma única espiral de fumaça de cigarro subindo da pia ao lado dela.

— Richard? O que houve?

Ele se curvou para a frente com uma expressão de dor.

— Estou bem — falou por entre os dentes cerrados. — É a minha maldita úlcera. Não é nada.

Nellie desceu do balcão de um pulo e deu uma última tragada no cigarro antes de apagá-lo. O estômago de Richard era um problema constante, mas parecia estar incomodando com cada vez mais frequência. Ela havia insistido com ele para que consultasse o médico, mas o marido não estava disposto a ter esse trabalho por um motivo tão trivial. "Nada que um antiácido não resolva", ele dizia. Se não conseguia alívio com o efervescente, ele tentava uma dose de leite de magnésia, ou talvez um pouco de bismuto.

— Que tal eu preparar um copo de albumina para você? — Nellie abriu o livro de receitas, embora soubesse a elaboração de cor. Preparava aquilo com frequência quando o estômago do marido doía. — Vá descansar e eu levo para você.

Richard assentiu, a mão pressionando o estômago, e deixou escapar um gemido de dor.

— Pode ir — disse Nellie, e o ajudou a sair da cozinha.

Ele gemeu enquanto se acomodava no sofá de veludo verde, e Nellie colocou o balde de roupa suja ao lado dele para garantir. Então, separou a clara de um ovo, guardando a gema em uma pequena vasilha de vidro para usar no dia seguinte, e, com a batedeira manual, bateu bem a clara, até formar picos brilhantes, mas suaves. Ela espremeu suco de limão-siciliano por cima, acrescentou uma colher de sopa cheia de açúcar e mexeu tudo muito bem até ficar líquido o bastante para beber.

— Vou tomar um banho — disse ela depois de entregar a bebida a Richard. — Se precisar de mais alguma coisa, é só gritar.

Richard fez uma careta enquanto bebia a espuma branca do copo. Estava pálido, e uma fina camada de suor cobria seu rosto, acumulando-se na linha do cabelo e acima do lábio superior. Ele havia afrouxado o cinto e a gravata e realmente parecia muito indisposto.

— Obrigado, benzinho — falou, a voz fraca e esganiçada de dor. — Não precisa ter pressa. Estou bem aqui.

Nellie pegou o roupão no armário do quarto e foi ao banheiro para preparar o banho. Depois de trancar a porta, ela se despiu e se olhou no espelho, fazendo um balanço crítico de várias partes do seu corpo. Barriga lisa, sem nada crescendo lá dentro para distendê-la. Seios altos e cheios, mamilos eretos por estarem fora do abrigo do calor do sutiã. A pele era lisa, ligeiramente bronzeada e sardenta onde ela não a cobria quando estava no jardim. Nellie entrou na banheira e posicionou os pés um de cada lado da torneira. Ela aproximou mais o corpo da saída de água, dobrando bem os joelhos, para que o jato de água atingisse diretamente o meio de suas pernas. Enquanto a água acariciava Nellie de uma forma que Richard nunca fez, a tensão cresceu em seu abdome. Uma vibração dominou seu corpo e seus membros começaram a formigar. O corpo de Nellie logo ficou tenso sob a água e ela estremeceu da cabeça aos pés, antes de deixar a cabeça cair para trás, os cabelos espalhados ao redor, os ruídos que deixava escapar abafados pela água corrente.

Como era de esperar, Richard ficou arrasado quando, dez dias mais tarde, ela contou a ele — depois de limpar outra mancha de batom em outro colarinho de camisa — que havia perdido o bebê. As lágrimas atípicas do marido a revigoraram e entristeceram ao mesmo tempo. Nellie não queria ser o tipo de esposa que mentia para o marido, ainda mais sobre uma coisa dessas, mas ele não lhe dava escolha. Além disso, a culpa que ela sentiu foi amenizada por sua convicção de que logo ficaria grávida. Eles teriam um filho, e Jane (ou quem quer que a estivesse substituindo) e seu batom horrível seria esquecido.

Richard não fez muitas perguntas daquela vez, lembrando-se horrorizado das toalhas ensanguentadas do aborto de Nellie. Disse apenas:
— Você tem certeza?

Ela confirmou, mas prometeu marcar uma consulta com o médico. Em vez disso, ela foi a Black's Drugs, a farmácia em Scarsdale, e examinou as embalagens de batom, se detendo nos vermelhos brilhantes e se perguntando que tipo de mulher acreditava ter direito ao marido de outra. Nellie finalmente escolheu um batom de um rosa suave, que comprou junto com uma garrafa gelada de Coca-Cola, a ponta dos dedos deixando marcas no vidro esverdeado gelado, não muito diferentes das impressões digitais que Richard havia deixado em seu braço.

16

> A reação sexual da mulher é tão vaga e difusa que com frequência ela nem sabe que está excitada, e com mais frequência ainda não tem consciência de que o seu comportamento está excitando o rapaz além dos limites que ela mesma desejaria impor.
>
> — EVELYN DUVALL e REUBEN HILL, *When You Marry** (1953)

Alice
11 de junho de 2018

Georgia finalmente respondeu à pergunta direta do advogado.

— Vejam bem, eu sabia que a Alice tinha condições de lidar com James Dorian. Nunca a teria colocado naquela posição se pensasse o contrário.

Naquele momento, Alice reiterou que Georgia sabia exatamente o que e quem era James Dorian, porque elas haviam conversado a respeito em várias ocasiões. Na verdade, quando Georgia pediu para Alice se encarregar de James pela primeira vez, a tarefa foi dada com um aviso não muito sutil:

— James gosta de beber e de mulheres jovens que não sejam a esposa dele.

---

* Em tradução livre: "Quando você se casa". (N. da T.)

Depois que Alice citou essa fala, o ambiente ficou em silêncio por um momento — então todos começaram a falar ao mesmo tempo. Georgia chamou Alice de dramática e infantil e deu a entender que a antiga funcionária não se lembrava bem da conversa; os advogados perguntaram laconicamente a Georgia se havia outras queixas de agressão sexual em relação a James Dorian; Alice avisou para ninguém em particular que iria ao banheiro. Já sozinha, dentro do reservado, resolveu mandar outra mensagem de texto para Bronwyn, mas havia deixado o celular em cima da mesa da sala de reuniões.

Quando Alice voltou, o rosto de Georgia estava tenso de frustração. Seu plano era culpar Alice: a funcionária desonesta, a quem ela demitira por justa causa (por quebrar o acordo de confidencialidade), ficaria com o ônus. Mas agora, com a acusação de má conduta sexual pairando no ar, em uma época em que homens poderosos estavam finalmente sendo expostos e marcados com hashtags que arruinavam reputações, Georgia tinha poucas opções.

Alice sabia que, se tornasse aquilo público, outras mulheres também se adiantariam para acusar James Dorian — ela não era a única quando se tratava das múltiplas mãos bobas do homem. Ora, a própria Georgia provavelmente teria alguma história para contar. Além disso, James tivera uma longa carreira, tanto acadêmica quanto editorial, e o Grupo Wittington não foi a primeira empresa de relações públicas a trabalhar com ele. Mas, mesmo que fosse tentador encostar James Dorian e Georgia na parede, Alice não era ingênua. Ela não sairia ilesa. Haveria simpatia de alguns, talvez ofertas de emprego em outras empresas com mais escrúpulos, e certamente muita discussão sobre homens predadores e poderosos e o que fazer com eles. Também haveria quem a culpasse: *Por que Alice usava saias curtas nos encontros com James? Por que havia concordado em ficar em um quarto de hotel sozinha com ele, conhecendo a reputação que o homem tinha? Por que continuara a encher o copo dele? Quanta vodca ela mesma havia consumido? O que achou que aconteceria?*

Alice disse que não tinha interesse em levar o assuntou adiante, e Georgia pareceu aliviada. Quanto a James e seu processo, ele *realmente* estava muito bêbado, mas Alice desconfiava de que não o bastante para esquecer a sensação da coxa dela em seus dedos invasivos.

— Acredito que já posso ir embora, certo? — perguntou Alice, já recolhendo suas coisas.

— Sim — disse a advogada. A mulher agradeceu a presença de Alice com um sorriso tenso no rosto. — Avisaremos se tivermos mais perguntas. É nesse número que você pode ser encontrada? — Ela disse o número do celular de Alice, que assentiu.

Georgia seguiu Alice para fora da sala e fechou a porta ao sair, deixando os advogados debruçados sobre as anotações que haviam feito.

— Sei o caminho até a saída — disse Alice, que não tinha o menor interesse em passar nem mais um minuto com Georgia.

A ex-chefe assentiu e disse apenas:

— Obrigada por vir hoje.

Alice começou a se afastar, mas então se virou e mostrou a tela do celular para que Georgia pudesse vê-la. Os olhos da ex-chefe se arregalaram, passando da tela para o rosto de Alice, que apertou o botão vermelho para interromper a gravação, fechou o aplicativo de lembrete por voz e guardou o celular em segurança na bolsa.

— Caso você não se lembre bem da ordem dos eventos de hoje, me avise. Gravei toda a reunião e terei prazer em refrescar sua memória se for necessário.

Então Alice seguiu caminhando pelo corredor — a cabeça erguida, os ombros retos — e passou pela mesa da recepção, ignorando o tchau desanimado de Sloan e a bolha sangrando em seu calcanhar, sentindo-se mais dona de si do que em meses.

— Como foi o seu almoço? — perguntou Nate naquela noite, enquanto Alice virava com delicadeza as páginas frágeis e manchadas de comida do livro de receitas de Elsie Swann procurando algum doce que pudesse fazer para acompanhar o café que tomaria com Sally no dia seguinte.

Bolo de banana? Barras de aveia? Cookies com gotas de chocolate? Alice estava nervosa com a ideia de fazer um doce — era necessária tanta precisão — por isso precisava de alguma receita fácil de preparar.

— Que almoço? — murmurou Alice, concentrada em uma receita de biscoitos amanteigados. Mas havia uma anotação ao lado da receita (*péssima*) no que Alice agora reconhecia como a letra de Elsie Swann. Ela virou a página e deu uma olhada em uma receita de brownies.

— Com sua amiga editora. Você não foi até Nova York hoje?

— Ai, verdade, desculpe. — Ela checou se havia cacau na despensa, enquanto Nate abria a geladeira para pegar uma garrafa de água com gás. Nada de cacau, então nada de brownies, mas ela encontrou gotas de chocolate. — Foi tudo bem. Na verdade, tomamos um café rápido, porque a minha amiga tinha outro compromisso. Mas depois almocei com a Bronwyn.

A mentira foi dita com facilidade e, assim que as palavras saíram de sua boca, Alice desejou não ter falado. Desejou contar a verdade a Nate de como havia passado o dia, nem que fosse para dizer como tinha sido bom levar a melhor sobre Georgia Wittington. Mas revelar a verdade de como passara o dia significaria expor uma verdade mais importante que vinha escondendo de Nate. Se não confessasse a ele o motivo pelo qual saíra do emprego, a vergonha pelo erro profissional que cometera poderia permanecer enterrada e, portanto, benigna.

— Onde vocês foram? — perguntou Nate, tomando água direto da garrafa de vidro.

— Humm?

Alice ficou na ponta dos pés para pegar caixinhas e vidrinhos de ingredientes e especiarias. *Bicarbonato de sódio. Canela.* Ok. *Cravo-da-índia?* Ela levou a mão mais fundo na despensa até seus dedos encontrarem as embalagens enfiadas na parte de trás do armário. *Cremor de tártaro. Mais canela.* Bingo. *Cravo-da-índia em pó.*

— Ah, nós fomos naquele lugar italiano. Na Sétima.

— A Trattoria Dell'Arte? — falou Nate. E gemeu. — Você comeu a lagosta à carbonara? Sinto saudade daquela lagosta à carbonara.

— Hum, sim.

Ela reuniu os vidros, as caixas e o saquinho de gotas de chocolate em cima da bancada e releu a receita, evitando fazer contato visual com Nate. Sua preocupação era que ele reparasse que seu rosto estava enrubescido, assim como no sorriso constrangido, e desconfiasse de que alguma coisa estranha estava acontecendo.

— O que você está fazendo? — perguntou Nate, pegando o vidro de cravo-da-índia em pó, aparentemente sem achar que havia algo de errado na conversa.

— Cookies de chocolate. — Alice abriu as gavetas para pegar tudo de que iria precisar. Tigela. Colher de pau. Copo medidor. Em uma gaveta, ela encontrou um avental que nunca tinha sido usado e enfiou pela cabeça. — Você pode pegar a manteiga na geladeira?

A manteiga estava dura como pedra. Alice tentou pressionar a ponta dos dedos na superfície, e deixou apenas marcas superficiais na embalagem de alumínio, já que a manteiga pouco cedeu.

— Vou ter que esperar amolecer.

— Você pode ralar a manteiga.

— Tipo... com um ralador de queijo? É mesmo?

Nate assentiu.

— É um truque que eu aprendi com a minha mãe. Funciona como mágica.

— Nossa, quem diria?

Ela pegou o ralador de queijo dentro da lava-louças — que era o único eletrodoméstico novo da cozinha — e pôs mãos à obra, seguindo com precisão a receita do livro.

— Nunca ouvi falar de colocar cravo em cookies de chocolate — comentou Nate, observando-a medir os ingredientes, juntar tudo e mexer. — Onde conseguiu a receita?

— Naquele livro de receitas que achei no porão. — Alice manteve os olhos fixos na página. — Vou tomar um café com a Sally amanhã de manhã e não quero aparecer de mãos vazias.

— Olha só pra você, fazendo cookies do zero para a nossa vizinha idosa. Acho que a vida tranquila de interior está combinando com você, amor.

Nate ficou satisfeito ao ver que Alice estava se esforçando, interpretando assim a súbita tendência doméstica de uma mulher que antes reclamava de fazer o que fosse na cozinha além de abrir uma lata de sopa. Ele passou os braços ao redor da cintura dela, por trás, e deu um beijo no pescoço da esposa, murmurando como ela estava sexy de avental.

— Se você me fizer confundir essas medidas, vai comer um monte de cookies horrorosos — ameaçou Alice, se afastando, mas sorrindo para ele.

Ela pressionou a manteiga nos orifícios afiados do ralador, tomando cuidado para manter os nós dos dedos fora do caminho.

— Ah, como você se virou hoje sem o seu notebook?

— O quê? — Nate franziu a testa, concentrado no celular que zumbia.

— O seu notebook. Você não esqueceu ele em casa?

O truque de ralar funcionou perfeitamente, e os pedaços de manteiga foram se amontoando dentro do triângulo de metal.

— Ah, sim. — Ele rolou a tela por um instante, então enfiou o celular no bolso de trás da calça. — Tive reuniões a maior parte do dia, mas usamos o notebook de Drew para estudar.

— Eu conheço essa pessoa?

Alice percorreu mentalmente os rostos dos colegas de Nate, mas não se lembrou de nenhum Drew. Ela colocou o ralador na pia e lavou os dedos melados de manteiga com água morna.

Nate balançou a cabeça.

— Ela só está na empresa há alguns meses.

— Drew é uma mulher?

— Sim, como Drew Barrymore.

Alice enxugou os dedos ainda oleosos em um pedaço de toalha de papel.

— Ela se parece com a Drew Barrymore?

Nate sorriu e deu uma palmadinha no traseiro dela.

— Não, não se parece.

— Muito bem, fora daqui. Preciso terminar esses cookies antes de cair de sono em cima da manteiga ralada.

Eram quase onze e meia da noite e Nate tinha chegado em casa havia apenas meia hora, o que era normal nos dias em que trabalhava e ainda havia a preparação para o próximo exame.

— Tá certo, tá certo — disse Nate, e deu um beijo no rosto dela antes de ir para a sala de estar.

A luz se acendeu e as tábuas do piso rangeram enquanto ele se movia pela sala, se acomodando no sofá com as apostilas que estava estudando.

Alice despejou a manteiga ralada na tigela, mediu o bicarbonato de sódio e acrescentou as gotas de chocolate que já haviam passado do auge. Enquanto fazia aquilo, sentiu um frio na barriga ao se lembrar do seu encontro com Georgia, que talvez ainda estivesse chocada com o quanto havia subestimado a antiga funcionária.

A advogada do Grupo Wittington ligara algumas horas antes, por volta da hora do jantar. Alice estava sozinha na cozinha, terminando de comer um sanduíche de tomate e queijo, já que Nate só chegaria bem mais tarde. Ela não atendeu a ligação, deixou que caísse no correio de voz, e checou o recado só depois de se servir de uma taça de vinho. A mensagem da advogada informava que James Dorian não iria prosseguir com o processo e que o assunto estava encerrado. Ela deixou um número para contato, mas Alice excluiu a mensagem.

Agora, horas depois, distraída por sua análise em retrospectiva da reunião, por seu alívio em relação a James Dorian, e também por não ter queimado os cookies que fizera para Sally, Alice não percebeu que o frio na casa havia diminuído. O cardigã que costumava usar ali o tempo todo descansava desde o dia anterior na cadeira diante da escrivaninha e não tinha sido mais necessário.

17

Não guarde seus sorrisos mais doces e seus bons modos para os estranhos, deixe seu marido vir em primeiro lugar.

— Blanche Ebbutt, *Don'ts for Wives** (1913)

Alice
12 de junho de 2018

Logo após a meia-noite, instantes depois de os cookies saírem do forno, Alice e Nate brigaram. E não foi só uma discussão curta e irritada, mas do tipo que faz um casal ir para a cama sem se falar, de costas um para o outro, com um abismo de espaço proposital entre eles. Tudo começou quando Nate entrou na cozinha para fazer um café, no momento em que Alice estava transferindo os cookies quentes para uma grade de resfriamento, e soltou um suspiro irritado.

— O que foi? — perguntou Alice, erguendo os olhos da bandeja de cookies.

— Nada — disse ele, o tom cauteloso. — Acho que só estou cansado.

— Eu também estou — respondeu ela. — Vou subir assim que terminar.

— É só que... — Ele suspirou de novo e, mais uma vez, Alice desviou a atenção dos cookies para Nate e esperou que ele terminasse a frase. — Você não vai limpar a cozinha primeiro? — perguntou Nate.

---

* Em tradução livre: "O que uma esposa não deve fazer". (N. da T.)

Alice olhou ao redor da cozinha, para a tigela com restos de massa grudados, para o ralador oleoso por causa da manteiga, para os rastros de farinha. O saco aberto de gotas de chocolate se derramando ao lado dos vidrinhos de especiarias, as pás da batedeira sujas e jogadas na pia. Cascas de ovo cobrindo a bancada. A cozinha estava uma bagunça, mas que diferença faria se ela limpasse naquela noite ou de manhã?

— Eu não ia.

O maxilar de Nate ficou tenso e ele assentiu antes de pegar o moedor de café e os grãos no armário. Mas então fez uma cena, tentando encontrar espaço para apoiar as coisas na bancada, entre as cascas de ovo e a farinha, e Alice soltou um gemido de frustração.

Ela empurrou o moedor e o café para cima dele, que se viu forçado a recuar um passo, com os grãos aninhado nos braços. Nate ficou olhando com o cenho franzido enquanto Alice empilhava os pratos na pia furiosamente e molhava o pano de prato.

Ele está sobrecarregado de trabalho, lembrou Alice a si mesma. *Está cansado e impaciente, e você pode acabar facilmente com essa tensão antes que fique mais sério.* Mas ela não disse nada, apenas derramou detergente na tigela e deixou a água quente aberta. Lágrimas não derramadas faziam seus olhos arderem e ela cerrou os lábios.

— Ali. — Nate deixou o café e o moedor em cima da mesa, pousou a mão no cotovelo dela e puxo-a com gentileza. — Desculpa. Só estou estressado com... deixa pra lá. Arruma amanhã, não tem problema.

Arruma amanhã, não tem problema? Sim, Alice tinha feito a bagunça, mas, se ainda morassem em Murray Hill, na época em que nenhum dos dois estava no controle, em que ambos estavam no mesmo nível, haveria a mesma probabilidade (se não mais) de Nate limpar tudo.

— Não, *eu* sinto muito — disse Alice, a voz trêmula enquanto se desvencilhava do toque de Nate para guardar as gotas de chocolate, as especiarias e o açúcar. — Não vai acontecer de novo.

— Pelo amor de Deus — murmurou Nate, e pressionou os olhos com as mãos.

Alice se sentiu péssima... Nate trabalhava *o dia todo* e depois passava as noites estudando. Não era muito pedir uma cozinha limpa para que ele pudesse fazer um café tarde da noite sem cascas de ovo, farinha e tigelas sujas no caminho.

— Por que estamos brigando? — perguntou ele.

— Eu não sei — murmurou Alice, perdendo a batalha contra as lágrimas.

Mas ela não queria se virar e deixar que Nate visse que estava chorando. Ao contrário de Alice, o marido tinha sido criado por uma dona de casa que continuara a lavar as roupas dos filhos muito depois de eles saírem de casa e que servia o jantar na mesa todas as noites às sete horas. E, por mais que ele falasse com carinho da própria infância e venerasse a mãe por tudo o que ela havia feito, Alice — talvez tolamente — nunca pensara na possibilidade de que Nate esperasse o mesmo dela.

Ele se sentou à mesa, enrolou o fio em volta do moedor de café e fechou o saco de grãos.

— Ali... você pode olhar para mim, por favor?

Ela não virou a cabeça, e Nate soltou um suspiro cansado.

— Está tudo bem. Só quero terminar as coisas aqui e ir dormir — disse Alice.

Nate ficou em silêncio por mais algum tempo, observando enquanto ela lavava e secava a tigela, ainda ignorando a presença dele, então resmungou:

— Isso é uma palhaçada. — Então se levantou e saiu da cozinha.

Alice subiu as escadas pouco tempo depois, se odiando por permitir que as coisas evoluíssem tão negativamente, mas cansada demais para consertar, e, embora não estivesse dormindo quando Nate se juntou a ela duas horas depois, manteve os olhos bem fechados. De manhã, ele sussurrou "Desculpa", junto ao pescoço dela, que também se desculpou, embora não se sentisse muito melhor.

— É que sinto saudades de você — disse Alice.

Ele a abraçou e prometeu chegar em casa a tempo do jantar; poderia estudar depois. Por sua vez, Alice prometeu um jantar delicioso "e uma cozinha limpa", o que o fez rir baixinho. Estava tudo bem com eles, disse Alice a si mesma. Então Nate se levantou para tomar banho e ela continuou deitada na cama, sentindo frio sem o calor do corpo dele, se questionando se um bebê se encaixaria na vida atual deles. Nate nunca estava em casa e Alice estava sempre sozinha. *Como um pino redondo em um buraco quadrado.*

— Esses cookies têm algum ingrediente que não estou conseguindo identificar. Não é canela, não parece ser — comentou Sally, enquanto dava outra mordida em um deles. — Na verdade, eles me lembram os cookies de chocolate da minha mãe. Não experimento um com esse sabor há tantos anos que nem me lembro.

Alice sorriu.

— É o sabor do cravo que você está sentindo. Peguei essa receita naquele livro de receitas antigo, o que encontrei no porão, lembra? O livro de Elsie Swann, seja ela quem for. — Alice deu um gole no café. Sally fazia um café excelente. — Tenho preparado algumas receitas dele. Tem sido divertido. Não sou nenhuma chef, e certamente não sou confeiteira, mas percebo a diferença.

— Como a minha mãe sempre dizia, nada supera uma comida caseira. — Sally colocou o último pedaço de cookie na boca, murmurou como estava delicioso, e acrescentou: — Eu me pergunto se Elsie Swann talvez não seja a mãe da Nellie. O nome me parece familiar, e os livros de receitas costumavam ser passados de uma geração para outra, geralmente como presente de casamento, para ajudar as moças recém-casadas. Tenho certeza de que muitas se casaram completamente despreparadas. — Ela limpou algumas migalhas dos dedos, reparando na xícara quase vazia de Alice. — Aceita mais uma xícara?

— Por favor.

Quando Sally se afastou para pegar mais café, Alice ficou de pé e olhou ao redor da sala. Havia uma foto de Sally jovem, os cachos rebeldes mais longos e loiro-escuros em vez de brancos, de braços dados com uma mulher que poderia passar por sua irmã gêmea, só que uns vinte e cinco anos mais velha. Alice olhou para as outras fotos em cima do baú e do console da lareira — todas de Sally em vários estágios da vida e da carreira médica. Em uma delas, ela aparecia com um bando de crianças sorridentes em um lugar com chão de terra vermelha e uma anotação no canto que dizia: *Etiópia, 1985*. Em outra foto, uma jovem Sally, usando beca e capelo de um azul forte, segurava um diploma da faculdade de medicina emoldurado, e, na última foto em cima da lareira, ela vestia o que parecia ser um traje de voo e óculos de proteção.

— Saltei de paraquedas, cedendo a um capricho repentino — disse Sally, chegando ao lado de Alice. — Foi na Nova Zelândia, nos anos 70, e vamos dizer apenas que era uma época de muita espontaneidade.

Alice sorriu e voltou a examinar as fotos. Como não viu nenhum sinal de marido ou filhos, não conseguiu conter a curiosidade.

— Você teve filhos?

Sally balançou a cabeça, sem aparentar nem um pouco de melancolia com a pergunta de Alice.

— Nem me casei — disse ela. — Não que seja preciso se casar para ter filhos, mas simplesmente não os tive. Meu trabalho era como um filho para mim. — Ela apontou para a foto da Etiópia. — Passei algum tempo na África com os Médicos Sem Fronteiras nos anos 80, e havia tantas crianças que precisavam de cuidado e de amor... então dediquei a elas todo o meu instinto maternal.

Elas se sentaram nas poltronas diante da lareira.

— Eu poderia ter me casado se o homem certo tivesse aparecido, mas estava comprometida com a medicina e nunca encontrei ninguém tão fascinante ou que me preenchesse tanto quanto minha carreira — continuou Sally. — Quanto tempo faz que você está casada?

— Vai fazer dois anos em 15 de outubro.

Alice se lembrou do dia excepcionalmente quente de outono em que havia se tornado a sra. Alice Hale — do momento em que estava parada ao lado de Nate, suando um pouco apesar do vestido sem alças, o cabelo arrumado em ondas suaves e preso para trás por travessas de pérola brilhantes, e de como se sentira linda diante do olhar de adoração do futuro marido. As coisas faziam muito mais sentido naquela época.

— Você e Nate querem ter filhos?

— Queremos. E acho que logo — respondeu Alice, e deu de ombros. — Mas a casa está consumindo muita energia. E estou tentando escrever um romance. A vida parece tumultuada demais, o que é uma loucura porque, de certa forma, tenho tempo sobrando.

Sally fitou Alice, a expressão atenta.

— Ah, você é jovem — disse ela em um tom tranquilizador. — Tem muito tempo para ter filhos. Me fale sobre o que está escrevendo. É o seu primeiro romance?

— Sim. E devo dizer que ainda não fiz grandes progressos.

Alice sentiu uma pontada de culpa.

Na verdade, eu ainda não escrevi uma palavra, pensou.

Não que ela não tivesse tentado... mas a tarefa estava se mostrando mais difícil do que esperava. E vinha se dando conta de que escrever um livro exigia mais do que simplesmente o desejo de fazer aquilo.

— Bloqueio para escrever?

— Algo assim — respondeu Alice. — Estou esperando por um lampejo de inspiração. Ou talvez que uma musa surja na minha porta.

— Acho escrever uma vocação tão interessante. Criar um mundo inteiro com nada além da imaginação. — A pele ao redor dos olhos de Sally se franziu profundamente quando ela sorriu. — Se eu tivesse um único osso criativo no meu corpo, poderia ter considerado a ideia depois de me aposentar. Todo mundo precisa de um hobby para os anos de crepúsculo.

— Você ainda pode fazer isso. Aposto que tem uma tonelada de histórias acumuladas depois de tantos anos na medicina. Viajando pelo mundo. Saltando de paraquedas por capricho.

— Ah, sim, saltar de paraquedas. Tenho medo de altura, na verdade, mas tive uma ajuda naquele dia. Um tipo diferente de brownie... com um ingrediente especial, se bem me lembro. — Sally deu uma risadinha.

Quando tinha a idade de Alice, Sally viajava pelo mundo, salvando vidas e comendo brownies de maconha antes de saltar de um avião — coisas que as mulheres não costumavam fazer naquela época. Alice não deveria ser mais parecida com a jovem Sally em vez de estar discutindo com o marido sobre a limpeza da cozinha?

— Falando em escrever, preciso voltar ao trabalho. Mas foi muito bom tomar café com você. Obrigada, Sally.

— Eu é que agradeço por esses cookies deliciosos. Os meus sempre queimam no fundo.

Sally abriu a porta da frente e Alice lhe deu um abraço que a vizinha retribuiu calorosamente.

— Boa sorte com seu livro, Alice. Espero que você encontre sua musa criativa. Ou talvez ela encontre você.

Algumas horas depois, uma batida na porta fez Alice se sobressaltar no sofá, onde havia adormecido. O livro de receitas de Elsie Swann estava em cima da mesa de centro, aberto em uma receita de frango com abacaxi que Alice estava pensando em preparar para o jantar. A pilha de revistas do *Ladies' Home Journal* que estava em seu colo caiu no chão quando ela se levantou apressada. Estava atordoada, e a adrenalina de ter despertado tão repentinamente havia feito seu coração disparar. Depois de se recompor um pouco, Alice passou por cima das revistas e foi atender a porta.

Sally estava na varanda da frente, segurando duas pilhas de envelopes de cartas presas por elásticos.

— Oi — disse Alice, enquanto arrumava o cabelo e torcia para que a sua aparência não estivesse desleixada demais. — Entra. Estou só pesquisando um pouco. Hum, para o meu livro.

— Obrigada, mas estou indo para a aula de tênis. — Sally estava vestida com um uniforme branco, levava uma bolsa com uma raquete pendurada no ombro e tinha uma viseira de sol acomodada entre os cabelos brancos. — É que, depois que conversamos sobre aquele livro de receitas que você encontrou, dei uma olhada em algumas coisas da minha mãe porque o nome Elsie Swann me pareceu muito familiar. Achei que ela talvez tivesse morado na casa antes de os Murdoch se mudarem e que a minha mãe pudesse ter uma foto antiga. Naquela época, todos se conheciam por aqui.

Alice pegou os envelopes das mãos de Sally. Eram envelopes amarelados pelo tempo, de papel frágil.

— Encontrei esses envelopes enquanto vasculhava o porão. Estão todos endereçados a Elsie Swann, mas não foram abertos. O endereço do remente é o da sua casa, de *E.M.*, que eu imagino que possa ser Eleanor Murdoch... — Alice inclinou a cabeça para ler o endereço na primeira carta, a letra bem inclinada para a direita. — Não sei como a minha mãe ficou com essas cartas, mas achei que poderiam ser do seu interesse. Talvez respondam a algumas perguntas sobre a história da sua casa.

Todas as cartas aparentavam estar lacradas e, curiosamente, faltavam os carimbos postais que provariam que a correspondência havia passado pelo sistema de correio.

— Obrigada, isso é incrível.

— De nada — falou Sally.

Alice passou o dedo pelo endereço no envelope que estava no alto da pilha e sentiu uma empolgação inesperada dominá-la.

— Tem certeza? Eram da sua mãe... — Ela não quis insistir, porque realmente não queria devolver os envelopes, subitamente ansiosa para saber o conteúdo daquela dúzia ou mais.

— Com certeza não tenho nenhum uso para eles, querida. São seus agora.

Alice sorriu.

— Talvez haja uma história neles. Para o meu livro. Cartas antigas que por algum motivo misterioso nunca foram enviadas?

— Bem, talvez uma musa de fato tenha aparecido na sua porta hoje — brincou Sally.

Um táxi parou na entrada da casa dela.

— Meu táxi chegou. Já vou indo. Bom trabalho, srta. Alice.

Poucos minutos depois, Alice se recostou no sofá, soltou o elástico frágil, que não tinha mais elasticidade, e pegou a carta que estava no alto da primeira pilha. Ela hesitou por um instante, sentindo uma ponta de culpa por ler os pensamentos privados de outra pessoa — mesmo que essa pessoa nunca fosse saber —, mas a curiosidade venceu e ela deslizou o dedo por baixo da aba do envelope, que se abriu facilmente, a cola já seca depois de tanto tempo. Alice desdobrou as duas páginas do delicado papel creme e começou a ler.

Da escrivaninha de Eleanor Murdoch

14 de outubro de 1955

Caríssima mamãe,
Espero que esteja bem e aproveitando o clima ótimo que tem feito ultimamente. Os pássaros estão cantando como se estivéssemos em meados de julho, e está tão quente que as minhas dálias continuam a florescer! Com certeza levarei algumas para você na próxima vez que for visitá-la. As coisas estão bem por aqui. Tenho passado grande parte do meu tempo no jardim, preparando-o para o descanso de inverno. Com tanta chuva antes da hora, as lesmas têm sido terríveis e, por consequência, minhas pobres hostas estão cheias de buracos. Tentei usar spray de vinagre e deixar rastros de açúcar, mas nenhuma das duas coisas resolveu, e talvez tenha que aceitar essas pragas como um dos muitos desafios de uma jardineira.
Esta noite dei um jantar em casa, e tudo correu esplendidamente. Fiz frango à la king como prato principal e baked alaska de sobremesa, e meus convidados ficaram bastante impressionados com o fato de que o sorvete do preparo vai ao forno. Com certeza vou precisar copiar a receita para algumas amigas.
Richard está ocupado com a fábrica, embora esteja passando por um momento difícil. Um de seus gerentes de vendas faleceu recentemente, o que foi um choque terrível para todos. Tenho feito o que posso para ajudar a aliviar as pressões, mas temo que nem sempre seja o bastante. A úlcera estomacal dele também está piorando, embora a albumina que eu preparo para ele beber

pareça lhe dar algum alívio. Eu gostaria muito que Richard consultasse um médico, mas a senhora sabe como os homens podem ser teimosos. Falando nisso, é melhor eu terminar esta carta e ir para a cama. Já está tarde e Richard está esperando por mim, e não quero fazê-lo esperar por muito tempo. Aprendi que a paciência não é uma das virtudes do meu marido!

Os últimos dias trouxeram algumas decepções, mas espero ter excelentes notícias para compartilhar em breve! No entanto, vou ficar quieta por ora, para que possa ser uma surpresa maravilhosa. Irei visitá-la em breve, mamãe. Por favor, não se preocupe comigo, pois estou bem e me cuidando.

Com amor e um beijo carinhoso,
Sua filha, Nellie

18

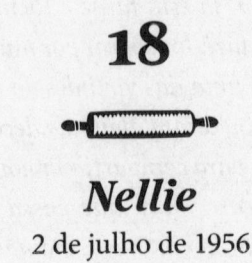

Nellie
2 de julho de 1956

O jardim se encontrava em uma explosão florida porque Nellie não estava cortando as flores ou arrancando as ervas daninhas com a frequência necessária. Fora quase uma semana de chuvas fortes, o que dificultara a permanência ao ar livre e transformara os canteiros do jardim em uma bagunça encharcada. Além disso, ela estava supostamente "se recuperando" — seu aborto fictício a mantinha presa em casa e Richard mais atento às suas idas e vindas.

Mas as plantas não teriam paciência com ela para sempre. Por isso, depois que Richard saiu para pegar o trem, Nellie arrumou a casa, organizou a lista de compras e começou a trabalhar no jardim. Ela assoviava enquanto arrancava as ervas daninhas, sem se importar com a terra nos joelhos ou com os arranhões dos espinhos, nem com os insetos que rastejavam por suas pernas nuas e exigiam que ela os afastasse constantemente. Estava um dia lindo e Nellie Murdoch sentia-se esperançosa como não acontecia havia algum tempo.

As coisas estavam melhores com Richard, e Nellie se sentia feliz por isso. Ele andava mais atencioso, chegara em casa para o jantar na hora certa nas últimas duas semanas e até estava lavando a louça do café da manhã. O cheiro enjoativo de perfume a que Nellie se acostumara tinha sumido das camisas e paletós do marido, e suas mãos andavam gentis com o corpo dela como não tinham sido por algum tempo. E, conforme a última leva de hematomas de Nellie desaparecia, também desaparecia certo desprezo que passara a sentir pelo marido. Ela não tinha certeza se aquela gentileza duraria, mas torcia para que sim. Talvez dias mais felizes estivessem a caminho para Nellie e Richard Murdoch.

Aqueles pensamentos agradáveis, aliados a uma parte do jardim particularmente necessitada de atenção, distraíram Nellie de tal forma que ela não percebeu a presença de Richard até que ele já estivesse bem atrás dela.

— Eleanor — bradou ele, e Nellie se sobressaltou.

Ela se virou rapidamente e protegeu os olhos do sol com a mão enluvada.

— Richard, meu Deus — disse, a mão no peito. — Você me assustou. — Nellie se levantou, com um punhado de aparas de plantas do jardim ainda nas mãos. Ela largou tudo e ajeitou o short que usava, pois sabia que o marido não gostaria de ver uma quantidade tão grande de perna exposta. — O que você está fazendo em casa?

Será que ela havia perdido a noção do tempo? Talvez fosse quase hora do jantar... mas o sol estava diretamente acima da cabeça dela... Richard ainda demoraria horas para chegar em casa.

— Você está doente?

Richard a encarava com raiva, e ela percebeu que ele estava furioso. Um tremor percorreu seus músculos e seu corpo pareceu receber uma injeção de adrenalina, como se estivesse se preparando para fugir.

— O que foi? O que aconteceu? — Talvez ela estivesse imaginando coisas. Talvez...

PLAFT!

Os nós dos dedos dele acertaram o rosto dela, o maxilar — a força do golpe foi tanta que a cabeça de Nellie ricocheteou para o lado, seus dentes se cerraram com força e um zumbido encheu seus ouvidos, deixando-a atordoada. Richard nunca batera nela daquele jeito. Com certeza não no rosto, onde deixaria uma marca difícil de explicar. Ela se engasgou e levou a mão trêmula ao rosto, que latejava, a luva áspera contra a pele sensível. O zumbido em sua cabeça diminuiu, mas a dor persistiu.

— Você sabe quem eu acabei de encontrar? — perguntou Richard, parado muito perto dela... perto demais.

Nellie encolheu o corpo ligeiramente, tentando se proteger. Ela se lembrou por um instante da pá junto aos seus pés e calculou a rapidez com que poderia pegá-la se necessário.

Nellie balançou a cabeça em resposta à pergunta, porque não conseguia encontrar a própria voz. Ela tremia violentamente, apesar do calor do sol.

— O dr. Johnson. Você sabia que ele tem uma filha que mora no Brooklyn? — Nellie negou mais uma vez com a cabeça. — Ela ficou noiva há pouco tempo, e o dr. Johnson estava a caminho de Nova York para visitá-la, então nos sentamos juntos no trem. Tive uma longa conversa com ele.

Richard parou de falar por um momento e foi até o galpão do jardim, onde estava encostada a pá que Nellie usara para arrancar um arbusto de dentes-de-leão particularmente rebelde. Ele voltou para onde estava Nellie, ainda com a mão rosto, e cravou a lâmina afiada da pá no solo, empurrando com força até quebrar a terra.

— Ele é um sujeito interessante. Um pouco arrogante, talvez, mas mesmo assim um homem íntegro. E devo dizer que gostou muito de você. Estava preocupado, querendo saber se a sua erupção havia sarado.

Nellie sentia o corpo muito frio, e uma dormência se espalhando por seus membros. Ela adivinhou o que havia acontecido antes que Richard dissesse outra palavra. Sim, o dr. Johnson era um profissional e nunca revelaria a natureza das visitas médicas de Nellie a ninguém. A não ser ao marido, porque o marido sempre tinha o direito de saber o que estava acontecendo com a esposa.

Estou preocupado com a Nellie, provavelmente dissera Richard ao dr. Johnson, enquanto o trem ganhava velocidade, depois de deixar a estação de Scarsdale. *Doente de preocupação, para dizer a verdade.* E ele deve ter parecido mesmo doente. A pele ligeiramente esverdeada ao redor da papada, a testa brilhando de suor. *O que podemos fazer para que não aconteça novamente?*

O dr. Johnson com certeza ficara confuso com a preocupação excessiva de Richard, com o tom ansioso da sua voz. E deve ter ficado preocupado com a possibilidade de que seu colega, o dr. Wood, não tivesse dado a atenção necessária a Nellie, e silenciosamente frustrado com a teimosia do velho médico, ansiando para que o homem se aposentasse logo. *A erupção piorou muito?*, ele deve ter perguntado a Richard. *O remédio não funcionou? Diga a Nellie para ligar para minha secretária. Eu a examinarei de novo.*

Deve ter havido uma pausa na conversa. *Erupção na pele?*, Richard teria perguntado depois de algum tempo, tão confuso quanto o médico estivera momentos antes.

Sim. Na mão dela, teria respondido o dr. Johnson, lançando um olhar preocupado para Richard, que suava ainda mais. Talvez Richard não estivesse bem, pode ter pensado o médico. Talvez devesse sugerir que Richard marcasse uma consulta, para que ele também o examinasse no consultório...

O aborto, teria dito Richard, a voz tão baixa que o médico provavelmente tivera que se inclinar para ouvi-lo. *Havia muito sangue, muito...*

O dr. Johnson, menos confuso então, mas relutante em se colocar entre o marido e a esposa, teria balançado a cabeça. *Sinto muito, Dick, mas não sei do que você está falando.*

Richard Murdoch nem chegara à fábrica de goma de mascar naquela manhã. Quando o trem chegou à estação, ele se despediu do dr. Johnson e ficou andando de um lado para o outro na plataforma do trem, calculando o que faria em seguida. Então pegou o próximo trem de volta para casa. E agora ele estava parado diante de Nellie com uma expressão de quem estava disposto a matá-la.

Nellie tirou uma das luvas, para que Richard pudesse ver sua mão. Não havia sinal algum de erupção cutânea.

— Está tudo bem agora. Está vendo? Mas foi gentileza do dr. Johnson se preocupar comigo.

Ela estendeu a mão, e seu braço tremia tanto que parecia uma folha ao vento. Richard correu os dedos com delicadeza sobre a pele imaculada que Nellie mostrou. Ele se curvou e beijou a mão dela suavemente, e seus dedos — tão ternos momentos antes — pressionaram com força o ponto macio e vulnerável entre o polegar e o indicador. E espremeram a pele, como se estivesse tentando separá-la dos ossos.

— Você mentiu para mim, Nellie. — Ele apertou com mais força, torcendo o polegar dela, que gritou. — Você ficou grávida alguma vez?

— Eu não menti. — Ela tentou puxar a mão, mas Richard continuou a segurá-la com firmeza. — Eu perdi o bebê, Richard. Eu juro. Você deve se lembrar de todo aquele sangue! Das toalhas que usei para me limpar na banheira! Mas você está certo. Eu não fui ver o dr. Johnson para falar disso. Tive vergonha, Richard. Vergonha do meu corpo ter falhado comigo. Conosco, mais uma vez. — Nellie achou que ele iria quebrar a mão dela. — Está doendo muito. Por favor. Me. Solta.

— Você acha que eu vou acreditar em alguma coisa que você disser de agora em diante? — falou ele com raiva, embora tivesse soltado a mão dela.

Nellie cambaleou, e Richard pegou a pá e saiu andando pelo jardim. No início, ela ficou confusa, mas logo entrou em pânico achando que ele iria destruir suas lindas roseiras. Mas, quando percebeu o que o marido pretendia fazer com a pá, seu coração quase parou.

— O que você está fazendo? — Ela deu alguns passos cautelosos na direção dele.

Richard a ignorou e enfiou a pá na terra, arrebentando o canteiro de miosótis azuis como uma faca quente cortando manteiga.

— Não! — Nellie correu até Richard e o puxou pelo braço. Ele a afastou como se ela fosse uma mosca irritante e continuou concentrado na tarefa. — Por favor, pare. Richard, por favor.

Ele permaneceu implacável. Jogando pedaços de terra para o lado, esmagando as flores.

— Eu vi que você enterrou aquela maldita toalha aqui — disse Richard, arfando com o esforço. — Aposto que o sangue nem era seu. Provavelmente você pegou com o açougueiro. Hein? Você mentiu para mim o tempo todo?

— Eu não estou mentindo. — Nellie soluçava, a respiração presa na garganta. — O... bebê... o *nosso* bebê está naquela toalha, Richard. Se você não acredita em mim, vá em frente e desenterre. Você vai ver.

Ele parou, e o único movimento em seu corpo era a respiração ofegante, que forçava seus ombros para cima e para baixo. Então, apoiou-se pesadamente na pá e encostou a cabeça no cabo.

— Você me fez passar vergonha hoje, Nellie. E eu não posso permitir isso.

— Nellie? Está tudo bem? — Miriam apareceu de repente no quintal vizinho, encostada na cerca que separava as duas casas, as tesouras de jardinagem nas mãos.

Richard se levantou e olhou ao redor, para os miosótis destruídos. Ele deu um passo em direção a Miriam, bloqueando intencionalmente a visão dela de Nellie, e escondeu a pá atrás do corpo.

— Sra. Claussen, como vai? Está um lindo dia para podar as flores, não é?

— Está sim, com certeza. — Miriam mudou de posição para ver Nellie melhor e para espiar o que Richard fizera no jardim. Ela manteve o mesmo tom agradável, dando a entender que não tinha ouvido ou visto o que acontecera entre Richard e a esposa. — Nellie, querida. Será que eu poderia incomodá-la por um minuto? Se você não estiver muito ocupada? Ainda estou tendo problemas com aquelas formigas. As minhas peônias estão em um estado absolutamente deplorável, e preciso fazer um buquê para uma amiga querida.

Richard não tinha como saber que as peônias haviam passado da época de florescer e já estavam murchando — Miriam estava dando a Nellie uma chance de fuga muito necessária.

— Seria um prazer — disse Nellie. — Richard e eu estávamos mesmo acabando aqui.

Richard virou-se para encará-la com raiva, mas compôs melhor a expressão do rosto quando se voltou novamente para Miriam.

— Ela é toda sua.

O sorriso estava de volta, firme no lugar. O jeito charmoso retornara como um holofote. Mas Miriam Claussen não era boba.

— Já estou indo, então — disse ele. — Nellie, não virei jantar em casa esta noite.

Nellie assentiu e sorriu para ele, embora aquilo tenha exigido um esforço imenso dos músculos do seu rosto.

— Nos veremos mais tarde, então.

Ele parou perto do galpão do jardim e encostou a pá na porta.

— Sim. — Ele se virou para Miriam e deu um aceno breve e simpático. — Espero vê-la novamente em breve, sra. Claussen. Boa sorte com as formigas.

Um instante depois, Richard já estava dentro de casa, a porta fechada, e Nellie respirou fundo pela primeira vez desde que o marido a surpreendera. Miriam manteve o sorriso no rosto, mas havia uma profunda preocupação em sua voz.

— Nellie, querida. Você está machucada?

Nellie esfregou a mão no rosto.

— Quanto você ouviu?

Nellie não queria nem pensar no que Miriam poderia ter visto. No entanto, uma parte dela torcia para que houvesse uma testemunha, para que o acontecimento não tivesse chance de ser reescrito e se tornasse uma história mais palatável do casamento entre o sr. e a sra. Richard Murdoch.

— Não se preocupe com isso — disse Miriam. Ela abriu o portão da cerca entre os quintais, a voz ainda mais suave agora. — Por que não entra um pouco? Vou preparar uma compressa e podemos tomar um café.

Nellie hesitou. Café parecia uma boa ideia, e a companhia de Miriam na sala de estar da casa dela seria um alívio muito necessário. Mas Richard podia ser mesquinho e maldoso, e não tinha certeza se a raiva do marido se limitaria à esposa. Se ele acreditasse que ela estava fazendo confidências a Miriam…

— Não tenho certeza se é uma boa ideia. — Nellie olhou novamente para a casa, quase conseguindo sentir o olhar de aço de Richard sobre elas.

Miriam riu da apreensão dela.

— É claro que é uma boa ideia. — A expressão dela se fechou, e Nellie teve certeza de que a vizinha tinha visto e ouvido tudo. — Esse homem não presta. Não mesmo — sussurrou, enquanto fazia Nellie atravessar o portão.

— Eu sei. — Nellie estava exausta e esgotada pela cena com Richard, e se apoiou em Miriam. — Mas ele é meu marido.

— Bem, ele não merece você. E vai pagar pelo que tem feito, guarde as minhas palavras.

19

> Talentos domésticos e saber cozinhar são, é claro, absolutamente essenciais. Em todo lar de verdade, a esposa tem um certo orgulho de seu talento. A felicidade não desabrocha em um ambiente de dispepsia.
>
> — REVERENDO ALFRED HENRY TYRER,
> *Sex Satisfaction and Happy Marriage** (1951)

Alice
13 de junho de 2018

A primeira carta, datada de meados de outubro de 1955, tinha sido escrita por Nellie Murdoch para a mãe, que Alice agora sabia ser Elsie Swann. Eram duas páginas de assuntos monótonos, pelo menos da perspectiva de Alice: um jantar no qual ela tinha servido uma sobremesa chamada baked alaska; lesmas no jardim; a úlcera estomacal do marido de Nellie, Richard, que estava piorando. A segunda e a terceira cartas, datadas com algumas semanas de intervalo, continham detalhes mundanos semelhantes.

Desapontada, Alice deixou as cartas de lado e ligou para Bronwyn, mas a ligação caiu no correio de voz. Poucos segundos depois, ela recebeu uma mensagem de texto da amiga avisando que passaria o dia todo em

---

* Em tradução livre: "Satisfação sexual e um casamento feliz". (N. da T.)

reuniões e perguntando se poderiam se falar mais tarde. Alice sentia saudade de ter reuniões, ou pelo menos da agenda antiga, que muitas vezes havia sido corrida demais, o que era muito frustrante, mas que também era o fundamento de sua identidade. A confiança que a reunião com Georgia tinha injetado já havia se dissipado, e Alice voltara a se sentir à deriva. Quem era ela senão uma excelente relações públicas em uma empresa de primeira linha? Uma romancista até aquele momento fracassada, uma jardineira inábil, uma cozinheira amadora.

Alice deixou escapar um suspiro, largou o celular — que nos últimos tempos raramente recebia mensagens além das de Nate, de Bronwyn e da mãe dela — em cima das cartas e decidiu procurar a receita daquela sobremesa, o baked alaska. Ela procurou no índice do livro de receitas, folheou as páginas até quase o meio, encontrou a foto da sobremesa — um bolo em camadas em forma de cúpula — e deu uma conferida na receita, cujos ingredientes principais eram sorvete, clara de ovo e pão de ló. *Impressione seus convidados!*, prometia a descrição, com a caligrafia já familiar de Elsie Swann ao lado: *Chique e delicioso*, e logo abaixo uma anotação da própria Nellie (cuja letra Alice agora reconhecia graças às cartas): *Sucesso! Jantar com os Grave, os Reinhardt, os Sterling — 14 de outubro de 1955*

Baked alaska

1 base de pão de ló de 23 centímetros de diâmetro
2 litros de sorvete de morango
6 claras de ovos grandes
½ colher (chá) de cremor de tártaro
1 xícara de açúcar

Prepare o pão de ló e deixe esfriar. Passe o sorvete de morango para uma tigela redonda (cerca de 2,5 centímetros menor que a camada do bolo), pressionando bem, e leve ao congelador. Pouco antes de servir, faça o merengue batendo as claras com o cremor de tártaro até ficarem em neve. Adicione o açúcar aos poucos, sempre batendo, até que o merengue esteja firme e brilhante. Coloque o bolo já frio em uma assadeira. Solte o sorvete da tigela, vire-o sobre o bolo, e retire a tigela. Cubra o sorvete e o bolo com o merengue, certificando-se de que ele alcance a base da assadeira, criando assim uma vedação de merengue que não vai deixar o sorvete derreter. Leve o tabuleiro ao forno bem quente (250 graus) por 3 a 5 minutos ou apenas até o merengue dourar levemente. Passe a sobremesa para uma travessa e sirva em seguida.

Alice olhou o celular (não tinha chegado nenhuma mensagem) e viu que eram quase três da tarde. Ela havia prometido a si mesma que escreveria por pelo menos uma hora antes de começar o jantar, por isso deixou o livro aberto na receita da sobremesa e sentou-se diante da escrivaninha, determinada a fazer algum progresso.

Pousando as mãos sobre as teclas do notebook, Alice esperou que alguma coisa acontecesse. Pensou em seu embate com Georgia — o que poderia ser mais *O diabo veste Prada* do que aquilo? —, mas só o que lhe veio à mente foi Nellie, e o que ela faria em uma tarde de quarta-feira. Com base nas cartas que lera até ali, Alice imaginou um trio previsível de atividades como limpar, cozinhar e cuidar do jardim. Ela se perguntou qual seria a sensação quando uma casa limpa e um bolo de carne no forno preenchiam as expectativas. Seria um alívio pela simplicidade daquilo? Ou era desanimador, por saber que aquilo era tudo o que aconteceria?

Alice deixou de lado as divagações sobre Nellie e forçou os dedos a digitarem, as palavras se transformando em frases, e logo tinha suas primeiras duas páginas escritas. Mas, quando fez uma pausa para ler o que havia escrito, Alice fez uma careta e apagou tudo na mesma hora. Desanimada, ela fechou o notebook e voltou para a cozinha.

Já estava decidido que o jantar seria coxa de frango ao molho de abacaxi grelhado, então ela achou que fazer um baked alaska de sobremesa seria uma boa surpresa para Nate — ele adorava sorvete. A receita do frango era fácil e, dez minutos depois estava na geladeira, marinando. Alice lavou as mãos, vestiu um avental e começou a preparar o baked alaska.

Estava preocupada com o jantar. Não com a refeição em si, mas com a conversa que planejava ter com Nate depois. Enquanto juntava os ingredientes da sobremesa, Alice ensaiava o que diria: queria esperar mais alguns meses antes de engravidar. Ela mal teria trinta anos depois desse tempo. Nate provavelmente ficaria chateado, mas Alice torcia para que o marido conseguisse ver as coisas do ponto de vista dela. Como Sally havia dito, eles ainda eram jovens.

Alice abriu o freezer para conferir se o sorvete ali era suficiente. Nada de morango, mas havia um litro de sorvete de chocolate. Quanto ao pão de ló, ela optou por um bolo pronto, que cortou e arrumou em uma assadeira até conseguir alguma coisa parecida com uma base redonda. O sorvete estava muito congelado, por isso ela o deixou de lado por algum tempo — não sem antes pegar uma colherada da parte de cima e deixar o sorvete derreter em sua língua enquanto esperava o restante amolecer. Alice folheou o livro de receitas, reparando que gelatinas salgadas eram particularmente populares naquela época; ela estremeceu quando viu uma receita que pedia gelatina de limão e atum em lata.

Quinze minutos depois, ela já tinha comido o terço superior do sorvete e o restante estava macio o bastante para ser moldado em uma tigela pequena. Ela colocou a tigela no freezer e voltou para a escrivaninha, onde passou uma hora sentada, olhando pela janela, sem fazer nenhum progresso no livro.

Era para Nate estar em casa às seis e meia, sete no máximo. Uma hora depois, ele ainda não tinha chegado e Alice mandou uma mensagem.

Já está vindo? O jantar está quase saindo do forno.

Ela não recebeu retorno e quando deram oito e meia ainda não havia sinal de Nate. Alice estava furiosa enquanto se servia da segunda taça de vinho e empurrava de um lado para o outro do prato o frango frio, cozido demais, e os pedaços de abacaxi enrugados. Ela ligou para o marido, mas a ligação caiu direto no correio de voz — e foi nesse momento que a preocupação superou a irritação. Alice procurou notícias de atrasos ou acidentes de trem. Nada. Será que ele havia sido atropelado no caminho para casa, enquanto voltava de bicicleta da estação de trem? Inquieta e ansiosa, ela foi até a sala de estar enquanto terminava o vinho. Quando já se perguntava se deveria sair para procurá-lo — embora não pudesse dirigir, depois de duas taças de vinho —, chegou uma mensagem.

Desculpa, amor. A reunião de estudo se estendeu, vou comer alguma coisa por aqui.

Vamos remarcar o jantar para outro dia?

Alice ficou olhando para a mensagem por um minuto inteiro. *Remarcar o jantar?* Ela imaginou Nate no escritório com Drew — que provavelmente tinha muitas coisas importantes para fazer todos os dias —, comendo alguma coisa que haviam encomendado e rindo nos intervalos de concentração dos estudos. Nate havia se esquecido completamente da esposa e do jantar que esperava por ele em casa.

Alice espumava de raiva com a falta de consideração de Nate enquanto batia as claras em neve até conseguir picos brilhantes. Com certa dificuldade, já que o sorvete estava totalmente congelado, Alice transferiu a cúpula de chocolate para a base de bolo. Enquanto cobria tudo com o merengue, tentando nivelar a camada em forma de nuvem apesar de sua mão pesada, ela murmurava furiosa as coisas que diria para o marido quando ele chegasse em casa.

Você podia ter ligado. Fiquei preocupada.

Você se divertiu com a Drew?

"Remarcar o jantar"? Você está falando com a sua esposa!

Espero que não se importe em comer frango com abacaxi frio... Além disso, não quero ter um bebê agora.

Ainda resmungando, frustrada, Alice se abaixou para ficar de olho na cobertura de merengue no forno. Aos quatro minutos, os picos estavam dourados, mas também havia uma poça de líquido marrom escorrendo da base do bolo. Alice prontamente tirou a sobremesa e franziu a testa enquanto cutucava o merengue caído. Certamente não tinha sido aquilo que Nellie havia rotulada como "Sucesso!" O doce parecia intragável. Ela usou uma faca grande de cozinha para cortar uma fatia da superfície da cúpula e transferiu rapidamente para um prato. O pedaço em si saiu relativamente intacto, mas no momento em que ela o tirou, o restante da sobremesa desmoronou. Por fim, tentou segurar um lado com a faca, mas o outro lado entortou, então ela soltou tudo.

Alice pegou o prato e ficou de pé diante da pia da cozinha, olhando para o jardim escuro, enquanto comia o pedaço de baked alaska. Em seguida, deixou o prato e o garfo em cima da bancada, sem lavar, ao lado do que havia restado da sobremesa — quando Nate chegasse em casa, horas depois, só encontraria uma poça de sorvete de chocolate derretido com uma ilha de bolo encharcada no centro —, e foi para a cama, decidida.

20

Nellie
7 de julho de 1956

Molho de hortelã

1 ½ colher (sopa) de açúcar de confeiteiro
3 colheres (sopa) de água quente
⅓ xícara de folhas de hortelã bem picadas
½ xícara de vinagre de vinho muito suave
Algumas gotas de corante verde

Dissolva o açúcar em água quente. Deixe esfriar, então misture as folhas de hortelã e o vinagre de vinho. Acrescente o corante verde. Deixe descansar por meia hora e sirva frio. Rende 1 xícara de molho.

O melhor momento para colher ervas era depois que o orvalho da manhã secava, e Nellie tinha uma longa lista de coisas para fazer, começando com os canteiros de ervas. Enquanto o sol ficava mais alto no céu e Richard continuava dormindo, Nellie usou sua tesoura de cozinha para aparar folhas e caules das ervas que colocaria para secar e que mais tarde entrariam em sua mistura de temperos. *Alecrim. Sálvia. Salsa. Aneto. Erva-cidreira. Hortelã. Manjerona.* Suas mãos ágeis, protegidas por luvas de jardinagem para evitar arranhões, seguiam cortando, cortando, cortando.

Já se passara quase uma semana desde o dia em que Richard havia batido nela, e Nellie desde então aceitara que seu casamento era, na melhor das hipóteses, insustentável e, na pior, perigoso. O Richard que ela havia conhecido no café-concerto — o homem charmoso que a enchia de atenção e presentes e que a fez acreditar que a felicidade estava pronta para ser conquistada — não existia mais. Na verdade, aquele homem desaparecera na noite de núpcias, quando Richard a penetrara com força, as mãos pequenas e egoístas rasgando a linda camisola azul-clara que ela usava de tanta pressa, fazendo os delicados botões de pérola voarem como milho estourado. Naquele momento Nellie começou a aprender o que significaria ser a esposa de Richard Murdoch. Seria uma vida em que o mais importante que ela poderia fazer seria ficar ao lado do marido, cuidar dele, ser cada vez mais o que Richard desejasse que ela fosse. Ele precisava que a esposa estivesse sempre bonita, que preparasse refeições quentes para ele e abrisse as pernas sem fingir dor de cabeça ou problemas femininos. Ela deveria manter as próprias opiniões para si mesma, assim como deveria manter a dúzia ou mais de camisas brancas dele limpa e bem passada — e livre das manchas de batom de outras mulheres. Mas Nellie queria tanto um bebê que, apesar de tudo, permaneceu paciente, embora não tão alerta quanto deveria, torcendo para que seus esforços não fossem em vão.

Nellie sabia que não seria simples deixar Richard — aquilo teria repercussões, tanto financeiras quanto sociais, e por isso ela precisava de um plano.

Satisfeita com seu trabalho, Nellie se levantou e arqueou ligeiramente o corpo para trás, para esticar os músculos contraídos. Estava um dia lindo e, como ainda não sentia vontade de voltar a entrar em casa, ela tirou um cigarro do maço e colocou-o entre os lábios. Então, se sentou na grama e fumou lentamente, com as ervas empilhadas em um pano de prato aos seus pés.

O dia seguinte, domingo, seria o aniversário de trinta e cinco anos de Richard. Ela estava planejando preparar a refeição favorita do marido

— costeletas de cordeiro com molho de hortelã, que já deixaria pronta de véspera, junto com purê de batata, ervilhas e torta de pêssego. Nellie usaria seu vestido mais bonito, acrescentaria um toque de perfume e seu sorriso mais convincente, e os dois teriam uma bela refeição.

Enquanto fumava, o sol bronzeando ainda mais suas pernas, ela decidiu que segunda-feira seria o dia. Diria ao marido que precisava visitar a mãe, a quem Richard nunca conhecera — a demência a deixava muito agitada na presença de estranhos, havia explicado Nellie quando Richard certa vez pedira para ir junto. Ela arrumaria apenas uma bolsa pequena de viagem, na qual esconderia o envelope com o dinheiro que vinha guardando.

Nellie tinha sido esperta e cuidadosa, como a mãe a ensinara a ser. Sempre que ia ao mercado, comprava apenas o que estava em promoção, e guardava para si o que sobrava do dinheiro da semana, escondendo em lombadas de revistas, onde Richard nunca pensaria em olhar. Às vezes, quando ele bebia demais ou estava passando mal e quase fora de si por causa das dores de estômago, Nellie pegava mais algumas notas enquanto esvaziava os bolsos para lavar suas roupas. E, quando ia ao banco para sacar dinheiro para comprar vestidos ou itens de beleza ou para alguma necessidade da casa — áreas que Richard permitia que Nellie tivesse controle quase total —, ela sacava um pouco mais do que precisava. Era incrível quanto se podia poupar sendo frugal.

Sim, deixaria Richard na segunda-feira. Iria ver a mãe e, depois, pensaria no que fazer. Era uma mulher resistente e capaz, conseguiria se virar. Deixar a casa tão amada, o jardim querido e a amiga Miriam seria muito doloroso. Mas tinha sido a própria Miriam quem lhe dera a ideia, e Nellie sabia que ela entenderia.

— Você é uma mulher linda, Nellie. E inteligente também — havia dito Miriam, enquanto servia café para as duas, depois de resgatar Nellie do embate no quintal com Richard. — E, meu Deus, você cozinha bem demais! Não há nada que você não seja capaz de fazer, querida, se estiver determinada.

— Obrigada por dizer isso, Miriam — respondera Nellie, os tremores por fim cedendo, embora seu maxilar continuasse a latejar. Miriam havia feito um cataplasma de camomila. Ela aquecera as flores secas com vinagre de sidra de maçã, então espremera o líquido e envolvera as flores umedecidas em camadas de gaze. Nellie segurou a compressa calmante e perfumada junto ao rosto. — Mas não tenho certeza se isso é totalmente verdade.

Miriam franziu o cenho e fitou a vizinha com uma expressão carinhosa, mas sem nenhum traço de pena.

— Você também pode ficar comigo se precisar. Eu adoraria a companhia.

Nellie assentiu e envolveu a xícara de café com a mão, aproveitando o calor. Ela sabia que aquilo nunca poderia acontecer porque enfureceria Richard, e também colocaria Miriam em risco.

— Você pode dizer a ele que estou precisando da sua ajuda, pelo menos por alguns dias. Talvez alegar que eu estou com uma gripe fortíssima ou que a minha artrite está me matando a ponto de eu não conseguir colocar uma água para ferver.

— Você é uma boa amiga. — Nellie pegou a mão da vizinha e apertou com carinho.

— Eu tenho algumas economias — continuou Miriam.

Ela esticou a mão para alcançar a gaveta do aparador e pegou um envelope grosso, com o nome de Nellie escrito em tinta preta na frente. Nellie se sentiu envergonhada de sua própria fraqueza e se perguntou há quanto tempo Miriam estava guardando aquele envelope com dinheiro para ela.

— Eu gostaria que você ficasse com ele, querida. Eu quero ajudar.

Nellie sentiu-se imensamente grata pela oferta, mas jamais aceitaria o dinheiro de Miriam, apesar da insistência da amiga. Nellie garantiu que também tinha algumas economias guardadas — não muito, mas o suficiente para conseguir deixar Richard.

Eram quase dez da manhã quando Nellie deu a última tragada no cigarro. Queria secar as ervas e começar o molho de menta, assim ainda teria tempo de ir ao mercado antes de precisar se preparar para a noite. Eles iriam a um jantar, na casa dos Gravese. Richard tinha passado a semana toda irritado com isso, pois sabia que teria que conversar com o "trapaceiro" Charles, que certamente havia sido convidado, pois os Goldman e os Gravese eram amigos próximos. Nellie também não estava com a menor vontade de socializar com Kitty, mas gostava da companhia de Martha, e pelo menos o jantar significava que ela não teria de ficar sozinha com Richard.

Então só restaria o domingo — o dia do aniversário dele. Os dois iriam à igreja e, depois do almoço, Richard tinha planos de jogar boliche com alguns homens da vizinhança. Enquanto ele jogava boliche, Nellie prepararia o jantar e depois trataria o marido como um rei a noite toda, garantindo que ele não desconfiasse de nada. Na manhã seguinte, ela partiria com a desculpa de uma viagem rápida para visitar a mãe doente, e aquela seria a última vez que veria Richard Murdoch.

Nellie apagou o cigarro na pedra do quintal e levou as ervas para dentro, amarrando-as frouxamente com um barbante para que tivessem espaço para respirar enquanto secavam. Ela colocou um pano de prato forrado com jornal em cima da geladeira e distribuiu os feixes de ervas com cuidado ali. Então, deu atenção para o molho de hortelã que faria para o jantar de aniversário de Richard: picou a hortelã fresca e acrescentou algumas outras ervas para dar sabor. Depois de dissolver o açúcar na água quente, ela fumou outro cigarro enquanto esperava a mistura esfriar. Em seguida, acrescentou a hortelã picadinha e as ervas ao vinagre e o corante de um verde forte. Ela conseguiu fazer render um pouco mais de uma xícara de molho e, depois de despejá-lo em um pote de geleia, guardou no fundo da geladeira.

Mais tarde, Nellie e Richard se arrumaram em silêncio para o jantar, ambos aparentemente perdidos em pensamentos. Nellie trocou de sapato no último minuto, preferindo um salto mais alto com o vestido que escolhera. Richard não ficou satisfeito, a boca tensa, as mãos enfiadas nos bolsos enquanto a observava calçar o sapato. Ele não gostou de Nellie ter escolhido um sapato que a deixava mais alta, que deixava os dois quase da mesma altura. Mas não disse nada, apenas gesticulou para que ela saísse do quarto antes dele. Quando chegou ao topo da escada, com Richard meio passo atrás dela, Nellie olhou para baixo e ficou feliz com a mudança. Os saltos faziam com que suas pernas parecessem ainda mais longas sob a saia. Mas deveria ter sido mais cuidadosa, mais atenta ao que acontecia ao redor, e menos vaidosa com a roupa. Acabou se desequilibrando e tombou para a frente no topo da escada. Sem conseguir recuar, Nellie rolou escada abaixo como uma boneca de pano e, embora Richard estivesse bem atrás dela, ele não a segurou.

21

Não espere que seu marido a faça feliz, portando-se como um agente passivo. Esforce-se para fazê-*lo* feliz e você acabará encontrando a sua felicidade.

— BLANCHE EBBUTT, *Don'ts for Wives** (1913)

Alice
12 de julho de 2018

Qual é a roupa certa para vestir no funeral do pai com quem você não falava? Alice olhou para o mar de roupas pretas espalhadas pela cama do quarto de hóspedes, paralisada pela indecisão. Por fim, escolheu uma saia e um blazer, que combinou com uma blusa branca sem mangas e sapatilhas pretas. Alice se vestiu devagar, apesar de estar atrasada, enquanto Nate, que já estava pronto havia muito tempo, andava de um lado para o outro da sala, esperando por ela.

Aquele era o terceiro dia seguido que chovia, mas, no momento em que Alice saiu do carro e pisou na grama verde encharcada do cemitério, o sol apareceu. Uma mulher atrás dela sussurrou: "Ah, o Greg sempre amou se agarrar a um raio de esperança", enquanto os raios de sol faziam cintilar o topo do caixão envernizado. Alice manteve a cabeça baixa, mas não chorou. Nate passou um braço em volta dos ombros dela.

---

* Em tradução livre: "O que uma esposa não deve fazer". (N. da T.)

Alice ficou aliviada com a facilidade com que se misturou aos presentes — mais uma enlutada vestida de preto, uma anônima na multidão. Ela se perguntou se as pessoas ao redor sabiam que Greg Livingston tinha uma filha. Se conseguiriam ver alguma semelhança entre Alice e o pai. Provavelmente não, concluiu, já que ninguém havia lhe dirigido mais do que um sorriso educado, mas reservado.

Como era de esperar, o sol não se demorou muito (bem parecido com a atitude do pai, pensou Alice), e logo se viu um mar de guarda-chuvas abertos, como pontos coloridos tingindo o céu cinzento. Alice não tinha ideia de quem eram todas aquelas pessoas em círculos concêntricos ao redor do túmulo, mas o pai dela claramente tinha amigos que se importavam com ele. Ela quis se sentir feliz por isso, mas o fato de que todos aqueles estranhos o haviam conhecido de uma forma que ela jamais conhecera a magoou profundamente. Greg Livingston tinha ido embora e nunca tentara entrar em contato, ao menos até onde Alice sabia. Nada de cartões de aniversário, presentes de Natal e telefonemas para saber como estava a filha. Jaclyn também não tinha ideia de onde ele estava, portanto Alice não poderia ter tentado entrar em contato com o pai mesmo se ela quisesse. Conforme crescia, o pai foi se tornando uma lembrança desbotada que ela raramente invocava.

E foi por isso que Alice, a princípio, não quisera ir ao funeral.

— Por que eu deveria ir? — disse a Nate na noite de domingo, quatro dias antes, depois que Jaclyn, que ainda era o contato de emergência do pai de Alice, ligou para avisar à única filha que ele havia morrido. — Somos basicamente estranhos.

Greg tinha se mudado da Flórida e voltado para o estado de Nova York em algum momento daquele ano para trabalhar em vagas temporárias na área de construção civil durante o verão. Ele havia se estabelecido a apenas vinte e cinco quilômetros de onde Alice e Nate moravam no momento, perto o bastante para que pudessem até ter se cruzado em um supermercado ou em algum trem. Será que ela o teria reconhecido, mesmo sem tê-lo visto por quase vinte anos?

Segundo o que a mãe de Alice contara, Greg estava sozinho quando morreu, em um quarto e sala que provavelmente tinha pouca comida na geladeira, mas um armário de bebidas bem abastecido.

— O que aconteceu? — tinha perguntado Alice, prendendo a respiração, apesar dos seus esforços para não se deixar afetar por aquela notícia.

Nate, que até ali não sabia o assunto do telefonema, se virara para ela e franzira a testa, preocupado com a mudança no tom de voz de Alice.

— Uma overdose acidental, ao que parece.

— De quê? — quis saber Alice.

Seguiu-se uma pausa.

— Uma overdose acidental de quê, mãe?

Jaclyn soltou um suspiro:

— Isso realmente importa, Alice?

— Sim, importa.

— Bom, disseram que foi de Valium. Pode ser que ele estivesse novamente com problemas para dormir — comentara Jaclyn. — Greg nunca dormiu bem.

Um silêncio pesado pairou entre as duas.

— Alice? Você ainda está aí, meu bem?

— Sim — respondeu Alice, enquanto Nate apoiava as mãos em solidariedade nas suas costas. — E agora?

Jaclyn disse que gostaria que Alice fosse ao funeral. E lembrou a filha de aumentar a ingestão de vitamina C para neutralizar os efeitos físicos da notícia.

— Por quê? — tinha perguntado Alice sobre o funeral, não sobre a vitamina C, porque ela estava realmente pasma com o pedido de sua mãe.

Jaclyn respondeu que ela mesma pegaria um avião para comparecer ao funeral, mas que Steve tinha uma cirurgia do ombro marcada para o dia seguinte, e ela precisava estar em casa.

Alice era a única que restara, por isso foi ao enterro. Ela abriu o próprio guarda-chuva e sentiu uma dor no estômago se espalhar pelo corpo como tentáculos — logo, cada parte dela doía. Como se estivesse febril por causa de uma gripe, seu corpo parecia estar lutando para se livrar de algum vírus que tentava assumir o controle. Talvez devesse ter ouvido a mãe sobre as vitaminas, pensou, enquanto a sensação de náusea se espalhava.

Mais tarde, Nate encontrou Alice deitada no chão da sala, ainda com a roupa que usara no enterro. Ela estava com as mãos esticadas acima da cabeça e os olhos fechados, e o único movimento que seu corpo fazia era erguer e abaixar o peito, em respirações pausadas.

— O que você está fazendo? — perguntou Nate, sentando-se em uma ponta do sofá para pode ver o rosto dela. Sua voz estava cheia de preocupação, embora ele tentasse manter o tom leve.

Alice queria ficar sozinha. Mas tinha noção de que o chão da sala não era o lugar mais isolado quando se desejava solidão.

— Está mais quente aqui? — perguntou Alice.

— Mais quente? Não sei — respondeu Nate. — Eu acho que sim...

— Você não acha isso estranho? Quer dizer, essa sala era congelante. Eu tinha que usar um agasalho o tempo todo. E agora está quente.

— Você quer que eu abra uma janela? — perguntou Nate.

— Não. Eu gosto assim. — Alice permaneceu de olhos fechados enquanto respirava fundo e apreciava o momento de serenidade.

— Você precisa de alguma coisa? Quer um copo de água?

— Em uma daquelas revistas dizia que se você se sentir cansada deve se deitar no chão com os olhos fechados por cinco minutos.

Alice não viu o sorriso de Nate porque continuava de olhos fechados.

— Que revistas? — perguntou ele.

— Uma das revistas antigas que encontrei no porão, junto com o livro de receitas. São dos anos 50.

Os joelhos de Nate estalaram quando ele se abaixou, e, assim que ele se deitou ao lado dela, Alice sentiu o braço do marido pressionando o dela. As coisas não andavam bem entre eles desde a noite em que Nate havia cancelado o jantar — apesar de suas desculpas e promessas de compensá-la —, mas dava muito trabalho ficar com raiva. Os dois permaneceram em silêncio por algum tempo, apenas o som de suas respirações preenchendo o espaço entre eles.

— Você quer conversar um pouco? — perguntou Nate por fim.

Alice balançou a cabeça.

— Não.

— Sem problemas. — O silêncio abençoado envolveu Alice novamente. — Está tudo bem ficar chateada, Ali. Não deixa de ser seu pai.

— Apenas no nome — respondeu Alice. Ela abriu os olhos, olhou para o teto de gesso coberto com espirais extravagantes e pequenas cristas que provaram ser excelentes apoios para teias de aranha. Seria bom passar uma vassoura ali no dia seguinte. — Vou fazer o jantar.

Nate rolou de lado na direção dela, dobrou o cotovelo e apoiou a cabeça na palma da mão.

— Achei que poderíamos pedir alguma coisa para o jantar.

— Já descongelei o frango. — Alice se sentou lentamente e colocou os braços em volta dos joelhos. Logo sentiu a cabeça zonza, provavelmente porque ainda não havia comido nada naquele dia, e esperou a tontura passar. — Acho que a casa gosta quando eu cozinho.

Houve uma pausa, então Nate falou:

— Você quer dizer porque a casa fica cheirando bem?

Ele também se sentou.

Alice inspirou e expirou. Ainda tonta.

— Por isso também.

Nate balançou a cabeça e riu baixinho.

— Estou confuso.

— Eu sei que parece absurdo, mas, desde que comecei a preparar receitas do antigo livro de Nellie Murdoch, a casa ficou mais quente. E não temos um desastre doméstico há mais de uma semana. — Alice se levantou, já se sentindo bem. — A torneira da cozinha não pingou mais e até a geladeira ficou silenciosa. Você notou como está tudo calmo?

Nate abriu a boca, então voltou a fechar. Ele apenas sorriu e também se levantou e esfregou as costas de Alice, amassando um pouco o blazer dela.

— Acho que você precisa dormir, meu amor.

— Vá até a cozinha e escute — sugeriu ela, enquanto seguia na direção da escada, pois queria se trocar para fazer o jantar.

Alice tirou os sapatos antes de começar a subir, lembrando-se do escorregão feio que Nellie havia descrito na última carta que ela lera, quando contara que havia caído daquela mesma escada — e a última coisa que Alice precisava era de um tornozelo quebrado ou coisa pior.

— Você vai ver. Não chacoalha mais.

Nate colocou as mãos na cintura e franziu o cenho enquanto observava a esposa subir a escada, que rangia a cada passo que ela dava. Então ele foi para a cozinha e esperou... contou até dez, depois vinte, esperando ouvir os estalos de sempre da geladeira antiga. Mas tudo permaneceu em silêncio.

Da escrivaninha de Eleanor Murdoch

18 de julho de 1956

Caríssima mamãe,

Lamento não poder visitá-la como planejado. Esse tornozelo quebrado está me mantendo presa em casa, e estou convalescendo com um gesso feio na minha perna — o médico acha que terei que continuar com ele por algum tempo ainda. Normalmente não sou desajeitada, mas a infeliz combinação de um novo par de saltos e das escadas recém-enceradas resultou em uma queda bastante dramática. Foi muito perturbador, mas felizmente a dor agora diminuiu. Espero me livrar desse gesso mais cedo do que o dr. Johnson sugeriu. O meu acidente também arruinou o jantar de aniversário de Richard — eu tinha feito uma porção maravilhosa de molho de hortelã para acompanhar costeletas de cordeiro —, mas vou compensá-lo em breve.

Helen, a moça que trabalha para nós, vai ficar no quarto de hóspedes por algumas semanas para me ajudar, mas temo que ela não será capaz de cuidar do jardim também. Vai estar tudo uma bagunça terrível quando eu por fim conseguir voltar a trabalhar nele, ainda mais com toda a chuva que temos tido recentemente. Gostaria que você estivesse aqui — o jardim e eu teríamos muita sorte de ter a sua companhia! Eu consegui cortar e secar ervas suficientes para outro lote da mistura de ervas antes da minha queda, e minha querida vizinha, Miriam, está vindo me ajudar a fazer isso enquanto estou de repouso. Eu odiaria que Richard ficasse sem a mistura, já que ele realmente ama o sabor que acrescenta aos pratos.

As dores de estômago tinham melhorado, mas nas últimas noites ele não andou bem. Pedi a Helen que preparasse algumas das receitas testadas e aprovadas que a senhora costumava fazer quando precisava cuidar de alguém doente, embora elas não tenham feito muita diferença até agora. Eu mesma ando sem apetite, o que suponho que seja bom, já que estou passando tanto tempo deitada. E ficar com a cintura grossa só serviria para piorar as coisas.

Mandarei mais notícias em breve.
Com amor e um beijo carinhoso,
Sua filha, Nellie

22

Nellie
18 de julho de 1956

Nellie lançou um olhar mal-humorado para o gesso volumoso em sua perna, que estava apoiada em cima de uma almofada do sofá. Pelo menos ela havia pintado as unhas dos pés antes do acidente. As muletas de madeira estavam apoiadas ao seu lado, enquanto ela escrevia, com uma pilha de revistas no colo para evitar que o papel de carta amassasse. Ela dobrou com cuidado a carta já terminada, alinhando as bordas e lambendo a aba do envelope para lacrá-lo. Então, escreveu o endereço da mãe no centro e o próprio endereço no canto superior esquerdo, antes de colocar o envelope na mesa lateral ao seu alcance.

— Gostaria que eu colocasse isso no correio, sra. Murdoch? — Helen entrou na sala de estar para recolher o almoço que Nellie mal tocara. — Posso passar pelo correio a caminho do mercado esta tarde. Não é incômodo algum.

— Por favor, Helen, me chame de Nellie — pediu ela, como fazia sempre que Helen a chamava pelo nome da sogra, sra. Murdoch. Helen, que era uma cabeça mais alta do que Nellie e tinha olhos grandes que sempre pareciam surpresos, assentiu ao ouvir o pedido, mas Nellie sabia que ela não iria acatá-lo. — E, não, obrigada, não é necessário. Estou planejando escrever mais algumas cartas, então, talvez depois que estiverem todas prontas, eu lhe peça para enviar tudo junto. — Nellie colocou o envelope dentro da edição mais recente da *Ladies' Home Journal*.

— Posso trazer mais alguma coisa antes de sair, senhora?

— No momento, estou bem — disse Nellie. — Na verdade, estava pensando em sanduíches de cordeiro frio com molho de hortelã para o jantar desta noite. Talvez com uma salada verde de acompanhamento. Sobrou cordeiro?

— O bastante para pelo menos um sanduíche.

Helen estendeu a mão por trás de Nellie e afofou os travesseiros, se aproximando de um jeito que deixou Nellie desconfortável. O hematoma no maxilar agora era apenas uma sombra, mas mesmo assim Nellie virou o queixo para deixá-lo fora da vista de Helen.

— Já terminou o almoço? — perguntou Helen.

— Já, sim, obrigada. Estava delicioso, mas meu apetite ainda não voltou. — Ela sorriu contrita. — Guarde o cordeiro que sobrou para Richard. É um dos pratos favoritos dele.

Helen assentiu.

— Vou deixar tudo pronto para ele quando voltar do mercado. E o seu jantar?

— Vou querer um pouco de salada, com um caldo, talvez. Obrigada, Helen. Por enquanto é só isso.

— Olá, olá! — ecoou a voz de Miriam na porta da frente.

— Ah, você pode abrir a porta para a Miriam, por favor? — perguntou Nellie.

— Claro, sra. Murdoch — respondeu Helen, fazendo Nellie suspirar de desânimo ao ouvir mais uma vez o "senhora". — Vou guardar seu sanduíche, caso a senhora sinta fome mais tarde.

— Está bem, obrigada. — Nellie se esforçou para esconder a irritação na voz.

A presença quase constante de Helen e a agitação da jovem faziam Nellie se sentir claustrofóbica e inquieta. Ela realmente precisava de ajuda no momento, mas havia se acostumado a estar sozinha em casa. No entanto, Richard tinha sido bastante insistente: Helen ficaria com eles até que Nellie estivesse em condições de cuidar das coisas sozinha, gostasse ela ou não.

— Como está a nossa paciente? — Miriam caminhava devagar, deixando claro que suas juntas inchadas a faziam sofrer naquele dia. Ela se acomodou em uma cadeira de frente para Nellie e deu um sorriso caloroso. — Você parece melhor, querida. Vejo mais cor nesse rosto bonito.

— É muita gentileza da sua parte — respondeu Nellie. — E você, como está? Também parece estar com dor...

— Ah, estou ótima. Não se preocupe. Você já tem o bastante com que se preocupar, querida.

Helen enfiou a cabeça pela porta da sala de estar.

— Gostaria de beber alguma coisa, sra. Claussen?

— Ah, isso seria ótimo. Aceito o que a Nellie estiver tomando.

— Chá gelado — disse Helen.

Miriam assentiu.

— Perfeito! Obrigada, Helen.

Pouco tempo depois, Miriam serviu um copo de chá gelado para cada uma e uma fatia do bolo de café, e elas conversaram sobre o clima (o sol deveria aparecer em algum momento) e sobre o que fazer em relação a uma recente irrupção de arganazes — pequenos roedores peludos que se banqueteavam com raízes suculentas, bulbos e principalmente com grama — que havia deixado trechos nus e feios ao longo do gramado de Miriam. Por fim, a porta da frente se fechou quando Helen saiu para o centro da cidade, e as duas mulheres finalmente ficaram sozinhas.

Miriam deu um gole no chá gelado, antes de pousar o copo.

— Como estão as coisas hoje, querida?

— Não posso reclamar — respondeu Nellie. — Richard tem se mantido... ocupado. — Ela não especificou com o que ou com quem.

— Bom, suponho que isso seja uma bênção, não é? — comentou Miriam.

Nellie murmurou que sim, estranhamente grata à secretária de Richard, Jane, que o mantinha ocupado — como e com o que, aquilo era irrelevante no momento.

— Você acha que consegue me ajudar com as minhas ervas hoje? — perguntou Nellie.

— Seria um prazer. Deus sabe que você já me ajudou muito.

— Eu prometo que não vai exigir demais das suas mãos.

— As minhas mãos estão perfeitamente bem — respondeu Miriam. Nellie sabia que isso não era verdade, mas não teria pedido a ajuda da amiga se fosse capaz de fazer o tempero sozinha.

— Então, acho que está na hora de trabalharmos — disse Miriam, batendo a palma das mãos nas pernas cobertas pela saia. — Me diga o que fazer.

— Ah, tem outra coisa. — Nellie pegou o envelope dentro da revista. — Pode ficar com isso para mim?

— É o mesmo que as outras?

— Sim, por favor — disse Nellie, e Miriam enfiou o envelope na bolsa. Nellie sentia-se grata pela presença infinitamente generosa de Miriam. A amiga nunca fazia perguntas que Nellie não suportaria responder e compreendia que era melhor que algumas coisas permanecessem não ditas. Apesar da diferença de idade, Miriam era a amiga em que Nellie mais confiava.

— Muito bem, está tudo na cozinha? — perguntou Miriam.

— Sim. As ervas estão embrulhadas em folhas de jornal, em cima da geladeira. Você consegue subir em um banquinho? — Miriam garantiu que sim. — Pois bem, precisa retirar as folhas secas e as sementes e colocá-los na tigela em que vai fazer a mistura. Tem um pilão na gaveta de cima, ao lado da pia, e dois potes para queijo ralado, com a tampa com furinhos, em cima da bancada, para guardar as ervas depois de maceradas. Mas com essa parte eu posso ajudar. Meus braços não estão quebrados.

Miriam não quis saber de ajuda.

— Nellie, fique onde está. Descanse enquanto pode, querida. Posso estar velha e um pouco vacilante, mas com certeza dou conta de macerar algumas ervas.

— Obrigada, Miriam. E não se esqueça de usar as luvas de borracha — acrescentou Nellie. — Alguns caules são ásperos, e eu detestaria se você se cortasse. Deixo um par pendurado em cima da torneira.

— Deite e relaxe — orientou Miriam, e deu uma palmadinha carinhosa na perna boa de Nellie. — Vou resolver isso em um instante e então podemos terminar a nossa conversa e o bolo. O que acha?

— Acho ótimo. — Nellie sorriu. — A receita está dentro do livro de receitas da minha mãe, logo na primeira página. E pode colocar de volta ali dentro quando terminar? É uma velha receita de família e gostaria de mantê-la entre nós, se você não se importar.

— É claro — respondeu Miriam, e deu uma piscadela. — Toda mulher precisa de um ou dois bons segredos.

23

Vai servir alguma coisa nova? É uma boa ideia testar a
receita antes. A menos que conheça bem os convidados,
é melhor não servir nada muito fora do comum.
Como regra, homens gostam de comidas simples, e
mulheres apreciam "alguma coisa diferente".

— *Better Homes & Gardens Holiday Cook Book** (1959)

Alice
14 de julho de 2018

— Ainda em um túnel do tempo, pelo que vejo. — Bronwyn tocou uma ponta solta do papel de parede floral da cozinha e franziu o nariz, enquanto examinava os armários em tons de pêssego, a geladeira antiga e a mesa de fórmica com pernas cromadas. — Achei que já teria se cansado a esta altura. Na verdade, achei que você já estaria de volta a Nova York. Não está enlouquecendo aqui? — Ela agarrou o cotovelo de Alice. — Volta. Por favor, Ali.

Alice sorriu ao ouvir o apelo da amiga, mas continuou mexendo o molho e checou a receita.

— Também sinto saudade. — Ela acrescentou as ervilhas, o frango cozido cortado em cubinhos, o ovo e o sumo de cebola. Nunca havia

---

* Em tradução livre: "Melhores receitas para festas em casa e no jardim". (N. da T.)

"espremido" uma cebola e não tinha a menor intenção de voltar a fazer aquilo. Seus olhos só haviam parado de lacrimejar meia hora antes de Bronwyn e o namorado, Darren, chegarem. — E sei que é difícil de acreditar, mas está tudo bem aqui. Diferente, mas não de um jeito ruim.

Bronwyn gemeu e se encostou com elegância no papel de parede em mau estado.

— Meus Deus, perdemos você. Eu disse ao Darren o quanto estava preocupada que você mudasse. Que se tornasse uma prisioneira da vida tranquila e que não teria volta. *Fim*.

Alice ficou irritada com a análise de Bronwyn, já que era difícil para ela admitir que se sentia exatamente daquele jeito às vezes.

— Dificilmente eu poderia ser vista como uma prisioneira, Bron. — Alice revirou os olhos e deu uma risadinha. — Só acho que enfim descobri como é essa coisa de ser "adulta".

Para ser justa, a decisão de Bronwyn de morar em Manhattan e trabalhar mais horas por semana do que dormia não era menos adulta do que a de Alice de se tornar uma dona de casa suburbana e escritora de meio período.

Bronwyn bufou, resmungando alguma coisa sobre aquela história de se tornar "adulta" ser superestimada, então se distraiu com uma bolsa pendurada em uma das cadeiras. Ela assoviou e correu os dedos ao longo do matelassê em couro preto.

— Onde você conseguiu isso? — perguntou, enquanto passava a alça de corrente dourada pelo ombro e fazia uma pose.

— Estava em uma das caixas que encontrei no porão. Coisas antigas da proprietária anterior.

Além da bolsa, Alice também tinha encontrado um relógio de ouro delicado que funcionou quando ela deu corda, e um tubo oco de madrepérola que, graças ao Google, descobriu ser uma piteira antiga.

— Ali, essa bolsa é uma Chanel 2.55 original. Tipo, de verdade. Foi a própria Coco Chanel que desenhou.

Alice era um tanto indiferente quando se tratava de moda, mas Bronwyn era uma especialista — ela até dormia em uma cama que se embutia na parede, na sala de estar do apartamento pequeno em que morava, para poder usar o quarto como um closet gigante.

— Imaginei que você saberia do que se tratava — disse Alice, feliz por terem mudado para um assunto menos penoso. — Foi por isso que deixei aí para você ver.

— Caramba... É linda. — Bronwyn cantarolava baixinho enquanto desfilava de um lado para o outro, com a bolsa balançando junto ao quadril.

— E por que é chamada de "2.55"?

— É a data em que a bolsa foi criada. Fevereiro de 1955. Costurada à mão também. E essa parece que nunca foi usada. — Bronwyn abriu as abas, olhou dentro da bolsa e suspirou de desejo. — Quem quer que tenha sido a dona disso... qual era o nome dela mesmo?

— Nellie. Nellie Murdoch.

— Certo. Nellie Murdoch talvez não tivesse bom gosto para a decoração da cozinha, mas o gosto para bolsas era perfeito.

— É sua, se quiser. — Alice lambeu uma gota de molho do dedo.

— O quê? Não. De jeito nenhum, mocinha. Quer dizer, sim, eu quero. Mas uma pessoa *não dá* uma Chanel 2.55 vintage, Alice Hale. Não. — Bronwyn tirou a bolsa do ombro e a colocou sobre a mesa, tocando a costura uma última vez com dedos cheios de cobiça. — Mas me prometa que vai usar, tá certo? Uma bolsa como esta precisa sair, ser vista. É um crime manter uma Chanel em um porão escuro. Ou em uma mesa tão feia.

Alice riu e prometeu dar "bons momentos" à bolsa.

— Você também encontrou essa roupa na sua caixa mágica de tesouros do porão? — Bronwyn gesticulou para a saia ampla do vestido vintage rosa-pálido de Alice. — Devo dizer que estou adorando esse visual em você. Em especial essas meias. — Ela apontou para as pernas de Alice.

Eram meias retrô, transparentes e com uma costura preta na parte de trás, que terminava em um laço na altura do calcanhar. Ela havia comprado as meias, o vestido e o colar simples de contas de vidro em uma loja vintage em Scarsdale e acrescentara um par de saltos vermelhos brilhantes de seus dias de publicitária para completar o visual. Alice se virou e ergueu uma perna, para examinar a costura da meia e o laço.

— Confesso que estou meio apaixonada por isso — disse ela. — Ainda posso ser feminista se usar meia-calça?

— Ora, se você gosta de usar, pode apostar que sim. — Bronwyn deu um sorrisinho malicioso. — O Nate vai gostar de tirar essas belezinhas mais tarde. *Com os dentes.* — Ela ergueu as sobrancelhas e Alice deu uma risada gostosa. Realmente sentira falta de Bronwyn, já que a coisa mais próxima que tinha de uma amiga em Greenville era Sally... e sentiu a saudade de sua antiga vida dominá-la por um instante.

— Então, falando de outras pessoas significativas... como estão indo as coisas com o Darren? — perguntou Alice. Nate tinha levado Darren para fazer um tour pela casa, e com certeza estava enchendo o namorado arquiteto de Bronwyn de perguntas sobre reformas. — É provável que Nate esteja mantendo o pobre homem refém no andar de cima, forçando Darren a dizer quais são as paredes de suporte e em quais poderíamos descer a marreta.

— O Darren vive para esse tipo de coisa. — Bronwyn puxou uma cadeira e se sentou de pernas cruzadas em suas calças pretas justas, que ela havia combinado com uma blusa de renda off-white. — Por ele, nos mudaríamos para cá em um segundo. Para uma casa que sugaria lentamente a minha força vital, um cômodo forrado de papel de parede de cada vez. — Ela olhou ao redor da cozinha com uma expressão penetrante, o cenho franzido, e Alice escolheu ignorar.

— "Nos mudaríamos", hein? Parece que as coisas estão indo bem, não é?

— Ali, você sabe a minha opinião sobre compartilhar o espaço do meu armário... eu não compartilho. — Bronwyn girou a taça de vinho entre os dedos, e um sorrisinho curvou seus lábios. — Mas ele é legal.

— Sabe, tem uma casa à venda neste mesmo quarteirão. Com muitos papéis de parede. Não vou esquecer de contar isso para o Darren no jantar.

Bronwyn deu um tapa brincalhão na amiga.

— Não se atreva. Já disse, nunca vou sair de Manhattan. — Ela pegou uma batata frita da tigela e apontou com ela para um potinho de vidro sobre a mesa. — O que é isso?

— O nome é "hollywood dunk". É uma entrada dos anos 50.

Bronwyn mergulhou a batata na pasta cremosa branca salpicada de pontinhos verdes e colocou na boca. Então, mastigou lentamente, enquanto uma variedade de expressões se sucedia em seu rosto... nenhuma delas boa.

— Sim, eu sei. — Alice riu enquanto observava a melhor amiga tentar engolir a batata com o patê.

Um gole gigante de vinho depois, Bronwyn balbuciou:

— O que tem nisso?

— Presunto *deviled*. Cebolinha. Cebola. Raiz-forte.

Bronwyn olhou para ela e perguntou apenas com o movimento dos lábios: *Presunto deviled?*

— É presunto em fatia picadinho e bem misturado com maionese, mostarda, molho de pimenta, sal e pimenta. Então, você acrescenta a cebolinha, a cebola e a raiz-forte. Ah, e a última coisa é chantili batido. Não posso esquecer isso — acrescentou Alice.

— Por que alguém faria uma coisa dessas? *Para comer?* — Bronwyn pressionou um guardanapo nos lábios e fechou os olhos com força. — Chantili e presunto nunca devem se misturar. Nunca, jamais.

Alice colocou o pote ainda cheio do patê dentro da pia.

— Concordo. Por isso não servi. Fiquei curiosa, mas é nojento.

— Obrigada pelo aviso — murmurou Bronwyn, agora bebendo vinho direto da garrafa.

— Você não me deu tempo para explicar! — retrucou Alice.

— Eu estava com fome. Estava fazendo uma dieta detox idiota, só de sucos — falou Bronwyn, e as duas riram.

— Você teve sorte de eu não ter servido as bananas enroladas em presunto, assadas e servidas com molho holandês.

Bronwyn fez um som de ânsia de vômito e tomou outro gole de vinho. Então, apoiou o queixo na boca da garrafa.

— Eu já disse que estava com saudade?

— Eu também sinto saudade, Bron.

Antes, Alice compartilhava tudo com Bronwyn. Mas agora havia muita coisa que a melhor amiga não sabia — sobre o processo de James Dorian, sobre as frustrações com Nate e os horários dele, sobre a incapacidade dela de começar o romance que queria escrever, de como sentia tanta falta do antigo emprego que alguns dias tinha até dificuldade para sair da cama. Bronwyn até tentava: respondia as mensagens de texto quando conseguia, prometia telefonemas que não aconteciam, e o abismo entre elas aumentava a cada semana.

— Eu sei que você disse que não é tão ruim, mas está feliz aqui, Ali?

Alice pensou um pouco antes de responder.

— Estou hum... setenta por cento feliz.

— E os outros trinta por cento?

— Me sentindo solitária, entediada, certa de ter cometido um grande erro. Dez por cento de cada.

Bronwyn bufou.

— Ei, isso não é tão ruim. — Ela encheu a taça de vinho de Alice. — Vamos brindar aos setenta por cento da sua felicidade suburbana, mesmo que você prepare molhos nojentos para alimentar seus amigos da cidade grande.

Depois de terminarem a refeição, que foi bem recebida por todos, os quatro se acomodaram na sala de estar para comer a sobremesa. Alice estava satisfeita e afogueada por causa do vinho e se sentia relaxada e plena com o sucesso de seu primeiro jantar.

— Estava tudo uma delícia, pessoal. A não ser por aquela porcaria de *hollywood dunk*.

Bronwyn estremeceu e Alice riu enquanto entregava uma fatia de bolo de chocolate à amiga.

— Obrigada por virem até aqui — disse, enquanto servia uma fatia de bolo para si mesma. — Já se passou muito tempo desde a última vez que tivemos um tempo juntos.

— Eu sei! Não consigo acreditar que não vejo você há, sei lá, quase dois meses. — Bronwyn e Alice costumavam se encontrar todas as terças-feiras, sem falta, para tomar drinques e jantar, e raramente ficavam dois dias sem se falar. — Espera. Realmente já se passaram dois meses inteiros?

— Não foi esse tempo todo — lembrou Nate, enquanto espetava o garfo em um pedaço de bolo. — Vocês não foram à Trattoria Dell'Arte, o que, três ou quatro semanas atrás? — Ele colocou o pedaço de bolo na boca e olhou para Alice em busca de confirmação. Ela sentiu um frio de pânico no estômago.

— É verdade. Isso tem só algumas semanas. — Alice fixou os olhos nos de Bronwyn, que parou para tomar um gole do vinho. — Eu tinha me esquecido.

— Pois é, eu também — confirmou Bronwyn lentamente. — Parece que faz mais tempo. Não é, Ali?

— Parece mesmo — respondeu Alice, o rosto muito vermelho. Bronwyn lançou um olhar interrogativo para a amiga e Alice se levantou rapidamente. — Quem quer café?

Nate pressionou suavemente os ombros dela, forçando-a a voltar a se sentar no sofá.

— Você fica aqui. Coma o seu bolo. Eu sirvo o café — disse ele.

— Posso ajudar? — perguntou Darren.

— É claro — respondeu Nate. — Quero saber o que você acha da cozinha.

No instante em que os dois homens deixaram a sala, Bronwyn se virou para Alice.

— Muito bem. Então, por que nós fomos almoçar na Trattoria quando não fomos almoçar na Trattoria?

Alice suspirou.

— Eu te conto mais tarde.

— Por que não agora? — perguntou Bronwyn, enchendo mais uma vez a taça de vinho. — Darren é prolixo quando se trata de reformas. Aqueles dois ainda vão demorar muito para voltar.

— É uma história longa e complicada.

— São as minhas favoritas — garantiu Bronwyn, e colocou os pés no colo da amiga.

Alice olhou na direção da cozinha e baixou a voz.

— Não é nada de mais, é só que eu tinha que ir até Nova York para encontrar com a Georgia, e não queria contar a Nate porque, bem, já tem tantas coisas acontecendo no trabalho dele, não queria dar mais um motivo de preocupação.

— Por que a Georgia quis se encontrar com você?

— Shhh. Bronwyn, dá pra ouvir tudo nesta casa velha.

Bronwyn se encolheu.

— Desculpa — sussurrou e se aproximou mais de Alice. — Mas o que a Rainha das Cretinas queria?

Alice fez uma pausa. Ela podia contar para a Bronwyn — *devia* contar. E na verdade teria prazer em fazer isso, porque se sentia bastante vitoriosa pelo modo como as coisas tinham se resolvido.

— Foi o James — falou Alice, baixinho, e os olhos de Bronwyn se arregalaram. — Ele veio com um processo...

Darren enfiou a cabeça para dentro da sala de estar.

— Ei, Ali, cadê o açúcar?

— Hum, no armário da direita. Prateleira de baixo — respondeu Alice, a voz subitamente muito alta.

— Obrigado — disse Darren, e voltou para a cozinha.

Bronwyn segurou a mão livre de Alice.

— Que processo? — perguntou em um sussurro. — Cacete, Ali? Você tá bem? Por que você não me contou nada?

Alice só teve tempo de dizer, sem entrar em detalhes, que o processo felizmente não tinha ido para frente. Um instante depois Nate e Darren estavam de volta com uma bandeja com xícaras, açúcar e creme.

— O café vai ficar pronto em um instante — avisou Nate, enquanto pousava a bandeja na mesa. — Então, o que perdemos?

Bronwyn olhou para Alice, então abriu e fechou a boca. Em seguida, abriu um sorriso largo e se virou para Nate.

— Estávamos avaliando a possibilidade de abrir mais uma garrafa de vinho. São só onze horas, e ainda é muito cedo para o café, não acham?

Darren encolheu os ombros e Nate disse:

— Por mim, tudo bem.

— Ótimo, então. — Bronwyn se levantou do sofá e pegou uma garrafa fechada de vinho no aparador ao lado da mesa de jantar. — Posso abrir esta?

— Deve — disse Alice, assentindo, grata pelo adiamento da confidência.

O café foi esquecido e, com as taças de vinho reabastecidas, a conversa logo voltou a ser todas as reformas possíveis de fazer na casa. Alice gemeu e recostou a cabeça no sofá.

— Nate, por favor. Darren, quanto você cobra por hora? Acho que acabamos de chegar ao limite do aconselhamento gratuito.

Darren e Bronwyn sorriram, e Nate pareceu devidamente envergonhado.

— Eu sei, eu sei. Desculpa — falou. — Mas, Ali, o Darren deu ótimas ideias para o andar de cima. — Ele se sentou na beira da poltrona. — Por exemplo, colocar um banheiro com pia dupla entre o nosso quarto e o quarto do bebê. O que você acha?

— Quarto do bebê, é? — comentou Bronwyn, os olhos fixos em Alice.

— É o nosso próximo projetinho — disse Nate, com um sorriso largo, ênfase na palavra "projetinho". — Acho que aquela história de esposa em tempo integral vai combinar bem com a Ali, vocês não concordam?

Ele riu, alto demais, um pouco bêbado, e Darren fez coro. Mas só até Bronwyn, que tinha dito baixinho "que horror..." ao ouvir a piada horrorosa de Nate, lançar um olhar firme para o namorado, que parou de rir na mesma hora.

Nate se deu conta de que a brincadeira não tinha sido encarada do jeito que ele esperava, se inclinou e deu um beijo no rosto de Alice.

— Ali, qual é? Eu tô brincando. Você pode ser uma ótima mãe e ainda aparecer na lista de escritoras mais vendidas do *New York Times*.

— Sem pressão alguma — sussurrou Bronwyn.

Alice balançou a cabeça rapidamente. Seu coração estava disparado de raiva, e ela sentia um toque de ressentimento em relação a Nate. Por que ele tinha que trazer aquele assunto à tona naquele momento? E daquele jeito? Como se aqueles marcos importantes pudessem ser resumidos em uma piada de mau gosto?

Mas dizer o que pensava teria deixado o ambiente carregado. Alice então pigarreou e ergueu o copo, embora estivesse se odiando por entrar na brincadeira.

— A um romance best-seller e uma gravidez!

Todos brindaram. Nate então voltou a falar da reforma da casa. Alice tomou um gole de vinho e pensou — com apenas uma pontinha de remorso — como se sentia grata por Nate não conseguir ler sua mente.

24

Nellie
30 de julho de 1956

Atum de forno

2 latas de sopa creme de cogumelos concentrada
1 xícara de leite
2 latas (cerca de 200 g cada) de atum, escorrido
3 ovos cozidos fatiados em rodelas
2 xícaras de ervilhas cozidas
2 colheres (chá) de sal
1 colher (chá) de pimenta
1 xícara de batatas chip esmigalhadas

Em uma travessa apropriada para levar ao forno, misture a sopa creme de cogumelos e o leite, acrescente o atum, os ovos fatiados, as ervilhas cozidas, o sal e a pimenta. Asse em forno a 180 graus por 25 minutos. Espalhe as migalhas de batatas chip por cima e asse por mais 5 minutos.

Richard logo chegaria, e Nellie, embora um pouco mais hábil em se movimentar com o gesso, estava atrasada em suas tarefas. Ela pousou o dedo indicador na receita, checando os ingredientes, e fez uma careta quando uma coceira insuportável subiu por sua perna engessada.

Nellie girou na cadeira da cozinha, dando as costas para a mesa em que estava trabalhando, e pegou as agulhas de tricô em cima da bancada. Ela enfiou uma das agulhas na frente do gesso e coçou, gemendo de alívio. Não sentia mais dor no tornozelo, que já estava engessado havia algumas semanas, mas a coceira era terrível.

Depois de resolver o problema da coceira, Nellie voltou a dar atenção para a receita. A mesa estava limpa e a travessa com o atum, pronta para ir ao forno, mas o livro de receitas permanecia aberto na frente dela. Nellie ficou olhando para a anotação que a mãe havia feito na margem (*uma pitada generosa de especiarias antes de servir, conforme necessário*) e foi saltitando até os armários perto da pia. Ela colocou em cima da bancada o pote com a mistura de ervas que Miriam a ajudara a preparar, perto dos copos de água, porque assim se lembraria de servi-lo com o jantar.

O relógio anunciou a hora cheia, e Nellie se viu dominada por uma nova onda de ansiedade. Estava toda desarrumada — os cabelos presos haviam afrouxado, a maquiagem estava misturada com suor por causa do calor do fogão e do esforço de preparar o jantar de muletas. Ela apoiou o peso do corpo na borda da pia, abriu a torneira e molhou um pano de prato para refrescar o rosto.

Se tivesse encerrado um pouco antes a visita que fizera a Miriam, teria evitado toda aquela pressa na hora do jantar. Mas Miriam tinha sido sua tábua de salvação nos últimos dias. Em muitos aspectos, a vizinha era a mãe que Nellie nunca tivera. Nellie adorava Elsie, que era brilhante, divertida e capaz de fazer o bolo mais delicioso com os olhos fechados, além de cultivar plantas lindas como se em um passe de mágica. Mas era difícil conviver com a mãe. Nellie havia compreendido, ainda bem nova, que Elsie tinha uma doença — uma escuridão mental que nunca permitia que ela atingisse todo o seu potencial. Elsie Swann estava sempre se esforçando para manter a cabeça acima das águas escuras que ameaçavam afogá-la. Miriam, em comparação, era uma pessoa fácil de lidar, porque estava sempre com um humor solar — Elsie não tinha muito além de nuvens de tempestade dentro de si.

Muitas vezes, durante a infância, Nellie tivera a sensação de que *ela* era a mãe de Elsie. Enquanto os colegas de escola levavam lanches feitos pelas mães, Nellie não apenas preparava o próprio lanche todos os dias como também deixava alguma coisa pronta na geladeira para a mãe comer, assim como um bilhete em cima da mesa de cabeceira de Elsie (que ainda estava dormindo na hora que a filha saía para o colégio), com instruções de por quanto tempo deveria aquecer a comida, embora em muitos dias Nellie voltasse para casa e encontrasse a mãe ainda na cama e o almoço intocado na geladeira. Era Nellie que cuidava das tarefas domésticas — lavava, limpava e fazia as compras depois que teve idade para cuidar disso — e que administrava as contas da casa, que eram como um quebra-cabeça em alguns meses, quando o dinheiro estava curto. Aos doze anos, Nellie já era independente e capaz de cuidar da casa, e provavelmente poderia ter seguido o caminho que desejasse depois de adulta. Mas se casara com Richard, em parte porque era isso que as jovens daquela época faziam — se tornar uma "sra." era a aspiração das moças decentes. Mas também porque achou que, para variar, teria alguém para cuidar dela.

Nellie estava ajustando o timer quando a porta da frente se abriu, dez minutos antes do esperado. Ela se repreendeu novamente por não ter sido mais atenta ao horário. Com uma das mãos ainda na bancada para se equilibrar, Nellie lutou para preparar o drinque de Richard. Na pressa, o copo de coquetel escorregou enquanto ela misturava o cubo de açúcar com a bebida e se espatifou no chão. Ao ouvir som de vidro quebrando, Richard foi até a cozinha, viu os cacos de vidro e ficou aborrecido.

— Onde está a Helen? — perguntou, o tom irritado. Ele estava de péssimo humor, provavelmente não tivera um bom dia na fábrica.

— Eu a mandei para casa hoje de manhã — respondeu Nellie, se perguntando como recolheria os cacos de vidro se não tinha como se agachar. A já familiar sensação de impotência que tanto odiava a dominou. — Ela está vindo quase todos os dias, Richard, e também tem uma família para cuidar.

Richard tirou o chapéu e o casaco, apoiando-os na cadeira da cozinha, e soltou um suspiro de aborrecimento. Ele não se importava muito com Helen (achava a natureza tímida da moça desagradável e a altura dela era intimidante, embora nunca tivesse usado essa palavra), mas queria a casa dele imaculada, refeições quentes na mesa e o drinque entregue em sua mão, em vez de espatifado em uma poça no chão da cozinha.

— Eu faço isso, se afaste.

Nellie fez o que ele disse, recuando com a ajuda das muletas para ir se sentar em uma cadeira do outro lado da cozinha. Richard resmungou enquanto se abaixava para pegar o copo, usando um pano de prato para limpar a pequena poça de bebida e o açúcar. Nellie não comentou que havia um pano específico para passar no chão guardado embaixo da pia e que ele estava usando o de secar a louça e a pia. Ela teria que jogar o pano de prato fora, ou se arriscar a cortar as mãos, já que os pequenos cacos de vidro estavam aderindo firmemente ao tecido cada vez que Richard o passava no chão.

— Desculpe. Fico desajeitada com estas muletas.

Richard não disse nada, apenas continuou a enxugar o chão com o pano bom dela.

— O jantar está no forno e posso preparar outra bebida para você — acrescentou Nellie.

O silêncio na cozinha dos Murdoch se estendeu, quebrado apenas pelos grunhidos e suspiros de Richard e pelo som da água correndo da torneira. Ele deixou o pano amassado em cima da pia, pegou outro copo no armário e preparou a própria bebida sem perguntar a Nellie se ela queria alguma coisa.

A frustração fervilhava no peito de Nellie enquanto observava o marido, que por sua vez ignorava a esposa temporariamente incapacitada sentada a meio metro de distância. Ela reconheceu a queimação que estava sentindo — era raiva por estar sendo desprezada, ignorada. Ah, se pudesse voltar para a noite em que se conheceram, quando Richard a deixara zonza com a atenção que lhe dispensara — o dinheiro que estava disposto a gastar representando uma mudança tão bem-vinda depois da vida frugal que Nellie tivera até ali... Ah, se não tivesse cedido aos encantos dele. Mas era tarde demais para aqueles pensamentos melancólicos.

Richard bebeu rapidamente o coquetel e preparou outro e, mais uma vez, não perguntou a Nellie se ela queria ou precisava de alguma coisa. Por fim, ele pareceu aquietar um pouco, afrouxou a gravata e se sentou à mesa.

— O que tem para o jantar? — perguntou, balançando o copo para espalhar melhor os cubos de gelo.

— Atum ao forno. Com cenoura na manteiga e salada de frutas de sobremesa.

Ele terminou a bebida e assentiu.

— Ótimo. Quanto tempo até ficar pronto?

— Cerca de quinze minutos. — Nellie olhou para o timer. — Com a perna assim, é difícil fazer as coisas com a rapidez de sempre.

— Deve ser tempo o bastante. — Richard se levantou e foi se dirigindo até a sala de estar. — Vem comigo.

— Onde? — perguntou Nellie. — Para quê? Eu gostaria de descansar aqui um pouquinho antes de tirar a comida do forno.

— Venha comigo, Eleanor.

Não havia como confundir o tom de voz dele, ou ignorar o fato de o marido não a chamar pelo apelido — aquilo não era um pedido. Nellie encaixou as muletas debaixo dos braços e saiu mancando atrás dele.

— Do que se trata, Richard? — perguntou, quando conseguiu chegar à sala de estar.

O marido estava de costas para ela, mas, quando se virou, Nellie viu que ele abria a fivela do cinto.

— Deite no sofá.

Ele indicou o sofá verde que Nellie havia escolhido quando eles se mudaram para a casa, porque a cor a fazia lembrar das folhas vivas da primavera. Ela o encarou.

— Por quê?

Richard ficou bem na frente dela e, embora os instintos de Nellie lhe dissessem *Corra! Fuja!* ela permaneceu imóvel. Estava lenta por causa das muletas e não conseguiria sair da sala sem que ele a alcançasse.

— Deite-se no sofá, Eleanor. E tire-a.

— Tirar o quê?

— A calcinha, Nellie. Tire.

Ela o encarou boquiaberta. Com certeza ele não pretendia fazer o que ela estava pensando, não é? Seu coração batia disparado e ela sentia vontade de chorar. Mas fez o que o marido pediu e não derramou uma lágrima, afinal qual era a alternativa? Nellie deixou as muletas de lado, se sentou meio desajeitada na beirada do sofá e tirou a calcinha por baixo da saia. Ainda se demorou mais do que o necessário para dobrar a calcinha e deixar em cima da mesa de centro, antes de se recostar e fechar os olhos.

— Abra os olhos — disse Richard com rispidez, enquanto encaixava o corpo entre as coxas de Nellie e puxava a saia dela para cima.

Ele afastou as pernas de Nellie com força, com uma das mãos, enquanto abria a braguilha com a outra. Nellie reparou que ele continuava de gravata e que o colarinho da camisa ainda estava branco como quando ela lavara — sem mancha de batom. Talvez o mau humor daquele dia tivesse mais a ver com aquilo do que com alguma outra coisa.

— Richard, meu tornozelo! — Nellie arquejou quando ele afundou a perna engessada dela bem fundo nas costas do sofá. Não doeu, mas aquela parecia a única forma de rebelião que poderia se permitir.

Ele não se desculpou nem pareceu preocupado com o conforto dela, ou com as cortinas abertas emoldurando a janela panorâmica que dava para a rua, enquanto a penetrava. O corpo de Nellie não estava pronto para recebê-lo e sua tensão tornou a penetração desconfortável. Ela mordeu o lábio e virou a cabeça.

Richard parou abruptamente os movimentos bruscos, agarrou o queixo dela e forçou-a a voltar a encará-lo.

— Olhe para mim, Eleanor.

Ela obedeceu, e nunca odiou tanto o marido quanto naquele momento.

Enquanto ele arremetia, grunhia e se contorcia em cima dela, as molas do sofá gemendo com o peso, o corpo de Nellie permaneceu imóvel. Quieta e contemplativa em uma batalha que não poderia vencer. Com os braços inertes ao lado do corpo, a única pista para a tensão que a dominava estava em seus punhos, cerrados com tanta força que as unhas certamente deixariam marcas vermelhas na palma das mãos. Nellie desejou não ter mandado Helen para casa, porque então o jantar estaria pronto, ela não teria quebrado o copo e Richard não a teria forçado daquele jeito.

Nellie afastou a mente da sala de estar, do rosto do marido — que estava tão próximo que ela conseguia sentir o cheiro de uísque no hálito dele — e pensou no jardim. Em como precisava colher mais ervas, e talvez colher também algumas flores para Miriam. Talvez um buquê de rosas — Miriam adorava as rosas de Nellie. Ela imaginou Elsie no jardim, cantando hinos religiosos para rosas, lírios e até para os pequenos miosótis, encorajando Nellie a cantar em voz alta com ela.

— Deus lhe deu a voz de um anjo, minha menina. Nunca tenha vergonha de usá-la.

O corpo de Nellie permaneceu entorpecido, enquanto sua mente vagava. Ela se lembrou de um dos hinos da mãe e começou a cantarolar baixinho, no ritmo das investidas cruéis de Richard.

Ele acelerou os movimentos, e logo revirou os olhos e soltou o corpo, deixando todo o peso cair sobre o peito de Nellie enquanto estremecia em espasmos. Nellie não conseguia respirar direito, mas não ousou dizer uma palavra, sabendo que aquilo apenas atrasaria as coisas. Richard era rancoroso assim. Ela compreendia que ainda estava sendo punida, por isso aceitou tudo como a esposa obediente que deveria ser.

Logo ele rolou de cima dela e fechou o zíper da calça, embora não tenha se importado em enfiar a camisa para dentro.

— Fique assim por enquanto, Nellie. — Richard se inclinou e a beijou nos lábios, com delicadeza, como um bom marido faria. E puxou a saia dela para baixo, para que cobrisse as coxas nuas, com muito cuidado, o oposto da forma como a expusera minutos antes. Então sorriu e o ódio dentro de Nellie entrou em ebulição. — Queremos ter certeza de que haverá um bebê, não é?

Nellie assentiu e sorriu, embora permanecesse imóvel e alheia, para que Richard a deixasse em paz.

— Quer um cigarro? — perguntou ele. — Parece que você estava certa sobre isso. O médico disse que ajuda as mulheres a relaxarem.

— Sim, por favor — aceitou Nellie, a voz firme.

— Já vou pegar.

Richard deu uma palmadinha no quadril dela antes de ir até a cozinha. Nellie o ouviu preparando outro drinque e, mesmo sabendo que era um risco — mas que talvez fosse mais arriscado não fazer —, ela se levantou e apoiou o peso na perna boa. Então, pulou em uma perna só, os olhos sempre fixos na porta da cozinha, na esperança de expelir o que Richard havia deixado dentro dela antes que ele retornasse. Porque, por mais que o desejo de ser mãe perdurasse e ardesse dentro dela como uma febre que não cedia, Nellie não tinha como saber quanto o mal estava enraizado no marido. Por isso, não seria responsável por trazer ao mundo um filho que pudesse ser como Richard Murdoch. Ou pior, uma menina, já que Richard se acharia no direito de controlar totalmente a filha, como fazia com Nellie. Ele iria querer se certificar de que criaria uma filha obediente, que se tornaria uma esposa submissa, sem se preocupar nem por um momento com os desejos da menina.

Depois de alguns pulos em uma perna só, Nellie sentiu alguma umidade entre as coxas e, sabendo que havia feito tudo o que podia, se recostou no sofá verde e esperou pelo cigarro.

25

> Desde o dia do casamento, a jovem senhora deve moldar sua vida para a provável e desejável contingência da concepção e da maternidade. Caso contrário, ela não tem direito ao título de esposa.
>
> — EMMA FRANCES ANGELL DRAKE,
> *What a Young Wife Ought to Know** (1902)

Alice
19 de julho de 2018

— Você tomou ibuprofeno?

Alice assentiu e o papel franziu embaixo da cabeça dela. Ela olhou para o teto, para a faixa de luz fluorescente acima da mesa de exame em que estava deitada. A luz machucou seus olhos, mas era melhor do que se concentrar no que estava acontecendo embaixo.

— Em que você trabalha, Alice?

— Eu trabalhava com relações públicas, mas agora sou escritora.

Pelo menos estou tentando ser, pensou. Alice olhou para as luzes, então piscou e apareceram pontos brancos em sua visão. *A pessoa pode se chamar de escritora se não escreve de verdade?*

— Ah, é mesmo? O que você escreve?

---

* Em tradução livre: "O que uma jovem esposa deve saber". (N. da T.)

— Ah, um pouco de tudo. Estou trabalhando em um romance no momento.

Alice pensou no livro que estava escrevendo. Todas as manhãs acordava ansiosa para trabalhar, mas em poucas horas suas esperanças se frustravam e ela fechava o notebook, prometendo a si mesma que o dia seguinte seria melhor. Aquela havia se tornado uma rotina previsível, mas preocupante, e ela não sabia bem o que fazer a respeito.

— É por isso que estou aqui — continuou. — Preciso terminar o meu livro antes de engravidar.

Por que havia dito aquilo?

— Dar à luz um livro *e* um bebê? Sim, isso seria muito trabalhoso. — A médica pareceu solidária. — Eu já fui uma leitora voraz, mas hoje em dia não consigo muito tempo. Tenho uma pilha de livros na minha mesa de cabeceira esperando pelas minhas próximas férias!

Alice sorriu, mas foi um sorriso rápido, de lábios cerrados.

— Muito bem, estou posicionando o espéculo... vamos lá. Tente relaxar, deixe os joelhos se abrirem um pouco mais para o lado. Isso, perfeito.

A dra. Yasmine Sterling, a ginecologista de Scarsdale que Alice havia descoberto depois de uma pesquisa rápida no Google, estava inclinada entre as pernas de Alice. Ela ergueu os olhos e sorriu.

— Tudo bem, Alice?

— Tudo.

Alice encostou o queixo no peito para conseguir ver a médica. E retribuiu o sorriso antes de voltar a olhar para o teto. Embora estivesse confiante de que aquela era a decisão certa (*daqui a um ano, eu volto para tirar*) — especialmente depois do comentário brincalhão e impensado de Nate com aquela história de "esposa em tempo integral" —, uma onda de culpa revirou seu estômago, tensionando seus músculos. O espéculo escorregou um pouco e a médica pediu novamente que ela relaxasse.

— Desculpe. Estou só... Estou bem.

— Sei que é desconfortável, mas já vou acabar. Aguente firme — falou a dra. Sterling, então riu. — Na verdade, não aguente "firme", mais frouxo seria melhor. Aguente *frouxa*.

A dra. Sterling reposicionou a luz e pegou alguma coisa na mesinha ao lado dela.

— Agora vou limpar o colo do seu útero com um antisséptico e seguiremos.

O cabelo loiro da médica precisava de um retoque na raiz, mas estava dividido em uma risca perfeita, todo puxado para trás em um rabo de cavalo baixo e esticado. Por algum motivo, aquilo fez Alice se sentir melhor em relação à capacidade da ginecologista de colocar o DIU. Se a mulher era tão precisa com a risca do cabelo, com certeza colocaria o dispositivo no lugar exato no útero de Alice.

— A propósito, adorei a sua bolsa. Minha avó tinha uma bolsa Chanel parecida.

Alice olhou para a bolsinha preta retangular de couro matelassê que havia deixado em cima das roupas que despira. Havia prometido a Bronwyn que a usaria e tinha que admitir que gostava da simplicidade da bolsa. Ela não era grande, e por isso não era tão fácil perder as chaves ou o brilho labial em suas profundezas.

— Nos mudamos para uma casa antiga recentemente, e a antiga proprietária deixou a bolsa lá. É dos anos 50, eu acho.

— Que sorte a sua — comentou a dra. Sterling. — E ela está em ótimas condições.

Alice estremeceu com o barulho agudo de metal contra metal quando a dra. Sterling pousou alguma coisa na bandeja ao lado dela, na qual havia uma variedade de instrumentos alinhados, incluindo o DIU, cujas pontas pareciam uma pequena âncora branca no topo do aplicador.

— Estamos quase terminando aqui. Veja bem, você pode sentir um pouco de cólica quando eu inserir o aplicador e liberar o DIU. É perfeitamente normal e vai passar.

Alice assentiu, tentando não ficar tensa por antecipação.

— Respire fundo. Solte. Muito bom, muito bom. Mais uma vez...

Alice sentiu uma pressão, uma pontada aguda de dor na parte inferior do abdome, que rapidamente ficou mais forte e a fez prender a respiração e pressionar com força os calcanhares nos apoios da mesa. Ela se sentiu tontear, provavelmente porque sua respiração se tornara superficial. Doeu muito mais do que ela havia esperado.

A ginecologista não ergueu os olhos.

— Continue respirando fundo, Alice. Está quase terminado. Já coloquei o aplicador no colo do seu útero e estou prestes a liberar o DIU. Mais alguns segundos. Muito bem... lá vai. Você está bem?

A cólica continuou e Alice respirou fundo.

— Com um pouco de cólica, mas estou bem.

— Ótimo. Último passo. Vou remover o aplicador... pronto... e agora estou aparando os fios, deixando só alguns centímetros abaixo do colo do útero. — Poucos segundos depois, estava tudo acabado e a dra. Sterling colocou o aplicador vazio na bandeja. — Você vai precisar checar os fios uma vez por mês, só para ter certeza de que o DIU ainda está na posição correta. Se não conseguir senti-los, volte aqui na mesma hora. Não é comum que isso aconteça, mas o DIU pode sair, e aí você não vai estar protegida de engravidar.

A dra. Sterling colocou a tesoura de volta na bandeja e desligou o refletor que estava apontado para o meio das pernas de Alice antes de ajudá-la a tirar os pés dos apoios. A médica tirou as luvas e empurrou o banco com rodinhas na direção da parede.

— Vou deixar esse folheto com você. — A dra. Sterling colocou o papel dobrado em cima da bolsa Chanel de Alice. — Nele há informações sobre possíveis efeitos colaterais e eventuais sintomas que precisa prestar atenção, como infecções ou dor. Se sentir alguma dor insuportável, tiver um sangramento excessivo ou febre... — Ela levou o punho cerrado ao ouvido, fingindo fazer uma ligação — Ligue imediatamente para nós, combinado?

Alice assentiu, ainda sentindo um pouco de cólica.

— Podemos deixar esse DIU onde está por cinco anos, e você não vai menstruar exatamente. Mas ele não vai protegê-la de infecções sexualmente transmissíveis, por isso você ainda vai precisar usar preservativos.

A dra. Sterling lavou as mãos na pia. Ela ensaboou duas vezes, enxaguou e enxugou-as com algumas toalhas de papel.

— Alguma pergunta?

— Eu acho que está tudo certo. Posso me sentar agora?

— Pode. — A dra. Sterling assentiu. — Foi um prazer te conhecer, Alice. E, como eu disse, se tiver alguma dúvida ou preocupação, não hesite em ligar para cá. O nome e o número da minha enfermeira estão no verso do folheto. Mas acho que você não terá nenhum problema. Você é jovem e saudável. — Ela começou a fechar a porta antes de sair, então colocou a cabeça de volta por um momento. — Ah, e boa sorte com o romance. Vou ficar de olho!

26

Alimente-se bem, para ter saúde e vitalidade. Toda manhã, antes do café, penteie o cabelo, faça uma maquiagem, passe um pouco de perfume e considere colocar um par de brincos discretos. Isso faz maravilhas pelo seu estado de espírito.

— Betty Crocker's Picture Cook Book, revised and enlarged* (1956)

Alice
7 de agosto de 2018

— O que é tudo isso?

Nate deu o nó na gravata enquanto examinava os ingredientes espalhados em cima da mesa. Suco de laranja recém-espremido. Ovos estrelados. Torrada. Bacon e linguiça. Tudo aquilo servido na louça vintage que ficara na casa. Alice usava um vestido soltinho de verão e uma meia-calça transparente, o cabelo estava preso em um coque solto, e ela tinha passado um pouco de batom e rímel para completar.

— Obviamente é o café da manhã. — Alice puxou uma cadeira para ele. — Sente-se e coma enquanto ainda está quente.

— Não precisa pedir duas vezes.

---

* Em tradução livre: "Livro de culinária ilustrada de Betty Crocker, revisto e ampliado". (N. da T.)

Com movimentos precisos, Nate enfiou a gravata com cuidado no espaço entre dois botões da camisa. Alice pensou que se ela precisasse manter uma gravata afastada dos ovos simplesmente a jogaria por cima do ombro e começaria a comer. Nate polvilhou os ovos com a páprica que Alice comprara recentemente (era um tempero usado com frequência nas receitas do livro, e era bom tê-lo sempre à mão) enquanto Alice servia o suco, sentada em frente a ele.

— Obrigado, amor. — Nate passou manteiga em um pedaço de torrada e Alice cortou o ovo, deixando a gema escorrer em seu prato. — Mas preciso perguntar... e não me entenda mal... qual é a ocasião?

Alice normalmente não estava acordada logo cedo para tomarem o café da manhã juntos, e o mais comum era Nate sair apressado, antes das sete da manhã, com uma caixinha de suco verde ou um café e uma banana que pegava rapidamente.

Ela deu de ombros e cortou outro pedaço de ovo com a ponta do garfo. *Coloquei* DIU *e desculpe por não ter contado pra você?* Ela tinha planejado confessar o que fizera durante o café da manhã, mas as palavras não saíram. *Ele vai te perdoar*, garantiu a si mesma. Mas talvez fosse melhor esperar até depois de comerem para não arruinar o café da manhã.

— Você tem trabalhado muito e eu... não. Quer dizer, eu sei que estou escrevendo o livro. — Mesmo que não estivesse. — Mas quero fazer mais. Quero "merecer o meu sustento" para que você não me largue no meio-fio no dia de recolherem o lixo.

Embora o tom dela fosse bem-humorado, Nate parou de cortar a salsicha e pousou os talheres.

— Ali, espero não ter feito nada que...

— Não. Desculpa. Foi uma brincadeira de mau gosto — apressou-se em explicar. — Só quis dizer que somos uma equipe e que posso fazer mais. Em especial porque está chegando a data do seu exame. Além disso, estou meio que me interessando por essa coisa de ser dona de casa.

Aquilo não era cem por cento verdade, mas havia aspectos do serviço doméstico que já não a incomodavam tanto. Como cozinhar e fazer doces, por exemplo, atividades que a ajudavam a passar o tempo e a produzir algo palpável. Ela mergulhou um pedaço da torrada na gema de ovo, e a geladeira encheu a cozinha com um zumbido suave. Já não fazia barulho havia semanas.

— Bom, se você está feliz, eu também estou. — Nate tomou um gole do suco e sorriu de novo, embora tenha sido um sorriso rápido, que logo desapareceu.

Isso é mesmo verdade, Nate? É possível que seja assim tão simples? Alice teve vontade de perguntar, mas acabou apenas comendo a torrada com gema.

— Então como será o seu dia? — perguntou Nate, os talheres de volta na mão.

— Basicamente passarei o dia escrevendo, eu espero. Tenho lido as revistas que encontrei, e a Sally me deu um monte de cartas escritas pela mulher que morava aqui, Nellie, para me ajudar com o livro. E, de certa forma, isso está me inspirando. Acho que ela seria uma grande protagonista.

— Como assim? — perguntou Nate, sinceramente interessado.

— Não sei se consigo explicar — respondeu Alice, o que era verdade.

Nellie havia revelado pouco mais que detalhes do dia a dia de uma rotina de dona de casa dos anos 50, que envolvia jardinagem, preparo de refeições e reuniões da Tupperware *ad nauseam*. Havia a preocupação frequente com a úlcera estomacal de Richard, notícias sobre o nascimento de bebês, filhos de amigos do casal. Mas, apesar da previsibilidade da vida de Nellie, Alice sentia que havia uma história não contada nas entrelinhas daquelas cartas escritas na letra impecável da dona de casa.

— Por enquanto é apenas um palpite — completou ela.

Como o marido parecia curioso, Alice continuou.

— Isso tem a ver com outro assunto, e provavelmente você não vai acreditar em mim quando eu falar, mas acho que não quero mudar as coisas.

— O que você quer dizer com "as coisas"?

— Bom, talvez possamos deixar a cozinha como está, o que acha? Sei que em algum momento vamos precisar de uma geladeira e de um fogão novos, e não tenho certeza de por quanto tempo esse azul-bebê vai parecer fofo, mas por ora estou gostando. É bom para mim. Para a minha escrita, quero dizer, porque eu meio que mudei de ideia em relação ao tema do livro. Vou ambientá-lo em 1955, e estamos basicamente vivendo na década de 50 com essa decoração. Posso ficar imersa nela, entende? Ainda mais com todas essas coisas vintage. Simplesmente se encaixa. Com a minha visão. Se é que isso faz sentido.

Alice falava rápido demais, o corpo vibrando com uma energia nervosa. Estava com medo de deixar escapar a verdade sobre o DIU em meio a uma conversa acerca de tampos de mesa de fórmica e papel de parede floral. Não. Precisava contar a Nate do jeito certo — do jeito que havia planejado. Fazendo uma explicação calma e racional para que o marido, que era um homem lógico, pudesse ver os benefícios de esperarem. Ambições de carreira à parte (embora a dele não fosse prejudicada por uma gravidez), eles poderiam se concentrar em deixar a casa mais segura para um bebê sem eliminar o charme vintage. Por exemplo: poderiam substituir a fiação e retirar o amianto. Eliminar a tinta com chumbo nas superfícies sem papel de parede. Nate certamente teria uma reação positiva, se Alice conduzisse a conversa do modo correto.

— Azul-bebê e eletrodomésticos antigos, assim será.

Nate limpou o prato e os talheres que usara, seguindo o exemplo de Alice, antes de colocá-los na lava-louças. Aquele pequeno gesto, que Alice não teria notado em Murray Hill, foi significativo para ela, que viu mais uma bolha de culpa surgir. Contaria a ele durante o jantar — precisava contar.

— Detesto comer e sair correndo, amor, mas tenho que ir. — Nate se curvou para beijar a esposa. — Obrigado pelo café da manhã.

— Espera. — Alice abriu a geladeira e pegou uma sacola reutilizável. — Almoço.

— Você fez almoço para mim também?

— Croissant recheado com peito de peru e queijo, cookies de gotas chocolate e uma maçã — falou Alice.

— Você está se sentindo bem?

Ele riu e pousou as costas da mão na testa dela, fingindo checar a temperatura.

— Engraçadinho. Preciso manter você esperto, fazer uma surpresa de vez em quando. — Alice empurrou o marido de brincadeira em direção à porta da frente. — Agora vá, antes que perca o trem. Espero que tenha um bom dia.

Nate a beijou de novo, um beijo mais ardente.

— Desejo o mesmo. Espero que escreva bastante.

— Obrigada. Vou começar logo depois de arrumar a cozinha.

Ele a puxou mais para perto.

— Não sei se já disse isso, mas você está linda. Batom e meia-calça no café da manhã podem ser um novo favorito para mim.

— Mais que bacon com ovos e suco de laranja espremido na hora?

— Sim. — Nate deixou a mão correr pela lateral do corpo dela até enfiá-la por baixo da saia do vestido e deslizar os dedos pela parte interna da coxa coberta pela meia-calça, enquanto a pressionava contra a porta da frente. — Eu não esperava te ver logo cedo. Mas adorei.

— Estou percebendo...

Alice prendeu a respiração e sentiu um calor entre as pernas. Fazia mais tempo do que o normal desde a última vez que haviam transado — a agenda de Nate não estava permitindo que os dois estivessem acordados e disponíveis ao mesmo tempo.

— E a sua escolha do momento não poderia ter sido melhor — comentou ele, os lábios roçando o maxilar dela. — Você sabe que dia é hoje, não é?

— Hum... — Alice estava com dificuldade para se concentrar. — Terça?

Nate esfregou o nariz na orelha dela e sussurrou:

— Décimo segundo dia, amor.

Alice fechou os olhos com força, o corpo se contraindo automaticamente. Ela se sentiu fria e desconfortável por dentro, como se tivesse engolido um cubo de gelo inteiro. Mas Nate não pareceu notar a mudança e se agachou, enquanto deslizava a meia-calça pelas pernas dela, sorrindo. E comentou que tinha pensado em fazer aquilo à noite, mas, ora, como já estavam ali...

Alice ficou assistindo à cena como se estivesse de longe. E considerou seu papel naquilo. Se tivesse sido honesta com o marido semanas antes, aquele dia seria só mais uma terça-feira. Ainda assim, ela se perguntou... Outros maridos também monitoravam os ciclos menstruais das esposas com tanta precisão mesmo não tendo sido solicitados? Era justo se sentir manipulada por Nate, embora ela fosse culpada de fazer basicamente a mesma coisa?

Alice se abaixou e segurou as mãos de Nate.

— Você vai perder o trem — murmurou, puxando-o com gentileza, para que ficasse novamente de pé.

A meia-calça estava embolada aos pés deles — mais tarde ela teria que jogá-la fora, pois havia percebido que Nate tinha rasgado a costura. Ele deu um suspiro rouco e encostou a testa na dela.

— Maldito trem.

— Eu sei. — Alice sorriu e saiu dos braços dele para abrir a porta da frente. — Além disso, não é tão divertido quando estamos com pressa.

Uma brisa soprou sob a saia dela, lembrando-a de que estava sem calcinha.

— Tem razão. — Nate lançou um último olhar, carregado de desejo, para a roupa dela enquanto colocava o capacete para andar de bicicleta. — Talvez você possa continuar vestida assim até eu chegar em casa, o que acha?

— Vou ver o que eu posso fazer — respondeu Alice, embora tivesse certeza de que estaria de pijama, dormindo, quando ele chegasse.

Alice arrumou a cozinha e se serviu de outro café. Mal tinha aberto o notebook e o celular tocou. Ela achou que provavelmente era a mãe — que era a única pessoa que costumava telefonar — e ignorou. Mas então o celular vibrou, alertando a chegada de uma mensagem, e Alice deu uma olhada na tela.

Pode falar?

Três pontinhos oscilaram e desapareceram enquanto Bronwyn digitava outra coisa, mas não enviou. Por fim, ela mandou:

Liga pra mim. Preciso conversar!

Preocupada, Alice ligou para Bronwyn. A última conversa séria que as duas haviam tido fora algumas semanas antes, quando Alice contara à amiga a história do fiasco do processo, e logo depois Bronwyn tinha mandado uma mensagem de texto para ela com uma dezena de emoticons de comemoração, e as palavras: Rainha das Cretinas: 0 x Alice Hale: 1. Elas haviam trocado uma ou outra mensagem de texto desde então, mas Bronwyn estava envolvida com um novo projeto e andava meio ausente.

— Oi — disse Alice, quando a amiga atendeu. — Tudo bem?

— Oi! Sim. Tá tudo certo.

— O que aconteceu?

— Você tem um segundo? — perguntou Bronwyn.

— Acho que posso dar um jeito. — Alice saiu da escrivaninha, se sentou no sofá, que era mais confortável, e deu um gole no café que já estava morno. — Embora eu seja uma escritora muito ocupada, você sabe.

— Certo. Certo. — Bronwyn estava distraída.

Houve uma longa pausa, na qual só era possível ouvir o som do trânsito na rua.

Alice franziu o cenho.

— Tem certeza que tá tudo bem?

— Espera. — A voz de Bronwyn estava abafada, mas Alice a ouviu cumprimentar alguém. — Desculpa, estou entrando no Uber que eu tinha chamado.

— Sem problema. E é um ótimo momento pra gente conversar. Eu também preciso te contar uma coisa.

— Eu me casei.

— Ha, ha, muito engraçada — disse Alice.

— É sério, Ali. Casei.

Houve um momento de silêncio atordoado do lado de Alice enquanto, da parte de Bronwyn, se ouvia buzinas e sons de tráfego. Então Bronwyn soltou um grito animado:

— Uhu! Dá para acreditar?

— O quê? Com quem?

Alice se levantou do sofá de um pulo e esbarrou na mesa de centro. A xícara de café oscilou e ela conseguiu segurá-la antes que caísse, mas não antes que o café se espalhasse por todo o tapete.

— Com o Darren, é óbvio. Fui a uma convenção em Vegas e o Darren foi comigo porque ele não conhecia a cidade, e ele sente uma atração estranha pela Céline Dion... Eu te contei que o Darren é meio canadense? A mãe dele é de Montreal, ela conheceu o pai dele, os dois se mudaram para Connecticut e o Darren nasceu lá. — Bronwyn fez uma pausa para respirar. — Seja como for, a mãe dele era uma grande fã da Céline... o Darren pronuncia o nome dela assim, *Cé-lin*, que eu acho que é como se diz em francês... ou no Canadá? Enfim, ele ouvia muito a Céline Dion quando era pequeno, e sei lá... é difícil explicar as coisas que a gente ama, não é?

Bronwyn, casada? A mesma Bronwyn que acreditava que casamento era bom *para outras pessoas?* Que terminava seus relacionamentos quando alcançavam a marca de dois meses, porque era naquele momento que as coisas mudavam de casuais para importantes? Que tinha jurado a Alice que "nunca, nunca, nunca" se casaria, e que brincava que o casamento da própria Alice a obrigara a dobrar a dosagem do ansiolítico?

— Foi totalmente espontâneo. Ai meu Deus, foi *tão* espontâneo. Assim... em um instante a gente estava apostando no cassino e no instante seguinte o cara vestido de Elvis nos declarava marido e mulher. Ai meu Deus, Ali, *estou casada.*

Alice se sentou no tapete, ao lado da mancha de café.

— Você tá grávida?

Bronwyn riu.

— Ah, cacete! Não, eu não tô grávida. Caramba. Você é pior que a minha mãe. Nossa, eu jamais me casaria só por estar grávida. Não somos as nossas avós.

Alice pousou a mão na testa e respirou fundo.

— Desculpa. Isso foi... Eu não queria falar desse jeito. Você me pegou desprevenida.

— Eu sei. É chocante, não é? Eu, casada? — Bronwyn parecia nervosa, como se tivesse tomado uma quantidade excessiva de café expresso naquela manhã. — A única pessoa pra quem já fiz votos do tipo "até que a morte nos separe" foi pra minha depiladora, Zara, porque, sinceramente, essa é a relação mais íntima...

— Espera. Quando foi isso?

Alice se lembrou da última vez que vira Bronwyn, três semanas antes.

— Ah, hum, no fim de semana.

— Mas... hoje é terça-feira. Por que você não me ligou, tipo, imediatamente?

— Eu liguei! — respondeu Bronwyn, meio na defensiva. Alice tinha certeza de que teria reparado em uma ligação de Bronwyn. Afinal, seus dias não eram exatamente ocupadíssimos. — Mas você não atendeu e eu não queria deixar recado, e tive que ir a Boston para algumas reuniões ontem e, bom, estou ligando agora.

Ela fez uma pausa antes de continuar.

— Olha, eu sei que parece loucura. Eu e o Darren só estamos juntos há alguns meses, mas eu realmente acho que fiz a coisa certa. Quer dizer, todo mundo vai se casar. E aquela visita à sua casa naquele fim de semana, bom... me fez pensar. Tipo, a vida é curta, sabe? E, se eu me concentrar apenas na minha carreira, o que vou estar perdendo? Não quero acordar daqui a cinco anos como uma profissional de sucesso, mas ainda solteira enquanto todo mundo seguiu com a própria vida.

— Então, espera... Você se casou por *medo de ficar de fora*? — Alice bufou, não conseguiu se conter. — Que grande clichê millennial, Bron.

Bronwyn ficou em silêncio.

— Você precisa ter noção de como isso soa insano — insistiu Alice. — Não é como decidir fazer um preenchimento das sobrancelhas porque você não quer ser a única mulher com sobrancelhas finas que resta em Manhattan. — Ela tentou baixar a voz para um nível menos estridente. — É um compromisso para a vida toda, Bronwyn. Tipo, até que a morte nos separe.

— Escuta, Alice, nem todo mundo consegue viver um conto de fadas como o seu, tá certo? Nem todas vão encontrar um Nate correndo no Central Park. Algumas de nós vão se casar com um cara incrível que, é claro, podemos não conhecer há muito tempo, mas que com certeza amamos. Então cruzamos os dedos. — Bronwyn deixou o ar escapar com força e acrescentou, com o tom de voz mais baixo: — Você não sabe a sorte que tem.

— Bronwyn, me desculpa. Eu gosto de verdade do Darren. Mesmo. É só que...

— Parece certo quando eu tô com ele. Tipo, eu não consigo me imaginar *não* estando com ele. Achei que você, entre todas as pessoas, entenderia isso — falou Bronwyn. — Achei que ficaria feliz por mim, Ali.

— Eu estou. Eu estou! — Alice desejou poder voltar dez minutos no tempo e ter uma reação completamente diferente à novidade da melhor amiga.

— Olha, eu tenho que desligar. Estou quase chegando no lugar da minha reunião.

— Hum, está bem. A gente pode conversar mais tarde? — apressou-se a perguntar Alice, sentindo-se desconfortável. — E, olha, parabéns. Desculpa. Eu deveria mesmo ter começado dizendo isso.

— É, tudo bem. — Bronwyn fez uma pausa, então falou: — Tchau, Ali.

Alice pensou em ligar de volta, mas sabia que Bronwyn não atenderia. Ela mesma não atenderia, se estivesse no lugar da amiga. Então revirou a gaveta da escrivaninha com dedos trêmulos, pegou o maço de cigarros e tirou o invólucro plástico. Foi até a cozinha, pegou os fósforos que Nate tinha usado para acender a churrasqueira e se empoleirou na bancada, de frente para a janela bem aberta. Estava prestes a riscar o fósforo quando se lembrou da antiga piteira de madrepérola que ela guardara na parte de trás da escrivaninha.

Alice quebrou o primeiro cigarro tentando usar a piteira, mas conseguiu encaixar o segundo sem problemas. Ela colocou a piteira na boca, acendeu o cigarro e imaginou Nellie fumando daquele jeito, empoleirada na bancada, usando um vestido rodado e um colar de pérolas, a piteira entre os dedos, e soprando círculos preguiçosos de fumaça pela mesma janela.

Ela tragou fundo a fumaça pesada e tossiu com força, fazendo os olhos lacrimejarem. Então tragou de novo, sentindo-se meio zonza, e soprou a fumaça através da tela, embora a brisa tenha devolvido um pouco para dentro da cozinha.

Alice terminou o cigarro rapidamente, nauseada, mas com a mente alerta por causa da nicotina, e chegou a duas conclusões bem distintas: em primeiro lugar, ela era uma péssima amiga e não tinha o direito de julgar o casamento de ninguém, ainda mais depois do que andara fazendo em relação ao próprio casamento; e, em segundo lugar, talvez Bronwyn estivesse certa. Talvez o casamento devesse *mesmo* ser algo espontâneo, baseado mais no sentimento do que na razão. Talvez, quanto mais uma pessoa se esforçasse para criar uma união perfeita, mais poder estaria dando à instituição do casamento em vez de valorizar o relacionamento em si, que é onde o foco deve estar.

Pouco depois de se mudarem para a Califórnia, a pré-adolescente Alice perguntou a Jaclyn quando ela se casaria com Steve. O pai de Alice e Jaclyn nunca tinham se casado oficialmente, tendo vivido em uma união estável durante seu relacionamento tumultuado de uma década, e Alice queria desesperadamente que a mãe usasse uma aliança de casamento para se tornar mais parecida com as outras mães. Queria que Jaclyn se comprometesse oficialmente com ele, para que Steve não as deixasse e elas não tivessem que se mudar de novo.

Jaclyn tinha segurado o queixo da filha e a encarara muito séria.

— Alice, existem muitos motivos para se casar que não têm nada a ver com amor. Uma pessoa também pode estar perdidamente apaixonada e não se casar. Mas, não importa o que aconteça, você nunca deve se casar com alguém a menos que acredite que, de um jeito ou de outro, vai morrer sem aquela pessoa. Essa outra pessoa deve ser mais importante para você que o oxigênio. Caso contrário, você vai sufocar pouco a pouco, a cada maldito aniversário de casamento.

27

Nellie
28 de agosto de 1956

Cookies fervidos de chocolate

2 xícaras de açúcar
½ xícara de leite
½ xícara de cacau
1 colher (sopa) de manteiga
2 xícaras de aveia instantânea
1 xícara de coco ralado
1 colher (chá) de essência de baunilha

Ferva o açúcar, o leite, o cacau e a manteiga por cinco minutos. Retire do fogo. Acrescente a aveia, o coco e a baunilha e, trabalhando rapidamente, mexa bem. Coloque colheradas da massa em cima de uma folha de papel-manteiga. Deixe esfriar.

Os cookies estavam esfriando, e Nellie tinha acabado de colocar os sanduíches de salmão e picles de pepino com endro em uma bandeja quando as primeiras duas convidadas chegaram — Kitty Goldman e Martha Graves —, ambas sempre pontuais. Helen atendeu a porta e Nellie ouviu primeiro a voz de Kitty.

— Isso pode ser colocado direto na mesa, bem no centro, se não se importar. Ah, tome cuidado. Talvez seja melhor você segurar com as duas mãos. Essa bandeja era da minha mãe. É *absolutamente inestimável*. — Ela enfatizou a última parte da frase em um sussurro teatral, e Nellie riu do drama de Kitty, enquanto pendurava o avental. — Nellie! Chegamos!

Aquela era a reunião mensal do grupo de vigilância do bairro e, embora geralmente fosse realizada na casa de Kitty — que era a presidente do grupo —, ela havia concordado com relutância em transferir o encontro daquele mês para a casa de Nellie, por causa da perna machucada. O gesso tinha sido retirado havia quase duas semanas, mas Nellie ainda andava devagar, o tornozelo rígido e a perna fraca por ter ficado presa no gesso.

Nellie cumprimentou as duas mulheres no vestíbulo enquanto Helen levava (com cuidado, com as duas mãos e um pouco emburrada) o prato de cookies e os doces com que Kitty contribuíra para a reunião. Martha, que havia pousado uma travessa de ovos recheados em cima da barriga ampla, bufou ao se inclinar para beijar o rosto de Nellie. Ela estava inchada e com a pele avermelhada por causa da gravidez, e parecia uma ameixa madura demais, pronta para cair da árvore. Quando Helen voltou para pegar o prato com Martha, ela disse que não era necessário, com um sorriso genuíno e caloroso no rosto. Kitty revirou os olhos.

— Deixe isso comigo, Martha. — Nellie sentiu como a barriga de grávida de Martha estava tensa quando se esticou para pegar o prato. Era como se ela estivesse carregando uma bola de boliche ali dentro. — Você se importaria de lavar o restinho da louça, Helen?

— Por que ela se importaria? — perguntou Kitty, antes que Helen pudesse dizer alguma coisa. — É exatamente para isso que ela está aqui.

Kitty inclinou a cabeça e dirigiu um sorriso significativo a Helen — em parte condescendente, em parte bem-humorado. Helen foi para a cozinha e Nellie disse:

— Kitty, isso era necessário?

— O quê? — Kitty colocou a bolsa em cima do aparador comprido que ficava na entrada da sala. Estava segurando um bloco de notas nas mãos. — Ela é sua empregada! Está aqui para ajudar você.

Martha assentiu, mas não disse nada, e Nellie se conteve para não responder enquanto entrava com as duas na sala de estar, onde Helen havia deixado jarros de chá gelado e limonada, além de sanduíches e dos cookies que estavam esfriando.

— Ah, adoro os seus cookies fervidos de chocolate — comentou Martha, lançando um olhar melancólico para a bandeja em cima do bufê. — Mas eu mal estou conseguindo tomar água nos últimos dias. — Ela passou a mão pela barriga protuberante.

— Quanto tempo falta agora? — perguntou Nellie, servindo o chá gelado enquanto esperavam as outras vizinhas chegarem.

Entre todas as mulheres da igreja e do grupo de vigilância do bairro, Nellie provavelmente era mais próxima de Martha — uma mulher simples, gentil e fácil de conviver. Mas procurava ser cautelosa quando se tratava da amizade com as esposas, pois compreendia a hierarquia. A lealdade delas era de seus maridos, o que significava que tudo o que compartilhasse com Martha ou Kitty certamente chegaria a Richard.

— Não muito, se Deus quiser. — Martha se acomodou desajeitadamente no sofá, o mesmo sofá em que Nellie não se sentava mais depois do que Richard fizera com ela ali. O rosto de Martha tinha uma expressão de dor. — Não sei quanto tempo mais consigo aguentar. A dor nas costas está sendo terrível desta vez. É de fato muito desagradável.

Martha já tinha um filho, um menino chamado Arthur, doce e de fala mansa, muito parecido com a mãe.

Kitty ergueu as sobrancelhas, mas não disse nada, felizmente. Ela era mãe de três, a mais nova com apenas treze meses, mas tinha se recuperado da gravidez como se nunca tivesse acontecido — o corpo continuava esguio e o rosto sem marcas. Kitty tinha *só* vinte e seis anos e os Goldman tinham uma empregada que dormia na casa deles e ajudava com as crianças e com a casa. Kitty se concentrava em suas responsabilidades, que eram o trabalho de caridade para a igreja e o grupo de vigilância do bairro, além de organizar reuniões da Tupperware sempre que podia.

Nellie pousou a mão no ombro de Martha e lhe entregou o copo de chá.

— Você está linda, Martha. A gravidez realmente combina com você.

Martha sorriu, mas o sorriso desapareceu assim que ela se lembrou do aborto recente de Nellie.

— Ah, que absurdo eu reclamar de uma coisa tão milagrosa. — Ela deu um sorriso triste para Nellie. — Desculpe. Foi muito insensível da minha parte, Nellie, depois do que você passou.

— Pelo amor de Deus, Martha — falou Kitty, em tom de repreensão, como se estivesse falando com um dos filhos. — Tenho certeza de que a Nellie não precisa desse tipo de lembrete.

Martha pareceu aflita e Nellie deu um sorriso tranquilizador.

— Está tudo bem. Não pense mais nisso.

— Você é gentil demais, Nellie — comentou Martha, e seu alívio era palpável.

— É mesmo — concordou Kitty quase sussurrando, mas em um tom nítido o bastante para que todas ouvissem. De repente, ela ofegou.

— Nellie Murdoch, o que é isso?

Kitty estava parada ao lado da pequena escrivaninha perto da janela. Ela se virou, segurando uma bolsa, a boca aberta e os olhos arregalados.

— Um presente de Richard — respondeu Nellie, mantendo a voz calma.

A bolsa Chanel 2.55, com seu couro preto e macio trabalhado em matelassê costurado à mão e a alça de corrente dourada, era uma bolsa muito cobiçada no círculo de amigas de Nellie. Fora desenhado pela própria Coco Chanel.

— Minha nossa — falou Martha, ligeiramente sem fôlego. — É tão linda.

Kitty caminhou em direção às poltronas ainda segurando a bolsa, que abriu sem perguntar se podia, o que Nellie achou rude, e tocou o tecido vermelho na parte interna.

— Parece que você ainda nem usou. — Ela olhou para Nellie. — Por que não usou? Se o Charles me desse uma bolsa desta, eu a usaria para dormir! — Ela riu e Martha também.

Nellie deu de ombros.

— Ainda não tive a ocasião.

— Ah, meu bem. Você não precisa de uma ocasião especial. Essa é a beleza de uma bolsa como esta. — Kitty deslizou a corrente por cima de um ombro. — Vai a todo lugar, combina com tudo.

— Posso ver? — perguntou Martha.

— Você está com a mão pegajosa por causa do chá — falou Kitty, e Martha, sem graça, enxugou as mãos no guardanapo.

Kitty suspirou com impaciência enquanto a observava, segurando a bolsa fora do alcance da mulher.

— Conte — disse Kitty, passando a bolsa para Martha com relutância. — É seu aniversário de casamento?

Nellie fez uma pausa antes de responder, e ficou grata ao ouvir a campainha tocar.

— Nossa, parece que estão todas chegando — falou, enquanto se levantava e seguia em direção à porta, mancando só um pouco. — Por que não se servem de sanduíches? Volto já.

Logo a sala de estar estava cheia de mulheres conversando sobre questões mundanas da vizinhança, como o gramado de um vizinho que não era aparado com frequência; ou o latido de um cachorro que não deixava as crianças dormirem à noite; ou ainda o risco provocado por uma parte específica do calçamento em mau estado. Nellie tomou um gole de chá e só participou da conversa quando alguém se dirigia diretamente a ela, incapaz de afastar os olhos da bolsa Chanel que Kitty deixara à vista de todas, para que as mulheres babassem por ela. Enquanto as vizinhas se derretiam pela bolsa e comentavam que gostariam que os maridos fossem mais parecidos com Richard, Nellie sorriu educadamente e se lembrou do motivo para o presente extravagante. A "recompensa".

Nellie estava grávida.

28

Depois de se casar com ele, estude-o. Se ele for reservado, confie nele. Quando ele estiver falante, escute-o. Se for ciumento, cure-o. Se for um homem gregário, acompanhe-o. Deixe que ele pense que você o compreende — mas nunca o deixe pensar que você o manipula.

— *Western Gazette* (1º de agosto de 1930)

Alice
12 de agosto de 2018

Nate estava dentro de casa, arrancando o que restava do papel de parede do terceiro quarto, ao qual continuava a se referir como "o quarto do bebê". Ele tinha insistido para que Alice saísse de casa, porque estava preocupado com o cheiro forte do removedor de cola.

— E se você já estiver grávida? — perguntou Nate quando Alice protestou, alegando que se os dois trabalhassem juntos seria muito mais rápido.

— Mas não estou.

Ela abriu um lençol sobre a cama de solteiro, que eles tinham movido para o meio do quarto. Não era um cômodo grande e Alice mal tinha espaço para passar pela escada que Nate apoiara em uma parede. Embora fosse domingo, ela ainda não revelara o que fizera, então a farsa continuava.

Fala logo, pensou Alice, enquanto ajeitava o lençol para que cobrisse todos os lados por igual. *Nate, não estou pronta para um quarto de bebê.*

— Como você sabe? — Nate passou uma máscara de proteção por cima da cabeça e a deixou temporariamente na altura de seu pomo de adão. Em seguida, abriu a janela o máximo possível e prendeu no vão um palito de mexer tinta na lata, para mantê-la aberta. Alice sabia que ele estava pensando na terça-feira. *É o décimo segundo dia, amor.* Nate tinha voltado para casa mais cedo que o habitual naquela noite, e a culpa comprometera a determinação dela. Além do mais, não importava... ela não iria engravidar. — Vou me sentir culpado para sempre se nosso filho nascer com onze dedos nos pés.

— Não faça piada com isso — repreendeu Alice.

— Não estou brincando! — Nate respondeu.

Ele foi inflexível, mesmo depois de Alice dizer que usaria duas máscaras, e sugeriu que ela atacasse as ervas daninhas. Portanto, enquanto Nate começava a trabalhar no papel de parede, Alice suava no jardim dos fundos. Logo estava se sentindo encalorada e suja, os músculos clamando por um descanso. Embora só estivesse ali por cerca de uma hora, ela decidiu que merecia uma pausa e se acomodou em uma das cadeiras de jardim com a segunda pilha de cartas de Nellie.

Estava tentando gostar de jardinagem, ou pelo menos tentando apreciar seus benefícios, mas sempre acharia as cartas de Nellie mais interessantes do que capinar o jardim, ainda mais depois de abandonar a primeira ideia para o romance que pretendia escrever (será que o mundo realmente precisava de outro *O diabo veste Prada*?). Por isso precisava se dedicar às cartas e às revistas; já que não conseguia avançar no texto do livro, pelo menos poderia pesquisar, graças a Nellie Murdoch. Alice tirou o elástico que prendia as cartas e desdobrou o papel frágil da primeira.

Da escrivaninha de Eleanor Murdoch

30 de agosto de 1956

Caríssima mamãe,

Estou com muita saudade. Parece que já faz tempo demais que não nos vemos, mas a visitarei em breve. Assim que o meu tornozelo estiver totalmente curado e eu conseguir encontrar algum tempo para dar uma fugidinha de alguns dias. Os negócios continuam mantendo Richard ocupado — quem diria que fabricar goma de mascar poderia ser um trabalho tão exigente? —, por isso preciso permanecer aqui por ora. Falando no meu tornozelo, ele melhorou muito e já fico de pé com mais facilidade. Meu jardim não está indo tão bem quanto a minha perna, lamento dizer, mas felizmente um rapaz da vizinhança tem ajudado a podar e a arrancar as ervas daninhas. As hostas estão, como sempre, assumindo o controle, como as valentonas que são, minhas rosas seguem firmes. Levarei algumas para a senhora na próxima visita.

Tenho uma novidade para contar, mãe. Estou esperando um bebê.

Alice endireitou o corpo e releu a frase. *Nellie estava grávida?* Mas o que teria acontecido? Afinal, os Murdoch não haviam tido filhos.

Estou me sentindo disposta e, até agora, a gravidez está me caindo bem. Richard está nas nuvens, como a senhora pode imaginar. Foi uma surpresa, e devo lhe dizer...

— O que você tá lendo?

Alice deu um pulo na cadeira e a carta caiu na grama. A garrafa de água que ela segurava escorregou e encharcou a carta a seus pés, o líquido gotejava da garrafa.

— Merda! — Alice resgatou rapidamente as folhas encharcadas, torcendo para que não tivessem estragado. Mas não teve jeito... o papel

velho não era páreo para o tanto de água que recebera e a tinta borrou.
— Merdaaa! — disse mais uma vez.
— Desculpa. — Nate olhou para o papel encharcado na mão da esposa. Ele inclinou o boné para a frente, para que a aba protegesse seus olhos do sol. Havia riscos vermelhos embaixo dos olhos dele e na ponte do nariz, onde a máscara havia marcado a pele. — Isso era importante?
— Não muito — murmurou Alice, e pousou o papel em cima da mesa. Um pouco da tinta havia manchado seus dedos e ela os esfregou no short jeans. Nate examinou as poucas pilhas de ervas daninhas nos canteiros do jardim. — Já está fazendo um intervalo?
— Só estava pesquisando um pouco.
— Certo — falou Nate. Ele se sentou na cadeira ao lado dela e apontou para a pilha de cartas em cima da mesa. — Com isso?
— Sim. São as cartas de que eu falei, lembra? As que Nellie escreveu para a mãe, nos anos 50? A Sally me deu.
Nate assentiu.
— Legal. — Ele se recostou na cadeira e esticou as pernas. — Então, como está indo o jardim? Em que pé nós estamos?
Alice se irritou com o "nós", porque Nate ainda não tinha feito nada no jardim. Mas ele estava cuidando de muitas tarefas desagradáveis dentro de casa. Além disso, saía todas as manhãs logo cedo, às sete, e não chegava muito antes das onze na maioria das noites, para que pudessem pagar pela casa e por tudo o que vinha com ela. O mínimo que ela podia fazer, pensou, era arrancar as malditas ervas daninhas sem reclamar.
— Acontece que jardinagem é, na verdade, um eterno arrancar de ervas daninhas. — Ela suspirou e voltou a prender o elástico ao redor das cartas restantes. — Como vai a remoção do papel de parede?
— Lenta. Tem muita coisa para tirar. — Ele se inclinou para a frente, fazendo menção de se levantar. — Posso ajudar? Estou me sentindo meio drogado com o removedor de cola. Um pouco de ar fresco vai me fazer bem.
— Claro — falou Alice.
Ela pegou as luvas e seguiu Nate até o jardim. Ele ficou parado, com as mãos na cintura e os lábios franzidos, olhando ao redor.

— Qual devo arrancar?

— Honestamente, ainda não sei bem o que é uma planta e o que é uma erva daninha. Por isso, talvez o melhor a fazer seja arrancar as coisas que parecem não pertencer ao canteiro, que tal? Como estas. — Ela se agachou na frente de uma pequena moita de dentes-de-leão. — Estas eu sei que são ervas daninhas. Quer luvas?

— Não, não precisa.

Alice pegou a pá e cavou em torno de uma das raízes do dente-de-leão, levantando-a com uma grande porção de terra junto. Ela sacudiu para soltar a terra e jogou a erva daninha no gramado. Nate deu um passo para a direita e começou a afastar para o lado algumas folhas grandes de hostas, para poder procurar mais dentes-de-leão. Alice estava concentrada em enfiar a pá fundo o bastante para evitar cortar a raiz alto demais, como Sally havia lhe mostrado, quando Nate comentou:

— Estas são legais. O que são? — Ele estava ao lado de uma das dedaleiras, já estendendo a mão na direção das flores.

— Não toque! — exclamou Alice, e Nate recolheu rapidamente a mão e se afastou.

— Por que não?

— Isso é dedaleira. A Sally me disse que é venenosa.

Nate esfregou a mão na bermuda e olhou para trás, para a planta, onde as flores brotavam como sinos pendurados ao longo do espesso caule verde.

— O que você quer dizer com "venenosa"?

— Quero dizer que você não deve tocar na planta com as mãos desprotegidas.

Alice jogou o dente-de-leão para o lado. Nate voltou a colocar as mãos na cintura, enquanto olhava da planta para a esposa.

— Temos uma flor venenosa no jardim? Ei, de quão venenosa estamos falando?

— A Sally disse que pode causar problemas cardíacos. Parece que é usada para o preparo de algum tipo de medicamento para o coração, mas a planta toda... caule, flores, sementes... é tóxica.

Nate percorreu todo o jardim, murmurando baixinho, e se voltou para Alice com os olhos arregalados.

— Caramba, Ali. *Elas estão por todo o jardim.* — Havia três pés de dedaleira, o que para Alice dificilmente significaria "por todo o jardim". Nate cerrou os lábios e estendeu a mão. — Me dá as suas luvas.

— Pra quê?

— Ali, me dá as luvas.

Alice tirou as luvas e entregou ao marido. Ele as calçou, embora ficassem pequenas, e pegou a tesoura de jardim que Alice usava para podar. Em um movimento rápido, cortou o caule de uma dedaleira, perto da base, e ela caiu para o lado. Nate pegou a planta cortada com as luvas pequenas demais para ele e jogou na pilha de ervas daninhas.

— O que você está fazendo? — Alice ficou olhando enquanto ele repetia o processo com outro pé de dedaleira. — Essas são uma das poucas plantas que os cervos não comem! E agora vamos ter buracos no jardim. O que podemos plantar no lugar delas a esta altura? O verão está quase acabando. — Ela não tinha grande apreço por aquele jardim, mas sentia-se estranhamente responsável por cuidar de algo que Nellie amava e de que havia cuidado tão bem.

Nate ignorou as perguntas dela, grunhindo enquanto cavava fundo e ao redor da base do caule cortado.

— Não me importa. Coloque uns arbustos.

Arbustos? Alice revirou os olhos. Nate resmungou e puxou o caule para tentar arrancá-lo pela raiz.

— Quem se importa com os cervos? De jeito nenhum eu vou permitir que uma planta letal viva neste jardim.

— Eu não disse que era "letal". — Alice cruzou os braços enquanto o via remover a segunda dedaleira. — E *eu me importo* com os cervos.

— Por que você não está preocupada com o bebê que inevitavelmente teremos e com o que pode acontecer se *ela* vier até o jardim e comer uma dessas folhas tóxicas? — Nate perdeu o equilíbrio quando o caule se soltou, sujando os dois com uma chuva de terra escura. — Vai sair tudo daqui. Hoje.

— *Ela?*

Nate juntou a dedaleira recém-arrancada em uma pilha, tomando cuidado para que não tocasse em sua pele. Então, se levantou e secou a testa com o antebraço.

— Eu adoraria ter uma menina — falou. — Você não gostaria? Uma miniAlice?

— Claro — disse Alice, sentindo uma forte pontada de culpa percorrê-la.

Ela quase confessou o que havia feito, bem ali, ao lado da pilha cada vez maior de dedaleiras. Nate a amava e iria entender. Eles eram jovens! Ainda tinham muito tempo para uma miniAlice, ou até mais de uma.

— Tome, segure isso. — Nate entregou um saco de lixo a ela.

— E se não funcionar? — perguntou Alice, segurando o saco bem aberto para Nate jogar os restos da dedaleira ali dentro. Ele tomou cuidado para que os ramos não tocassem as mãos de Alice.

— Se o que não funcionar?

— Isso. — Ela levantou uma das mãos e desenhou círculos no ar, na frente da barriga. — Um bebê.

— Por quê? Algum problema? — Ele estava agachado, fazendo outra pilha, mas parou e olhou para ela.

— Não, nenhum.

Mas a pausa que Alice fez foi longa demais e Nate percebeu. Ele tirou as luvas, deixou-as cair na grama, e puxou o saco de lixo da mão dela. Então, ficou na frente de Alice e pousou as mãos quentes e suadas nos braços dela.

— Você sabe que pode me contar qualquer coisa, certo?

— Eu sei.

As mãos de Nate apertaram os braços dela com gentileza.

— Entendo que os últimos meses foram difíceis. Cheguei tarde muitas noites nos últimos tempos, e estou cansado, talvez um pouco distraído quando estou em casa, mas juro que é temporário.

— E se você estudasse em casa mais vezes? — sugeriu Alice. — É bem provável que aqui haja menos distrações. Ainda mais se eu trabalhar ao mesmo tempo que você. Vai ser como nos velhos tempos.

Quando Nate estava estudando para os exames anteriores, e Alice tinha infinitos comunicados de imprensa para escrever, eles ficavam acomodados na cama com uma tigela de Cheetos entre os dois.

Nate sorriu, mas o sorriso não chegou aos seus olhos.

— É que é mais fácil estudar no escritório, amor. Está tudo lá.

Alice se afastou ligeiramente dele, e ele não a impediu.

— Não falta muito para acabar — afirmou ele.

Alice assentiu.

— Agora, podemos nos livrar de vez dessas plantas malignas? — perguntou.

— Tudo bem — aceitou Alice.

Nate calçou as luvas e Alice voltou a abrir o saco de lixo o mais que pôde. Enquanto o marido jogava a dedaleira restante e outras ervas daninhas no saco, Alice pensou em tudo que estava escondendo dele — a verdade sobre seu emprego e sobre James Dorian, o cigarro, o DIU, o pouco que tinha escrito — e se perguntou o que ele também poderia estar escondendo dela.

29

Nellie
1º de setembro de 1956

Popovers de queijo com ervas

1 xícara de farinha de trigo peneirada
½ colher (chá) de sal
1 xícara de leite
1 colher (sopa) de manteiga derretida
2 ovos
⅓ xícara de queijo ralado
2 colheres (sopa) de cebolinha fresca, ou de outras ervas secas da sua escolha

Bata a farinha, o sal, o leite, a manteiga derretida e os ovos até obter uma mistura lisa. Acrescente o queijo e a cebolinha e mexa até obter uma massa uniforme. Encha formas de muffins até a metade com a massa, então asse em forno quente (200 graus) até os popovers estarem dourados (cerca de 20 a 25 minutos). Sirva em seguida.

Nellie fumava um cigarro enquanto observava por trás dos óculos escuros o adolescente agachado em seu jardim. Peter Pellosi, o morador do bairro que fazia jardinagem para conseguir algum dinheiro durante o verão tinha só dezessete anos, mas já parecia um homem feito, com seus bíceps protuberantes e ombros fortes. Embora ainda tivesse o rosto arredondado, ele já mostrava alguns cortes que a lâmina de barbear deixara em seu queixo e ao redor do pomo de adão.

— O que a senhora gostaria de fazer com as hostas? — perguntou Peter, virando-se para Nellie e estreitando os olhos sob o sol forte.

A bermuda que ele usava deixava à mostra as pernas musculosas, e gotas de suor se misturavam com a terra e pingavam nas meias e no tênis de cano alto. Nellie pousou a revista no colo e levou a mão à testa para bloquear a luz e ver as plantas. Normalmente, o jardim estaria em ótimo estado, mas o tornozelo quebrado não a deixara fazer quase nada nas últimas oito semanas.

— Droga, como essas hostas são insistentes! — comentou Nellie. — Eu gostaria de esperar mais algumas semanas para cortá-las, mas o outono está quase chegando. — Ela pegou outro cigarro e estendeu o maço para Peter. — Aceita um?

Ele hesitou por um instante.

— Obrigado, senhora.

O rapaz enxugou as mãos suadas na bermuda, pegou o isqueiro no bolso de trás e aceitou o cigarro que Nellie estendia, embora tivesse o próprio maço enfiado embaixo da manga da camisa. Ele acendeu o isqueiro e Nellie colocou a piteira de madrepérola nos lábios, inclinando a ponta para encontrar a chama. Ela tragou e deu uma palmadinha na cadeira ao seu lado. Peter a acompanhou e também deu uma longa tragada e soltou a fumaça no ar quente do fim do verão.

— Você volta às aulas na próxima semana, não é? — perguntou Nellie.
Ele assentiu.

— Está ansioso para voltar?

— Sim, senhora.

Ela o observou enquanto dava outra tragada no cigarro.

— Você está namorando firme com alguém, Peter?

Ele enrubesceu até a ponta das orelhas, os joelhos se agitando com a energia da juventude.

— Não, senhora.

— Hum, Peter Pellosi, não acredito.

O rubor do rapaz ficou mais intenso e ele parecia encantado e inseguro ao mesmo tempo. Os dois continuaram a fumar em silêncio por alguns momentos, até que Nellie apontou com o cigarro para uma das hostas, que estava especialmente desenvolvida.

— Corte aquela bem no meio. E não seja gentil. As raízes são mais fortes do que você imagina.

— Sim, senhora.

Peter apagou o cigarro e pegou a enxada, que estava empilhada com as outras ferramentas no piso de pedras do quintal. Mesmo que ele não estivesse à vista naquele momento, já que estava enfiado nas profundezas do jardim, o cheiro do rapaz permanecia no ar — suor e um toque do sabão que a mãe dele usava para lavar as roupas.

— Nossa, como está quente! — Nellie se abanou com a revista. Então checou o relógio, viu a hora e sorriu. Não faltava muito agora.

— Vou pegar uma bebida gelada para nós. Tudo bem?

— Seria ótimo. — Peter posicionou a enxada bem no centro da lilácea. — Obrigado, sra. Murdoch.

Ele abaixou a ponta da enxada com força, grunhindo, e cortou a planta bem no meio. Lá dentro, Nellie cantarolava enquanto servia limonada em dois copos cheios de gelo e espalhava folhas de hortelã fresca por cima. Ela abriu a geladeira, guardou a jarra e pegou duas cervejas de Richard na prateleira de cima. Cantarolando baixinho, Nellie colocou as cervejas na bandeja, ao lado dos copos de limonada, e fechou a porta da geladeira com o quadril.

— Trouxe limonada, mas achei que você também gostaria de uma dessas — falou Nellie quando voltou para o quintal, estendendo uma das garrafas.

— Ah, eu não deveria. — Peter olhou para a garrafa na mão de Nellie e lambeu uma gota de suor dos lábios.

— Não vou contar pra ninguém. — Ela usou o abridor para abrir a tampa e entregou a garrafa ao rapaz. — Acho que você fez por merecer uma cerveja. Vamos, tome, vai ser um segredinho nosso.

Peter sorriu e pegou a cerveja.

— Obrigado, senhora.

Peter colocou a garrafa na boca e bebeu. Seu pomo de adão com o corte da lâmina de barbear subia e descia enquanto ele bebia o líquido âmbar cintilante. Um pouco de cerveja escapou dos lábios dele e escorreu pelo queixo bem no momento em que a porta de tela se fechou com estrondo e Richard apareceu no quintal dos fundos — fazendo uma pausa para observar a cena. Nellie estava enxugando com um guardanapo a cerveja que pingava do queixo de Peter.

— Pronto — disse ela, e fez questão de deixar os dedos se demorarem mais do que o necessário na pele do rapaz, para ter certeza de que Richard veria.

Peter sentiu parar de respirar, preocupado ao ver o sr. Murdoch parado a menos de meio metro de distância, com uma expressão nada satisfeita ao ver a proximidade do jovem Peter com a esposa dele.

Nellie se virou, fingindo só então reparar na presença do marido.

— Ah, oi! Como foi o boliche?

Ela abriu a própria garrafa de cerveja e tomou um longo gole. A borda de vidro gelada contra seus lábios era uma sensação maravilhosa. Os olhos de Peter se arregalaram — Nellie imaginou que o rapaz nunca havia visto uma mulher beber cerveja direto da garrafa, já que a mãe dele era abstêmia — e os de Richard se estreitaram enquanto cruzava os braços. A camisa de boliche vermelha e preta que ele usava estava esticada sobre o peito, os botões quase arrebentando.

Peter estreitou os olhos, olhando de Nellie para Richard, e pousou a cerveja na mesa antes de estender a mão para apertar a de Richard.

— Boa tarde, sr. Murdoch. — O pomo de adão dele balançava de nervoso.

— Peter — disse Richard, apertando a mão do rapaz com mais força que o necessário. — Como está seu pai?

— Muito bem, senhor.

Peter olhou para as hostas, parecendo querer estar em qualquer lugar, menos parado entre os Murdoch.

— Hum, acho que vou voltar ao trabalho.

— Boa ideia — disse Richard, sentando-se na cadeira que Peter ocupara momentos antes e franzindo o cenho para o rapaz.

Ele pegou o copo de limonada que seria destinado a Peter, tirou a hortelã e jogou na grama. O rapaz olhou para trás e Nellie lhe dirigiu um sorriso tranquilizador.

— Corte aquela ali bem no meio também, Peter. Não deixe que aquela plantinha lhe cause problemas.

Nellie se recostou na cadeira, observando Peter enfiar a enxada na terra.

— Você acredita que ele não está namorando? Um rapaz como esse? — Ela balançou a cabeça e deu um golinho na cerveja. O sabor não era o seu favorito, mas, diante da expressão de profunda desaprovação do marido, ora, beberia a garrafa toda. — Mesmo tendo se tornado um homem e tanto no último ano.

Richard olhou para ela.

— Achei que estivéssemos pagando o garoto para limpar o jardim, não para ficar conversando com você.

— Deixe isso pra lá... — Nellie se inclinou na direção do marido e disse, em um sussurro teatral: — Acho que dei ao jovem Peter sua primeira cerveja!

Richard passou a mão pelo cabelo.

— Pelo amor de Deus, Nellie — murmurou.

Ele estava frustrado. Havia se acostumado com Nellie agindo como o tipo de esposa que faz o que o marido pede — recatada e mais bonita que a esposa dos amigos, e que jamais beberia uma cerveja, muito menos de uma garrafa ou na companhia de um jovem musculoso (que, para dizer a verdade, estava mais próximo da idade de Nellie do que da de Richard). Nellie Murdoch era — ou havia sido até ali — a esposa perfeita. Mas nos últimos tempos ela andava atrevida, e sabia que aquilo deixava Richard inquieto. Mas ele não a puniria, não correria risco algum por causa da gravidez, e Nellie tinha plena consciência do poder que aquilo lhe conferia. Por isso o flerte desavergonhado com Peter Pellosi, que com certeza deixara Richard fumegando.

— Preparei popovers de queijo e uma salada waldorf para o almoço — comentou Nellie, seu humor se tornando mais solar quanto mais sombrio ficava o de Richard. Ela pegou outro cigarro, acendeu, e abriu a revista no colo. Em seguida deu uma olhada em Richard, saboreando a expressão de consternação no rosto do marido. — Por que não vai comer? Belisquei alguma coisa não faz muito tempo, e não quero deixar o jovem Peter sozinho.

30

Não fique com ciúme do contato do seu marido com outras mulheres. Você não quer que ele a considere a melhor mulher do mundo só porque não vê mais nenhuma, e sim porque conhece várias e, ainda assim, acha que você é a única no mundo que ele quer. Convide sempre belas mulheres para visitar a sua casa.

— BLANCHE EBBUTT, *Don'ts for Wives** (1913)

Alice
13 de agosto de 2018

— Eu estava lendo as cartas que a Nellie escreveu para a mãe dela, para a pesquisa do meu livro, e encontrei algo que não esperava.

Era segunda-feira à tarde e Alice estava ajoelhada no jardim, dando batidinhas na terra ao redor dos arbustos recém-plantados que havia comprado para preencher os buracos deixados pela dedaleira que tinha sido arrancada na véspera.

Sally cortava rosas para levar a uma amiga de Stamford que quebrara o quadril e a quem ela visitaria mais tarde.

— O quê?

— Você disse que Nellie e Richard nunca tiveram filhos, certo?

— Isso mesmo. Eles não tiveram. Ao menos até onde eu sei. — Sally se afastou para examinar com olhos críticos o buquê de rosas que segurava

---

* Em tradução livre: "O que uma esposa não deve fazer". (N. da T.)

na mão protegida por luvas e, satisfeita com a exuberância, pousou as rosas em cima da mesa do quintal para aparar os espinhos.

— Essas rosas estão lindas — comentou Alice. Então, olhou para trás, para o próprio jardim. — Eu me pergunto se algum dia vou ser boa nisso.

— Você precisa dar ao seu jardim alguns ciclos completos das estações antes de saber com certeza. — Sally cortou os espinhos pontiagudos dos caules, deixando-os cair na mesa. — Mas acho que o seu jardim está lindo. Você obviamente vem trabalhando duro nele. — Ela apontou para o arbusto que Alice acabara de plantar, as marcas das mãos dela ainda evidentes em torno da base, no solo escuro e úmido. — Detesto dizer isso, querida, mas é provável que essa planta não se dê bem aí.

Alice olhou para o arbusto atarracado.

— Por quê?

— Não tem espaço suficiente. Para as raízes — respondeu Sally. — Talvez seja melhor escolher outra coisa para esse lugar. O que havia antes?

— A dedaleira. Eu disse ao Nate que era tóxica, e ele arrancou tudo fora. Ficou preocupado com a possibilidade de a nossa filha hipotética fazer uma salada com as folhas. — Alice revirou os olhos. — O que é um absurdo porque, em primeiro lugar, não temos ideia de quando e se essa criança vai existir, e, em segundo lugar, eu gostaria de conhecer uma única criança que come salada.

Sally riu.

— Você tem razão, srta. Alice.

— Então é melhor eu tirar esse arbusto daqui? E plantar em outro lugar, onde ele não fique apertado?

Sally levou um dedo ao lábio superior e examinou o jardim de Alice. Então, apontou para um canto na parte de trás, que tinha mais espaço.

— Ali, ao lado da equinácea, talvez. Aquela que parece uma margarida roxa.

— Para ser sincera, eu não quero colocar esse arbusto em lugar nenhum. Gostava da dedaleira — retrucou Alice, se agachando na frente do arbusto e começando a arrancá-lo da terra.

— Você pode comprar mais dedaleiras na loja de jardinagem. Crianças podem ser educadas. E maridos também, imagino. — Sally piscou o olho, enquanto passava uma fita dourada ao redor dos caules sem espinhos. — Preciso ir, mas antes disso me conte o que você descobriu na carta da Nellie.

Alice cavou na terra com os dedos enluvados, criando um espaço circular ao redor das raízes. Ela começou a puxar, mas a planta não saía.

— A Nellie escreveu para a mãe contando que estava grávida, mas eu me lembro de você dizendo que ela nunca teve filhos.

Alice agarrou a base do arbusto e puxou com força — com muita força, já que caiu de costas com o arbusto em cima do peito e o rosto salpicado de terra. Ela cuspiu terra dos lábios e começou a rir.

— Nossa, querida, você está bem? — perguntou Sally, cobrindo a boca com uma das mãos para esconder a risada.

— Está tudo bem, a não ser pelo meu ego. — Alice riu enquanto se levantava, sacudindo a terra. — Mas fiquei curiosa para saber o que aconteceu, se Nellie estava grávida e acabou não tendo o bebê.

— Humm — disse Sally. — Ela não tinha filhos, disso eu tenho certeza. Mas lamento saber que esteve grávida, pois tenho certeza de que foi difícil para Nellie. Eu me lembro da minha mãe dizendo que ela teria sido uma mãe excelente. — Sally pegou o buquê de rosas. — Não era fácil ser uma mulher casada e não ter filhos naquela época. As expectativas sociais em relação à formação de uma família eram rígidas.

— Posso imaginar — comentou Alice. — Ainda são bastante rígidas hoje em dia, se quer saber a minha opinião.

— Sim, imagino que sim — respondeu Sally, lançando um longo olhar para Alice e dando um sorriso gentil.

Naquela manhã, Alice tinha encontrado uma das tiras de teste do kit de ovulação em cima da bancada do banheiro, ao lado da escova de dentes dela. Nate havia deixado uma nota adesiva com uma carinha sorridente desenhada com uma mensagem sugestiva — *Beba muita água!* — ao lado. Alice havia se esquecido completamente do kit, o presente pela casa nova que o marido lhe dera, mas ele obviamente se lembrava. Ela sabia que deveria entregar a tira de teste ainda lacrada a Nate quando ele chegasse em casa e finalmente contar a verdade. Mas ficou tão irritada e chateada com o ressurgimento do kit de ovulação (e com o bilhete idiota), que decidiu que era mais fácil deixar as coisas como estavam, pelo menos por ora. Ela abaixou o short do pijama, abriu a tira e fez xixi na ponta. Depois escovou os dentes e colocou o teste na bancada, ao lado do copo de água, para que Nate o encontrasse mais tarde.

— Alice? Onde você está, querida?

Alice balançou a cabeça.

— Desculpe, estou distraída hoje. Acho que não tomei todo café que precisava.

Ela sorriu para Sally, mas então ofegou e segurou a lateral do corpo ao sentir uma dor intensa no abdome. Sally largou o buquê de rosas e se inclinou na direção de Alice, os braços estendidos como se pretendesse segurá-la, apesar da distância entre elas.

— Alice! O que foi?

— Não sei direito, eu... — Alice respirou fundo e a dor desapareceu tão rapidamente quanto surgira. — Acho que desloquei alguma coisa quando arranquei aquele arbusto. — Estava se sentindo tonta e ligeiramente nauseada. Sally franziu mais o cenho enquanto observava a vizinha esfregar a lateral do corpo.

— Onde é a dor, exatamente?

Alice apontou para o lado esquerdo, perto do quadril.

— Já passou. Acho que estou bem. — Ela arqueou as costas e esticou o corpo de um lado para o outro. — Estou bem.

— Tem certeza?

— Um espasmo muscular, acho — falou Alice. — Está vendo? Eu disse que não nasci para a jardinagem.

Sally sorriu, se curvou com certo cuidado, como fazem as pessoas mais velhas, e pegou as rosas que deixara cair.

— Talvez já baste de jardinagem para você hoje. Vá colocar os pés para cima e pegue algo gelado para beber. Ordens médicas.

— Sim, senhora.

— Vou passar a noite com a minha amiga, mas vejo você amanhã — disse Sally. — Aí descobriremos o que mais colocar nesses buracos que a dedaleira deixou.

Depois que Sally saiu, Alice ficou esfregando distraidamente a lateral do corpo enquanto examinava os três buracos no jardim. Então resolveu enchê-los de terra e encerrar o dia.

— Você retornou a ligação da sua mãe?

Eles estavam na cama — Alice folheava uma revista *Ladies' Home Journal* de uma nova pilha que pegara no porão, enquanto Nate estava com o notebook dela no colo. Alice não gostava que o marido usasse o computador dela — tinha medo que ele descobrisse como vinha sendo improdutiva com o livro —, mas o notebook dele estava fazendo uma atualização de sistema, e Nate queria pesquisar azulejos de banheiro.

— Ainda não. Vou ligar pra ela amanhã — assegurou Alice.

Nate havia dito que não era nada urgente. A mãe dela queria falar alguma coisa sobre a viagem que fariam para a Califórnia no feriado de Ação de Graças. Alice havia passado a maior parte da tarde no sofá, com uma bolsa de água quente na lateral do corpo, que continuava dolorida. Ela e Nate tinham jantado algumas sobras que estavam na geladeira e ido para a cama mais cedo que o habitual. Nate obviamente tinha visto a tira do teste que Alice havia deixado no banheiro, porque não estava mais na bancada quando ela entrou para lavar o rosto. Mas ele não comentou nada a respeito, e Alice também não disse nada.

— O que você acha desses hexágonos em preto e branco? — perguntou Nate, estreitando os olhos para tentar ver melhor as miniaturas dos ladrilhos na tela. — Você quer um desenho neutro, ou alguma coisa colorida?

— Certo. Tá bom assim. — Alice estava concentrada em um artigo sobre a importância de um simples vinagre de vinho branco na despensa de uma dona de casa (*para ovos poché, limpeza de janelas, na água do enxágue para deixar os cabelos brilhantes*). Ela continuava aborrecida com o bilhete de Nate, com a tira do teste de ovulação que ele deixara e com a própria incapacidade irritante de falar com o marido sobre o assunto, por isso tinha ficado quieta a noite toda. Mas Nate achava que ela estava apagada porque não estava se sentindo bem, que a dor persistente no "músculo repuxado" durante a jardinagem a havia deixado de mau humor.

— Ali, você está me ouvindo?

— Humm, o quê? Estou. Só estava lendo sobre os milagres do vinagre. Era uma grande novidade para as mulheres dos anos 50.

Nate deixou o notebook de lado — com pelo menos uma dúzia de abas abertas e, na tela, a página de um blog que mostrava o passo a passo para se ladrilhar um banheiro — e se aconchegou ao lado da esposa, apoiando o queixo no ombro dela e examinando a página da revista. Ele fechou a revista para ver a capa, enquanto o dedo de Alice marcava a página em que ela estava.

— Essa revista é responsável por isso? — perguntou e apontou para a cabeça de Alice.

Ela havia enrolado mechas de cabelo em tiras que havia cortado de uma camiseta velha e prendido em pequenos nós por toda a cabeça. A técnica prometia uma cascata de cachos brilhantes pela manhã, pelo menos segundo a antiga revista.

— Sim. — Alice deu uma palmadinha em alguns nós de tecido, que pareciam flexíveis sob seus dedos.

— Ficou bonito em você — comentou Nate, e Alice deu um sorriso forçado. Aquilo não ficaria bonito em ninguém.

Então, Nate encostou a palma da mão na lateral do corpo dela, e esfregou com gentileza algumas vezes.

— Tá tudo bem aqui?

Ele se aproximou mais e sua respiração fez cócegas no pescoço dela. Então subiu as mãos pelo corpo de Alice até envolverem seus seios, sentindo os mamilos se enrijecerem sob o seu toque. Alice então entendeu o que a tira do teste provavelmente mostrara — que ela estava prestes a ovular.

Apesar da determinação em não ceder — estava irritada com a atitude presunçosa de Nate pela manhã e com o objetivo claro dele naquele momento —, o corpo a traiu, reagindo ao toque dele. Nate deixou as mãos correrem por cima do tecido fino do pijama, e seus lábios desceram pela lateral do pescoço, parando na omoplata de Alice. Ela ergueu os braços para que ele tirasse sua blusa pela cabeça. Mas a gola ficou presa nos rolinhos de cabelo de tecido.

— Puxa — falou Alice, a voz abafada pelo tecido.

Nate foi bastante gentil na tentativa de tirar a blusa pela cabeça dela. Pouco tempo depois, eles estavam nus em cima do edredom, e Nate rolou Alice para que ela ficasse por cima.

— É melhor se você gozar — falou ele.

É claro que é, pensou Alice, mas sabia que o marido estava se referindo a maior possibilidade de ela ficar grávida e tentou ignorar o comentário dele.

Nate a segurou pelo quadril e fechou os olhos, inclinando o queixo para trás com a movimentação de Alice, que acelerava o ritmo a cada respiração e sentia uma vibração pressionando a pélvis enquanto Nate gemia embaixo dela.

— Ah! — arquejou Alice, batendo com as mãos no peito de Nate e cravando as unhas na pele dele.

Ela sentiu uma onda de dor muito forte se espalhar pelo abdome. Nate estremeceu e segurou as mãos dela, rindo, ainda sem se dar conta do que estava acontecendo.

— Calma, amor — murmurou. — Isso vai deixar marcas.

Alice não conseguia recuperar o fôlego — a dor era muito mais intensa do que a que havia sentido no jardim, parecia que estava sendo rasgada ao meio. Ela saiu de cima de Nate e enrodilhou o corpo em uma bola apertada ao pé da cama, como tinha visto os percevejos fazerem no jardim quando sentiam o perigo iminente.

Nate, que agora se dava conta de que alguma coisa séria estava acontecendo, rapidamente se inclinou na direção de Alice. Ela se contorcia com os joelhos apertados junto ao peito, suando profusamente e gemendo baixinho.

— Ali! O que houve? É a lateral do seu corpo de novo?

Ele passou as mãos pelas partes do corpo dela que conseguia alcançar, tentando descobrir o que estava causando uma dor tão forte. Por um momento delirante, Alice acreditou que estava sendo punida. Mas por qual motivo, exatamente? *Por tudo isso*, pensou.

— Fala comigo, amor. O que você tá sentindo?

Alice gritou, agarrou a lateral do corpo e Nate a abraçou.

— Devo ligar para a emergência? — Ele se atrapalhou com o celular, e xingou alto quando o aparelho caiu no chão. Mas conseguiu manter uma das mãos firme no quadril de Alice enquanto se esticava para recuperar o celular. — Espera. Estou ligando para a emergência.

— Não. Não liga — conseguiu dizer Alice, respirando fundo. — Me dá só um minuto.

A dor parecia estar diminuindo um pouco. Pelo menos ela já estava conseguindo respirar fundo.

Nate esfregava a lateral do corpo dela com a mão trêmula, usando muita força, e Alice desejou que ele parasse, porque aquele movimento, combinado com as ondas de dor, a estavam deixando nauseada. Ela se concentrou na respiração. *Inspirar. Expirar. Inspirar. Expirar.*

— Está melhor? — perguntou Nate, a voz alta, a respiração quase tão entrecortada quanto a dela.

Alice assentiu, mas a dor ainda não tinha diminuído. Nate afastou a mão da lateral do corpo da esposa e a levou por um instante ao peito, onde ainda se viam as marcas vermelhas que as unhas dela tinham deixado.

— Você está bem? Você me deu um susto do cacete.

— Desculpa. Eu também me assustei.

Alice se sentou, devagar, com a ajuda de Nate. Mas se arrependeu na mesma hora e pressionou as mãos com força no lado esquerdo do corpo, prendendo a respiração enquanto ondas de dor voltavam a percorrê-la.

— Ainda dói muito? — perguntou Nate, o cenho franzido. Então, pousou uma das mãos nas costas dela e se curvou para ver seu rosto. — Talvez fosse melhor irmos para o pronto-socorro. Essa dor toda não pode ser por causa de uma distensão muscular.

— Está melhorando.

Mas a dor estava aumentando, como se estivesse impaciente para chegar ao grand finale. O coração de Alice disparou. *Talvez eu esteja morrendo.* Seria o apêndice? Era no lado onde ele ficava, ela tinha certeza. Espera, será que ela havia tocado na dedaleira? Não, Nate arrancara a planta e ela só tinha segurado o saco de lixo. Alice estava confusa, em dúvida em relação à ordem dos eventos.

— Nate? — sussurrou, virando-se para o marido. Os olhos dele pareciam grandes demais para o tamanho da cabeça, a boca abria e fechava, mas sem deixar sair nenhum som. — O que tá acontecendo comigo?

Ele nem teve tempo de responder: Alice novamente gritou de dor — uma dor tão forte que parecia que suas entranhas estavam se dissolvendo.

— Vou vomitar — murmurou Alice, sabendo com a mais absoluta clareza que aquela seria a única maneira de tirar a escuridão de dentro dela.

Alice se levantou de um pulo da cama e Nate precisou segurá-la, já que as pernas dela não a sustentaram, o pânico evidente no rosto dele.

Os dois tinham dado apenas um passo em direção à porta, com Nate tentando ajudá-la a chegar ao banheiro, mas Alice vomitou violentamente, sujando todo o tapete novo do quarto.

Nate praguejou várias vezes enquanto apoiava o corpo da esposa no dele, passando um braço por cima do peito dela e por baixo das axilas, esmagando os seios de Alice, que desmoronou em cima dele. Com a outra mão, ele digitou o número da emergência no celular e tentou levá-la de volta para a cama, mas ela resistiu.

— Não quero sujar o edredom — falou Alice, sentindo um alívio temporário invadi-la. — Sinto muito pelo tapete. Eu vou limpar.

— Alice, para. Para. Deixa eu segurar você... Ali, fica comigo, tá? Mantenha os olhos abertos. Sim, alô. A minha esposa... ela precisa de uma ambulância...

A voz de Nate falhou e Alice quis dizer ao marido que estava bem, para ele não se preocupar. Mas logo desistiu, pois estava tonta demais para fazer alguma coisa que não deixar Nate deitá-la na cama. Alice tentou se manter alerta, mas o sono prometia um alívio da dor e do pesadelo que estava acontecendo naquele quarto, então ela fechou os olhos e sucumbiu. A casa zumbia baixinho para ela através das rachaduras, como uma mãe cantando uma canção de ninar reconfortante para a filha, e ela se deixou levar, enquanto os gritos frenéticos de Nate desapareciam no vazio.

31

Nellie
8 de setembro de 1956

Caramelos de rosas

2 ½ xícaras de leite
1 colher (chá) de essência de baunilha
2 colheres (chá) de pétalas de rosas secas picadas
½ xícara de melado
1 xícara de açúcar

Aqueça o leite, a baunilha e as pétalas de rosa em uma panela pequena e deixe ferver em fogo baixo por 5 minutos. Passe tudo por uma peneira e espere a mistura esfriar. Então, em uma panela separada, ferva o melado, o açúcar e a mistura de leite por 15 a 20 minutos. Derrame em uma forma untada. Quando esfriar, corte os caramelos em quadrados pequenos. É um mimo excelente para levar a uma anfitriã.

Richard tinha vomitado na sebe da frente da casa momentos antes de ele e Nellie entrarem no carro. Os dois eram esperados na casa dos Goldman em menos de dez minutos, e já estavam bem atrasados por causa do estômago de Richard. Ele também parecia instável e Nellie tinha dúvidas se o marido estava em condições de dirigir. Mas, quando sugeriu a ele que se deitasse por algum tempo — eles poderiam perfeitamente cancelar a saída —, Richard insistira que estava bem e dissera a ela para deixá-lo em paz. Um instante depois, estava com o corpo dobrado, vomitando no arbusto do jardim da frente.

— Você obviamente *não* está bem — falou Nellie. Ela pousou na varanda o buquê de rosas que havia cortado e preparado para Kitty, junto com a lata de caramelos de rosas, e enfiou a mão na bolsa.

Nellie estendeu um lenço de papel ao marido, para limpar a boca, mas ele recusou. Richard tomou o antiácido que havia enfiado no bolso do paletó, colocou uma goma de mascar na boca e saiu pisando firme em direção ao carro. Mas Nellie percebeu que ele se apoiou pesadamente na porta do carro e parou para respirar fundo algumas vezes antes de abri-la para ela.

— Que tal eu ir sozinha? Tenho certeza de que eles vão entender que você não está bem. — Ela já havia tentado, sem sucesso, convencer o marido a ligar para o dr. Johnson para saber se ele poderia fazer uma visita domiciliar.

— Fica tranquila, Nellie — disse Richard. — Deve ser só alguma coisa que eu comi. Vai passar.

Nellie nem se deu o trabalho de comentar que os dois haviam comido a mesma coisa e que o estômago dela estava bem, pois percebeu que aquilo só o irritaria ainda mais. Richard Murdoch não queria passar por fraco na frente dos amigos, principalmente de Charles Goldman.

— Nós vamos. Juntos. — A voz débil desmentia a confiança que tentava passar.

Richard dirigiu com a cabeça para fora da janela e seguiu bem junto ao meio-fio, para o caso de precisar encostar. Nellie se ofereceu para dirigir, mas ele não lhe deu ouvidos. Poucos minutos depois, eles pararam na frente da casa dos Goldman e Richard inclinou a cabeça para trás e fechou os olhos, inspirando profundamente pelo nariz e expirando pela boca. Pequenas gotas de suor brilhavam no alto de sua testa, destacando o bico de viúva.

— Está pronto para entrar? — perguntou Nellie.

Ele não respondeu, apenas saiu e deu a volta até o lado dela, para abrir a porta. Então, ofereceu o braço a Nellie, que aceitou, embora estivesse claro que se alguém precisava de ajuda era Richard e não ela. Ele cambaleou quando eles começaram a subir a passagem que levava até a porta dos Goldman, e Nellie contraiu os músculos das pernas para manter os dois firmes.

— Podemos ir embora na hora que você quiser — ofereceu Nellie. — Eu não me importo.

Na verdade, ela gostava da ideia. Encenar a farsa de que as coisas estavam bem entre eles era uma tarefa árdua e desagradável.

— Chega, Nellie! — O tom de Richard era ríspido. — E não mencione uma palavra sobre isso a ninguém. Entendeu?

Richard tocou a campainha e Kitty abriu a porta, vestida com capricho e usando um batom coral brilhante que não a favorecia.

— Nellie, Richard, sejam bem-vindos!

Eles foram conduzidos para dentro, e Kitty comentou sobre a bela ideia dos caramelos de rosas. ("Nossa! Foi você mesma que fez? Que sofisticado, embora eu não seja muito chegada a doces", acrescentou Kitty.) Em um primeiro momento, ela também se derramou em elogios ao buquê de rosas amarelas, embora logo tenha largado as flores na mesa da cozinha, sem nem olhar duas vezes. A rosa amarela era uma flor da amizade e, embora Nellie duvidasse de que alguma coisa pudesse ajudar Kitty a se tornar uma amiga mais atenciosa, não duvidava da profecia de uma flor. Se fosse para ser totalmente sincera, a flor mais adequada à anfitriã daquela noite talvez tivesse sido o narciso, mas eles eram os arautos da primavera, por isso havia muito tinham ido embora do jardim.

Depois de acomodá-los na sala de estar, Kitty foi buscar coquetéis, e as sobrancelhas de Nellie se ergueram quando ela viu Richard aceitar um dos que costumava tomar em casa — ele franziu o rosto ainda suado e sua pele pareceu ficar esverdeada já no primeiro gole. *Teimoso desgraçado.* Ela só torcia para que ele vomitasse em todo o tapete da sala de estar de Kitty, que parecia novo e provavelmente havia sido caro — dois detalhes que Kitty iria compartilhar em breve, assim que todos os convidados tivessem chegado e ela tivesse com a audiência completa.

O clima era alegre, os coquetéis fluíam livremente e Richard se animou, embora a palidez acinzentada permanecesse. Ninguém além de Nellie percebeu que ele não estava bem e, como prometido, ela não mencionou nada. Nellie ficou com as mulheres de um lado da sala, conversando a respeito da próxima reunião do grupo de vigilância do bairro, sobre o tapete novo de Kitty e sobre o filho de Martha, Bobby, que havia nascido alguns dias antes.

— Ela ainda está do tamanho de um navio — exclamou Kitty. — Mas o bebê é um amor, embora eu pessoalmente não goste do nome Bobby. Martha vai ter um trabalhão para cuidar dos dois, sem uma empregada que more com eles. Mas antes ela do que eu! — Kitty riu, e as outras mulheres se juntaram a ela. Exceto por Nellie, que escapuliu com a desculpa de que precisava passar pó no nariz.

Quando ela voltou para a sala de estar, ouviu um grito alto e particularmente alegre de Kitty, que parecia ter acabado de receber a melhor das notícias. Ela dava gritinhos enquanto caminhava na direção de Nellie, que não tinha ideia do que havia acontecido nos poucos minutos que passara longe dali. Até olhar para Richard e o sorriso triunfante do marido deixar claro o que estava acontecendo.

— Nellie, sua raposa ladina! Por que não nos contou? — Kitty segurou-a pelos braços e puxou-a para um abraço.

As outras mulheres se juntaram ao redor de Nellie, paparicando-a, perguntando como ela estava se sentindo, se seu tornozelo ainda estava inchado. Os homens apertaram a mão de Richard e deram tapinhas camaradas de congratulação em seu ombro. Nellie ficou furiosa, mas escondeu a raiva por trás de um sorriso bem treinado. Richard havia garantido que eles não fariam o anúncio naquela noite — Nellie dissera que queria contar às mulheres primeiro, na próxima reunião (embora tivesse um plano diferente em mente), e ele concordara em esperar. Mas ela não deveria ter ficado surpresa. Richard exerceria o controle sempre que pudesse.

Logo a agitação se acalmou e todos se acomodaram para jantar. Nellie se viu sentada ao lado do viúvo Norman Woodrow, um homem doce e quieto cuja esposa, Kathleen, tinha morrido havia apenas seis meses. Kathleen fizera parte do grupo de vigilância do bairro e tinha sido presidente do clube de tricô da igreja antes de ficar doente — o câncer se espalhara tão repentinamente que a mulher passara de uma aparência saudável a um esqueleto no leito de morte em poucas semanas.

Nellie sempre gostara de Kathleen — era uma boa mãe e amiga, nunca fofocava sobre as outras mulheres ou o marido delas, e tinha uma energia ilimitada para arrecadar fundos para a igreja e para vendas de bolos. Ela só usava sapatilhas, e a maior parte das pessoas presumia que fosse por já ser bem alta, mas uma vez Kathleen confessara a Nellie que achava os saltos excruciantes e que "a vida é curta demais para sapatos desgraçados!" Ela estava certa, especialmente sobre a parte de a vida ser curta demais.

Nellie não via Norman desde o funeral, mas ouvira dizer que ele andava recolhido, ocupado com os cuidados dos dois filhos pequenos com a ajuda da mãe de Kathleen, que havia se mudado para a casa dele. Ela achou que Norman está com uma boa aparência; mais descansado e não tão magro e abatido pelo luto como da última vez que o vira. Eles conversaram durante o jantar, e Nellie descobriu que Norman tinha um ótimo senso de humor. Ela riu das poucas brincadeiras que ele fez nos vácuos das conversas do grupo maior e Norman demonstrou estar encantado com a atenção. Richard, no entanto, não gostou do interesse de Nellie por Norman, o que só a fez se mostrar mais interessada. A certa altura, ela pousou a mão no braço de Norman e comentou entusiasmada como era maravilhoso que ele estivesse "tão bem naquele momento". Richard se irritou de vez.

Era um ciúme silencioso — mais ninguém na mesa perceberia —, mas Nellie sentia a fúria exalando dele. Ela ergueu os olhos para encontrar os do marido, mas não tirou a mão do braço de Norman.

— Você está fazendo papel de tola — sibilou Richard.

Kitty estava tirando os pratos do jantar e as bebidas estavam sendo repostas, por isso o comentário murmurado de Richard passou quase despercebido. Exceto por Nellie, a quem era destinado. Os outros convidados estavam concentrados no bolo de chocolate gelado que Kitty serviu, e até mesmo Norman, sentado ao lado de Nellie e certamente próximo o bastante para ouvir o que Richard havia dito, parecia distraído pela pompa e circunstância da sobremesa.

Nellie, com a voz no volume máximo, respondeu calmamente:

— É preciso ser um para reconhecer o outro, Richard. — Ela pegou o garfo de sobremesa e brindou Kitty com um sorriso agradecido enquanto a anfitriã colocava um pedaço de bolo à sua frente. — Isso parece estar absolutamente delicioso, Kitty.

Na verdade, o bolo estava seco, obviamente tinha ficado tempo demais no forno.

— Ora, obrigada, Nellie. Vindo de você, nossa mestra confeiteira, isso é um grande elogio! — Ela cortou mais uma fatia do bolo e serviu. — É uma nova receita de...

— Eleanor — chamou Richard, interrompendo Kitty. Todos olharam para ele, surpresos... Richard Murdoch tinha modos impecáveis, jamais seria rude dessa forma em uma festa, nem falaria com a esposa naquele tom. — Você deveria ficar quieta. Agora não é a hora.

Os outros convidados então perceberam a tensão que pairava entre o marido e a esposa, perigosamente perto de explodir, e ficaram perplexos. *O que está acontecendo com Richard e Nellie?*

— Não, não é. — Nellie lambeu as migalhas de bolo de chocolate do garfo. — Então, talvez *você* deva ficar quieto, Richard.

Uma das mulheres deixou escapar um breve arquejo — *Kitty? Judith?* — Nellie não teve certeza de qual delas, mas aquilo fez com que uma onda de poder disparasse por seu corpo. Ela sorriu para Kitty.

— O jantar estava excelente, como sempre. — Nellie empurrou a cadeira para trás e os homens se levantaram, educadamente, a não ser por Richard, que permaneceu imóvel como uma estátua em seu assento. — Mas, sinto muito, temos que ir embora. Estou exausta. — Ela pousou a mão na barriga. — Todos vocês compreendem, com certeza.

Kitty estava prestes a dizer algo em resposta, mas todos se viraram para Richard quando um ruído estranho e sufocado escapou de sua garganta. O rosto dele não estava mais pálido, mas de um vermelho-papoula, como se ele tivesse prendido a respiração por tempo demais.

— Richard? Você está bem? — Kitty, que estava sentada à cabeceira da mesa e mais perto de Richard, pousou a mão no braço dele, que tremia violentamente com os braços apoiados na toalha da mesa. Ela se virou para o marido com o cenho franzido. — Charles, talvez seja melhor você levar Richard para fora, para tomar um ar?

— Vamos dar uma volta, Dick.

Charles Goldman colocou o guardanapo em cima da mesa e parou atrás de Richard, que abriu a boca, aparentemente para responder. Mas não foi uma enxurrada de palavras que saiu — ao contrário, foi um arroto alto, seguido por um jato do drinque que ele tomara, misturado ao antiácido e à pouca quantidade de comida que tinha conseguido comer no jantar. Quando o conteúdo do estômago de Richard respingou no braço de Kitty e cobriu a bela toalha de mesa e o restante do bolo, todos pularam para trás, arquejando e chocados com a gosma rosa espumosa que se espalhava. Kitty parecia prestes a desmaiar e, por um momento, ninguém soube o que fazer.

Antes de assumir o papel de esposa carinhosa, limpando Richard e colocando-o no carro, Nellie se virou para Norman e disse:

— Foi um prazer conversar com você esta noite. Espero que possamos nos ver de novo em breve.

Norman assentiu, embora continuasse surpreso com o que tinha acontecido, assim como o restante dos convidados à mesa. Nellie conteve o sorriso triunfante que ameaçava traí-la quando viu o rosto lívido e coberto de vômito de Richard.

32

Não reclame ou chore porque está doente, e não se divirta; o homem sai e fica com toda a diversão, e você ri apenas quando ele volta para casa e lhe conta sobre o que fez... ou parte do que fez. Quanto a ficar doente, mulheres nunca devem ficar doentes.

— "Advice to Wives", *The Isle of Man Times**
(12 de outubro de 1895)

Alice
14 de agosto de 2018

— Por favor, fala comigo — pediu Alice provavelmente pela décima vez desde que eles tinham chegado em casa do hospital, uma hora antes. Nate não respondeu. — Ei... você pretende me ignorar pra sempre?

Ele jogou o celular em cima da mesa de centro, com força o bastante para que o aparelho escorregasse e caísse no chão. Alice estendeu a mão de sua posição reclinada no sofá para pegar.

— Para — disse Nate, a voz tensa de exaustão e frustração. — Será que você pode só ficar deitada aí, descansando, por favor?

Constrangida, Alice voltou à posição anterior, com um travesseiro atrás da cabeça e uma manta macia cobrindo o restante do corpo enro-

---

* Em tradução livre: "Conselho às esposas". (N. da T.)

dilhado no assento. As tiras que tinha cortado da camiseta e usado para tentar encaracolar o cabelo permaneciam no lugar e repuxavam seu couro cabeludo com uma pressão desconfortável.

Nate a ajudara a se acomodar na sala de estar, em parte porque ela achara que não conseguiria subir as escadas e em parte porque o quarto ainda precisava de uma limpeza. Ele estava furioso, mas não iria deixá-la sozinha naquele estado, daí a frieza.

Alice ficou olhando Nate caminhar pela sala, reparou na roupa que ele usava e tentou não rir, pois sabia que ele ficaria ainda mais furioso. Além disso, ela não estava em posição de rir de ninguém naquele momento. Mas Nate estava mesmo ridículo. Ele ainda estava usando a roupa que tinha vestido rapidamente depois de ligar para a emergência: uma calça de moletom e uma das camisas sociais que usava para trabalhar. Os tecidos, as estampas e os botões eram tão incompatíveis que parecia que ele tinha escolhido as roupas no escuro.

No fim das contas, a dor excruciante e a jornada bastante dramática na ambulância tinham sido por causa de um grande cisto ovariano rompido.

— Pode acontecer durante a relação sexual — disse o médico residente do pronto-socorro. — Na verdade, você é a segunda em poucos dias.

No início, tudo parecia bem. Alice não estava morrendo, como um Nate aterrorizado havia pensado a princípio, e parecia que o ovário dela também resistiria. Quando o médico residente disse que aquilo não seria um problema para uma futura gravidez, Nate ficou emocionado, e isso durou até que a possível razão para a existência do cisto fosse revelada. O médico desconfiava de que o DIU hormonal de Alice pudesse ser o culpado. Um DIU que, até aquele momento, Nate não tinha ideia de que existia no útero da esposa.

Nate pareceu confuso a princípio e começou a refutar o diagnóstico do residente. *A Alice não usa DIU... estamos tentando engravidar*, parecia estar na ponta da sua língua. Mas então ele olhou para ela — um olhar que Alice não esqueceria tão cedo, carregado de mágoa e descrença porque ele subitamente havia se dado conta de que aquela era a verdade.

Nate cerrou os lábios com força e assentiu, como se nada daquilo fosse novidade para ele. E saiu rapidamente do quarto.

— Devemos esperar pelo seu marido? — perguntou o médico. — Eu tenho algumas coisas para repassarmos antes de liberar você.

Alice balançou a cabeça, contendo as lágrimas. O residente reviu as instruções de alta e repetiu que talvez fosse melhor ela pensar na possibilidade de remover o DIU por precaução, já que, com ele, o risco de desenvolver mais cistos era um pouco maior. Alice concordou em pensar a respeito, sentindo-se envergonhada e constrangida, finalmente admitindo para si mesma como fora errado guardar aquele segredo do marido. Que confusão ela havia armado.

Enquanto Alice estava deitada no sofá, Nate procurava alguma coisa na cozinha, abrindo e fechando a porta da geladeira com força desnecessária. Em seguida, foi a vez de um armário bater, então o eco de alguma coisa de vidro sendo colocada com muita força em cima da bancada, e o barulho de uma tampa de garrafa caindo nas profundezas da pia de aço inoxidável. Um suspiro profundo (*a casa, inquieta com todo aquele barulho*) chegou aos ouvidos de Alice, e ela suspirou em resposta. Nate finalmente reapareceu, com um copo de cerveja espumando em uma das mãos e uma garrafa de água San Pellegrino na outra. Alice não comentou sobre a cerveja, embora fossem apenas sete da manhã.

— Você ainda pode ir para o escritório — sugeriu ela em um tom sereno. — Vou ficar bem sozinha.

Nate ignorou o comentário.

— Como está a dor?

Ele enfiou a mão na bolsa de Alice, pegou dois frascos de comprimidos e franziu o cenho enquanto lia os rótulos. Mesmo assim, não olhou para ela, que começou a ansiar desesperadamente para que o marido a encarasse. Por que aquilo não havia acontecido enquanto ele estava no trabalho? Nate talvez nunca ficasse sabendo do DIU, e ela poderia ter desfeito tudo sem consequências.

— Não está ruim — respondeu Alice, as sílabas saindo arrastadas por causa da exaustão e da morfina. — Então, você não vai ao trabalho hoje?

Nate lhe lançou um olhar que sugeria que ela deixasse aquele assunto de lado. Ele abriu a tampa de um frasco, tirou dois pequenos comprimidos azuis e entregou a ela com a água com gás.

— Pega aqui.

Alice não protestou, colocou os comprimidos na língua e tomou um gole da água, sentindo as bolhas estourarem em sua garganta.

— Por que você deixou à mostra no banheiro?

— Por que deixei o que à mostra? — perguntou Nate, enquanto tampava o frasco de comprimidos.

— A tira do teste de ovulação. Ontem de manhã.

Ele ficou em silêncio até responder, tenso:

— Isso ainda importa, cacete?

Alice assentiu sem muito empenho, inclinou a cabeça para trás e fechou os olhos.

— Você tem razão. Esquece.

Depois de um longo momento de silêncio, ele disse:

— Obviamente, você não quer ter um bebê.

— Eu *quero* ter um bebê.

Alice abriu os olhos e precisou de alguns segundos antes que tudo parasse de girar. Morfina não era brincadeira.

— Mas não *comigo*. É isso?

Ele estava furioso — os lábios muito cerrados, as mãos trêmulas.

— Não! Nate! Não é isso! — Alice balançou a cabeça, tentando clarear as ideias para poder tranquilizar o marido e explicar as coisas. — Não exatamente.

— Então, o que é, Ali? *O que é exatamente*?

As palavras saíram em uma explosão, e Alice se encolheu, já que nunca tinha visto Nate daquele jeito: o tom carregado de sarcasmo, e dirigido a ela. Ele também pareceu alarmado com a própria explosão, e seu rosto assumiu primeiro uma expressão de surpresa, logo seguida por outra, de arrependimento. Nathan Hale nunca — *jamais* — gritaria daquele jeito com a esposa. Mas todo mundo tem um limite.

Alice se virou de lado, com todo cuidado, para encará-lo.

— Eu cometi um erro, Nate. Você não tem ideia de como eu lamento.

— Um erro? — disse ele, e soltou uma risada rouca. — É assim que estamos chamando? Que parte foi o erro? Colocar o DIU ou ser pega?

Era uma pergunta justa, e Alice não quis pensar muito a respeito, porque não tinha certeza de qual das duas opções era mais verdadeira.

— Me desculpa, eu... — Ela estremeceu e, embora Nate certamente tenha percebido, não perguntou se ela estava bem. — Eu estava sobrecarregada. Com a casa e com o livro. — Era difícil interpretar a expressão dele. Alice insistiu. — E você passa muito tempo fora. Estudando para o exame depois do trabalho. O tempo todo, era o que parecia. — Ela não acrescentou como todas as horas que ele e Drew passavam juntos a deixavam com um ciúme irracional.

— Então a culpa é minha? — Ele estava incrédulo.

— Não é culpa de ninguém — começou a dizer Alice, mas, vendo a expressão no rosto dele, acrescentou: — Tá certo. A culpa é minha. Eu estraguei tudo. É que fiquei me imaginando aqui sozinha o tempo todo, com um bebê, nesta casa onde ainda tem tanta coisa inacabada... Eu não sabia o que fazer. — Ela engoliu um soluço. — Só o que posso dizer é que estou muito arrependida. E que vou resolver isso, tá? Eu prometo.

Nate deixou escapar um suspiro antes de se agachar ao lado do sofá.

— Poderia ter sido muito pior, Ali. — Ele enxugou as lágrimas do rosto dela, enquanto seu próprio rosto estava franzido de preocupação e de resquícios de raiva.

— Eu sei — sussurrou ela, agarrando as mãos do marido e segurando com força. Seus olhos foram se fechando à medida que o analgésico fazia efeito. — Eu não sirvo para ser mãe.

Aquela era a coisa mais sincera que ela havia dito a Nate nas últimas semanas.

Nem todo mundo era capaz de ser um pai ou uma mãe decente — os próprios pais de Alice, particularmente o pai, eram bons exemplos daquilo. Até mesmo Jaclyn, que Alice imaginava ter feito o melhor que conseguira diante das circunstâncias, se provara uma referência inadequada. Uma "boa" mãe era alguém altruísta e sábia, que sabia como preparar seis tipos diferentes de cookies do zero. Que dizia coisas como "Você é a melhor escolha que já fiz na vida" com ternura e regularmente.

— Isso não é verdade — murmurou Nate, beijando os dedos dela com carinho. — Quando você estiver pronta, vai ser a melhor mãe do mundo. — Ele parecia tão certo daquilo que Alice quase acreditou.

Novas lágrimas escaparam de seus olhos.

— Você deveria estar me odiando agora, Nate. Por que não me odeia pelo que eu fiz?

Nate ficou em silêncio enquanto seus dedos massageavam os dela.

— Eu nunca conseguiria odiar você, Ali. Sim, estou puto da vida. — Ele pigarreou, os olhos fixos nos dedos entrelaçados dos dois. — A noite passada foi o momento mais assustador da minha vida.

— Da minha também. — Ela balançou a cabeça com determinação para enfatizar o que dizia, o que piorou sua tontura e a obrigou a fechar os olhos novamente. — Vou tirar isso, então poderemos começar a tentar de novo.

É hora de fazer um ajuste rápido, Alice.

Nate soltou as mãos dela e massageou a nuca enquanto se levantava.

— Não tenho certeza se é uma boa ideia.

Alice se sentou rápido demais e teve que colocar as mãos atrás do corpo para controlar a vertigem.

— Por que não? No hospital, disseram que o meu ovário está perfeito. Não há razão para pensar que nós...

— Não foi isso que eu quis dizer, Ali.

Alice tentou se concentrar nele, mas sua visão estava borrada nas bordas, como se tivesse pingado colírio. Os cotovelos tremiam do esforço de tentar manter o corpo firme no sofá e ela se deixou cair de volta em cima das almofadas.

— Acho que devemos esperar. — Nate estufou as bochechas antes de exalar com força. — Olha, eu fui um idiota. Pressionando você, insistindo demais. Não foi justo. Eu é que deveria estar pedindo desculpa.

O cérebro lento de Alice estava se esforçando para tentar compreender as palavras do marido. Nate interpretou a pausa dela como concordância.

— Vamos dar um tempo — continuou ele, e se sentou ao lado dela no sofá. — Podemos fazer o que quisermos na casa, você pode terminar seu livro e eu posso me concentrar no meu exame. — Nate apoiou as mãos uma de cada lado do corpo de Alice e sorriu com carinho para a esposa, que estava melhor do que algumas horas antes, mas que ainda não estava bem. — Não vamos nos preocupar com essa questão toda de filhos por enquanto. E veremos como as coisas caminham daqui a algum tempo. Seis meses, talvez um ano. O que você acha?

Alice ficou chocada, embora não conseguisse demonstrar porque suas emoções estavam embotadas pela medicação. Vinte e quatro horas antes, o marido estava tentando ativamente engravidá-la — um plano que ele estava colocando em prática desde que se mudaram para Greenville. Era tão fácil assim para Nate virar a chave? Mais uma vez, Alice sentiu que ele estava escondendo alguma coisa dela. Assim como ela vinha escondendo coisas dele...

Mas estava exausta e confusa demais por causa da dor e dos remédios para confrontá-lo, por isso apenas concordou.

— Sim. Tá bom.

Era para ela estar se sentindo aliviada — não era exatamente aquilo que ela queria? Mas estava preocupada, a mente girando com a mudança repentina de ideia do marido, sempre tão previsível.

O que você não está me dizendo, Nate? Tem mesmo a ver com logística e com o momento certo, ou é algo completamente diferente?

33

Lembre-se de que o seu trabalho mais importante é fortalecer e manter o ego dele (que fica muito abalado pelos negócios). O moral é o negócio da mulher.

— EDWARD PODOLSKY, *Sex Today in Wedded Life** (1947)

Alice
15 de agosto de 2018

A campainha tocou e Alice, que acabara de sair do banho, vestiu rapidamente o roupão.

— Eu atendo — gritou já no corredor.

Normalmente, ela jamais atenderia a porta com o cabelo pingando e vestindo apenas um roupão de banho, mas estava se sentindo inquieta. Nate passava o tempo todo pairando acima dela, checando para ver se estava com dor, criando alarmes para os horários da medicação, insistindo para que Alice ficasse quieta, imóvel. A preocupação dele era atenciosa, mas a deixava irritada.

— Fique aí — ordenou Nate, já saindo do quarto. Ele estava com o celular no ouvido e disse: — Foi bom falar com você também. Ela está aqui — e entregou o aparelho a Alice.

— Quem é?

---

* Em tradução livre: "Sexo hoje na vida de casada". (N. da T.)

— Sua mãe — sussurrou Nate.

Alice resmungou, já que não estava com a menor vontade de falar com a mãe. E a incomodou o fato de Jaclyn ter ligado para o celular de Nate — havia um motivo para ela não ter atendido às três ligações anteriores da mãe. Alice fez uma careta e segurou o celular a uma boa distância. Nate deu de ombros.

— Ela é sua mãe, Ali.

Enquanto ele descia a escada para atender a porta, Alice levou o celular ao ouvido com relutância e se sentou no degrau de cima.

— Oi, mãe.

— Oi, querida. Como você está se sentindo?

— Melhor, obrigada — disse Alice, e ajeitou a toalha na cabeça, para que não cobrisse a orelha. Ela espiou a base da escada, mas fosse quem fosse que tivesse tocado a campainha, não entrou. — E você, como está? Como tá o ombro do Steve?

— Nós estamos bem. Ele está bem. Nos preparando para o nosso retiro de meditação silenciosa nas montanhas na próxima semana. Você e o Nate deveriam tentar fazer um também. Quem sabe, quando vocês vierem para o feriado do Dia de Ação de Graças, possam ficar uns dias a mais?

— Hum, talvez. Mas a meditação não é sempre silenciosa?

Alice esticou as pernas e examinou as unhas dos pés que ela mesmo havia pintado, e que precisavam desesperadamente de esmalte novo. Ela tentou se lembrar da última vez que tinha ido a uma pedicure. Não conseguiu.

— Sim, bem, imagino que sim — respondeu a mãe. — Mas dizem...

Nate riu alto, desviando o foco de Alice da mãe, que continuava falando monotonamente sobre meditação.

— Ei, mãe, posso ligar pra você mais tarde? Chegou uma pessoa aqui.

— Claro, querida. Estarei aqui o dia todo, só vou sair para a aula de ioga, que é às três da tarde. Horário da Califórnia, então seis da tarde no seu fuso horário.

Alice respirou fundo, a impaciência cada vez maior.

— Lembre-se de que seu corpo precisa de muito descanso agora. E o chá de trevo-vermelho é excelente para equilibrar os hormônios. Quer que eu mande um pouco para você?

— Mãe, eu realmente preciso desligar.

— Sim, sim. Eu ligo pra você mais tarde, então — disse a mãe. — E vou mandar um pouco de chá pelo correio.

— Tá certo, tchau — falou Alice. Ela encerrou a ligação e disse para si mesma: — Sempre a história do maldito chá!

— O que foi? — perguntou Nate, ao pé da escada. Ele estava segurando uma embalagem de papel-alumínio em uma das mãos e um buquê de rosas na outra, os caules enrolados em um cordão dourado que Alice reconheceu como a assinatura dos buquês que a vizinha fazia. — Sally acabou de deixar esta lasanha de frango para o jantar e algumas flores.

— Você deveria ter convidado a Sally para entrar.

Alice desceu as escadas, pensando que uma visita a Sally seria o melhor remédio naquele momento.

— Ela estava de saída. Disse que fala com você mais tarde. — Nate ajeitou a lasanha nas mãos. — Vou colocar isso na geladeira e as flores na água. Posso confiar que vai ficar descansando, ou vou ter que me sentar em cima de você para ter certeza que vai repousar? — Ele sorriu, mas o tom de voz... e a sugestão... irritaram Alice.

— Estou farta de descansar, Nate. Isso é um exagero. Já estou *bem*. — Alice estendeu as mãos. — Me dá aqui, deixa que eu faço. Você precisa trabalhar.

Ele cedeu, passou a embalagem de alumínio e as rosas para ela, e voltou para o quarto de hóspedes.

Depois de colocar a lasanha na geladeira e as rosas em um vaso, Alice tirou a toalha do cabelo e sacudiu os fios molhados, desejando poder simplesmente se sentar no jardim e fumar um cigarro. Mas, obviamente, com Nate em casa, aquela não era uma opção — mais um segredo que ela estava escondendo do marido. Alice suspirou e deu uma olhada na geladeira, procurando algum petisco para distraí-la da ânsia por nicotina. Eles estavam reduzidos ao básico — leite, pão, um ovo, um pote de picles pela metade e três cenouras amolecidas. Teria que sair para comprar alguma coisa mais tarde, se Nate a deixasse sair de casa.

Ela tirou o pão e o leite da geladeira e juntou os outros ingredientes de que precisava para uma torrada no leite, um prato que Nellie havia mencionado em uma de suas cartas. Ela as preparava de café da manhã para Richard quando ele não estava se sentindo bem. Embora Alice a princípio tivesse achado meio nojento (*torrada encharcada de leite quente?*), acabara descobrindo que era muito saboroso. Depois de torrar o pão e aquecer o leite e a baunilha até ferverem, ela derramou o líquido quase escaldante sobre os pedaços de torrada e polvilhou generosamente com canela e açúcar.

A cozinha ficou com um cheiro delicioso, e Alice estava quase terminando de comer a torrada no leite quando seu celular tocou. Ela tirou o aparelho do bolso, esperando que fosse a mãe novamente, com outra sugestão de chá curativo, mas viu que era Bronwyn. Elas não tinham mais se falado direito desde que Bronwyn ligara para contar do casamento — tinham apenas trocado algumas mensagem sem sentido —, e Alice não tinha certeza de quando, ou mesmo se, Bronwyn conseguiria perdoá-la. Ela largou a colher na tigela da torrada no leite e atendeu rapidamente à chamada.

— Alô!

— Oi, Ali. É a Bronwyn.

— Oi! Como você tá? — Alice estava ansiosa demais, as palavras saíram rápidas e entusiasmadas.

— Bem, sim. Tá tudo bem. Mas e você, tá bem? O Nate contou que você foi parar no hospital?

— Você falou com o Nate? — Alice ficou surpresa. Nate não tinha contado para ela.

— Hum, sim. Ele precisava fazer algumas perguntas para o Darren — falou Bronwyn, toda casual.

Antes que Alice pudesse indagar que tipo de perguntas, e quando os dois tinham se falado, Bronwyn continuou:

— Então o que aconteceu?

— Ao que parece, um cisto ovariano muito puto, foi isso que aconteceu — respondeu Alice.

Ela contou mais alguns detalhes e Bronwyn respondeu com a devida preocupação. Alice não sabia dizer se a amiga estava fingindo ignorância ou não — talvez Nate não tivesse contado toda a história a ela.

— Nossa. E você tá se sentindo melhor agora? — perguntou Bronwyn.

— Parece que sim.

Houve uma pausa em que nenhuma das duas falou.

— Então... como você tá? — insistiu Alice.

Bronwyn já tinha respondido com um "bem" curto, mas Alice estava desesperada para continuar conversando com ela. Se já tinha havido um momento em que precisava da melhor amiga, era aquele.

— Ocupada, mas ótima. Obrigada — respondeu Bronwyn.

Outra pausa. Alice esperou um pouco mais e disse:

— Tudo bem com a gente?

Bronwyn deixou escapar um suspiro baixo e Alice mordeu o lábio, lutando contra as lágrimas.

— Tudo bem, Ali.

Era um ramo de oliveira e Alice o agarrou com as duas mãos.

— Espero que você saiba que estou muito arrependida do que eu falei. *Estou* feliz por você e pelo Darren. É que eu sou uma cretina. É simples assim.

— Você é meio cretina mesmo — concordou Bronwyn, então riu. Alice ficou aliviada. — Mas eu também sou. Deveria ter te contado assim que nos casamos. Antes de acontecer, na verdade. Mesmo que eu não soubesse de fato o que estava acontecendo até já ter acontecido, sabe? Mas você é a minha melhor amiga e eu deveria ter contado. Desculpa, Ali.

— Não tem problema. Mas da próxima vez espero uma ligação antes mesmo de você chegar à capela do Elvis, ok?

— Cala a boca, sua idiota. Não vai haver uma próxima vez. — Alice torcia para que aquilo fosse verdade. — Seja como for, o Darren e eu queremos dar uma festa, para comemorar. Você pode me ajudar a planejar? Estou tão atolada de trabalho que mal tenho tempo para respirar.

— Com certeza. O que você precisar — respondeu Alice, sentindo uma pontada de inveja ao imaginar a agenda exigente, mas gratificante, de Bronwyn. O oposto da dela. — Para quando vocês estão pensando?

— Ainda não tenho certeza, mas te aviso. Estou chegando para me encontrar com o Darren, a gente vai almoçar juntos. Então mando uma mensagem com alguns detalhes mais tarde, pode ser?

— Parece ótimo. Diz pra ele que eu mandei um oi.

— Vou dizer — garantiu Bronwyn. — E nada mais de passeios ao hospital, senhora. Acho que o Nate envelheceu uma década por sua causa. — Alice se encolheu, a culpa subindo à tona. — Ele está muito preocupado com você.

— É, eu sei.

Depois de uma pausa, Bronwyn insistiu:

— Escuta, você tem certeza de que tá bem?

— Ahhh, como eu gostaria que todos parassem de me perguntar isso — reclamou Alice, soltando um gemido exagerado. — Eu tô bem. O meu ovário também. Sem danos permanentes.

— Eu não estava falando do seu ovário, Ali.

O tom de Bronwyn estava sendo gentil, mas contundente, e Alice de repente entendeu: Nate tinha contado tudo a Bronwyn, incluindo o que fez o cisto crescer e estourar. Ela se sentiu exposta e estúpida por presumir o contrário. Além disso, não conseguia explicar por que tinha levado as coisas tão longe, nem mesmo para Bronwyn, que provavelmente era a pessoa que a entendia melhor que ninguém. O que o fato de ela não ter sido honesta com Nate desde o início dizia sobre ela, sobre o casamento dela?

— Estou aqui se você quiser conversar, tá bom?

Alice se perguntou se Nate não teria pedido a Bronwyn para fazer aquela ligação.

— Tá bom. Obrigada.

Mas não conseguiria falar com Bronwyn sobre aquilo naquele momento — Nate se adiantara. Não importava o que ela tinha a dizer, seria para sempre a esposa que havia tomado medidas extraordinárias e dissimuladas (e alguns poderiam dizer irracionais) para evitar engravidar do marido.

— Estou falando sério, Ali. Qualquer coisa, a qualquer hora. Na verdade, menos neste segundo, porque tenho que encontrar o *meu marido* para almoçar. Ainda estou me acostumando a chamar o Darren assim.

— Pode ir, sua recém-casada apaixonada. A gente conversa mais tarde. — Alice procurou manter o tom leve, embora seu estômago parecesse estar cheio de cimento.

— Tchau. Amo você.

— Também te amo — disse Alice, no momento em que Nate entrava na cozinha.

— Quem era?

Alice empurrou um pedaço de torrada encharcada de um lado para o outro da tigela.

— A minha mãe.

— De novo? O que ela queria agora?

— Queria falar sobre o Dia de Ação de Graças. Na Califórnia.

— Humm. Talvez a gente devesse ir pra lá. Pode ser divertido. — Nate deu de ombros.

Ele pegou um garfo na gaveta e espetou um pedaço de torrada na tigela de Alice.

— Esse negócio é viciante.

Alice fez uma careta e empurrou a tigela na direção dele.

— Pode ficar com o restante. Não estou com tanta fome.

— Você está se sentindo bem?

— Ótima — respondeu ela, sorrindo para tranquilizá-lo.

Vinha mentindo muito nos últimos tempos, e era perturbador perceber como estava se tornando fácil mentir.

34

Nellie
9 de setembro de 1956

Muffins de lavanda e limão-siciliano

2 xícaras de farinha de trigo
3 colheres (chá) de fermento
1 colher (chá) de bicarbonato de sódio
½ colher (chá) de sal
2 ovos batidos
1 xícara de leite
3 colheres (sopa) de mel
3 colheres (sopa) de manteiga derretida, fria
Raspas de 1 limão-siciliano
2 colheres (chá) de flores de lavanda secas

Peneire a farinha e misture com o fermento, o bicarbonato de sódio e o sal. Em outro recipiente, junte os ovos, o leite, o mel e a manteiga. Faça uma depressão no centro da mistura de ingredientes secos e derrame aí a parte líquida. Mexa rapidamente, mas não deixe ficar totalmente uniforme (a mistura deve ficar grumosa). Acrescente as raspas de limão à massa e a lavanda seca. Mexa para incorporar tudo. Passe a massa para forminhas de muffin untadas, preenchendo até a metade. Asse em forno quente (190 graus) por 20 a 25 minutos.

Nellie triturou e polvilhou as flores secas de lavanda na tigela com a massa, mexendo com uma colher de pau para ter certeza de que o sabor ficaria bem equilibrado. O toque de lavanda precisava ser sutil, combinando bem com a acidez da casca de limão-siciliano, sem que nada se destacasse demais. Portanto, precisão era o mais importante, ou os muffins acabariam tendo o gosto dos sachês com que Nellie perfumava a cômoda. Os bolinhos eram para o chá de bebê de Martha, que seria só no fim da tarde, mas Nellie tinha começado a prepará-los logo cedo — assim que Richard saíra para o trabalho —, para que tivessem tempo de esfriar.

Nellie não preparava aqueles muffins de lavanda com frequência, porque eles traziam à tona lembranças dos melhores dias da mãe, o que era difícil de enfrentar. Ainda assim, aquela continuava sendo uma de suas receitas favoritas. Limão, o sabor do sol; e lavanda, a erva mais poderosa. Simbolizava beleza feminina e graça, e Nellie não conseguia pensar em nada melhor para celebrar o parto recente da amiga.

Quando Nellie ligara para parabenizá-la pelo nascimento do pequeno Bobby, Martha havia confessado que se sentia como um navio velho e em tão mal estado que não tinha condição de conserto.

— O Dan não me toca há muito tempo, Nellie. E não posso dizer que o culpo! Está tudo tão... inchado.

Ela tinha começado a chorar, acompanhada por Bobby, que chorava com a mesma intensidade ao fundo, enquanto Nellie se esforçava para convencer a amiga de que ela era uma mulher bonita. *A maternidade torna a sua beleza algo ainda mais verdadeiro*, dissera Nellie para tentar acalmá-la. Depois de desligar o telefone, Nellie pensou na hora do banho que se aproximava e a lavanda lhe veio imediatamente à mente. A pobre Martha precisava daqueles muffins tanto quanto precisava de uma boa noite de sono e de um marido que apreciasse os sacrifícios que ela vinha fazendo.

A nostalgia a inundou enquanto ela mexia a massa, prestando atenção para não desfazer os pequenos grumos, antes de encher as formas de muffin. Nellie havia feito aqueles muffins mais vezes do que seria capaz de contar nos anos que morou com Elsie, já que também era uma das receitas favoritas da mãe. Elsie estava sempre lembrando a Nellie sobre os grumos, e Nellie sorriu ao se lembrar do vaticínio da mãe:

— Não misture demais, minha menina. Se mexer demais a massa não vai prestar para nada!

Ela ajustou o timer e, enquanto os muffins de Martha assavam, sentou-se à mesa e fumou, pensando na última vez que ela e a mãe tinham feito aquela receita. Foi um pouco antes do aniversário de Nellie — o aniversário de dezessete anos — e os muffins eram para uma amiga da mãe, que estava gripada. Elsie, sentada em sua pequena cozinha, arrancou flores de lavanda dos ramos espalhados à sua frente. Muito magra e sempre com frio, Elsie usava um suéter pesado vermelho e verde, a gola alta fechada até o pescoço, embora fosse verão. Ela juntou as flores em cima do pano de prato que havia colocado sobre a mesa. Naquela manhã, também havia outros ramos de ervas na mesa — orégano, tomilho, alecrim, endro, hortelã, manjericão, estragão — arrumados em pilhas organizadas, prontas para serem maceradas para futuras receitas, para encher os sachês que iriam perfumar armários e gavetas, para serem adicionadas à água do banho.

As ervas tinham sido colhidas do que sobrara da "horta da vitória" cultivada pela mãe naquele ano, plantadas três verões antes, depois que ela foi inspirada pelos pôsteres espalhados em lojas por toda a cidade que diziam alguma coisa como CULTIVE SEU PRÓPRIO ALIMENTO, FAÇA SUAS PRÓPRIAS CONSERVAS. O movimento estimulando a horta nos tempos de guerra fora surpreendentemente eficaz, e quase todos na vizinhança dos Swann tinham plantado uma, mas, quando a guerra terminou, boa parte daquelas hortas fora abandonada. Nellie, sentada ao lado da mãe, rolava um limão-siciliano entre a palma das mãos, para soltar a polpa da casca, e os óleos da casca enrugada cobriam seus dedos a cada giro da fruta. Mais tarde, o suco seria usado para fazer limonada, mas naquele momento apenas separaria as raspas da casca amarela. Em pouco tempo Nellie tinha uma pequena quantidade de casca ralada, que ela juntou na palma da mão e polvilhou por cima da massa úmida.

— A lavanda está quase pronta? — perguntou à mãe.

Elsie passou um pratinho com as flores para Nellie. A receita pedia duas colheres de chá de lavanda seca e, depois de medir como sabia que deveria fazer (principalmente para aquela receita), Nellie ficou surpresa, como sempre, com a capacidade da mãe de calcular a quantidade exata de um ingrediente.

— Nunca vou me cansar do cheiro de lavanda na minha cozinha — comentou Elsie, pressionando os dedos que cheiravam à erva no rosto. — Cheira a contentamento, não é?

Contentamento não era algo que Elsie experimentasse com frequência. Por isso, toda menção àquela sensação fazia a esperança brotar no peito de Nellie. Elsie começou a cantar, e Nellie se juntou a ela — a voz das duas se misturou de forma tão agradável na pequena cozinha quanto a casca de limão e as flores de lavanda na massa de muffin.

As frequentes sessões de culinária naquela época não eram apenas uma forma de incutir em Nellie noções de economia doméstica; eram também um programa de treinamento sobre como ser uma dona de casa, passado de mãe para filha. Elsie ensinou a Nellie como fazer o próprio fermento para pão e por que se deve adicionar um pouco de aveia às sopas (para engrossar) e como o vinagre mantém a couve-flor fervida imaculadamente branca. E, como base para aquelas lições, estava o desejo de Elsie de que Nellie se casasse com um bom homem, diferente daquele com quem ela mesma havia se comprometido. As duas viviam modestamente, sem luxos, mas o amor de Elsie por Nellie era tão generoso quanto seus jardins e sua horta.

— Você tem sido minha maior alegria — murmurava Elsie para Nellie quando a colocava na cama. E, cheirando a rosas e a farinha de trigo, beijava a testa da filha, o rosto, as pálpebras. — Minha maior alegria.

— Nellie, eu anotei uma coisa para você. Aqui, querida.

Elsie estendeu um cartão de receita, a letra bonita tão familiar a Nellie quanto o som da voz da mãe, enquanto as duas esperavam os muffins assarem.

— O que é isso? — Nellie pegou o cartão e examinou os ingredientes. — Ah, esta eu conheço, mãe.

Por um momento, ela ficou preocupada com o estado de espírito de Elsie, pois no cartão estava uma receita da família Swann que Nellie já sabia de cor.

— Eu sei, e devo dizer que a sua versão talvez seja até melhor que a minha — respondeu Elsie, com um sorriso nos lábios. — Acho que pode ser o endro. Ele realmente dá um toque especial.

Ah, se ao menos aquele sorriso durasse, pensou Nellie. A mãe ficava tão linda quando sorria.

Elsie se inclinou para a frente, apoiada nos cotovelos ossudos, gentilmente protegidos pela lã grossa do suéter, e esperou até que tivesse toda a atenção da única filha. Nellie, sentada de frente à mãe na mesinha, segurava o cartão da receita com força nas mãos. A ponta dos dedos, ainda úmida do óleo do limão-siciliano, deixou pequenas marcas nas bordas do papel.

— Mas tem outra coisa. Você agora já tem idade suficiente para saber, meu amor. — Elsie baixou a voz, forçando Nellie a se inclinar também, de modo que o rosto das duas mulheres ficou a apenas alguns centímetros de distância. — Um segredo que só deve ser compartilhado dos lábios aos ouvidos, que nunca deve ser escrito. Então me escute com atenção, tá bom, minha menina?

O coração de Nellie disparou com a intensidade da voz da mãe. Ela ouviu atenta o que Elsie disse em seguida, os olhos se arregalando por um momento, antes de voltarem ao normal. Mas seu coração continuou a bater descontroladamente por algum tempo, muito depois de os muffins terem esfriado o bastante para serem embrulhados e entregues à amiga doente de Elsie.

35

> Agora, se você é uma dessas mulheres frígidas ou sexualmente anestesiadas, não tenha pressa em informar ao seu marido a respeito. Se você é frígida ou não, para o homem, não faz diferença alguma no prazer que ele sente no ato, a menos que ele saiba que você é frígida. E ele só vai saber se você lhe contar, e o que ele não souber não vai magoá-lo.
>
> — WILLIAM J. ROBINSON, *Married Life and Happiness** (1922)

Alice
20 de agosto de 2018

Depois que Alice removeu o DIU — o que foi um procedimento muito mais simples do que colocá-lo — e pegou a receita para a pílula anticoncepcional, parou para dar uma olhada no brechó perto do consultório da dra. Sterling. A vendedora, que parecia ter saído de uma revista *Ladies' Home Journal* — desde o elegante penteado pajem até a saia lápis verde-esmeralda, estava do lado de fora em uma pausa para fumar. Depois que Alice a elogiou pela roupa, a mulher, Sarah, lhe ofereceu um cigarro, avisando que não tinha filtro.

— Obrigada — disse Alice. — Nunca experimentei um desses.

Ela o colocou entre os lábios.

---

* Em tradução livre: "Vida de casada e felicidade". (N. da T.)

— Sorte sua — brincou Sarah, estendendo um fósforo aceso até a ponta do cigarro. — Você não vai acreditar na diferença.

Alice tragou e na mesma hora começou a tossir, sentindo uma queimação fazer arder a sua garganta.

— É isso, mas a gente acaba se acostumando. — Sarah tragou profundamente o próprio cigarro antes de exalar uma longa nuvem de fumaça. — Antes eu cortava os filtros dos cigarros normais, o que é muito mais barato, mas não é a mesma coisa. Agora eu compro online.

Alice assentiu, os olhos lacrimejando da tosse, e deu mais uma tragada hesitante. A ardência foi menor e ela não tossiu. A vendedora Sarah estava certa: sem o filtro, o sabor torrado do tabaco e seus efeitos eram mais intensos, e a nicotina rapidamente atingia a corrente sanguínea. A ligeira sensação de euforia se estendeu de forma agradável e, depois de dar uma olhada na loja vintage, Alice voltou para casa e na mesma hora cortou os filtros de todos os cigarros do último maço. Em vez de escrever, como havia planejado, ela se sentou com seu vestido vintage recém-adquirido no quintal dos fundos, para não deixar a casa cheirando a cigarro, e soprou anéis de fumaça no ar, imaginando Nellie Murdoch fazendo o mesmo meia década antes.

O restante da semana fluiu facilmente — Nate foi para o escritório todas as manhãs, e, como prometido, voltava à noite a tempo para o jantar. Por sua vez, Alice tentava trabalhar em seu romance, o que basicamente queria dizer que ela passava horas pesquisando por detalhes de como era a vida na década de 50, relendo as revistas e as cartas de Nellie, e fumando cigarros sem filtro na piteira de madrepérola, do lado de fora de casa, enquanto Nate estava no trabalho. Ela fumava todos os dias e sabia que logo teria que parar — não tinha como esconder aquilo de Nate para sempre. Era cansativo estar sempre se preocupando com a possibilidade de ele descobrir. Mas os cigarros a ajudavam a se concentrar e a amenizar as frustrações. Além disso, Alice tinha a impressão de que todo mundo fumava nos anos 50 — uma época em que até mesmo os médicos acreditavam que o cigarro era benéfico para a saúde — e por isso, para ela, encaixar um cigarro na antiga piteira tinha todo um lado poético; além de ser uma parte necessária da pesquisa.

Sally foi jantar com eles na noite de sábado, o que deveria ter acontecido muito antes. Alice preparou um jantar simples, com receitas do livro de Nellie: *welsh rarebit*, ou seja, torradas com molho de cheddar, creme, mostarda seca e especiarias com fatias de tomate e acompanhadas de linguiças grelhadas. Para a sobremesa, fez o "bolo branco fofo" que acabou não ficando tão fofo, mas ainda assim estava delicioso. Os três conversaram até tarde e beberam muito vinho enquanto Sally os regalava com histórias de suas aventuras.

Quando Alice e Nate foram para a cama, bastante bêbados e estranhamente (nos dias que corriam) alegres, armaram um plano para arrumar um par para Sally, embora não conseguissem lembrar o nome do belo senhor que morava na mesma rua que eles e que estava sempre cuidando do próprio gramado.

Eles transaram pela primeira vez desde o fiasco do cisto rompido e, no geral, foi uma noite bastante agradável. Alice se sentiu mais otimista com todas as coisas, como não se sentia havia algum tempo.

Na segunda-feira, Alice estava de volta à escrivaninha, se sentindo inchada e mal-humorada por estar tomando anticoncepcional e por causa da completa falta de inspiração para escrever o romance. Ela estava olhando pela janela da frente, fumando um cigarro e definitivamente *não* escrevendo, quando viu Nate subindo pela calçada de bicicleta. Em pânico, Alice checou a hora na tela do computador — 15h07— e ficou paralisada por um momento, o cigarro queimando entre os dedos. A janela estava aberta, mas uma fina nuvem de fumaça pairava acima da sua cabeça como um véu transparente, e ela agitou furiosamente as mãos, tentando fazê-la desaparecer. Tinha sido burrice se arriscar a fumar na sala de estar, mas estava caindo uma chuva torrencial e Nate provavelmente se atrasaria para chegar porque iria se encontrar com um amigo de faculdade que estava na cidade a negócios. Ele não chegaria em casa na hora de sempre, menos ainda mais cedo.

— Merda, merda, merda — murmurou Alice, arrancando o cigarro da piteira e jogando dentro do copo d'água.

Ela usou uma das revistas antigas para abanar a fumaça pela janela aberta. A porta da frente se fechou e logo Nate estava na sala de estar, o capacete ainda na cabeça e a bolsa atravessada no peito. Ele estava encharcado por ter voltado de bicicleta na chuva.

— Nossa! Você devia ter me ligado — disse Alice. A voz tensa traiu seu nervosismo. — Eu poderia ter ido te buscar na estação.

Nate ficou olhando para ela, parecendo não acreditar.

— Você tá *fumando*?

Alice ergueu as mãos e tentou pensar rápido. Negar não era uma opção. O cheiro de cigarro ainda pairava forte na sala.

— Eu fumei *um* cigarro. Nunca te contei, mas eu meio que fumava na época da faculdade. Foi por *pouquíssimo* tempo.

Ela percebeu que soava um pouco nervosa, então respirou fundo, antes de continuar.

— Desculpa, eu sei que isso vai parecer loucura. Mas o livro... está me levando a fazer coisas que eu normalmente não faria. Escrever é mais difícil do que eu pensava e a vendedora de uma loja vintage que eu descobri em Scarsdale me ofereceu um e, bem, na minha pesquisa, descobri que *todo mundo* fumava nos anos 50, então imaginei que isso devia fazer parte da minha investigação. Quer dizer, eu não planejava realmente fumar o cigarro. Eu juro, Nate! Por favor, para de me olhar assim.

Nate continuava a encará-la como se quisesse estrangulá-la.

— Estou com bloqueio para escrever e me pareceu que isso poderia ajudar, entende? Quer dizer, talvez o cigarro me desse algum insight ou alguma besteira dessas. Só foi este. Juro.

Alice apontou para o copo d'água com o cigarro pela metade boiando na superfície, o tabaco espalhado como folhas soltas de chá. Então ela reparou no maço de cigarros na beirada da mesa, ligeiramente escondido pela pilha de revistas. Alice se posicionou de modo que fosse possível bloquear a visão do marido.

Nate ainda não havia se movido. Continuava parado como uma estátua, na entrada da sala de estar, com a água da chuva pingando no chão sob os pés, com uma expressão de descrença no rosto.

— Você fumava na faculdade?

— Foi por muito pouco tempo. E só de vez em quando. Por favor, Nate. É só a porcaria de um cigarro.

— Que merda tá acontecendo com você, Ali? — perguntou Nate. Na verdade, ele gritou.

E foi então que Alice se deu conta de que o motivo que o fizera voltar para casa mais cedo era pior do que encontrar a esposa não fumante tragando um cigarro no meio do dia. Ela franziu o cenho.

— Espera. Por que você chegou em casa cedo?

— Você quer saber? — falou Nate, a voz subindo de tom.

Foi por isso que eu perguntei.

As mãos de Alice começaram a tremer e ela apertou uma contra a outra.

— Sim, Nate. Eu quero saber.

Vários cenários passaram em ritmo acelerado pela mente de Alice: Nate estava doente (ele não parecia doente, não exatamente); o jantar a que ele iria tinha sido cancelado e Nate havia decidido trabalhar o resto do dia em casa; ele ainda estava preocupado com ela depois de todo o incidente do cisto (só que ela estava perfeitamente bem agora, e os dois sabiam disso). No entanto, nenhuma daquelas possibilidades explicava por que ele estava claramente muito aborrecido.

Nate levou a mão ao fecho do capacete de ciclista, sem tirar os olhos de Alice.

— Eu conheci Jessica Stalwart no almoço. Lembra dela? Porque ela se lembra de você.

Alice assentiu, mantendo uma expressão neutra no rosto, fingindo-se apenas levemente curiosa, embora a imagem estivesse tomando forma em sua mente.

— Como vocês se conheceram?

Os caminhos de Nate e Jessica nunca haviam se cruzado, e Alice não conseguia entender como aquilo tinha acontecido.

— Ela está namorando Jason Cutler. — Jason trabalhava na mesma empresa de Nate e fazia parte do grupo de colegas mais próximos dele. — E apareceu no escritório porque ia sair para almoçar com ele.

Jessica Stalwart havia começado a trabalhar no Grupo Wittington cerca de seis meses antes de Alice ser demitida. Alice tinha gostado imediatamente de Jessica — além de também ser determinada, era uma profissional perspicaz e autoconfiante, e Alice achava que elas teriam ficado amigas se as coisas tivessem seguido outro rumo. Alice descobriu que Jessica a substituíra no cargo de lacaia de Georgia depois que ela saíra da empresa, o que significava que a mulher sem dúvida sabia de algumas coisas. Coisas particulares que só Georgia poderia contar a ela. Tipo, digamos, sobre um possível processo e um certo escritor famoso. *Merda*.

— Como ela está? — finalmente conseguiu perguntar Alice, e foi quando Nate não pôde mais se conter.

Ele entrou furioso na sala de estar, jogou a bolsa no chão e soltou o capacete, atirando-o no chão também. Alice estremeceu quando o capacete bateu na madeira, e os tremores de desagrado do piso se espalharam até os pés dela.

— A Jessica está bem. Parece que ela saiu do Grupo Wittington recentemente. Mas o mais interessante foi a preocupação dela com o que *você* estava fazendo.

— Comigo? — Alice fez o possível para parecer perplexa. — Por quê?

— Por que você não me contou, Ali? — Nate se aproximou, o corpo tenso e vibrando de fúria. Ele fechou os olhos com força e beliscou a ponte do nariz com os dedos. — Por que você não me contou sobre James Dorian?

A mente de Alice estava acelerada, tentando determinar exatamente quanto Jessica contara a ele.

— Nate, não havia nada pra contar.

Nate balançou a cabeça e cerrou os lábios.

— Ele *assediou você sexualmente*, Ali.

Ah. Então não se tratava de Alice ter exposto o segredo de James e perdido o emprego e, mais importante, ter mentido para Nate sobre isso.

— Não foi tão sério. Nunca estive em perigo nem nada assim. Quer dizer, sim, ele colocou a mão no meu joelho, e não, eu não o autorizei a fazer isso. Mas foi só. As coisas só chegaram até aí. — Ela respirou fundo. — Dorian é um bêbado e um misógino, mas não era nada com que eu não conseguisse lidar.

— Nada com que você não conseguisse lidar? — Nate arregalou os olhos e baixou o tom de voz. — Você precisa envolver a polícia ou algo assim. — Ele bufou, enquanto andava em círculos pela sala. Acabou chutando o capacete sem querer, fazendo-o rolar mais longe pelo chão. — Processar a Georgia por colocar você nessa posição. E o Grupo Wittington por não proteger seus funcionários.

Nate estava furioso, mas não com ela, portanto Alice relaxou. Não haveria polícia envolvida ou abertura de processo; ela já cuidara de tudo. E tinha sido bom que o marido tivesse encontrado com Jessica Stalwart. A revelação significava que Alice poderia manter as aparências — os modos pervertidos de James Dorian eram a explicação ideal para ela ter deixado o Grupo Wittington. Explicaria seu silêncio sobre o assunto dizendo que não queria preocupar Nate com algo que ela tinha resolvido, mas antes que pudesse dizer alguma coisa, Nate perguntou:

— Você foi demitida? Porque a Jéssica disse que você foi demitida.

— Não. Eu...

— A Georgia demitiu você por causa disso? Porque se foi isso...

Nate agarrou as mãos dela, apertando seus dedos com gentileza. Deus, ele parecia tão triste. Ainda assim, a raiva ardia em seus olhos, no modo como o seu maxilar se movia para a frente e para trás, nos dentes cerrados.

Aquele era o momento de contar ao marido. Mas com certeza era mais fácil não contar, decidiu Alice, já que os detalhes do que havia acontecido com James Dorian e o Grupo Wittington agora eram irrelevantes. Além disso, toda a coisa do DIU ainda era recente, estava em carne viva, e Alice não tinha certeza se ambos conseguiriam lidar com outra revelação no momento.

— Por isso é que eu não podia mais trabalhar lá. Era um ambiente tóxico e eu precisava ficar longe de James Dorian, da Georgia e do Grupo

Wittington. — Ela também apertou os dedos dele. — Eu superei, então você tem que superar também. Não há nada a ser feito. Tá bom?

Nate respirou fundo e soltou o ar com um silvo.

— Tá bom, Ali, tá bom — disse por fim, e Alice sussurrou um agradecimento e se inclinou para ele. — Só fico muito feliz por você ter saído de lá.

— Eu também.

Eles sentiram uma vibração e Alice se afastou quando Nate tirou o celular do bolso para ver quem estava ligando. *Drew Baxter*. Ela percebeu o movimento súbito, mas sutil, do marido para se distanciar um pouco dela, os olhos fixos no aparelho.

— Ah, desculpa, eu preciso atender. É o Rob — disse Nate, referindo-se ao chefe, Rob Thornton.

Ele olhou do celular para o rosto de Alice, sem perceber que ela tinha visto o nome de Drew na tela. Nate parecia em conflito quanto a o que fazer, se deveria continuar dando atenção a Alice, que acabara de confirmar ter passado por uma experiência séria e perturbadora, ou atender a uma ligação da parceira de estudo. Aquela situação não deveria ser uma escolha.

— Mas eu posso deixar pra lá...

Enquanto o celular de Nate continuava a tocar — ele claramente queria atender —, Alice sentiu um entorpecimento tomar conta dos seus membros, mas forçou um sorriso.

— Não, não, pode atender. É melhor você atender.

Ele sorriu e levou o celular ao ouvido, enquanto caminhava em direção à escada, que subiu de dois em dois degraus. Alice ficou parada na base da escada, tentando ouvir um trecho da conversa, mas só o que conseguiu escutar antes de Nate fechar a porta do quarto foi "Eu sei que isso é difícil... pra mim também...", num tom informal demais, íntimo demais, para Alice acreditar que se tratava de um assunto de trabalho. Ela sentiu o estômago dar uma cambalhota quando se deu conta de que, como havia temido, alguma coisa que não era apenas estudar juntos estava acontecendo entre Drew Baxter e o marido dela.

36

Nellie
13 de setembro de 1956

Chá de atanásia

1 a 2 colheres (chá) de flores secas de atanásia
1 colher (chá) de casca de laranja cristalizada
1 xícara de água fervente
1 colher (chá) de mel

Deixe as flores e a casca de laranja em infusão na água fervendo até o líquido se tornar dourado. Acrescente mel e beba rapidamente. Repita se necessário.

ELSIE MATILDE SWANN
MÃE AMADA QUE PARTIU CEDO DEMAIS
2 DE SETEMBRO DE 1907 — 5 DE OUTUBRO DE 1948

Pelo menos seis meses tinham se passado desde a última vez que Nellie visitara a mãe, e estava tudo bastante desarrumado ao redor da lápide. A grama tinha crescido descontroladamente — algumas folhas mais compridas que outras, algumas mais verdes, outras um pouco mais robustas. Era como se a grama não soubesse crescer com alguma uniformidade sem Elsie Swann e seu dedo verde para persuadi-la a isso. Nellie puxou alguns tufos rebeldes do chão e sacudiu a terra solta. Ela deixou o buquê de dálias — uma flor mais harmoniosa, de pétalas vivas que brotavam do centro como uma obra de arte — na base da lápide, os botões rosados e brancos alegres desafiando a melancolia do dia nublado. As dálias sobreviviam por muito tempo (Nellie já as vira suportar uma geada precoce) e significavam um compromisso inquebrantável entre duas pessoas. Embora Nellie achasse a flor alegre demais para um significado tão profundo, Elsie insistia que era por isso que as dálias eram tão encantadoras. "Tão poderosas quanto belas. Como você, minha menina querida".

— Oi, mãe. Feliz aniversário atrasado. — Nellie passou os dedos pelo nome da mãe gravado na pedra fria e tingida de roxo, demorando-se na data da morte. — Lamento que tenha se passado tanto tempo, mas foi difícil chegar aqui. Embora eu ache que logo será mais fácil visitá-la com uma frequência maior.

Ela enfiou o vestido embaixo do corpo e se sentou ao lado do túmulo, sentindo a grama pinicar as panturrilhas. Como sempre, Nellie tentou não pensar na última vez que vira a mãe, embora nunca fosse fácil. A cena horrível que ela encontrara quando voltou da escola naquele dia, quase oito anos antes. *A banheira. A água, até a borda.* A mãe totalmente vestida sob a superfície com os olhos arregalados, mas opacos. Nellie ainda era jovem demais para morar sozinha, mas a mãe não lhe deixara escolha.

Elsie não havia conhecido Richard, não fora ao casamento de Nellie e nunca leria as cartas que a filha estava escrevendo. Por alguma razão, era importante para Nellie esconder de Richard a verdade sobre a mãe, mesmo no começo, quando as coisas eram respeitosas entre eles. Talvez ela se sentisse envergonhada — a maior parte das pessoas concordaria que tirar a própria vida era um pecado, e Nellie não queria que a memória de Elsie fosse maculada. Mas era mais provável que fosse por medo de que a escuridão que havia tomado conta de Elsie pudesse um dia também dominar Nellie. E, se Richard soubesse daquilo, bom, era provável que usasse a informação contra a esposa.

Richard acreditava que Elsie Swann morava em um lar para idosos nos arredores da Filadélfia e que sofria de demência. A equipe do lugar teria recomendado visitas breves, e apenas de Nellie, razão pela qual Richard nunca a acompanhava. No entanto, Nellie nunca tinha estado na Filadélfia, já que a mãe estava enterrada em Pleasantville. Bem perto de onde Nellie e Richard moravam.

— As coisas... saíram do controle com Richard — disse Nellie. — Mas espero que melhorem quando eu voltar para casa.

Ela tinha dito a Miriam que passaria a noite fora da cidade, visitando a mãe na Filadélfia. Miriam perguntara se Nellie queria levar as cartas com ela, mas Nellie havia respondido que, infelizmente, a mãe não conseguiria ler as cartas.

Miriam a abraçara com força, os dedos artríticos alisando as costas de Nellie em círculos suaves. Ela disse que talvez Nellie encontrasse a mãe mais lúcida daquela vez e que rezaria por Elsie. Nellie não gostava de mentir para Miriam, mas era mais fácil daquele jeito.

A princípio, Richard resistira à viagem, usando como desculpa a gravidez de Nellie, e as responsabilidades dela em casa. Mas Nellie havia insistido — a mãe não estava nada bem. Aquela poderia ser a última visita. Richard por fim cedera, fazendo-a prometer ficar apenas uma noite, apesar da distância.

— Estou grávida de novo — disse Nellie, falando para a lápide da mãe. — Richard está encantado com isso. — Ela soltou um suspiro profundo. — Eu tentei, mãe, realmente tentei, mas ele é forte demais. E... determinado, também.

Nellie rearrumou as dálias, embora as flores não precisassem disso.

— Mas não se preocupe, mãe — acrescentou, a voz mais animada. — Eu sei o que fazer e tudo vai terminar bem.

Ela fechou os olhos para imaginar o belo sorriso de Elsie, sabendo que, se estivesse viva, a mãe ficaria orgulhosa de sua força e coragem.

— Outro dia eu estava pensando na sua amiga, a sra. Powell. — O ribombar de um trovão soou ao longe, e Nellie olhou para o céu, onde nuvens cinzentas se aglomeravam. Os pelos de seus braços ficaram arrepiados, a eletricidade da tempestade iminente se fazendo presente.

— Lembra daquela linda piteira de madrepérola que ela deu à senhora? Mesmo que a senhora não fumasse, carregava aquela piteira por toda parte... É engraçado, as coisas que a nossa memória guarda, não é? Enfim, eu uso a piteira o tempo todo agora. Foi um lindo presente.

Betty Ann Powell tinha sido uma mulher deslumbrante — alta, angulosa, os lábios sempre rosados, as unhas brilhantes e um cigarro na piteira de madrepérola — e para Nellie, aos treze anos, era a mulher mais exótica que ela já tinha visto. Nellie ajudava a tomar conta dos dois filhos pequenos dos Powell e apreciava as conversas que tinha com a sra. Powell. Ela era brilhante, tanto a mente quanto a energia que exalava, ao menos até o dia em que descobrira estar grávida de novo. Betty Ann Powell havia parado de sorrir.

Quando Nellie perguntara à mãe qual era o problema, Elsie tinha lhe explicado que, embora pudesse ser difícil para ela entender, a sra. Powell não queria outro filho.

— As mulheres têm tão poucas opções, Nellie. Nosso gênero pode ser nossa maior força, mas também é nossa maior fraqueza.

Como a mãe previra, Nellie realmente não tinha entendido o que ela dissera — nem a questão da falta de desejo por um filho (nem toda mulher queria filhos?) nem o comentário sobre os pontos fortes e fracos de ser mulher —, mas balançou a cabeça como se entendesse.

Aquele talvez tenha sido também o momento que Nellie começara a ver a própria mãe de maneira diferente. *Ter Nellie havia sido uma escolha que Elsie fizera ou algo que a mãe tinha sido forçada a fazer?*

— Meu coração só continua batendo, filha, porque você pode ouvi-lo — dissera Elsie certa vez.

Aquilo assustara Nellie, que ainda não tinha maturidade suficiente para compreender que o coração continua batendo, mesmo em meio à tragédia e tristeza, embora a própria Elsie fosse acabar lhe ensinando aquela lição. Isso havia reforçado nela a crença de que a sobrevivência das mulheres só era garantida quando tinha filhos.

Desde então, Nellie havia aprendido a verdade sobre o coração *e* sobre a doença da mãe — e também se dera conta de que, por escolha ou não, Nellie forçara Elsie a suportar uma dor profunda e duradoura. Sem Nellie, Elsie teria se permitido sucumbir muito antes — viver por outra pessoa não era um sacrifício pequeno. Depois que a mãe revelou que a sra. Powell não queria outro filho, ela e Elsie passaram uma tarde na casa dos Powell. As duas mulheres cochichavam entre elas na varanda enquanto a sra. Powell bebia o chá dourado de atanásia — uma receita de Elsie, preparada com flores do seu jardim — e Nellie brincava com as crianças, pensando em escolhas e bater de corações.

Dois dias depois, Nellie foi chamada para cuidar dos filhos dos Powell novamente. Elsie explicou que a sra. Powell havia contraído um vírus, uma doença estomacal que a deixara gravemente doente, e ela havia perdido o bebê. Nellie, jovem e propensa a pensamentos supersticiosos naquela época, pensou que talvez o bebê da sra. Powell tivesse morrido porque sabia que não era desejado, porque estava a par dos pensamentos e arrependimentos mais íntimos da mulher. Só mais tarde, quando a mãe sentiu que a filha já tinha idade para entender a verdade, é que soube que o aborto não tinha nada a ver com gripe ou pensamento mágico.

O vento mudou de direção, soprando nas panturrilhas nuas de Nellie, e ela estremeceu.

— Lamento, mas preciso ir, mãe. — Ela se levantou e tirou algumas folhas de grama das pregas da saia. — Não quero ser pega por um temporal.

Nellie se curvou e pressionou os lábios na pedra. A chuva começou a cair em gotas grossas e contínuas. Mas ela não se importava com a chuva ou com o modo como as roupas encharcadas pressionavam a pele, fazendo-a tremer enquanto corria de volta para o hotel, ansiosa por uma xícara de chá quente.

De volta ao quarto de hotel, não muito longe do cemitério de Pleasantville, onde a mãe estava enterrada, e da casa que ela dividia com Richard, Nellie preparou uma xícara de chá para combater o frio da tempestade em que havia sido pega. As flores de atanásia, que pareciam botões amarelo-limão felpudos quando desabrocharam, estavam secas e enrugadas na sacola de papel que Nellie tirou da bolsa. Ela acrescentou um pouco de casca de laranja cristalizada à xícara e despejou a água fumegante sobre a mistura de flores e casca, esperando o tempo da infusão. Então, acrescentou uma colher de chá de mel para dar um pouco de doçura, já que as flores tinham um sabor bastante amargo. Nellie bebeu três xícaras de chá antes de se deitar na cama, mas não dormiu. Ela estava bem alerta e pensativa depois da visita à mãe.

Poucas horas depois, Nellie já se sentia muito mal. Deitada no chão de ladrilhos do banheiro, tremendo, ela teve certeza de que estava morrendo. Talvez houvesse alguma verdade na história de que o coração de uma mulher continuava a bater por causa dos filhos. Por um momento, Nellie acolheu a ideia, imaginando que, da próxima vez que vomitasse, seu coração iria parar e, por misericórdia, tudo estaria acabado. Mas, pela manhã, o pior havia passado e ela foi acordada pela chuva forte, que fazia poças nas ruas.

Nellie se levantou com cuidado, se agarrando à pia do banheiro com as mãos trêmulas, e sentiu uma cólica forte atravessar o abdome. Ela dobrou o corpo, ofegando e gemendo de dor quando outra cólica pareceu rasgá-la por dentro. O alívio foi quase tão forte quanto a dor.

Embora acreditasse que aquela era a única maneira, Nellie chorou até seu útero parar de se contrair e as dores cessarem de vez. Aquela era uma escolha que ela não desejaria ao seu pior inimigo, mas sentia-se grata por tê-la. Grata pelos presentes que um jardim e suas flores ofereciam a uma mulher que precisava.

Depois que tudo passou, sentindo-se fraca e exausta, Nellie se limpou e lavou a xícara de chá na pia do banheiro, eliminando todo vestígio de flores de atanásia. Ela fumou um de seus cigarros diante da janela do banheiro, observando a chuva e se perguntando quando o tempo ia melhorar. O telefone tocou enquanto ela arrumava a pequena valise que levara e que estava em cima da cama na qual não havia dormido. O toque estridente do telefone ecoou no pequeno quarto, e ela deixou tocar algumas vezes antes de atender.

— Nellie? — disse Miriam, um pouco sem fôlego. Nellie pressionou o fone contra o ouvido, a ansiedade inundando-a. — Ah, querida. Você precisa voltar para casa imediatamente.

Pouco tempo depois, Nellie estava no trem, esperando que ele partisse e a levasse para casa em Greenville, onde nada seria igual outra vez. Ela estava curvada no assento com os braços passados com firmeza ao redor da barriga, já que as cólicas ainda não a haviam abandonado totalmente. A chuva continuava implacável, e Nellie encostou o rosto manchado de lágrimas na janela do trem, os olhos acompanhando as gotas que deixavam marcas no vidro.

Certa vez, quando Nellie era muito jovem e estava ajudando Elsie a preparar os canteiros para o plantio, começou a chover — uma chuva torrencial.

— Parece que está chovendo canivetes, filha — disse a mãe, embora continuasse onde estava, sem a menor preocupação com a chuva torrencial ou com a promessa de canivetes afiados caindo do céu. *Chovendo canivetes?* A jovem Nellie olhou para o céu, piscando várias vezes para tirar as gotas de seus olhos, com medo do que estava por vir. Elsie riu muito, jogou a cabeça para trás e colocou a língua para fora, para pegar algumas gotas de chuva.

— É um ditado, Nellie. Só água cai do céu, meu amor.

Aliviada, Nellie também inclinou a cabeça para trás para beber a chuva, fresca e doce ao tocar sua língua. O temporal continuou, a mãe voltou a trabalhar no jardim e comentou:

— Depois da tempestade, vem a bonança. — A frase foi dita com fervor, como se Elsie acreditasse em uma promessa que o céu nem pensaria em não cumprir.

No entanto, Elsie não se dava bem com céus tempestuosos, e o dia em que Nellie encontrou o corpo sem vida da mãe na banheira transbordando e manchada de sangue marcava o sétimo dia sem um raio de sol. Aquela tinha sido uma semana bastante chuvosa — inundações repentinas, as pessoas saindo de casa só quando absolutamente necessário, escondendo-se sob guarda-chuvas sombrios. Um dia depois de Elsie se afogar — havia um copo de leite bebido até a metade na borda da banheira (verde-esmeralda, graças ao inseticida venenoso verde que ela havia misturado, para garantir que nunca acordaria) —, o sol apareceu, forte, quente e transformador, e Nellie se lembrou do que a mãe havia dito. Ela sempre se perguntaria por que Elsie não conseguira acreditar daquela vez. Que o sol sempre voltava... desde que você fosse forte o suficiente para esperar por ele.

37

Esposas passam tanto tempo sozinhas que, com frequência, não compreendem que um homem ser "deixado a sós" não quer dizer sozinho de verdade — quer dizer apenas ser deixado livre de todas as exigências e pressões das mulheres. Alguns maridos desenvolvem essa ilusão passando uma noite no boliche, ou jogando cartas com os amigos. Outros se fecham na garagem e fazem uma revisão no carro — ou leem uma história de detetive. Seja qual for o uso que um homem faz desses momentos felizes, é inteligente da parte da esposa deixar que ele os tenha. Não há dúvida de que os maridos precisam escapar da coleira de vez em quando.

— Sra. Dale Carnegie, *How to Help Your Husband Get Ahead in His Social and Business Life** (1953)

Alice
4 de setembro de 2018

— Acho que sei por que sua mãe estava com aquelas cartas da Nellie — disse Alice. — Ou pelo menos por que elas nunca foram enviadas.

Sally serviu café em duas xícaras nas quais se lia MÉDICOS SÃO OS MELHORES — e que tinham sido um presente de um estudante de medicina com quem ela trabalhara anos antes.

---

* Em tradução livre: "Como ajudar o seu marido a ter sucesso na vida social e profissional". (N. da T.)

— Por quê?

— A mãe dela morreu anos antes de Nellie conhecer Richard. O que significa que não havia a quem enviá-las. — Ela pegou um pedaço do bolo de limão que havia feito quando supostamente deveria estar escrevendo, o glacê pegajoso da cobertura grudando em seus dedos. — Eu estava pesquisando para o meu livro e encontrei a certidão de óbito de uma Elsie Swann, de Pleasantville. E havia o nome Eleanor Swann como pessoa responsável pela informação da morte.

— Não me diga. — Sally acrescentou creme ao café em sua xícara e mexeu até conseguir um líquido de um bege uniforme.

— Ao que parece, a causa da morte foi envenenamento e asfixia e, escuta só, "afogamento por insanidade temporária". O que quer que isso signifique.

— Ah. Isso significa que foi suicídio — explicou Sally. — "Insanidade temporária" como causa da morte era a maneira delicada de dizer que alguém tinha se matado. Antes de o suicídio ser descriminalizado no início dos anos 60, você poderia ir para a cadeia se tentasse.

Suicídio. A mãe de Nellie havia tirado a própria vida. Uma onda de tristeza dominou Alice. Era estranho se comover tanto por causa de uma estranha, uma mulher com quem tinha pouco em comum, a não ser por uma casa. Ainda assim, Alice sentia uma afinidade com Nellie. E sentia que havia mais naquela mulher do passado do que as cartas revelavam.

— Eu me pergunto por que Nellie continuou escrevendo para a mãe, mesmo ela estando morta.

— Não temos como saber com certeza. — Sally olhou pela janela da frente. Estava chovendo, por isso elas tinham sido forçadas a ficar dentro de casa durante o encontro da tarde. Seis meses antes, Alice teria rido da ideia de todo dia tomar um café à tarde com a vizinha idosa, mas agora era a parte do dia pela qual mais ansiava. — Talvez ela sentisse saudades de conversar com a mãe.

— Você sente falta da sua mãe? De conversar com ela, quero dizer?

— Sinto. Todo dia. Sempre me senti culpada por ter deixado minha mãe aqui, sozinha. Mas ela era forte. Depois que o meu pai morreu, a mamãe encontrou um jeito de voltar a ser feliz. Ela teve uma vida muito plena, mas sei que gostaria que eu morasse mais perto. Além disso, talvez desejasse ter tido um neto para o qual pudesse tricotar suéteres. — Sally sorriu, parecendo triste por um momento, o que não era comum.

— Não sou próxima da minha mãe — confessou Alice. — Somos muito diferentes.

— Em quê?

— De quase todas as formas que você puder imaginar. A minha mãe é otimista, eu sou realista. Ela bebe chá, eu prefiro café. Ela é magra, eu gosto de bolo de limão. A minha mãe pratica ioga desde antes de estar na moda, e eu sou o menos flexível possível. Às vezes eu corro, mas principalmente para compensar essas calorias extras que coloco para dentro.

Alice deu uma mordida caprichada no bolo e ergueu as sobrancelhas, o que fez Sally rir.

— Não tenho dúvidas em relação ao amor da minha mãe, mas ela foi mãe solo. — Alice deu de ombros. — Sempre tive a sensação de que ela se ressentia um pouco da maternidade, sabe? Que a minha vida tinha sido possível à custa de sacrifícios da vida dela, ou algo assim.

Sally deu um sorriso compreensivo.

— Não posso dizer com certeza, já que não tenho filhos, mas desconfio de que ser mãe é um papel muito complicado.

Alice suspirou.

— Imagino que ela tenha feito o melhor possível. A minha mãe realmente não me entende, e eu não entendo ela. Mas nós duas temos consciência disso, então de alguma forma damos um jeito de fazer funcionar bastante bem.

— E o seu pai? — perguntou Sally.

— O meu padrasto é incrível. O tipo de cara sólido, carinhoso e generoso. Mas meu pai biológico nos deixou quando eu era criança.

Sally não disse nada, ficou esperando que Alice continuasse ou mudasse de assunto. E, de repente, Alice sentiu vontade de falar sobre o pai, de como se sentia apavorada de não ser nada parecida com a mãe porque era exatamente igual ao pai.

— Ele morreu há quase dois meses.

— Lamento muito saber disso, Alice. Essa é uma pílula difícil de engolir, não importa a situação.

— Obrigada, embora eu deva acrescentar que não via o meu pai, ou falava com ele, havia vinte anos. — Mas Alice sabia que não importava se a mãe ou o pai eram presentes ou ausentes, bons ou ruins, eles são parte de cada pessoa. Querendo ou não, eles vivem dentro de você. — Ele era basicamente um estranho.

— Estranho ou não, era o seu pai. Relacionamentos nunca são fáceis. Especialmente aqueles em que nascemos. — Sally estendeu a mão para Alice, e as duas ficaram de mãos dadas por um momento. — Então, me conta, srta. Alice. Como está indo o livro?

Alice gemeu.

— Não está indo. Posso pular esse assunto também?

— Bloqueio para escrever, de novo?

— Mais ou menos, eu acho. Eu tive uma ideia que me animou e estou pesquisando a respeito, mas escrevi tão pouco que não sei se qualificaria a história nem como um conto neste momento.

Sally pensou a respeito.

— Você quer *mesmo* escrever um romance?

— Acho que sim. — Alice olhou para a amiga. — Ou achava que queria. Mas agora não tenho certeza.

— Então, meu Deus, por que está fazendo isso?

— Porque fui demitida do meu emprego por causa de uma coisa estúpida que fiz e não contei ao Nate o que aconteceu. Ele queria se mudar para uma cidade menor e eu não tinha um emprego nem uma desculpa para permanecer em Murray Hill, e escrever um livro era algo que eu sempre disse que queria fazer, porque parecia o tipo de coisa que a maioria das pessoas deseja fazer, e me garantiria uma distração tão boa quanto qualquer outra enquanto eu tentasse engravidar.

Alice fez uma pausa, então prendeu a respiração. Se tivesse continuado, talvez acabasse confessando o fiasco do DIU e o arrependimento profundo pelo que fizera. Ou suas dúvidas em relação a ter um bebê, e como isso lhe dava a sensação de estar falhando no casamento. Ou poderia ter admitido o medo de que Nate estivesse guardando seus próprios segredos, e que talvez ele não fosse um marido tão bom quanto parecia.

— A minha mãe sempre dizia: "Nunca faça uma pergunta simples se quiser uma resposta simples". — Sally deu um sorriso tranquilizador para Alice.

— Me sinto inquieta quase o tempo todo. Como se estivesse esperando que a vida real comece, e enquanto isso ficasse passando o tempo, vendo tudo desmoronar até que as coisas voltem a fazer sentido.

— Querida, eu gostaria de ter um conselho pra te dar, mas não sei nada sobre escrever um livro, ou sobre ser casada, ou ainda sobre me sentir pressionada para ter um filho — comentou Sally. — Quer dizer, acho que sei um pouco sobre essa última parte, porque a minha mãe vivia insistindo para que eu tivesse um bebê, mesmo que sozinha. Ela dizia que eu poderia me mudar para cá, trabalhar no hospital da região e que ela me ajudaria a criar o bebê. A minha mãe tinha até uma lista de bons partidos do bairro, que mantinha atualizada e me enviava regularmente, com uma coluna de prós e contras para cada um. Essa lista sempre me fazia rir. Continha coisas como "se veste bem" no lado positivo e "começando a ficar careca" como um defeito, como se esses atributos estivessem de alguma forma ligados ao sucesso de um relacionamento conjugal.

Elas riram, então Sally continuou.

— No entanto, apesar da educação que a minha mãe teve, e das pressões da época para que as mulheres fossem vistas, mas não ouvidas, para que não tivessem aspirações fora de casa, ela era uma feminista! Um dos maiores presentes que me deu... e ela foi uma mãe maravilhosa, por isso me deu muitos... foi me fazer responder a uma pergunta.

— Qual?

Sally endireitou o corpo, colocou uma expressão intensa no rosto e balançou o dedo da maneira que Alice presumiu que a mãe dela devia ter feito.

— Ela disse: "Sally, a pergunta mais difícil que temos de nos fazer nesta vida é: 'Quem sou eu?' Em um mundo ideal, deveríamos responder por nós mesmas, mas fique avisada que as pessoas vão se esforçar para fazer isso por você; portanto, não permita que façam".

Alice sentiu a garganta apertar... estava à beira das lágrimas.

— Me permita lhe oferecer o mesmo presente, Alice, e lhe dizer que seu único trabalho... mais importante do que escrever um livro, cuidar de uma roseira ou preparar uma refeição... é descobrir a resposta para essa pergunta.

— Acho que eu teria gostado da sua mãe — comentou Alice.

Sally pousou a mão no joelho dela.

— E ela teria gostado de você. A minha mãe tinha uma queda pelos inquietos.

38

Mas, no caso de um lapso *ocasional* da parte do marido, há um conselho que talvez se prove aceitável. E o meu conselho seria perdoar e esquecer. Ou, ainda melhor, fazê-lo acreditar que você não sabe de nada. Um lapso ocasional do caminho da retidão não significa que ele deixou de amá-la. Ele pode amá-la da mesma forma; e pode amá-la ainda mais.

— WILLIAM J. ROBINSON, *Married Life and Happiness** (1922)

Alice
23 de setembro de 2018

— O que vai ser? É por minha conta.

Bronwyn pousou seu caderno na pequena mesa de canto da H&H Bagels e afastou a cadeira, pronta para fazer o pedido. Ela havia convencido Alice a passar o dia em Manhattan, brincando que havia grande chance de o sangue da amiga estar se tornando suburbano demais, e a única solução seria uma injeção de bagels e uma visita à manicure. Bronwyn tinha uma programação completa preparada, incluindo uma visita ao local onde planejava fazer sua festa pós-casamento, seguida por jantar e drinques com alguns amigos da vida anterior de Alice. Mas nada aconteceria até que comessem os bagels, porque Bronwyn ficava profundamente desagradável quando sua glicemia estava muito baixa.

---

* Em tradução livre: "Vida de casada e felicidade". (N. da T.)

— O de sempre? — perguntou.

Alice se sentira meio nauseada durante toda a manhã, mas sabia que precisava colocar alguma coisa no estômago, que estava vazio a não ser por uma xícara de café e uma banana que comera mais cedo.

— O de sempre está perfeito. Obrigada.

Enquanto a amiga fazia o pedido — o número 7 para Alice (ovo, abacate e queijo pepper jack em um bagel de gergelim); e salmão defumado e cream cheese de cebolinha no bagel de centeio para Bronwyn —, Alice olhou pela janela e tocou as pérolas em seu pescoço. Tinha escolhido uma calça cigarrete preta e uma blusa sem mangas de bolinhas, finalizando com as pérolas e o cabelo enrolado em cachinhos presos com grampos no alto da cabeça. Bronwyn havia comentado que ela estava incrível — e magra! — e Alice sorrira com o elogio, feliz por ter escolhido aquela roupa em vez das opções mais casuais de sempre. Havia perdido peso desde a mudança — o estresse, o fato de não comer fora e, provavelmente, o hábito recente de fumar, tudo contribuía para que ela estivesse usando um tamanho que não usava havia um tempo.

Elas mergulharam nos bagels — Alice dava pequenas mordidas, mas garantiu a Bronwyn que estava bem quando a amiga perguntou. Depois de um almoço silencioso, Bronwyn apoiou os cotovelos na mesa e olhou com curiosidade para Alice.

— Ali, o que está acontecendo?

— Com o quê?

Elas se conheciam bem, e Bronwyn podia ler nas entrelinhas das tentativas de Alice de fingir ignorância.

— Com você, obviamente.

— Nada de novo, na verdade. Estou escrevendo, cuidando do jardim, e tentando não colocar fogo na casa quando cozinho. — Alice sorriu enquanto limpava os dedos em um guardanapo. — Tudo o que uma boa dona de casa faz.

— Escuta, sei que você está querendo parecer que está brincando, mas também sei que não está. — Bronwyn estendeu a mão e pousou no braço da amiga. — Fala comigo, Ali.

Alice não estava com vontade de falar — queria aproveitar o domingo de céu azul e o almoço e pular as conversas profundas. Quando chegou de trem naquela manhã, tinha certeza de que tudo estava de volta aos trilhos entre ela e Bronwyn: tinha se desculpado; Bronwyn a perdoara. Mas, assim que viu a amiga, Alice teve a sensação de que ainda permaneciam resquícios da briga, do jeito como alguém pode limpar o chão de alguma coisa pegajosa e ainda assim continuar sentindo as meias grudando dias depois quando pisa ali. Apesar dos abraços e de Bronwyn ter dito "Agora está tudo bem com o mundo!" quando se encontrou com Alice na estação, alguma coisa fundamental havia mudado entre as duas mulheres — como se a empolgação e as declarações fossem mais de fachada.

— Sinceramente, não tenho nada pra contar. Estou me sentindo bem. — Ela deu um gole na água, usou o guardanapo para enxugar a marca de condensação na mesa, e pensou em Nate e Drew. E teve que disfarçar a expressão de mau humor. — Está tudo bem, Bron. Não fica tão preocupada.

— Ora, estou preocupada. Você está diferente.

— Como assim?

— Pra começar, não está usando calça jeans...

— Então é a minha roupa? — Alice abaixou os olhos para as próprias roupas e encolheu os ombros. — Estou mergulhando nos anos 50 para o meu livro. É pesquisa. Não é isso que todos os grandes autores fazem?

Ela não esperava gostar tanto de roupas vintage, mas Sarah, a vendedora, tinha um olho ótimo, e Alice se sentia elegante na roupa que estava usando. Além disso, como havia perdido peso, nenhuma de suas roupas antigas servia direito.

— Não sei... — Bronwyn apontou para as pérolas, os grampos no cabelo. — Não me entenda mal. Eu gosto dessa sua aparência, mas não é você.

Alice jogou as mãos para o alto.

— Você acabou de me dizer que eu estava ótima!

Bronwyn assentiu e murmurou que era verdade, que ela estava mesmo.

— A questão não é exatamente as roupas, Ali — tentou explicar Bronwyn, o tom de voz mais baixo. Ela mordeu o lábio inferior, algo que fazia apenas para decidir se falava ou não o que estava lhe passando pela cabeça. — E o Nate também está preocupado com você.

Alice estreitou os olhos.

— O que você quer dizer com ele está "preocupado" comigo?

— Tá certo, escuta. Transparência completa. Sim, eu queria muito, muito mesmo, ver você... estava com saudade, e o Darren não come nada com glúten, portanto ele nunca vem ao H&H comigo... Mas também o Nate me ligou. Ele disse que queria te dar um dia na cidade, que as coisas estavam um pouco estressantes nos últimos tempos.

Ela desenhou aspas no ar com os dedos quando disse a palavra "estressante", e Alice soube que estava se referindo ao DIU colocado em segredo e à visita ao pronto-socorro pouco depois.

— Ele me pediu para atrair você para cá com bagels, uma visita à manicure e o meu charme infalível. — Bronwyn abriu um sorriso largo que logo desapareceu quando ela viu a expressão no rosto da amiga.

— Vocês dois são inacreditáveis — murmurou Alice, e afastou a cadeira para trás em um movimento rápido. A cadeira guinchou e as pessoas nas mesas vizinhas olharam surpresas para elas.

— O que foi? Espera, Ali. Não é...

Mas Alice já estava na porta da loja. Bronwyn praguejou baixinho, seguiu-a pela calçada e ficou assistindo impotente enquanto Alice vasculhava sua bolsa procurando alguma coisa e ignorando as perguntas de por que tinha ficado tão irritada.

— Sabe de uma coisa, Bronwyn? — disse Alice, a cabeça ainda abaixada enquanto remexia na bolsa e finalmente pegava o celular. — Em vez de se preocuparem tanto comigo, vocês dois deveriam estar preocupados com vocês mesmos.

— O que você quer dizer com isso?

Alice soltou uma risada sem humor e finalmente encarou Bronwyn.

— Você se casou com um cara que mal conhece! Em Vegas, pelo amor de Deus! Só porque ele prometeu te dar um closet, e você também já estava cansada de ser solteira. Casamento é difícil pra cacete, Bronwyn. Eu dou a vocês um ano, no máximo.

Aquilo era uma coisa cruel e horrível de se dizer, mas Alice não se conteve. Odiou a ideia de Nate e Bronwyn terem conversado a respeito dela, compartilhando suas preocupações um com o outro, em vez de falarem diretamente com ela. Como se a tonta da Alice fosse uma criança que precisava ser mimada e protegida.

Bronwyn deu um passo para trás, e sua expressão era um misto de choque e mágoa.

— Você não sabe nada sobre ele.

— Tem razão. Eu não sei. Porque você nem me contou que se casou até dias depois. Pra mim, sua melhor amiga. Como eu poderia conhecer o Darren melhor? — Alice tremia e Bronwyn a observava, parecendo prestes a começar a chorar. — E o Nate deveria se preocupar mais com a colega de estudo dele, e com o fato de que ela está claramente tentando acabar com nosso casamento, e que ele está deixando acontecer.

Bronwyn franziu o cenho.

— Pelo amor de Deus, Ali. O Nate não faria uma coisa dessas.

Alice bufou.

— Porque você conhece o *meu* marido muito bem, não é? Imagino que talvez conheça, já que vocês dois ficam tramando pelas minhas costas. — Bronwyn começou a protestar e Alice interrompeu. — O Nate está mentindo pra mim sobre ela. Portanto, não me diga que ele nunca faria uma coisa dessas. As pessoas podem surpreender a gente, e nem sempre é de um jeito bom.

— O Nate é uma boa pessoa. Vocês dois são como um conto de fadas, certo? Ele não te trairia. Nunca, nunca, nunca. — Bronwyn agarrou as mãos de Alice e tentou puxá-la mais para perto. — Ela é só a colega de estudo dele. É só, Ali. Não transforma isso no que não é.

— Vocês dois conversaram sobre isso? Sobre a Drew?

Alice soltou as mãos e deu alguns passos para trás.

— Não! Alice! Para com isso. Que absurdo!

Mas, apesar do que estava dizendo, Bronwyn parecia... nervosa. O que ela sabia que Alice não sabia?

Alice queria ir para casa, para ficar longe de Bronwyn e daquela conversa que se degradava a cada segundo. Então ela lembrou que Nate estava em casa estudando — ou pelo menos foi o que ele disse que faria. Alice se perguntou se quando entrasse em casa, mais cedo do que o horário combinado e sem aviso, o encontraria sozinho. Ou se aquele plano que ele havia traçado com Bronwyn para tirá-la de casa era para mais do que simplesmente dar à esposa uma pausa para desestressar. Fosse como fosse, Alice precisava saber.

— Hum, não estou me sentindo bem. Acho que o bagel me fez mal — disse Alice. — Desculpa pelo spa e tudo o mais, a gente combina outro dia.

Ela se virou e saiu andando rapidamente, enquanto Bronwyn a chamava, pedindo que esperasse. Mas Alice não parou.

39

A comida preparada com o coração leve e um estado mental feliz normalmente é a melhor comida. Preparar comidas especiais, que são as favoritas de quem você ama... fazer só um pequeno esforço para enfeitar a salada com um ramo de salsa, um pouco de queijo ralado, ou um morango silvestre de uma campina próxima. Isso diz: "Eu me importo com você o bastante para fazer essas pequenas coisas extras". Isso torna o cozinhar mais agradável e satisfatório. Torna a comida tão bela quanto gostosa de comer.

— Betty Crocker's Picture Cook Book, revised and enlarged* (1956)

Alice
23 de setembro de 2018

— O que aconteceu? — perguntou Nate, deixando o computador de lado e se levantando rapidamente do sofá da sala, onde estava estudando.

Haviam se passado apenas algumas horas desde que ela saíra de casa, e Alice soube logo que Bronwyn tinha ligado para ele — Nate não pareceu surpreso ao vê-la. Ela não notou nenhum sinal de Drew, porém já teria dado tempo de ela sair depois da ligação da Bronwyn.

— Não estou me sentindo muito bem.

---

* Em tradução livre: "Livro de culinária ilustrada de Betty Crocker, revisto e ampliado". (N. da T.)

Alice pendurou o casaco e tirou os sapatos. Então, pegou a pilha de cartas de Nellie em cima da escrivaninha, junto com o notebook, que colocou debaixo do braço.

— Que chato. Posso pegar alguma coisa pra você? — se ofereceu Nate. — Um chá, talvez?

Mas Alice já estava na escada.

— Acho que vou só me deitar um pouco.

Se o marido disse mais alguma coisa, Alice não ouviu ao subir as escadas rapidamente. Passara todo o caminho de volta no trem furiosa com Nate e Bronwyn, por conspirarem nas costas dela e tentarem fazer parecer que ela era a única que inspirava preocupação. Seus pensamentos iam dos comentários de Bronwyn à mentira de Nate sobre Drew; no telefonema que ele tinha atendido na outra noite. *Era difícil saber em quem confiar.*

Sem Sally, Alice percebeu que não tinha nenhum aliado, nenhum ouvido confiável para escutar suas frustrações e ansiedades. Jamais ligaria para a mãe para desabafar, e seus outros amigos da cidade haviam rapidamente se tornado meros conhecidos depois que ela se mudara para Greenville.

Desesperada para encontrar uma distração — realmente não queria pensar em Nate, em Bronwyn, ou em Drew —, Alice pegou a pilha de revistas *Ladies' Home Journal* que estava ao lado da cama. Ela se recostou nos travesseiros e folheou uma que ainda não havia lido. Depois de uma dúzia de páginas de anúncios e artigos empenhados em ajudar a dona de casa moderna a dar o melhor de si, encontrou um envelope. Amarelado, não muito diferente das páginas da revista, bem enfiado no vinco entre as folhas. Não havia nada escrito do lado de fora.

Alice se sentou, deixou a revista de lado e passou o dedo ao longo da aba do envelope. Dentro havia outra carta de Nellie para Elsie. Aquela era bastante curta em comparação às outras, só meia página. Os olhos de Alice se arregalaram enquanto ela lia o que dizia a carta escrita com na letra fluida de Nellie, e, quando chegou ao final, releu. A respiração de Alice acelerou e a pulsação disparou.

Da escrivaninha de Eleanor Murdoch

15 de setembro de 1956

Caríssima mamãe,
   Richard está morto
   Estou bem, por favor, não se preocupe. Tenho dinheiro suficiente e uma amiga querida, Miriam, para cuidar de mim. Acho que ficarei melhor sozinha, mãe. Ambas sabemos que Richard não era o homem bom que eu esperava que fosse. O tipo de homem que você desejou para mim. Mas isso pouco importa agora.
   Também devo agradecer a receita do chá de atanásia.* Fui cuidadosa, como você me ensinou a ser, e, embora tenha feito eu me sentir muito mal tanto no estômago quanto no coração, funcionou como prometido. Estou livre, o que é uma grande bênção. Essas verdades me seguirão até o túmulo, quando a verei novamente.
   Com amor e um beijo carinhoso,
   Sua filha, Nellie

Alice virou o papel, mas o verso estava em branco, sem outra pista. Ela leu novamente. *Essas verdades me seguirão até o túmulo...*

Por alguma razão, Nellie não havia incluído aquela carta na pilha que deixou com Miriam. Obviamente a colocara dentro daquela revista para mantê-la escondida. Porém, se realmente quisesse que nunca fosse lida, pensou Alice, teria destruído a carta. Pelo jeito, Nellie queria que aquela carta fosse encontrada pela pessoa certa. Alguém como Alice Hale... aquela carta estava esperando por ela todo esse tempo.

Alice abriu o notebook, o brilho da tela iluminando seu rosto, e digitou "chá de atanásia", na caixa de busca do Google. Quando examinou os resultados, leu "medicamentos" e "benefícios do trato digestivo" e as

---

* Alerta: este chá contém uma erva abortiva e não deve ser consumido por grávidas. (N. do E.)

palavras "tóxico" e "erva abortiva". Alice digitou "abortivo" na caixa de busca e prendeu a respiração ao ler os resultados, embora já tivesse tido um pressentimento. Agora entendia por que Nellie ficara grávida, mas nunca dera à luz.

Um abortivo é uma substância que induz o aborto...

Alice ficou de pé num pulo, fechou o notebook e pegou o cesto de roupa suja, colocando a carta mais recente debaixo de uma pilha de toalhas a serem lavadas. Ela seguiu para o porão, parando apenas por um momento ao passar por Nate para dizer a ele que iria lavar roupas. Ele perguntou se ela estava se sentindo melhor e Alice respondeu "Um pouco", antes de fechar a porta do porão.

Sem se deixar abater pelos cantos sombrios e pela certeza de que haveria aracnídeos por ali, Alice desceu rapidamente a escada e foi até a máquina de lavar. Ela colocou a roupa para lavar, então se agachou na frente da caixa de revistas e pegou tantas quanto suas mãos conseguiam segurar. Foi preciso repetir três vezes o movimento para tirar todas as revistas da caixa. Depois disso, Alice se sentou no degrau na base da escada do porão e folheou as revistas, uma por uma, com a ajuda da lâmpada de baixo consumo de energia, que finalmente havia alcançado seu potencial máximo. Como não tinha certeza do que estava procurando, a princípio ela não encontrou nada nas primeiras revistas, e se perguntou se seus instintos estariam errados. Talvez Nellie não tivesse deixado mais nada para ela encontrar.

Mas, na oitava revista — uma edição de setembro de 1956 com a foto de uma criança loira e rechonchuda usando um vestido de algodão listrado azul e branco na capa —, alguma coisa caiu do meio das páginas quando Alice sacudiu. Era outro envelope, embora mais grosso do que os outros, com o centro mais firme. Aninhado nas dobras do papel estava um pequeno cartão com as palavras "Da cozinha de Elsie Swann" impressas na parte superior. Com o coração acelerado, Alice leu rapidamente o cartão de receita.

Ele listava ingredientes e instruções para uma receita de ervas — *Mistura de ervas da família Swann* —, a mesma mistura que Alice vira mencionada tantas vezes nas páginas do livro de receitas de Nellie. *Erva-cidreira, salsa, manjericão, tomilho, manjerona, sálvia, cada erva medida em partes iguais (uma colher de sopa de cada).* Ela reconheceu a caligrafia de Elsie até chegar ao ingrediente final, que estava escrito na letra de Nellie e fez Alice perder o fôlego.

Com dedos trêmulos, Alice abriu o papel dobrado e leu a carta, o maior segredo de Nellie, o que ela dissera que levaria para o túmulo, finalmente revelado.

40

Nellie
18 de setembro de 1956

— A Helen pode terminar aqui, Nellie. Você deveria descansar, colocar os pés para cima. — Miriam levou Nellie até o sofá verde da sala, mas Nellie resistiu. Nunca mais se sentaria naquele sofá, mesmo sem Richard ali. As mãos envelhecidas de Miriam se agitaram nos braços de Nellie enquanto ela tentava puxá-la mais uma vez, com delicadeza, em direção ao sofá. — Querida, foi um longo dia. Me deixe cuidar de você.

— Obrigada, Miriam. Mas estou bem. Não preciso me deitar.

A sala de jantar estava abarrotada de comida — doces, atum de forno, sanduíches de salada de ovo cortados em triângulos e decorados com pimentões. Nellie daria tudo para Helen, que tinha uma família para alimentar e certamente apreciaria a comida extra. Menos os muffins de limão e lavanda que Martha havia feito, usando a receita da própria Nellie — a gentileza do gesto a deixara com lágrimas nos olhos. Aqueles ela guardaria.

As pessoas de luto por Richard socializavam na sala de estar dos Murdoch beliscando pedaços de doces, falando banalidades e cochichando sobre o que acontecera — o corpo de Richard havia sido encontrado pelo jovem leiteiro ao fazer a entrega da manhã, caído no sofá, com o rosto enfiado no prato de torta de carne inglesa.

— Ataque cardíaco, foi o que disse o médico. Ele provavelmente se foi antes de se dar conta do que estava acontecendo — murmurou Charles Goldman para um pequeno círculo de vizinhos e amigos de Richard e

Nellie, passando a mão pelo cabelo escuro, com alguns fios prateados. *Que horror! Pobre Nellie!* A compaixão deles tinha pouca importância para Nellie. Ela nem imaginava o que diriam se soubessem a verdade sobre a morte prematura de Richard, sobre a torta de carne inglesa que Nellie havia deixado para o marido e que ele temperara generosamente com a mistura de ervas caseiras da esposa.

Nellie se sentou na poltrona que tinha sido a favorita de Richard, ouviu as conversas das mulheres, observou os maridos sorumbáticos mexerem os cubos de gelo em copos altos de bebida.

A situação dela era *particularmente trágica*. Com um filho a caminho, que cresceria sem pai e, portanto, presumiam aquelas esposas, em grande desvantagem. Elas se animaram quando alguém sugeriu que Nellie poderia encontrar outro marido, já que ainda era tão jovem e bonita. *Talvez o viúvo Norman Woodrow se candidatasse ao papel?*

Todos acreditavam que Nellie ainda estava grávida, até Miriam. Ela esperaria mais uma semana antes de colocar a culpa pelo aborto na morte súbita de Richard e na incapacidade do corpo dela de lidar com o sofrimento. Então as mulheres continuariam enviando pratos quentes para ela por mais algumas semanas, e haveria mais comentários abafados e compassivos das amigas quando achassem que ela não estava escutando: *Quem é ela agora, se não é mãe? Se não é mais a esposa de Richard Murdoch?*

— Quem sou eu? — sussurraria Nellie em resposta, embora não alto o bastante para que alguma delas a escutasse. — Eu sou uma sobrevivente.

Nellie pegou um Lucky Strike do maço com as mãos trêmulas e o acendeu, afastando com a mão a primeira baforada de fumaça. Miriam se sentou à sua frente, em outra cadeira, e examinou o rosto de Nellie com uma expressão preocupada.

— Nellie, querida. O que posso fazer para ajudar?

— Você é um amor por se preocupar, mas estou bem, Miriam. — Nellie deu uma longa tragada no cigarro.

— Eu sei que você está, querida. Eu sei. — Miriam apertou os lábios, as mãos cruzadas sobre os joelhos.

— Fique comigo até a Helen ir embora — pediu Nellie.

Ela aparentava cansaço; além das olheiras, sua magreza era preocupante. Havia confessado a Miriam que já não se sentia bem quando foi ver a mãe, que o bebê a estava deixando nauseada e com mal-estar, como costumava acontecer nos primeiros meses. Nellie garantiu que estava se sentindo muito melhor, mas a verdade era que não colocara nada na boca, a não ser chá gelado e cigarros.

— Claro que fico — respondeu Miriam, e deu palmadinhas carinhosas no joelho de Nellie, coberto pela saia preta. — Vou pedir a Helen para nos preparar um pouco de sopa para o jantar. Vamos comer juntas.

Nellie assentiu, terminou o cigarro e imediatamente acendeu mais um.

— Eu gostaria de escrever uma carta para a minha mãe. Você se importaria de pegar o bloco de papel de carta, ali na gaveta de cima da escrivaninha? E o meu livro de receitas, na cozinha? Tenho uma receita que gostaria de compartilhar com ela.

— Vou deixar você a sós para fazer isso — disse Miriam depois de entregar a Nellie tudo o que ela havia pedido. — Mas chame se precisar de alguma coisa. Estarei na cozinha.

Logo ela ouviu, vindos da cozinha, o murmúrio baixo de vozes e os sons de água correndo e pratos sendo empilhados. Miriam não a deixaria sozinha por muito tempo, por isso Nellie começou a escrever rapidamente a última carta endereçada a Elsie.

Da escrivaninha de Eleanor Murdoch

18 de setembro de 1956

Caríssima mamãe,
Sei que me disse para nunca colocar essas palavras no papel, que o nosso segredo só deveria ser passado de lábios para ouvi-

dos, mas não terei uma filha a quem contá-lo. Portanto, anotei o ingrediente final no cartão da receita.

Não me arrependo, mãe. Era a única maneira de garantir que ele nunca mais me machucaria e, de certa forma, foi muito fácil. Posso ser viúva agora, mas estou bem. Aprendi que há coisas piores do que estar sozinha.

Obrigada por tudo o que me ensinou e pela linda dedaleira que insistiu para que eu tivesse comigo e plantasse no meu próprio jardim um dia. Eu esperava que a planta fosse útil apenas para evitar que os cervos invadissem o meu jardim — mais uma linda flor para me animar! Realmente acreditei que Richard seria um marido bom e decente, mas fui enganada. Infelizmente, os homens são a besta mais previsível. Alguns devem ser dignos, mas não tenho ideia de como ter certeza disso.

Eu a visitarei em breve. Minhas dálias continuam a florescer, o que tem sido uma bela surpresa de fim de verão.

Com amor e um beijo carinhoso,
Sua filha, Nellie

Nellie terminou de escrever, tirou o cartão de receita — o mesmo que Elsie lhe dera havia anos, pouco antes de morrer — da capa do livro de receitas e, depois de fazer uma anotação embaixo, colocou o cartão dentro do papel de carta dobrado. Ela lacrou o envelope e enfiou bem fundo dentro da edição mais recente da revista *Ladies' Home Journal*. Mais tarde, embalaria todas as revistas, incluindo a edição de setembro de 1956, que escondia aquela carta final, junto com o livro de receitas. Não precisaria dele de novo, já que agora não havia ninguém para quem preparar jantares. Além disso, Nellie sabia a maioria de suas receitas favoritas de cor.

Quando Miriam voltou para a sala, com um café fresco e uma tigela de sopa, perguntou se Nellie queria que ela levasse a carta e guardasse com as outras. Miriam não fez comentário algum sobre a pilha de cartas que ainda guardava em sua cômoda, nem questionou por que Nellie nunca as enviara.

— Resolvi escrever mais tarde, mas obrigada — disse Nellie, fechando o livro de receitas e deixando-o no colo.

Miriam assentiu e começou a tomar a sopa, enquanto Nellie bebia seu café na sala tranquila, ambas pensativas no silêncio.

41

Não brigue com o seu marido. Lembre-se de que, quando um não quer, dois não brigam. Seja a pessoa que não quer brigar. Rusgas de amantes podem ser muito empolgantes, mas brigas conjugais costumam deixar um gosto amargo no relacionamento.

— BLANCHE EBBUTT, *Don'ts for Wives** (1913)

Alice
24 de setembro de 2018

Na segunda-feira, Alice acordou no quarto de hóspedes ainda pela manhã, mas tarde o bastante para que a casa estivesse silenciosa e ensolarada. Ela não tinha dormido na cama com Nate porque ainda estava com raiva, e não conseguia agir normalmente já que acreditava que ele estava tendo um caso com a colega de estudo (*como as coisas tinham se complicado tanto?*). Mas, em vez de ser sincera com o marido quanto ao verdadeiro motivo de estar distante, Alice colocara a culpa no fato de não estar se sentindo bem e alegara que tinha medo de que ele também ficasse doente pouco antes do exame tão importante. Nate hesitara antes de aceitar a desculpa, mas, assim como Alice, aparentava estar cansado demais para investigar o verdadeiro problema. Depois de comer uma tigela de cereal e dizer a Nate que havia uma caixa de ma-

---

* Em tradução livre: "O que uma esposa não deve fazer". (N. da T.)

carrão com queijo na despensa se ele ficasse com fome, Alice tinha ido para a cama — com a carta mais recente e o cartão de receita escondido dentro da revista que levava debaixo do braço.

Alice não sabia como fora a noite de Nate porque ele já tinha saído para o trabalho quando ela acordou, mas ela havia tido um sono inquieto e agitado. Sua mente estava alerta com a descoberta da tarde anterior, que a manteve acordada, mas felizmente também lhe dera alguma coisa em que se concentrar que não fossem seus relacionamentos em ruínas. Junto com a exaustão, Alice também sentia o prazer de ver confirmadas suas suposições: havia mais em Nellie Murdoch do que as cartas anteriores mostravam. E isso lhe deu o que precisava para o seu livro — por fim sabia exatamente a história que queria contar.

Alice tomou banho e se vestiu rapidamente. Em seguida, preparou um bule de café e uma torrada com manteiga e geleia e foi direto se sentar diante do notebook. Ela se sentia vibrar de energia, a mente tomada por ideias, os dedos prontos para atacar o teclado. Finalmente, *finalmente*, se sentia inspirada e pronta para digitar algumas páginas. Mas, assim que começou a digitar as primeiras palavras, seu celular tocou.

— Alô. — Alice colocou a chamada no viva-voz para que pudesse continuar digitando, e seus olhos não deixaram a tela do notebook.

— Alice?

— Sim, quem é?

Ela estava impaciente para voltar ao trabalho. Mas a voz era conhecida, e ela checou a tela do celular.

— É Beverly Dixon, a corretora de imóveis de vocês.

— Ah, oi, Beverly. O que posso fazer por você?

Alice revirou os olhos, aborrecida com a interrupção. Beverly talvez estivesse querendo que eles dessem um depoimento favorável sobre o trabalho dela, ou referências.

— Bom, não consegui falar com o Nate esta manhã e preciso confirmar o texto para o anúncio. Então pensei em ligar para você, para ver se você poderia ajudar.

Os dedos de Alice ficaram paralisados no teclado. Ela franziu a testa, então tirou o telefone do viva-voz e colocou no ouvido.

— Que anúncio?

— Da casa — disse Beverly. — Ele precisa estar pronto até quinta-feira, e eu não conseguia lembrar que eletrodoméstico Nate disse que você tinha substituído. Foi o forno ou a geladeira?

— Nenhum, na verdade. — Alice se levantou, sentindo-se sem fôlego.

— Hum... Devo ter confundido o seu anúncio com outro. Então tudo bem. Vou só riscar isso da minha lista de coisas a fazer... Pronto.

Alice ficou tonta — a respiração acelerada demais — e se agachou, com medo de desmaiar.

— Muito bem, isso é ótimo, Alice. Estou tão feliz por ter conseguido falar com você! Diga ao Nate que não precisa se preocupar em retornar a ligação. Vou passar o dia fora, mostrando imóveis à tarde e à noite, mas, se ele tiver alguma pergunta, pode me deixar uma mensagem que eu respondo o mais rápido possível.

— Tá certo. Obrigada. — Alice agora estava deitada, com uma das mãos na testa, tentando processar o que estava acontecendo.

— Era só isso, mas em breve voltamos a conversar sobre o melhor momento para mostrar a casa. Tenho certeza de que você tem um milhão de coisas pra fazer antes de se mudarem para a Califórnia. Que empolgante esse novo emprego para o Nate! Para vocês dois! Eu sempre quis aprender a surfar, embora agora digam que, com o aquecimento global e a elevação da temperatura do oceano, os tubarões estão se aproximando da costa e...

— Tenho que desligar. — Alice encerrou a ligação sem se despedir.

Ainda no chão, ela ficou olhando o teto girar no alto, a rachadura se movendo em círculos como um ventilador preguiçoso. Alice fechou os olhos, pousou a mão na barriga e respirou fundo várias vezes. Então, se sentou rapidamente e esperou que a tontura passasse.

— Sim, é uma emergência. Pode, por favor, chamá-lo na reunião? — Alice mordiscou uma cutícula irregular.

Ela apoiou o celular entre a orelha e o ombro, tirou um cigarro do maço, colocou na piteira e acendeu assim que Nate atendeu.

— Ali, qual é o problema? — Ele parecia em pânico, preocupado.

Alice começou a choramingar, embora não houvesse lágrima de verdade.

— O que aconteceu? Você tá bem?

— A cozinha... Nate, meu Deus. Foi apavorante. — Ela chorou um pouco mais, então parou para dar uma tragada no cigarro.

— Calma. Respira. O que aconteceu com a cozinha?

— O forno pegou fogo! Eu disse que nós tínhamos que trocar aquilo, sei lá, semanas atrás! — Ela parecia histérica.

— Cacete... meu Deus. Você tá bem? Tá machucada?

— Eu tô bem. Queimei uma das mãos, mas não acho que seja nada grave.

Nate soltou o ar, trêmulo.

— Você precisa ir para o hospital? A Sally está em casa?

— A Sally está em Hartford, visitando uma amiga. — Alice examinou a mão, que estava ótima. — Mas acho que está tudo bem. Eu coloquei gelo.

— Bom, tá certo. E a cozinha? O estrago foi muito grande?

— Muito — sussurrou Alice, e parou mais uma vez para dar outra tragada no cigarro. — Você pode vir pra casa? Sei que está em uma reunião, e sinto muito...

— Estou indo. Só preciso pegar as minhas coisas. Hum... Acho que consigo pegar o próximo trem, mas, se não conseguir, pego um Uber.

— Não precisa se apressar. Espere pelo trem. Eu tô bem — falou Alice, fungando. — Apaguei o fogo com o extintor. Mas a parede atrás dele está toda preta.

— Meu Deus... — Nate estava rouco, talvez naquele momento estivesse pensando em como a casa, *a casa dela*, supostamente seria colocada no mercado na quinta-feira.

Uma pequena parte de Alice se sentiu culpada pelo fingimento, mas então ela se lembrou da conversa com Beverly e do fato de Nate ter aceitado um emprego (na Califórnia!) que não havia sequer mencionado para ela.

— Estou feliz que você esteja bem. Todo o resto pode ser consertado.

— Sim, pode — concordou Alice, e deu uma última tragada no cigarro.

Uma hora e meia depois, quando Nate entrou correndo em casa, Alice estava no jardim, dando palmadinhas na terra ao redor de três arbustos de flores recém-plantadas.

— Alice! Onde você está? — gritou ele.

— Aqui fora! — respondeu ela em voz alta, já que havia deixado a porta dos fundos aberta para que ele pudesse ouvi-la do quintal.

Alice terminou de plantar e se levantou, limpando a terra marrom-escura dos joelhos. Um instante depois, Nate saiu em disparada pela porta e desceu os degraus dos fundos.

— A cozinha está ótima — disse ele, parecendo perplexo e aliviado.

Alice reparou que o marido tinha ido primeiro até a cozinha, sem antes checar como ela estava. Ele ainda tinha a bolsa atravessada no peito, e ela quicava contra seu quadril enquanto ele corria pelo pequeno trecho de grama até alcançá-la.

— Deixa eu ver a sua mão. — Ela tirou as luvas de jardinagem e deixou que ele segurasse uma das suas mãos, virando-a para ver a palma. Então, Nate pegou a outra mão e fez o mesmo. — Cadê a queimadura? — perguntou ele, enquanto continuava a virar as mãos dela, procurando pelo machucado.

Nate levantou os olhos para encará-la e franziu o cenho, confuso.

Alice retirou as mãos das dele e voltou a calçar as luvas.

— Como eu disse, estou bem.

Nate ficou parado ali por um momento, boquiaberto.

— Que merda tá acontecendo aqui, Alice? — Ele raramente usava o nome completo dela, e soou formal e esquisito.

— Eu estava plantando algumas coisas que ainda possam aproveitar o fim do verão — respondeu Alice, e indicou com um gesto as novas flores, que pareciam soldados guardando as hostas. — Os cervos têm usado o nosso jardim como se fosse um restaurante self-service.

Nate reparou nas plantas, as flores em forma de tubo penduradas dos caules verdes, e tentou descobrir por que lhe pareciam familiares...

— É dedaleira. — Alice pegou a pá e o ancinho, então deu um passo para trás e admirou seu trabalho. — Fui até a loja de jardinagem agora de manhã para pegar. Eu teria preferido uma cor mais forte, mas o cara que trabalha lá disse que essa *Camelot Cream*, esse é o nome dela, poderia florescer até novembro, o que é incrível.

— Mas... você disse que dedaleira é tóxica. Nós arrancamos tudo. — Nate estava perplexo. — Por que plantou mais?

— Eu já disse, os cervos estão comendo todas as nossas hostas — repetiu com o tom de voz calmo.

Nate grunhiu de raiva e se atrapalhou para tirar a bolsa pelo pescoço, antes de jogá-la no chão com força.

— Qual é o problema com você, cacete!

— A Beverly ligou.

Ao ouvir aquilo, Nate ficou imóvel, o rosto passando rapidamente de um vermelho furioso para uma palidez profunda, embora as bochechas permanecessem rosadas.

— O quê?

— Beverly Dixon, lembra? A corretora de imóveis? — Alice guardou o ancinho e a pá no galpão, fechou a porta e deslizou o ferrolho pela fechadura para mantê-la fechada. — Ela estava trabalhando no anúncio da casa e não sabia se tínhamos substituído a geladeira ou o fogão, mas não se preocupe. Já esclareci tudo com ela.

Nate baixou a cabeça, as mãos na cintura, e respirou fundo.

— Me deixa explicar.

— Eu percebi que os cervos estão arruinando o jardim e, como não estou grávida e aparentemente vamos nos mudar para a Califórnia em breve, então, mesmo se houvesse um bebê, ele não comeria nenhuma dessas flores ou folhas, por isso eu poderia muito bem plantar a dedaleira de volta. Podemos deixar um bilhete para quem comprar a casa, avisando que é venenosa, mas que também é ótimo repelente de cervos.

— Caramba — murmurou Nate, a voz carregada de culpa. — Não era assim que você deveria descobrir.

Alice deixou escapar uma risada aguda.

— Você acha mesmo? — falou. — Vai se foder, Nate. Eu não vou me mudar pra lugar nenhum.

E, dito isso, tirou as luvas, as jogou em cima dele e entrou em casa.

42

> Implicar com o outro é uma doença emocional devastadora. Se você estiver em dúvida se sofre dela ou não, pergunte ao seu marido. Se ele responder que você é implicante, não reaja negando com violência – isso só vai servir para provar que ele está certo.
>
> —Sra. Dale Carnegie, *How to Help Your Husband Get Ahead in His Social and Business Life** (1953)

Alice
27 de setembro de 2018

Nate e Alice não se falaram por três dias inteiros, embora ele tivesse tentado mais de uma vez. Eles dormiam em quartos separados, não faziam as refeições juntos, procuravam ficar fora do caminho um do outro. Era estranho e enervante, mas, do ponto de vista de Alice, bastante necessário.

Então, na manhã de quinta-feira, Alice estava escrevendo no notebook quando chegou um e-mail. Era de Beverly, com o anúncio de venda da casa. *Queria publicar logo*, escreveu Beverly. *Já tenho alguns interessados, então precisamos conversar em breve sobre abrir a casa para visitas.*

---

* Em tradução livre: "Como ajudar o seu marido a ter sucesso na vida social e profissional". (N. da T.)

Alice ficou um longo tempo olhando para o e-mail, para o anúncio. Havia fotos da casa que obviamente tinham sido tiradas recentemente — as paredes sem papel, a porta da frente recém-pintada e o corredor reformado, o escritório bege (que antes seria o quarto de bebê) —, e ela se perguntou como Nate tinha conseguido fazer aquilo sem ela saber. Sua fúria aumentou, até dominá-la. Ela ligou para o marido e, para crédito dele, Nate atendeu na mesma hora.

— Por que a Beverly está me mandando um anúncio da casa, Nate? Eu já disse a você que não vou me mudar. Disse o mesmo para ela, mas obviamente você fez outros planos, não é?

Nate falou com alguém que estava próximo, mas abafou o fone com a mão para que Alice não pudesse ouvir o que ele dizia.

— Ali, nós vamos vender a casa. — Ela ouviu uma porta sendo fechada, o ruído ambiente do escritório desaparecendo. — Olha, eu não queria fazer isso por telefone, mas nos últimos dias você deixou bem claro que não quer estar no mesmo cômodo que eu, então vai ser agora mesmo.

Alice acendeu um cigarro e nem se deu o trabalho de abrir a janela. Ela tremia quando o levou à boca.

— Isso tem a ver com a Drew, Nate?
— O quê?

Ela exalou com impaciência.

— Isso. Tem. A. Ver. Com. A. Drew. Baxter?
— Ali, eu não tenho ideia do que...
— Ela não se importa que você seja casado? *Você* não se importa?
— O que você quer dizer com isso?
— Acho que você sabe exatamente o que eu quero dizer. — Alice bufou, mas então algo veio à tona para sufocar sua raiva. Era medo. Ela não queria ficar perto de Nate, mas precisava dele. — Você tá dormindo com ela?

Nate respirou fundo, chocado.

— Ficou louca, Ali? Você acha mesmo que eu estou tendo um caso? Com a Drew?

— Eu sei que foi ela que ligou pra você naquele dia, quando você me disse que era o Rob. Portanto, não banque o virtuoso. Você mentiu pra mim sobre ela.

Nate suspirou, sua frustração se derramando pelo telefone.

— Eu disse que era o Rob porque não queria falar sobre o assunto naquele momento. A gente estava conversando sobre o James Dorian e o que aconteceu, e aquele não parecia ser o momento certo.

— Então, qual foi o assunto daquela ligação, se não foi o telefonema de uma amante?

— Para com isso, Ali. — Nate agora também estava com raiva. Ótimo. Pelo menos ele estava levando a sério o que ela dizia. — Eu nunca... Deus, você me tem mesmo em tão baixa conta?

Alice deu de ombros, se esquecendo de que Nate não podia vê-la.

— Drew e eu recebemos ofertas de cargos no escritório de Los Angeles. Mas eu não queria contar nada a você até ter certeza. E, naquela tarde, a Drew ligou porque a mãe dela está se recuperando de um tratamento de câncer e ela estava preocupada em deixar Nova York. Eu estava tentando ajudar na decisão, que tínhamos que tomar até o fim do dia. Ela é uma amiga, Ali. É isso.

Alice não tinha certeza se Nate estava dizendo a verdade sobre Drew, mas havia um tipo diferente de traição em que se concentrar: o marido havia decidido unilateralmente aceitar um emprego do outro lado do país e esperava que Alice o seguisse sem reclamar.

— E quando você se decidiu, Nate?

Uma pausa.

— Aceitei o emprego na semana passada.

— Sem me comunicar primeiro? — O corpo de Alice estremeceu e ela apagou o cigarro, sentindo-se nauseada. — Por que você está fazendo isso comigo? Com a gente?

— Ali, me escuta. — O tom de voz dele estava mais suave, implorando para que ela entendesse. — É uma grande promoção. Com muito, estou falando de *muito* mais dinheiro envolvido, e mais ainda depois que eu passar no exame. Uma chance de comandar a minha própria equipe! E o momento parecia bom, porque eu sei que acabamos de nos mudar, mas você pode escrever em qualquer lugar e nós podemos nos acomodar e então fazer a coisa toda do bebê lá.

A *"coisa toda do bebê"*? Alice fechou os olhos com força e apoiou a testa nas mãos.

— E ainda sua mãe e Steve vão estar próximos o bastante para nos ajudar. De verdade, achei que você ficaria aliviada.

— Aliviada?!

— Sei que você estava estressada com dinheiro e com quanto a casa estava nos custando. E a mudança foi bem difícil para você. Eu entendo. Foi uma grande mudança. — Nate fez uma pausa e respirou fundo. — As coisas não têm sido as mesmas entre nós nos últimos tempos, e eu tinha esperança de que isso nos colocasse de volta nos trilhos.

Alice suspirou.

— Quando você supostamente precisa estar em Los Angeles?

— No fim de outubro. — A voz de Nate saiu desanimada, o tom de voz demonstrando arrependimento. Aquilo era dali a um mês e meio. — Logo depois do meu exame. Mas eles vão pagar por tudo. E vão contratar uma empresa para fazer a mudança, arrumar tudo, então você vai ter ajuda.

Vai pro inferno, Nate.

— E se eu não quiser ir?

Ele bufou, irritado.

— Qual é a alternativa? Você vai ficar sozinha em Greenville? Não posso arcar com as despesas da casa aqui e de outro lugar em Los Angeles, então como funcionaria? Eu sei que deveria ter conversado com você antes, mas isso é bom pra gente. Agora vamos poder seguir em frente de verdade.

Seguir em frente pra onde? Então Alice se lembrou da pergunta de Sally. *Quem sou eu?* A resposta — "uma escritora desempregada que não tem como se sustentar; uma dona de casa medíocre; uma mulher forçada a ceder à ambição do marido" — fez seu estômago revirar.

Nate tinha parado de falar, estava esperando que ela dissesse que estava tudo bem, que ela o perdoava por não ter contado antes, que entendia que o dinheiro importava, assim como o futuro sucesso dele na empresa (afinal, ele era o provedor da família), e que não o culpava por sua ambição. *Somos uma equipe*, era o que Alice sabia que ele esperava que ela dissesse. *Estamos juntos.*

— O jantar vai estar pronto às sete e meia. Não se atrase. — E ela encerrou a ligação.

Alice passou o resto do dia trabalhando em um plano, e quando Nate chegou em casa (às sete e vinte ele já estava na porta) estava pronta.

Ela havia preparado um jantar simples: costeletas de porco, purê de batata e salada, e tinha acabado de abrir uma garrafa de vinho quando ele parou na porta da cozinha. Nate olhou para a esposa, percebeu uma mudança no jeito dela, e seu rosto se encheu de esperança.

— Venha se sentar — convidou Alice, e serviu o vinho para os dois.

Nate se sentou em frente a ela à mesa de fórmica e pegou a taça de vinho que Alice lhe ofereceu.

— Primeiro, preciso que você saiba que estou muito chateada — disse Alice. — O que você fez foi sério... ainda não consigo acreditar que você aceitou o emprego sem conversar comigo.

— Eu sei e, de novo, me desculpa — disse Nate, então acrescentou em um tom tranquilo: — Não temos sido bons em dizer a verdade um ao outro nos últimos tempos, não é?

O cheiro de fumaça de cigarro "fraco, mas inegável" persistia na sala de estar, e Nate sem dúvida tinha notado. Alice havia tentado parar, mas os cigarros eram como um unguento de que ela precisava desesperadamente naquele momento. Mas iria parar, em algum momento.

Alice não reagiu ao comentário de Nate. Ele estava certo (e as mentiras dela certamente superavam as dele), mas não queria debater o assunto, o que certamente levaria a uma discussão — precisava se concentrar em resolver o problema em questão.

— Eu estava pensando sobre algumas coisas hoje, sobre o que eu quero, e tenho uma proposta pra você — disse ela. Nate ergueu uma sobrancelha, curioso, embora sua expressão fosse cautelosa.

— Estou ouvindo.

— Fiz algumas ligações, uma para Megan Tooley, minha amiga que é agente literária. Lembra dela? — Nate assentiu. — Apresentei a ela a minha ideia para um livro, e ela ficou interessada. Tipo, *muito* interessada. Disse que a premissa era fantástica e que ela poderia pensar em meia dúzia de editores que se jogariam em cima de um livro como esse.

— Que bom — disse Nate, a voz tranquila. — É uma ótima notícia.

— Sim, é. — Alice foi até o forno para tirar as costeletas de porco, sentindo-se incapaz de ficar parada. — Então, eu estava pensando... me dê seis meses. Posso terminar o livro e a Megan pode vendê-lo. Se der certo, podemos ficar porque o adiantamento do livro, e os royalties, assim que for publicado, podem ajudar nas despesas. Se eu não vender o livro, vou com você para Los Angeles.

Como Alice estava servindo a carne nos pratos, não viu a expressão de Nate, que mudou de curiosidade para descrença.

— O que você acha? — perguntou ela, enquanto colocava os pratos na frente deles. Por fim ela olhou para Nate e seu estômago revirou.

— Eu já aceitei o trabalho, Ali. Os papéis estão assinados. É um negócio fechado.

— Mas, se a questão é o dinheiro, estou dizendo a você que, em alguns meses, um ano, no máximo, vou poder contribuir! Ou consigo outro emprego. Não vai ficar tudo por sua conta. — Ela se recostou na cadeira e afastou o prato, pois ficara sem apetite. — Peça um adiamento da promoção. Eles adoram você e sabem como é brilhante. Vão manter a oferta se você disser que precisa ficar por mais alguns meses.

— Não, eles não vão. — O tom de Nate era de incredulidade. — Talvez, se você tivesse sugerido isso antes, em junho ou julho, eu conseguisse fazer funcionar. Mas agora? É tarde demais, Ali. A gente tem que ir.

— Tarde demais? Como eu poderia ter sugerido alguma coisa se não tinha ideia do que estava acontecendo! A Califórnia fica a milhares de quilômetros de distância.

Nate cruzou os braços diante do peito, o tom de voz agora mais alto.

— A milhares de quilômetros do quê, Ali? Não é como se você tivesse um trabalho aqui, que está deixando para trás. O que exatamente está prendendo você aqui?

Alice estreitou os olhos, então pegou o vinho e se levantou da mesa. Ela saiu da cozinha, foi para a sala e se sentou diante da escrivaninha, os músculos tensos e vibrando, o corpo cheio de adrenalina. Nate foi atrás dela.

— Tá certo, é assim que você quer jogar? — disse ele, o tom desafiador. — Então me mostra o seu livro.

— O quê?

Nate indicou o notebook dela com um gesto de mão.

— Abre. Me deixa ver no que você tá trabalhando.

Alice balançou a cabeça, negando.

Ele deu um olhar zombeteiro, como se estivesse surpreso.

— Por que não? Se você quer que eu recuse a promoção e fique aqui para que você possa vender o livro, deve estar se sentindo muito confiante em relação ao seu trabalho.

— *Não.*

— Vamos, Ali. Só um capítulo. Um capitulozinho apenas!

— Para com isso, Nate. Não estou pronta para...

Mas ele agiu rápido. Estendeu a mão ao redor dela para alcançar o notebook na escrivaninha e, antes que Alice conseguisse reagir, abriu a tela e apertou algumas teclas. Ela se arrependeu de ter dito a senha a ele. Estava chocada com o comportamento do marido, tão diferente do jeito normal dele — ou pelo menos diferente do antigo Nate.

Alice fez uma última tentativa de pegar o notebook da mão dele, mas Nate era mais alto do que ela e segurou o computador acima da cabeça. Então, ela viu que ele conseguiu abrir o documento do Word intitulado "Romance" e, respirando pesadamente, deixou os braços caírem ao lado do corpo.

Nate olhou para a primeira página, rolou a tela por alguns instantes, então encarou a esposa. A primeira página permanecia na tela e exibia o título, escrito em fonte grande para que se destacasse:

A RECEITA DA ESPOSA PERFEITA

e a seguir:

Alice Hale

O coração de Alice batia tão rápido quanto as asas de um beija-flor.

— É só isso? — perguntou Nate, rolando a página para baixo. O cursor logo parou, alcançando a parte inferior do documento, que tinha apenas duas páginas. Ele minimizou o documento e começou a examinar a área de trabalho do computador. — Não tem outro arquivo?

— Me devolve o computador, Nate.

Nate se virou para ela.

— Alice, cadê o livro?

— É isso.

— É isso? — Ele olhou de volta para a tela. — Mas não tem nada aqui.

— Eu sei — falou Alice.

— No que você está trabalhando?

— Tenho pesquisado muito. Meu navegador está lotado de sites salvos para consulta. — Ela estava sem fôlego, tensa com tanta adrenalina. — Estou tentando, de verdade. Porém... tem sido mais complicado do que imaginei.

— Você está mentindo para mim, *sobre isso também*, esse tempo todo? — Nate fechou o computador. — O que aconteceu com você? — Ele passou a mão livre pelo cabelo, perturbado. — Talvez nunca devêssemos ter nos mudado para cá... Este lugar não é bom pra você, nem pra mim.... Esta maldita casa...

Aquele foi o limite para Alice. Com um grunhido angustiado, ela arrancou o notebook das mãos de Nate e correu para a porta dos fundos. Ele seguiu logo atrás, pedindo para ela parar. Alice abriu a porta e jogou o notebook com a maior força possível nos degraus de pedra do quintal, onde o computador se espatifou, o teclado quicando de qualquer jeito até aterrissar no gramado verde e exuberante. Alice ficou feliz por Sally estar fora, especialmente quando Nate gritou: "Você ficou maluca, cacete?", depois que os pedaços do notebook pararam de quicar. Brigas tão intensas entre um casal deveriam ficar entre as quatro paredes de uma casa. Era a coisa mais gentil a se fazer em relação aos vizinhos.

A briga morreu logo após a cena no quintal. Alice estava esgotada a ponto de se sentir fisicamente doente, e Nate não parecia muito melhor. O jantar estava frio quando voltaram para a cozinha, e Alice reaqueceu os dois pratos em silêncio, embora não conseguisse comer nada. Pouco tempo depois, ela jogou o jantar intocado no lixo e subiu as escadas, sem trocar uma única palavra com Nate. Pouco tempo depois, ouviu a porta dos fundos se abrir e um facho estreito de luz iluminou as pedras do jardim. Alice olhou pela janela do quarto e viu Nate varrendo os pedaços espalhados do notebook, segurando uma pequena lanterna na boca para conseguir ver e varrer ao mesmo tempo. Então, ele desligou a lanterna e passou algum tempo olhando para o jardim na penumbra, imóvel como uma estátua sob o luar.

43

Assim como o vampiro suga o sangue de suas vítimas no sono, enquanto estão vivas, assim faz a mulher-vampiro, sugando a vida e exaurindo a vitalidade do parceiro... ou vítima.

— William J. Robinson, *Married Life and Happiness** (1922)

Alice
28 de setembro de 2018

Nate bateu na porta do banheiro.

— Você tá bem?

Era cedo. Nate já tinha se levantado para se arrumar para o trabalho e Alice estava de joelhos, tendo ânsias de vômito na frente do vaso sanitário.

— Ali? — Ele bateu novamente.

Alice tentou responder entre uma ânsia e outra, mas não conseguiu recuperar o fôlego.

— Vou entrar — disse Nate, e a maçaneta da porta começou a girar.

— Não, não. Me dá um minuto — conseguiu arquejar Alice.

A maçaneta da porta parou de girar, e ela ouviu os passos de Nate recuando no corredor. Depois de dar a descarga e jogar água no rosto, Alice saiu do banheiro.

---

* Em tradução livre: "Vida de casada e felicidade". (N. da T.)

Nate estava sentado na cama do quarto de hóspedes, onde ela vinha dormindo havia quase uma semana, esperando. Ele ainda estava de cueca e camiseta e parecia preocupado e exausto. Alice pigarreou, feliz porque a náusea terrível que a despertara — e a fizera correr para o banheiro — tinha quase sumido.

— Eu tô bem — falou, enquanto vestia uma legging e um moletom. Não havia a menor possibilidade de voltar a dormir.

— Não é o que parece.

Nate mexeu no cordão da cueca boxer.

— Você tá doente?

— Provavelmente foi alguma coisa que eu comi. Já estou me sentindo melhor.

Alice desconfiava de que o mal-estar no estômago tinha mais a ver com o que acontecera na véspera. Ela se lembrou do notebook em pedaços e se encolheu com a lembrança — tinha perdido a cabeça, e Nate também, e as coisas entre eles estavam piores do que nunca.

— Tá certo. Bom, eu preciso tomar uma ducha rápida. Se você tem certeza de que não precisa...

— Pode ir.

Nate assentiu, se levantou da cama e passou por Alice, que se afastou ligeiramente para o lado para que não houvesse alguma chance de se tocarem. Ela ouviu o barulho do chuveiro sendo aberto; então, um minuto depois, Nate a chamou.

— Você poderia pegar um sabonete pra mim? — pediu, colocando a cabeça molhada para fora da cortina do chuveiro. — Não tem nenhum aqui.

— Claro — disse Alice.

Ela foi até o roupeiro para pegar um sabonete da embalagem grande que tinha comprado na sua última ida ao supermercado. Pelo menos eles estavam agindo de forma civilizada um com o outro; não lhe parecera que aquilo seria possível depois da briga. Alice localizou a caixa, mas ficou paralisada quando viu a embalagem que estava ao lado do sabonete. Absorventes íntimos — um pacote fechado. Ela franziu o cenho, a mão sem mexer.

— Ali? — Nate estava ficando impaciente.

— Só um segundo — gritou, porque precisava de mais um minuto para entender o que estava acontecendo. Para fazer as contas, porque aquela caixa de absorventes não deveria estar fechada.

Uma estranha sensação de calor pegajoso percorreu seu corpo quando ela começou a calcular mentalmente, e logo arregalou os olhos. *Cacete.* Parecia impossível, mas ainda assim...

Alice pegou o sabonete e fechou a porta do roupeiro, a mão ainda no ar por um instante, enquanto se recompunha. Então, entregou o sabonete a Nate e disse que ia sair.

— Mas mal passam das seis da manhã — disse ele, enxugando a água dos olhos enquanto a observava escovar os dentes.

Ela cuspiu na pia e disse:

— Preciso fazer uma coisa. — E saiu do banheiro, deixando Nate confuso.

Alice estava trancada no banheiro do Starbucks de Scarsdale, o único lugar aberto àquela hora da manhã, além da farmácia onde ela havia comprado o teste de gravidez. Alguém bateu na porta e ela gritou "Tem gente!", e olhou para o bastão em cima da bancada da pia. Alice segurou o bastão com dedos trêmulos perto do rosto, mas não havia necessidade — o sinal inegável de positivo na janelinha redonda do teste a encarava de volta.

Quem sou eu?, pensou, olhando para o seu reflexo no espelho do banheiro do café, os olhos um pouco espantados, embora claros e brilhantes. *Uma mãe, e isso muda tudo...*

Depois do jantar, depois que Alice entregou ao marido o bastão do teste, depois que o rosto de Nate tinha se transformado de uma carranca em um sorriso radiante, eles se sentaram juntos no sofá da sala de estar, o mais perto que haviam estado um do outro em mais de uma semana.

— Não consigo acreditar — disse Nate. Esfregando distraidamente os pés dela, calçados com meias, que estavam no colo dele. Fez cócegas, mas Alice não retirou os pés. — Quer dizer, eu sei que é possível, afinal, nada é perfeito, mas ainda assim. Uau.

Embora *fosse possível* uma pessoa engravidar tomando pílula (ainda mais se a pessoa em questão se esquecesse de tomá-la no mesmo horário todos os dias, que era o caso de Alice), as chances eram mínimas. Como Nate vivia e respirava estatísticas e riscos, estava sempre preparado para a mínima porcentagem, por mais improvável que fosse, já que em seu ramo de trabalho aquilo normalmente acabasse sendo o que tinha maior impacto. Mesmo assim, ele continuava atordoado, se não delirantemente feliz, com a notícia.

— Você acha que é um menino ou uma menina? — perguntou Nate.

— Eu nem fui ao médico ainda, então não vamos nos precipitar.

Alice recostou a cabeça na almofada do sofá, a rachadura do teto parecendo bocejar acima dela.

— Deveríamos consertar isso — falou.

— O quê? — perguntou Nate, e Alice apontou para cima.

— É uma boa ideia, de preferência antes de mostrarmos a casa. Vou ligar para a Beverly para saber se ela conhece um bom profissional para fazer isso.

Alice assentiu e disse:

— Acho que devemos consertar, mas não para mostrar a casa para futuros compradores.

— Hein? — Nate também tinha jogado a cabeça para trás e agora se virou para a esposa. — Por quê?

Alice ergueu a cabeça, e eles ficaram se encarando.

— Porque não vamos nos mudar.

— Ali, por favor. Não começa de novo.

O maxilar de Nate ficou tenso e ele tirou as mãos dos pés dela. E voltou a olhar para o teto.

— Desculpa, eu deveria ter dito *eu* não vou me mudar.

Nate se endireitou e virou o corpo para ficar de frente para ela.

— Sim, você vai. Nós vamos ter um bebê, Ali.

Alice também se sentou.

— Sei disso e não vou sair desta casa. É aqui que o nosso bebê deve ser criado, Nate. Não na Califórnia, onde não temos amigos, onde não conhecemos nada. E o epicentro do mundo editorial fica a cinco horas de avião de lá. Além do fato de que na Califórnia só tem uma estação. Você foi criado na Costa Leste, então não sabe como é deprimente montar uma árvore de Natal sob uma temperatura de quase trinta graus — disse ela. — Eu vou ficar aqui e você é bem-vindo para ficar comigo. Ou não.

Nate tirou os pés dela do colo e se levantou rapidamente.

— Por que você está sendo tão difícil? Você não tem encontrado seus antigos amigos. E publicar? Quer dizer... sinceramente, Ali. Começar uma nova carreira com um bebê a reboque? Isso não é muito realista. — Ele a encarou com firmeza. — Não faça isso, tá certo? Agora não.

— *Agora* é exatamente quando isso tem que acontecer.

Alice também se levantou do sofá, foi até a escrivaninha e pegou uma caneta e um bloco de anotações na gaveta. Ela viu um maço de cigarros pela metade no fundo da gaveta e se lembrou de jogar fora mais tarde. Nunca mais fumaria outro cigarro — o desejo havia desaparecido assim que aquele sinal positivo apareceu no bastão. O repentino senso de responsabilidade, assim como uma explosão de amor e de anseio por proteger o bebê que havia sentido ao ver o resultado do teste abalaram e ancoraram Alice na mesma medida.

Ela escreveu alguma coisa no bloco e entregou a Nate.

— Do meu ponto de vista, você tem duas opções.

— Está falando sério? — perguntou ele, o rosto franzido de irritação enquanto lia o que estava escrito no papel à sua frente. — Um, ficar em Greenville com Alice e o bebê, ou dois, ir para Los Angeles, sozinho. — Ele olhou para ela e sua expressão se tornou mais dura. — Você se esqueceu da terceira opção: se mudar para Los Angeles com Alice e o bebê.

Alice balançou a cabeça e pegou o bloco de volta.

— Não, Nate, essa não é uma opção.

A raiva o atingia em ondas, e Nate cerrou os punhos e deu um passo em direção a ela. Perto demais para o conforto de Alice, levando-se em consideração como ele estava furioso. Por um breve momento, Alice se perguntou se o teria pressionado demais.

— Vamos nos mudar e ponto-final.

Ela se afastou dele, mas manteve a voz calma, o tom sereno e objetivo.

— Se você decidir ir para Los Angeles, irá sozinho. Vou ficar aqui e terminar o livro, cuidar da casa, criar nosso filho. Você é bem-vindo para fazer parte disso, ou não. A escolha é sua.

— Isso dificilmente pode ser chamado de escolha! — A voz dele ecoou pela sala de estar, penetrando na fenda do teto, nos ossos da casa.

Alice deu de ombros, impassível diante da angústia ou do tom contundente do marido, embora cruzasse os braços sobre a barriga de uma forma protetora que não passou despercebida a nenhum dos dois.

— Sempre se tem uma escolha, Nate.

44

O homem comum se casa com uma mulher que seja ligeiramente menos inteligente que ele. Por isso muitas mulheres brilhantes nunca se casam. Elas não chegam a ter contato com homens brilhantes o bastante, ou não conseguem disfarçar quanto elas mesmas são brilhantes para conseguir conquistar um homem um pouco menos inteligente.

— Dr. Clifford R. Adams, *Modern Bride** (1952)

Alice
30 de outubro de 2018

Alice amarrou o avental ligeiramente acima da cintura para acomodar melhor a barriguinha que começava a aparecer. Aquele era para ser o dia da mudança, mas a casa permanecia como estivera nos últimos meses. Sem caixas embaladas e prontas para serem despachadas; com projetos de reforma pela metade em todos os lugares; e nenhum sinal de que os Hale partiriam em breve. Em vez disso, Alice acordara cedo para preparar um doce para levar na visita que faria a Sally mais tarde, e Nate estava na mesa da cozinha tomando café da manhã antes de pegar o trem. O aroma de limão encheu a cozinha quando Alice ralou a casca em uma tigela, e depois cortou e espremeu a fruta.

---

* Em tradução livre: "Noiva moderna". (N. da T.)

— Está se sentindo melhor? — perguntou Nate, enquanto passava um pouco de ovo pelo molho picante em seu prato. Ele ficou surpreso ao vê-la de pé e sem a expressão nauseada de sempre.

— Muito.

O enjoo matinal de Alice tinha sido terrível nas últimas semanas. Mas ela raramente reclamava, embora se sentisse péssima. E Nate, vendo como a esposa passava mal, parecia um pouco menos furioso que antes. Não importava o que tivesse acontecido entre eles, ou como Alice o obrigara a fazer o que ele não queria, ela estava carregando o filho dele no ventre. Mesmo assim, os dois estavam longe de estar em bons termos, e as rachaduras entre eles eram tão evidentes quanto as do teto que ainda precisavam ser consertadas. Alice enxugou os dedos encharcados de limão no avental e pegou a cafeteira.

— Aceita, pra acordar de vez?

— Pode ser. — Ela serviu o café fumegante e Nate ergueu a mão quando a caneca estava pela metade. — Obrigado.

Ele tomou um gole do café e voltou os olhos novamente para a notícia que estava lendo antes no celular.

— Você acha que vai chegar a tempo do jantar? — Alice checou a receita e mediu um quarto de xícara de sementes de papoula.

— Espero que sim. Mas, se você não quiser preparar nada, posso comprar alguma coisa no caminho.

— Acho que não precisa. Vou fazer algo simples.

Nate assentiu, sem tirar os olhos do celular. Alice raspou as laterais da tigela e mexeu a massa amarela com pontinhos pretos uma última vez, antes de despejá-la nas formas de pão.

— Ainda está planejando pintar o quarto do bebê neste fim de semana? — perguntou ela, segurando as bordas de uma forma de pão e batendo com força uma, duas vezes, na bancada, para tirar as bolhas de ar antes de assar. Então, fez a mesma coisa com a segunda forma.

Nate ergueu os olhos bruscamente ao ouvir o barulho, a testa franzida de irritação.

— No domingo, acho. Talvez eu precise ir ao escritório no sábado, por algumas horas.

Ele deu um último gole no café e enxaguou a xícara e o prato na pia antes de colocá-los na máquina de lavar louça.

— Vou pegar a tinta hoje — disse Alice, enquanto se espremia para passar ao redor de Nate e colocar as fôrmas de pão no forno. — Opa, desculpa.

Ela havia esbarrado no marido sem querer, e ele pousou as mãos nos quadris dela para evitar que eles se desequilibrassem. Os dedos de Nate se demoraram por um momento, então recuaram para fechar a máquina de lavar louça. Já fazia muito tempo que as mãos dele não tocavam o corpo dela; quatro semanas, pela última contagem.

— A menos que você queira esperar? — voltou a falar Alice — Talvez possamos escolher a cor depois que soubermos se é menina ou menino?

— Você que sabe — respondeu Nate com indiferença, enquanto soltava a gravata que estava enfiada nos botões da camisa. Ele alisou a gravata no peito e vestiu o paletó, que estava pendurado nas costas da cadeira.

— Acho que prefiro fazer isso agora. Então talvez possamos usar um amarelo suave? Ou será que verde-menta seria melhor?

— Qualquer um dos dois está bom pra mim. — Nate pegou a bolsa na cadeira ao seu lado e passou a alça por cima da cabeça, acomodando-a no peito.

— Deve fazer frio hoje — disse Alice por cima do ombro enquanto enxaguava a tigela e colocava no escorredor. — Talvez seja melhor você levar o casaco também.

Nate franziu o cenho, talvez pensando que, se eles morassem em Los Angeles, ele não precisaria de um casaco em outubro. Alice se perguntou quantas vezes por dia a promoção recusada vinha à mente de Nate, ou o fato de que Drew já estava na quente e ensolarada Califórnia, recrutando sua nova equipe. Ele estava indo bem em Nova York — havia passado no exame e recebido o aumento obrigatório de salário. Mas, sem nenhuma posição aberta na alta administração no escritório de Manhattan (embora eles esperassem que pudesse haver, dentro de um ano mais ou menos), ele basicamente permaneceu no mesmo cargo, apenas com um salário um pouco mais alto. Suas aspirações tinham sido sufocadas e sua ética de trabalho questionada quando ele recusara a oferta. Alice sabia que nada daquilo deixava seu marido ambicioso muito satisfeito.

— Vou ficar bem sem ele. — Nate pegou o copo de café para viagem que Alice lhe entregou e em troca deu um beijinho rápido no rosto dela.
— Ali, eu...

Por um momento, eles ficaram se olhando e Alice esperou Nate completar a frase. Mas, o que quer que fosse, estava preso em sua garganta, e ele soltou uma tosse rápida e recuou um passo para longe dela.

— Estou feliz por você estar se sentindo melhor. Não se esqueça do ácido fólico.

— Já tomei — falou Alice. — E o multivitamínico também.

Nate disse que ligaria para avisar se fosse chegar depois das sete da noite, e Alice lhe desejou um bom dia. Então ela fechou a porta atrás dele e pela primeira vez naquela manhã seus ombros relaxaram. Se fossem ser honestos um com o outro, ela achava que Nate admitiria ter sentido o mesmo alívio ao sair de casa que ela sentira ao vê-lo partir. Alice preferia ficar sozinha, sem a vibração constante de decepção que o marido emitia.

Aquelas conversas banais de todo dia eram muito cansativas. Por quanto tempo conseguiriam manter aquilo? Talvez o bebê trouxesse uma espécie de trégua, pensou Alice, ou ao menos uma distração do tédio conjugal. Enquanto ela preparava outro bule de café, chegou uma mensagem de Bronwyn.

Qual é o placar do vômito esta manhã?

Alice riu e digitou de volta

Enjoo matinal: 0. Alice Hale: 1

As duas amigas tinham se reconciliado depois do desastroso almoço no H&H, e Bronwyn perdoara Alice por ter se comportado como uma "cretina psicopata" naquela mesma tarde, como a própria Bronwyn havia definido. E Alice tinha prometido recriar aquele dia por completo, com bagels e manicures, assim que seu estômago voltasse a aceitar mais do que caldo de frango. Ela se sentia grata por ter Bronwyn — além de Sally, a única constante em sua vida no momento —, e não conseguia acreditar que quase tinha permitido que Nate e o drama em torno de Drew se interpusessem entre elas. Mas agora, quando pensava naquilo tudo, Alice não sentia ser a mesma pessoa que tinha mentido sobre o DIU, começado a fumar novamente e acusado o marido de traí-la. Aquela tinha sido uma versão diferente de Alice Hale — uma Alice que estava enfraquecida por não ter um propósito na vida, que não conseguia ver o próprio potencial. Ela estava aliviada por aquela Alice Hale ter ido embora para sempre, agora que tinha coisas mais importantes em que se concentrar, como o livro. E o bebê.

Alice alisou a barriguinha protuberante e sorriu, então acrescentou creme à xícara de café fresco. Estava finalmente voltando a ter fome, e mal podia esperar para comer o bolo de limão e semente de papoula — seria um alívio colocar alguma coisa no estômago e conseguir que ficasse lá.

No fim da tarde, depois de comer bolo e ter uma longa conversa com Sally, Alice voltou para casa cansada e com vontade de tirar uma soneca. Era impressionante quanta energia um bebê — naquele momento apenas do tamanho de um figo, de acordo com Nate — precisava. Mas, embora a ideia de voltar para a cama fosse tentadora, seu livro a chamava com mais insistência. Portanto, resignada com a ideia de que o cochilo teria que esperar, Alice decidiu que uma xícara de chá poderia animá-la. Ela estava enchendo a chaleira quando o celular vibrou na bancada da cozinha e o nome de Nate iluminou a tela. Alice suspirou e deixou tocar quatro vezes antes de atender.

— Alô.

— Oi — disse Nate. — Como está sendo o seu dia?

Alice acabou de encher a chaleira e pegou a caixa de chá no armário.

— Bem, obrigada. E o seu?

— Bem. Sim. Mas parece que está acontecendo alguma coisa na Williams Bridge. Os trens não estão passando.

— Nossa. O que será que aconteceu? — Ela checou a chaleira elétrica e percebeu que tinha se esquecido de ligá-la.

— Estão dizendo que alguém foi empurrado — disse Nate.

— Meu Deus. Que horror. — Alice pousou a mão na barriga. — Quem faria uma coisa dessas?

— Não consigo nem imaginar. É brutal. — Ele fez uma pausa. — Então pensei em ficar na cidade para jantar. Para evitar os atrasos dos trens. Desde que esteja tudo bem para você.

— Sem problema. — Alice ficou feliz por ter a noite só para ela. — Obrigada por ligar — acrescentou.

— Hum... sim. De nada — respondeu Nate, antes de desligar.

Alice colocou o celular no silencioso e olhou pela janela, para o jardim dos fundos, enquanto esperava a água ferver. Embora as flores brilhantes e gregárias tivessem desaparecido havia muito tempo, ainda restava bastante folhagem verde, e a dedaleira (que, como prometido, continuava a exibir suas flores cor de baunilha no outono) mantinha os cervos longe. Ela pensou em Nellie, como sempre fazia, e imaginou que a antiga dona da casa teria ficado satisfeita em ver como estavam suas plantas amadas.

A mente de Alice divagou — outro efeito colateral do início da gravidez, como se o bebê estivesse sugando todo o seu foco — e retornou à conversa com Nate. Por um momento, seus pensamentos pareceram tomar um rumo independente da sua vontade e ela se permitiu imaginar uma cena macabra... e se Nate tivesse sido empurrado da plataforma do trem, e não outra pessoa? Ele sempre ficava próximo demais da linha de segurança, o que era uma singularidade em uma personalidade tão previsível. Então ela ficaria sozinha naquela casa não apenas naquela noite, mas para sempre. Todas as decisões seriam só dela.

De repente, Alice visualizou Nellie, parada onde ela estava naquele momento, olhando para seu jardim querido, a cozinha cheia de comidas e bolos deixados para aliviar o período de luto; seu sofrimento hipotético. A ideia era instigante simplesmente porque, se um casamento termina em uma tragédia daquelas — uma pessoa partindo sem culpa de nenhuma das partes —, ele permanece irrepreensível. Sem falhas, sem concessões, sem expectativas. E, embora Alice jamais fosse desejar ser mãe solo, ao menos sua própria mãe havia mostrado a ela que aquilo era possível. Se Alice tivesse que cuidar do filho sozinha, ficaria bem.

Um barulho forte sacudiu a janela da cozinha — um pássaro que havia perdido o rumo — e Alice gritou e deu um pulo, só então se dando conta de que a água já fervera na chaleira. Ela respirou fundo, o coração ainda disparado, desligou a chaleira e foi até a janela na ponta dos pés para procurar o pássaro na grama logo abaixo, mas aparentemente ele conseguira ir embora voando, ileso.

Alice deixou de lado os últimos vestígios daqueles devaneios, derramou a água fervendo na xícara e foi até a escrivaninha. A náusea constante havia provocado estragos em sua criatividade, mas agora que não estava distraída pela necessidade incessante de vomitar, sentia-se pronta para trabalhar. Ela aproximou mais a cadeira, abriu a gaveta da escrivaninha, pegou um porta-retratos e o colocou à sua frente.

Nele, uma jovem Nellie de aparência vibrante estava parada no jardim da frente, os braços esguios, as pernas nuas lançando-se de um shortinho bem curto, e as mãos protegidas por luvas que seguravam um buquê recém-cortado de peônias cor-de-rosa. Olhando de perto, dava para ver as manchas de terra em seus joelhos. A foto tinha capturado Nellie no meio de uma risada, a cabeça ligeiramente inclinada para trás, embora seus olhos estivessem brilhantes e fixos nas lentes da câmera. Alice tinha encontrado a foto de cabeça para baixo na caixa de papelão, enfiada bem fundo em uma aba, o que deixava claro que tinha sido escondida. No verso, estava escrito *Nellie, Oakwood Drive, 173, junho de 1957*. Tinha sido tirada poucos meses depois da morte de Richard, e Nellie parecia — ao menos para Alice — feliz e despreocupada. Quem quer que tenha tirado a foto havia capturado a verdadeira Nellie Murdoch.

Alice tomou com cuidado um gole de chá quente demais e releu as páginas que havia escrito no dia anterior. Então, enquanto Nellie a observava, baixou a cabeça e deixou a mente fluir, invocando o fantasma da dona de casa, o som do teclado do computador enchendo a casa silenciosa e satisfeita.

Receita

Da cozinha de *Elsie Swann*

Mistura de ervas da família Swann*

1 colher (sopa) rasa de cada:
   Erva-cidreira
   Salsa
   Manjericão
   Tomilho
   Manjerona
   Sálvia

Dedaleira (flores e folhas)
1 colher (chá) rasa

Seque as ervas em cima de um jornal, em um local fresco. Usando almofariz e pilão, macere as ervas, uma de cada vez, até conseguir um pó seco. Então junte tudo em uma tigela e misture bem. Guarde em um pote para queijo ralado com tampa de furinhos e use para temperar suas receitas favoritas, como bolo de carne e sanduíches de queijo quente! Também pode ser acrescentada à receita de biscoitos e usada em molhos de salada. Um favorito da família!

---

* Alerta: esta receita contém uma erva venenosa. e pode ser letal se ingerida. (N. do E.)

Agradecimentos

Eu tenho vários livros de receitas: de pães, vegetarianas, veganas, clássicas, francesas, italianas, de churrasco, e até um livro de receitas da dieta paleolítica que comprei por impulso (gostei da capa) e nunca usei, porque desde então voltei a ser vegetariana e esse livro é cheio de pratos baseados em carne que me fazem chorar pelas vacas, porcos e galinhas do mundo. Nessa pilha imensa também tem uma boa quantidade de livros *vintage*, alguns comprados em sebos e outros herdados ao longo de gerações pelas mulheres da minha família. Esses são os mais preciosos para mim, e ainda que algumas receitas possam não ser muito... apetitosas, digamos assim (gelatina salgada fazia um enorme sucesso naquela época), valorizo esses livros pelo legado que carregam. Eles representam mulheres fortes, capazes e interessantes, cujas fantásticas habilidades às vezes só eram vistas — por causa da época — na cozinha e nesses livros.

Assim como ingredientes de uma receita, há vários elementos envolvidos no ato de escrever um livro. E, da mesma forma, se esquecemos um ingrediente, ou medimos errado, o resultado será intragável e vai precisar ser descartado. Livros podem ser delicados como um suflê e a crosta de uma torta, gostosos como ensopado e empadão, e encantadores como uma pavlova e um baked alaska. Mas, ao contrário de uma receita, acertar em cheio ao escrever um livro requer mais que uma lista de ingredientes misturados corretamente. Então, meus amigos, aqui está a minha receita para este livro (favor ter em mente que as medidas foram aleatórias e por pura diversão, portanto duas xícaras de uma coisa não são mais importantes que uma colher de chá de outra).

A receita da esposa perfeita, o livro

INGREDIENTES

3 xícaras de editoras extraordinárias: Maya Ziv, Lara Hinchberger e Helen Smith

2 xícaras de agente-sem-a-qual-eu-não-teria-conseguido: Carolyn Forde (e a Transatlantic Literary Agency)

1 ½ xícara de equipes de edição altamente competentes: Dutton US e Penguin Random House Canada (Viking)

1 xícara de magas de relações públicas e marketing: Kathleen Carter (Kathleen Carter Communications), Ruta Liormonas, Elina Vaysbeyn, Maria Whelan, Claire Zaya

1 xícara de mulheres do coven de escritoras: Marissa Stapley, Jennifer Robson, Kate Hilton, Chantel Guertin, Kerry Clare e Liz Renzetti

½ xícara de amigas-autoras-que-me-mantêm-sã: Mary Kubica, Taylor Jenkins Reid, Amy E. Reichert, Colleen Oakley, Rachel Goodman, Hannah Mary McKinnon e Rosey Lim

½ xícara de amigas-com-talentos-que-eu-não-tenho: dra. Kendra Newell e Claire Tansey

¼ xícara dos criadores originais do fã-clube de Karma Brown: minha família e meus amigos, incluindo a minha falecida avó Miriam Christie, que foi a inspiração para Miriam Claussen; minha mãe, que é uma mãe e cozinheira espetacular; e meu pai, por ser o feminista maravilhoso que é

1 colher (sopa) do círculo íntimo: Adam e Addison, os amores da minha vida

½ colher (sopa) de blogueiras literárias, autoras, leitoras e bookstagrammers: incluindo Andrea Katz, Jenny O'Regan, Pamela Klinger-Horn, Melissa Amster, Susan Peterson, Kristy Barrett, Lisa Steinke e Liz Fenton

1 colher (chá) de livros *vintage* de culinária: em especial o *Purity Cookbook*, por ter sido a minha faísca de inspiração

1 colher (chá) de uma leal labradoodle: Fred Licorice Brown, companhia peluda na hora de escrever

1 pitada de Google: para que eu pudesse visitar os anos 50 sem uma máquina do tempo

MODO DE FAZER: Combinar todos os ingredientes em um arquivo do Scrivener, certificando-se de que clicou em "salvar" após cada adição. Mexer, mexer e mexer mais ainda, pelo que vai parecer uma eternidade, mas provavelmente serão de seis meses a três anos, mais ou menos. Transfira para um documento fresquinho do Word e bata até ficar uniforme. Despeje em uma frigideira bem untada, providenciada pela editora, e asse por aproximadamente um ano. Tire do forno e deixe esfriar um pouco, depois sirva, talvez acompanhado de sorvete. Aproveite!

Créditos

25 Bolo de carne moída com aveia, *Purity Cookbook* (edição de 1945)
43 Cookies com gotas de chocolate, adaptado do *Purity Cookbook* (1945)
68 Frango à la king, adaptado do Betty *Crocker's Picture Cook Book revised and enlarged* (1956) e da receita da avó da autora
87 Bolo para dias atarefados, *Purity Cookbook* (edição de 1945)
118 Pudim de pão e queijo, adaptado do *Purity Cookbook* (edição de 1945)
152 Baked alaska, *Betty Crocker's Picture Cook Book, revised and enlarged* (1956)
157 Molho de hortelã, adaptado do *Betty Crocker's Picture Cook Book, revised and enlarged* (1956)
185 Atum de forno, da própria autora
209 Cookies fervidos de chocolate, da própria autora
222 Popovers de queijo com ervas, inspirado pelo *Five Roses Cook Book* (1913)
237 Caramelos de rosas, adaptado do *Five Roses Cook Book* (1913)
258 Muffins de lavanda e limão-siciliano, inspirado pelo *Five Roses Cook Book* (1913)

LIVROS DE CULINÁRIA DE REFERÊNCIA

Betty Crocker's Picture Cook Book, revised and enlarged, 2ª ed. McGraw-Hill, 1956.
Lake of the Wood Milling Company, *Five Roses Cook Book*. Montreal, 1913.
Purity Flour Mills, *Purity Cookbook*, 3ª ed. Ilustrado por A. J. Casson. R.C.A., 1945.

Impresso no Brasil pelo Sistema Cameron da Divisão Gráfica da
DISTRIBUIDORA RECORD DE SERVIÇOS DE IMPRENSA S.A.